VOOR HET LAATST GEZIEN

Caleb Roehrig

Voor het laatst gezien

Vertaald door Sandra Hessels

Best of YA | Van Goor

ISBN 978 90 00 36468 8
ISBN 978 90 00 36469 5 (e-book)
NUR 285

oorspronkelijke titel *Last Seen Leaving*
oorspronkelijke uitgave © 2016 Feiwel and Friends, an imprint of Macmillan Publishing Group, LLC, New York

www.bestofyabooks.nl

tekst © 2016 Caleb Roehrig
vertaling Sandra Hessels
omslagbeeld © 2016 Rich Deas
omslagontwerp Rich Deas en Marieke Oele
zetwerk binnenwerk Mat-Zet bv, Soest

Voor Uldis,

voor alle dromen die zijn uitgekomen,
en alle dromen die nog moeten uitkomen

en

ter nagedachtenis aan mijn grootmoeder, Helen Copperman
(beter bekend als 'The Book Lady') –
bedankt dat je deze vlam hebt aangewakkerd

1

In de duisternis verdwijnen zij die intelligent en knap zijn.

- EDNA ST. VINCENT MILLAY

Er lag een lijk in de voortuin van de buren. Vlak voor de jeneverbesstruik, met slappe, verdraaide armen en benen, languit in het gras alsof het vanuit een voorbijvliegende helikopter naar beneden was gestort, met een enorme granieten kei op de plek waar een hoofd hoorde te zitten. De tuinhandschoen aan zijn rechterhand was opgekropen van de mouw van zijn flanellen shirt, en je zag een brok spookachtig wit schuimrubber door de opening naar buiten steken.

Over een week was het Halloween en iedereen in mijn straat leek al helemaal in feeststemming te komen. Tegenover ons hadden de Harrisons een reeks grafstenen langs het pad naar hun voordeur geplaatst, met op elk een ander 'geestig' grafschrift. HIER LIGT DE MELKBOER – ZIJN HOUDBAARHEIDSDATUM WAS VERSTREKEN. Dat soort dingen. Het was een waar spervuur van flauwe grappen en als je dat overleefd had, beloonde mevrouw Harrison – compleet met puntige hoed en latexwrattenneus – je met een minisnoepreep. De laatste keer dat ik nog meedeed aan Trick or Treat, wat alweer bijna vijf jaar geleden is, heb ik het huis van de Harrisons overgeslagen.

Links en rechts in de straat zag je de spoken en skeletten, uitgeholde pompoenen en papieren lantaarns, vleermuizen en zwarte katten. Rubberen spinnen bungelden van overhangende dakranden, zombiehanden staken uit de bloembedden omhoog en er lag nepspinrag zo dik als een donsdeken over de struiken gedrapeerd. Al mijn buren gingen de strijd met elkaar aan om wie zijn huis zo sneu en 'griezelig' mogelijk kon maken. Maar mijn huis stak daar toch echt met kop en schouders bovenuit. Te midden van die hele uitstalling van spullen die ze uit de uitverkoopbakken van feestwinkels hadden gevist, was alleen mijn huis die kille oktobermiddag echt angstaanjagend.

Want op de oprit voor mijn huis stond een politieauto.

'Gast, hoeveel hebben je ouders neergeteld om dat ding te huren?' Mijn beste vriend, Micah Feldman, stond naast me op de stoep voor mijn saaie koloniale huis van twee verdiepingen, en blijkbaar was zijn vraag serieus bedoeld.

'Dat hebben ze niet, stomkop,' zei ik terwijl ik mijn skateboard omhoog liet wippen. Als ik gespannen klonk, dan was dat een waarheidsgetrouwe weerspiegeling van mijn humeur. *Wat deed de politie in godsnaam bij mij thuis?*

'Wat doet de politie dan in godsnaam bij jou thuis?'

'Hoe moet ik dat nou weten?' Ik keek nerveus om me heen. Het was stil op straat, afgezien van het geritsel van dorre bladeren wanneer de wind door het legertje bomen blies dat onze straat bezette. Een paar weken geleden was deze hele straat nog ansichtkaartwaardig geweest, met de eikenbomen en esdoorns die met hun herfsttinten net edelsteenkleurig vuurwerk leken in het zonlicht van de namiddag. Nu waren hun takken half kaal, met hier en daar opgedroogde bruine krullen die vooralsnog weigerden zich te laten vallen.

'Je denkt toch niet...' Er verdween wat kleur uit Micahs gezicht. 'Je denkt toch niet dat ze te weten zijn gekomen dat jij wiet hebt gekocht?'

Dat jij wiet hebt gekocht. Lekker, dan. 'Jij hebt de helft betaald, Micah.'

'Ja, maar jij was degene die... je weet wel, die het geld vasthield.' Mijn zogeheten beste vriend probeerde zich eronderuit te wurmen. De rat. 'Misschien heeft die gozer je wel verlinkt.'

'We hebben maar iets van veertien gram gekocht! De politie heeft wel wat beters te doen' – *hoopte ik* – 'dan jongeren oppakken omdat ze een beetje wiet kopen, vooral in Ann Arbor.'

'Als jij het zegt.' Micah haalde zijn schouders op, duidelijk niet op zijn gemak, en begon toen achterwaarts weg te lopen over de stoep. 'Ik moet naar huis. Bel me als je niet bent gearresteerd, oké?'

'Fuck op,' mompelde ik, maar ondertussen prikten er ijskoude naalden in mijn nek en verschenen er zweetdruppels. Was de politie echt hier vanwege de wiet? Als ze die gozer hadden opgepakt die het me verkocht had, zou hij dan de namen van zijn klanten hebben doorgegeven in ruil voor strafvermindering?

Ik schudde mijn hoofd om het leeg te maken. Ik gedroeg me als een idioot. Die gozer was de kamergenoot van de broer van een vriend van een vriend geweest; hij kende mijn naam niet eens. Maar dan nog, als de politie ons huis doorzocht naar... wat dan ook, zouden ze met gemak het doosje met pepermuntjes achter in mijn bureaula kunnen vinden, het openmaken, de inhoud ervan identificeren als Beslist Geen Pepermuntjes en me arresteren voor drugsbezit. Mijn mond voelde droog en plakkerig toen ik mijn skateboard onder mijn arm klemde en naar de voordeur liep. Als de politie de wiet nog niet had gevonden, zou ik hun die kans ook niet geven; zodra ik binnen was zou ik als eerste dat doosje pakken en de marihuana door de wc spoelen.

Van dat plan kwam niets terecht. Ik stond nog maar nauwelijks in de hal of ik hoorde mijn moeder al roepen vanuit de woonkamer: 'Flynn? Ben jij dat?'

Ze klonk... gespannen. Niet zozeer kwaad, maar bezorgd. *Was dat beter?* Nu voelden mijn handpalmen klam aan. 'Eh, ja.'

'Kom je eventjes naar de woonkamer?'

Ik keek vluchtig naar de trap die naar mijn slaapkamer boven leidde, en probeerde te slikken, ondanks die grote brok in mijn keel. De woonkamer bevond zich recht voor me, en voordat ik kon doen alsof ik haar niet had verstaan, verscheen mijn moeder al in beeld. Ze stond vlak voor de schuifdeuren die toegang boden tot de achtertuin en glimlachte naar me. Het was alleen een griezelige, stijve glimlach die mijn zenuwen niet bepaald wist te kalmeren.

'Ik wilde nog even naar mijn kamer om mijn spullen weg te leggen...' probeerde ik, maar ze viel me in de rede.

'Maak je daar nu maar even geen zorgen om, schat. Je kunt je spullen hier laten liggen.'

Schat. O-o. Mijn moeder had me al geen 'schat' meer genoemd sinds... Sterker nog, ik kon me niet eens herinneren wanneer ze dat voor het laatst tegen me gezegd had. Verstijfd liet ik mijn tas en skateboard vallen, schudde mijn jas van me af en schuifelde de woonkamer binnen. Met de glazen deuren en het enorme raam met weids uitzicht was het een kamer waar heel veel licht naar binnen viel, maar mijn blikveld kromp tot ik nog maar twee dingen zag: een politieagent op mijn vaders leunstoel en een tweede bij de open haard. De agent in de leunstoel was een man met dunner wordend rood haar en een knolneus. De agent bij de open haard was jonger, ergens in de twintig misschien, een donkere vrouw die dwars door me heen keek, helemaal tot aan de marihuana in mijn slaapkamer. Ze droegen allebei zware koppels met pistolen in een holster.

Weer slikte ik, en ik deed mijn best om niet de indruk te wekken dat ik elk moment in mijn broek kon pissen.

'Ga maar even zitten, knul,' zei de mannelijke agent, al klonk het niet zozeer als een suggestie, meer als een bevel. Mijn moeder, die me geen moment uit het oog verloor, liep om de bank heen, nam als eerste plaats en gaf een klopje op het kussen naast haar alsof ik een terriër was of zoiets. Gehoorzaam volgde ik de onuitgesproken instructie op, en zodra ik zat zei de man: 'Ik ben rechercheur Wilkerson, dit is rechercheur Moses. We zouden je graag een paar vraagjes stellen.' Hij schonk me een glimlach die het midden hield tussen vaderlijk en 'met mij moet je niet sollen', en mijn maag borrelde. 'Ik weet dat het gek klinkt, maar dit is een officieel bezoek, en ik moet je vragen of jij inderdaad Flynn Doherty bent – is dat correct?'

'Ja, meneer,' antwoordde ik automatisch, en mijn stem klonk alsof hij vanuit een andere kamer vandaan kwam. *Meneer?* Ik had nog nooit iemand 'meneer' genoemd.

'Je moeder heeft ons verteld dat je in de tweede zit op Riverside.'

'Eh... ja...'

Wilkerson grijnsde. 'Mijn zoon gaat daar volgend jaar ook naartoe. Eerstejaars. Hij is een worstelaar, maar ik hoop dat ik hem kan overhalen om bij het footballteam te gaan. Jullie hebben dit jaar een vrij goed team, toch?'

‘Inderdaad,’ zei ik, in de hoop dat ik meegaand overkwam. Ik had de ballen verstand van football en nog minder van hoe goed ons team was. Ik ben nogal klein uitgevallen, kleiner en dunner dan de meeste jongens van mijn leeftijd, en vijftienjarigen die minder dan 55 kilo wegen worden over het algemeen geen topsporters in contactsporten. Ik had in de derde klas al door dat ik nooit met dergelijke trofeeën thuis zou komen, en elke gymles sinds die tijd was een regelrechte hel. Jongens nemen sport onvoorstelbaar serieus, en nadat ik een keer of zes, zeven met een sliding werd getackeld in een potje schoolvoetbal van twintig minuten, besefte ik dat ik mijn energie beter aan iets anders kon besteden.

Een gespannen stilte strekte zich uit en Wilkerson en Moses bleven maar naar me staren. Als ze hadden verwacht dat ik daardoor spontaan iets zou opbiechten, dan moest ik ze teleurstellen. De oudere rechercheur schraapte zijn keel. ‘Knul, klopt het dat jouw vriendin January McConville is?’

Wat ik ook had verwacht dat hij zou zeggen – dit was het niet. Mijn moeder pakte op dat moment mijn hand vast en kneep er zo hard in dat ze met gemak de kei op het gazon van de buren zou kunnen verpulveren. Dat was de eerste hint dat er iets veel belangrijkers aan de hand was dan bezit van veertien gram wiet. Ik likte mijn lippen en vroeg: ‘Waarom? Wat is er aan de hand?’

‘Geef maar gewoon antwoord op de vraag, alsjeblieft.’

Mijn moeder staarde me nog steeds aan. Haar bezorgdheid straalde van haar af en ik besloot om het niet extra ingewikkeld te maken. ‘Ja. Eh, ja, meneer. Waarom?’

‘Wanneer heb je haar voor het laatst gezien?’

Ik keek hem niet-begrijpend aan. ‘Afgelopen vrijdag. Hoezo?’

Wilkerson en Moses wisselden een blik. ‘Afgelopen vrijdag. Weet je dat zeker?’

‘Ja, ik heb ervaring met het gebruik van een agenda,’ flapte ik eruit voor ik het kon inslikken. ‘Waarom vraagt u me naar January? Wat is er aan de hand?’

Wilkerson deed alsof ik helemaal niets gezegd had en stoomde door met die vaderlijke/strenge uitdrukking op zijn gezicht. ‘Je hebt haar niet toevallig dinsdagavond nog gezien?’

'Hij heeft u net gezegd dat hij haar sinds vrijdag niet meer heeft gezien,' kwam mijn moeder fel tussenbeide. Haar toon deed normaal gesproken menig man de schrik om het hart slaan – ze sprak mijn sadistische mentor van de zesde klas er een keer mee toe en wist zo drie te-laat-meldingen met terugwerkende kracht ongedaan te maken – maar Wilkerson vertrok geen spier.

'Ik wil graag dat hij de vragen beantwoordt, mevrouw.' Vaderlijk had nu helemaal plaatsgemaakt voor streng. 'Weet je zeker dat je haar dinsdagavond niet hebt gezien?'

'Ja, natuurlijk weet ik dat zeker,' hield ik vol. Mijn hart begon harder te bonzen en er verspreidde zich een ijskoud gevoel in mijn maag. 'Dinsdagavond zat ik hier aan mijn stomme geschiedenisverslag te werken. De laatste keer dat ik January zag was vrijdag. Zoals ik al zei.'

Wilkersons mond vertrok. 'Welke indruk maakte ze op je?'

'Wat?'

'Was ze overstuur? Kwaad?' Wilkerson maakte een draaiend handgebaar. 'Waar hebben jullie het over gehad?'

In gedachten schakelde ik terug naar vrijdagavond: January's adem als een mist tussen ons in, haar handen die naar mijn spijkerbroek grepen, haar ogen vochtig met glinsterende tranen, en ik verschoof iets op de bank. Mijn moeder hield me nauwlettend in de gaten, alsof ik een of ander dier achter glas in de dierentuin was, en ik voelde een druk op mijn borst. 'Weet ik veel. Over gewone dingen.'

Ik wist zeker dat ze het zweet langs mijn slapen konden zien stromen. Dit was mijn ergste nachtmerrie. Waarom stelden ze me vragen over vrijdagavond *waar mijn moeder bij was*?

'Kun je daar iets verder op ingaan?'

Het was net alsof je naar het schoolbord moest komen om een presentatie te geven die je was vergeten voor te bereiden. Ik begon te praten, ik zei dingen die in me opkwamen, en ontweek wanhopig de waarheid. Ik wílde de politie niet misleiden – niet als er iets ernstigs was gebeurd – maar ze weigerden uit te leggen wat er aan de hand was, en ik liet me niet vrijwillig in dit hoekje drijven zolang ik daar iets over te zeggen had. 'We hebben naar de sterren gekeken. Dat is iets wat January graag doet, en de hemel was behoorlijk helder die avond, dus zijn we naar buiten gegaan om... nou ja, om dus een poos naar de sterren te kijken. En we spraken over onze plannen voor als we eindelijk van school af zijn, en we hadden het over haar grote, chique nieuwe huis en haar grote, chique nieuwe school en... dat was het wel zo'n beetje.'

Zelfs ik vond dat het behoorlijk slap klonk, en ik zag dat de rechercheurs me niet geloofden. Met een bedenkelijke blik vroeg Wilkerson: 'Ze kwam helemaal niet depressief over, of afwezig? Gedroeg ze zich vreemd, op welke manier dan ook?'

Weer flitste ik in gedachten terug naar January's vertwijfelde blik, afgetekend in het maanlicht, met de verbitterde tranen die zilveren spoortjes op haar wangen achterlieten, en ik schaamde me. 'Niet echt.'

Wilkerson fronste en rechercheur Moses kneep haar ogen iets samen alsof ze zich probeerde voor te stellen hoe ik eruit zou zien met handboeien om. Op dat moment nam zij voor het eerst het woord. 'Ze is je vriendin, maar je hebt haar bijna een week niet gezien?' Het was vandaag donderdag, dus ze had op zich wel gelijk. 'Het hele weekend niet? Ook niet op dinsdagavond?'

'Waarom blijft u me maar vragen naar dinsdag?' Mijn stem nam een steeds hogere toon aan, maar het was alsof ik een kat in een boom zag klimmen; ik kon het niet tegengaan. 'Waarom blijft u me vragen stellen over January? Wat is er gebeurd?'

Tot mijn grote irritatie wisselden de rechercheurs eerst nog een blik met elkaar voordat Wilkerson uiteindelijk zei: 'January McConville is vermist, knul. Ze is dinsdag na school niet thuisgekomen, en niemand heeft haar meer gezien of iets van haar vernomen.' Hij keek me een ogenblik aan, alsof hij een reactie verwachtte, maar ik kon hem alleen maar stilletjes aanstaren tot hij eraan toevoegde: 'Dus ik denk dat je wel begrijpt waarom we heel graag precies willen weten waar jullie tweetjes het over gehad hebben de laatste keer dat je haar zag.'

Ik keek van mijn moeders bezorgde gezicht naar de zakelijke uitdrukkingen van de beide rechercheurs en slikte. *O, shit.*

2

Over twee weken was het Halloween en de maan was vol, een schijf zo wit als bot die helder genoeg aan de hemel straalde dat lantaarnpalen overbodig waren, zo helder dat ik zowaar een schaduw wierp op het golvende, blonde haar dat op January's rug hing terwijl ze stilletjes voor me uit slofte door het hoge gras. Een paar kleine, slierterige wolkjes hingen aan de rand van de nachtelijke hemel, en de velden die zich rondom ons uitstrekten werden in een scherp blauw reliëf afgetekend. Het was een verbazingwekkend koude avond en onze adem vormde zichtbare wolkjes in de lucht, witte spookjes die verdwenen zodra je ernaar keek.

Ik had in geen dagen iets van haar gehoord – geen telefoontje, geen berichtje, helemaal niks – en ineens kwam er uit het niets een bericht met de vraag om naar haar toe te komen. Zodra ik arriveerde, zei ze tegen haar moeder en stiefvader dat we zouden gaan sterrenkijken, en dat we straks weer terug zouden zijn. 'Jullie hoeven voor mij niet wakker te blijven,' had ze er sarcastisch aan toegevoegd, wetende dat ze dat waarschijnlijk niet eens hoorden.

Vanaf het moment dat haar moeder was getrouwd met Jonathan Walker, een stinkend rijke senator met ambities voor de nationale politiek, was January haar leven steeds pessimistischer gaan inzien, hoe tegenstrijdig dat ook klinkt. Ze verhuisden van een kleine huurflat naar het grootste huis dat ik ooit van mijn leven in het echt had gezien – een huis zo groot dat het dienst zou kunnen doen als hotel – en ze had er een bloedhekel aan. Het was een 'landhuis' in het uitgestrekte en voornamelijk landelijke Superior Charter Township-gebied ten noordoosten van Ann Arbor, en hun land-

goed besloeg meer vierkante meter dan mijn hele wijk, en zij klaagde alleen maar dat het veel te ver weg was. Haar slaapkamer was gigantisch – haar béd was gigantisch – en er was haar nu al een cabriolet beloofd voor haar zestiende verjaardag.

En toch klaagde ze. 'Mam en ik hadden vroeger een veel hechtere band, weet je? We voerden altijd goede gesprekken samen. Nu is het alsof ik de hele tijd in de "Tammy en Jonathan Walker Show" zit, als de tienerdochter die eerst een van de hoofdrollen had, maar die gedegradeerd is tot "terugkerend personage" omdat ze niks meer aan me hebben. Mam kiest altijd partij voor hem, en ik herken haar bijna niet meer, als we al praten.'

Al had ze wel gelijk. Ik zag het met eigen ogen gebeuren. Toen ik January tijdens het eerste schooljaar had leren kennen, was haar moeder net met Walker aan het daten, en January was ervan overtuigd dat het toch geen stand zou houden. Tammy was een hardwerkende officemanager en alleenstaande moeder, Walker een van de rijkste mannen in de hele staat; ze hadden werkelijk niets gemeen. Maar toen zag ik January's moeder veranderen van vaalbruin naar platinablond, van Sears-shopper naar Saks-type, en van 'Tammy' naar 'mevrouw Walker'. Meneer Walker had haar een nieuwe identiteit aangemeten, als een kind dat met een pop speelt, en zijn vriendin-verloofde-vrouw had er maar al te graag en vrijwillig aan meegewerkt. January had zich echter bij elke stap tegen deze bemoeienis verzet, waardoor ze steeds stugger en prikkelbaarder werd, totdat haar moeder en stiefvader zich allebei niet meer met haar wílden bemoeien.

Ze had nog steeds geen woord gezegd, en we bereikten het beekje dat aangaf waar het grondgebied van de Walkers eindigde. Verderop strekte een heel garnizoen zwarte bomen zich uit naar de nevelachtige slierten vederwolken die als kapotgescheurd gaas boven ons hoofd verder dreven. Voorbij die bomen en dan naar links was een schuin aflopend grasland waar January graag naar de sterren keek. Je was hier ver genoeg bij de huizen vandaan om je te kunnen inbeelden dat je de allerlaatste persoon op aarde was, maar in plaats van naar dat grasland toe te lopen boog ze af naar rechts.

We sprongen over het beekje, baanden ons een weg tussen een stel dennenbomen door en kwamen weer tevoorschijn in het maanlicht, een paar meter uit de buurt van wat ooit een functionele schuur was geweest. Nu was het een verlaten, beschimmeld scheepswrak van een gebouw met wit uitgeslagen en kromgetrokken planken, een dak dat op diverse plekken vervaarlijk doorboog, en een veld vol onkruid dat zich rondom de fundering had verspreid. Zonder een woord te zeggen liep January naar de brede deuren toe waarvan het slot al lang geleden was doorgeroest.

'Eh... ik dacht dat we naar de sterren zouden gaan kijken,' zei ik aarzelend.

'Dat gaan we ook doen,' antwoordde ze, en haar ademwolkje verdampte vlak voor mijn gezicht. 'Ik wilde alleen eerst hier naar binnen.'

'Waarom?' Ik bleef stilstaan en bekeek het bouwwerk nogal argwanend, niet zozeer uit angst dat het gebouw niet aan de veiligheidsvoorschriften voldeed, maar eerder bang voor wat deze onaangekondigde tussenstop te betekenen had.

'Omdat het koud is,' zei January simpelweg, en ze trok een van de deuren open. De oeroude scharnieren kraakten onheilspellend. 'En omdat ik het wil.'

'Waarom?' herhaalde ik, maar ze negeerde me. Zonder te controleren of ik haar wel zou volgen liep ze door de donkere muil van de deuropening naar binnen, waar ze opgeslokt werd door de schaduwen. Dat was typisch January. Ze wíst dat ik haar zou volgen, ik had geen keus. Waar moest ik anders naartoe?

Ik slaakte een geïrriteerde zucht en stapte gehoorzaam achter haar aan.

De binnenkant van de schuur zag er niet veel vrolijker uit dan de buitenkant, vooral in het donker. Griezelige stallen vol hard geworden hooibalen lagen langs een centraal gangpad, een dikke laag stof bedekte elk zichtbaar oppervlak en aan de muur hingen nog de scherpe, roestige landbouwgereedschappen van de boer die blijkbaar al te versleten waren om te verkopen of te recyclen. Het leek net een primitief wapenarsenaal. Ik was hier uiteraard al eerder geweest; meteen nadat ze dit had ontdekt, had January deze plek uitgeroepen tot haar fort, een plek waar ze alleen kon zijn, waar ze even kon ontsnappen aan de Tammy en Jonathan Walker Show. Alsof ze niet net zo goed naar de andere kant van hun kast van een huis had kunnen lopen om net zo afgezonderd te zijn.

Aan de andere kant van de schuur stond een ladder naar de hooizolder, en in het zwakke licht zag ik dat January al halverwege was. De sporten van de ladder piepten in protest onder haar voeten. Gefrustreerd riep ik: 'Ga je me nog vertellen waarom we zo nodig eerst een tussenstop moeten maken in deze spookschuur, of hoe zit het?'

Ze gaf geen antwoord. Ze verdween uit het zicht en toen hoorde ik haar door aarde en stro boven mijn hoofd schuifelen en de planken onder haar voeten kraken en bonzen tot ze bijna aan de voorzijde van de schuur bleef staan. Een ogenblik later klom ik de ladder op en ik zag haar ineengedoken zitten in een nestje van hooi bij een open raam, met uitzicht op het grasland en de bossen. Naast haar stond een stapel kratten tegen de wand aan geduwd. Het heldere maanlicht wierp een platina stralenkrans om haar lichte haren.

'Kom gewoon eventjes een poosje bij me zitten, goed?' Ze fluisterde bijna. 'Ik heb het koud.'

Ik ergerde me nog steeds, maar op een of andere manier klonk ze... fragiel. Dat was helemaal niets voor haar, het paste totaal niet bij het meisje dat nog nooit iets sentimenteels had gezegd over wie of wat dan ook, en daardoor dacht ik niet na over haar motivatie. Ik liep over de hooizolder naar haar toe, stapte voorzichtig om de zwakke plek in de vloer heen, en ging naast haar zitten. Ze rilde, dus deed ik mijn jas open en liet ik haar op mijn schoot zitten, waarna ik de jas om ons allebei heen dichtsloeg. Een poosje bleven we allebei stil en staarden we uit het raam naar een hemel die dankzij die oneindige hoeveelheid sterren wel op een pointillistisch meesterwerk leek, met de maan die als een baken door het doorschijnende kant van nauwelijks zichtbare wolken scheen.

'Dit is fijn,' zei January uiteindelijk. Ze keek naar me op en het licht viel precies in een van haar blauwe ogen, waardoor dat een ijzige reflectie kreeg. 'Ik heb je gemist, Flynn. Ik heb het idee... het is net alsof we elkaar nauwelijks nog zien.'

'Dat is eigenlijk ook zo,' antwoordde ik botweg. Het klonk nogal lomp, dus voegde ik eraan toe: 'Ik bedoel, we zitten nu allebei op een andere school, jij hebt elke middag de toneelclub, je werkt elk weekend...'

'Het is meer dan dat. Ik heb het gevoel...' Ze viel abrupt stil en veranderde van koers. 'Ik heb je gemist,' herhaalde ze. 'Ik wil zo graag dat we weer gelukkig zijn, zoals vroeger.'

'Zijn we niet gelukkig?' vroeg ik voorzichtig. 'Of ben jíj niet gelukkig?'

'Je weet dat ik niet gelukkig ben. Niet meer.' Die bekende verbittering klonk weer door in haar stem, een golf van gal zo sterk dat ik hem nagenoeg kon proeven. 'Ik haat het hier. Ik haat die fucking Jonathan, ik haat Dumas, ik haat fucking robotmoeder... Ik haat het dat jij en Micah en Tiana en alle anderen jullie oude leventjes leiden en allemaal leuke dingen doen, terwijl ik hier in Narnia zit met mijn spiksplinternieuwe wassenbeeldenfamilie en niemand die het iets kan schelen.'

'Mij wel,' stelde ik haar automatisch gerust.

Heel eventjes bleef ze stil. 'Vertel me eens over Californië.'

Dit was een spelletje van ons. We speelden het al voordat we een stelletje waren, maar we kregen er allebei maar geen genoeg van. Ze legde haar hoofd op mijn schouder en ik keek door het raam naar buiten naar de maan. 'Zodra we geslaagd zijn, gaan we samen naar Californië. Dan ga ik naar UCLA *om Engels te studeren, maar dat is alleen totdat ik heb ontdekt wat ik echt wil doen. Jouw ouders zullen willen dat je je bij Stanford aanmeldt, waar je waarschijnlijk ook wordt toegelaten, maar in plaats daarvan kies jij voor CalTech om een punt te maken. Als hoofdvak kies je astrologie...'*

'Astronomie,' verbeterde ze me, en ik hoorde de glimlach in haar stem.

'Dat is hetzelfde,' plaagde ik haar. 'We zullen elk weekend naar feestjes gaan, afwisselen met wiens vrienden we afspreken, maar jij gaat al snel bij een studentenvereniging...'

'Fuck op!' Ze lachte, en ik realiseerde me dat dit de eerste keer in weken was dat ik haar hoorde lachen.

'...en dan raak ik bevriend met al die filmschoolhipsters, die mij overhalen biologische fairtradekoffie te gaan drinken en te klagen over de gevestigde orde. Die soosvriendinnen van jou zullen mij niet kunnen luchten en mijn hipstervrienden kunnen jou niet uitstaan, niemand zal begrijpen hoe wij ooit een stelletje hebben kunnen worden...'

'...maar we gaan elke zaterdagmiddag naar het strand, bezoeken elke vrijdagavond de Sunset Strip en elke zondag gaan we naar een ander trendy café-bar-restaurant, en al onze zogenaamd hippe vrienden zullen wensen dat zij die twee supercoole kids uit Michigan waren,' maakte ze mijn verhaal af met een giecheltje, ook al was haar stem zacht. 'Ik wil heel graag dat het zo loopt.'

'Ik ook.'

Ze draaide zich weer naar me om, hief haar hoofd naar me op en kuste me. Haar lippen smaakten naar vanillelipgloss en spiced rum, en het verbaasde me dat ik die alcohol niet al eerder had geroken. De kus begon teder, maar sloeg in no time om naar intens. Haar tong drong tussen mijn tanden door en ze drukte haar mond op de mijne met een onmiskenbare drang. Haar rechterhand verdween onder mijn trui, gleed over mijn buik en omhoog naar mijn borstkas, en ik deinsde met een ruk naar achteren.

'Wat?' vroeg ze, en het oog dat door de maan verlicht werd schoot heen en weer terwijl ze mijn gezichtsuitdrukking probeerde te ontcijferen. 'Wat is er aan de hand?'

'Het is... Ik bedoel, je hand is ijskoud!' Ik lachte er ongemakkelijk bij.

'Die wordt vanzelf wel warm,' beloofde ze, en ze kwam weer dichterbij, kuste me nog dringender en stak haar linkerhand bij haar rechterhand onder mijn trui. Haar vingers drukten tegen mijn buikspieren aan, de kou sneed door mijn huid, en daarna gleden ze omlaag naar de rand van mijn spijkerbroek. Het was haar al gelukt de knoop los te maken voor ik besefte waar ze mee bezig was en ik haar wegduwde.

'Wacht,' zei ik, lichtelijk in paniek.

'Dit is het juiste moment,' hield ze zwaar ademend vol terwijl ze haar handen loswurmde uit mijn greep en ze weer uitstak naar mijn kruis. 'Het is eindelijk het juiste moment, en ik... ik wil dat jij de eerste bent. Ik wil jou.'

Ze kneedde me, ze trok aan mijn spijkerbroek en ik had ervan moeten genieten – ik wilde er ook echt graag van genieten – maar de paniek was doorgeslagen tot een krijsend tornadoalarm in mijn hoofd, en weer duwde ik haar van me af. 'Stop! Hou op!'

'Waarom?' Haar stem klonk somber, maar bijna uitdagend. 'Wat is er aan de hand?'

'Ik ben er nog niet aan toe,' riep ik uit terwijl ik mijn broek terug op zijn plek sjorde en de knoop weer vastmaakte alsof het de pin uit een handgranaat was. 'We hebben het hier toch over gehad? Ik... Het is nog te vroeg en... het moet... speciaal zijn.'

Dat was het stomste wat ik had kunnen zeggen, en dat ontging mijn vriendin natuurlijk ook niet. Ze maakte zich van me los en haar gezicht verdween in de inktzwarte schaduwen van de hooizolder. Bijtend snauwde ze me toe: 'O, en ben ik soms niet speciaal genoeg voor je, Flynn?'

'Dat bedoelde ik niet, en dat weet je best,' riep ik bits terug. Door mijn zenuwen kon ik niet meer helder nadenken.

'We daten nu al vier maanden. Het hele idee is dat je dit juist wílt doen.'

'En jij hoort blij te zijn dat ik respect heb voor jouw lichaam en zo!'

'O, gaat het daarom?' Haar stem klonk hol. 'Is dat waar dit om draait?'

Instinctmatig had ik haar meteen willen vragen: waar heb je het over? Maar ik wist precies waar ze het over had, en ik wilde die woorden niet uit haar mond horen. Ik had er alles voor over om die woorden niet van haar te hoeven horen. Zweet gutste als ijswater langs mijn ruggengraat omlaag toen ik antwoordde: 'Sorry dat ik geen op seks beluste casanova ben. Misschien ben ik wel gewoon ouderwets.'

'Maar ik ben een moderne, op seks beluste hoer?'

'Dat heb ik niet gezegd!' Ik liet me door haar kwaad maken, want woede was veiliger. Een objectieve toehoorder zou me voor gek hebben verklaard, maar ik liet woede mijn schuldgevoel, mijn schaamte en mijn gezonde verstand overspoelen. Ik liet me overmeesteren. 'Leg me geen woorden in de mond alleen maar omdat ik er nog niet aan toe ben seks te hebben!'

January bleef even stil. 'Ben je soms bang dat ik teleurgesteld zal zijn?'

'Huh?'

'In de grootte van je... je weet wel wat?'

'Er is helemaal niets teleurstellends aan mijn... grootte!' riep ik uit, beledigd en geschokt door de voorzichtige manier waarop ze het vroeg, alsof ze werkelijk geloofde dat ik een kleine pik had. Het punt was dat het ergens ook voelde als pestgedrag, alsof ze me voor straf probeerde te kleineren omdat ik niets voelde voor een potje seks in een spookschuur, of ze me wilde uitdagen hem tevoorschijn te halen om te bewijzen dat hij wel degelijk voldeed.

'Kaz zei namelijk dat jongens zich druk maken om dat soort dingen, en dat je misschien wel...'

Mijn woede balde zich samen en ik viel haar in de rede. 'Waarom heb je het in godsnaam met fucking Kaz over mijn pik? Waarom vertel je hem überhaupt over ons? Ik ga toch ook niet achter jouw rug om over jou lopen kletsen?'

Op dat moment leunde ze naar voren en haar hoofd ving het maanlicht opnieuw. Ik schrok toen ik de tranen in haar ogen en op haar wangen zag glinsteren. Haar gezicht had een gekwelde uitdrukking en in de blauwwitte gloed leek ze net een marmeren heiligenbeeld. 'Kunnen we ophouden met ruziemaken? Alsjeblieft? Zo had ik niet gehoopt dat vanavond zou lopen.'

'Nou, dat is dan pech. Dat heb je mooi verkloot.' Zelfs in mijn eigen oren klonk ik niet erg evenwichtig. Ik gedroeg me als een klootzak, maar ik wilde zo graag dat dit achter de rug was, dat het me niets kon schelen.

January's marmeren gezicht werd zo mogelijk nog harder. Haar gekwelde blik sloeg zo snel om naar verontwaardiging, het was alsof haar humeur opeens honderdtachtig graden was gedraaid. 'Weet je wat? Ik ben het zat om te doen alsof we allebei geen idee hebben waarom je flipt als ik je ook maar aanraak.'

'Misschien komt dat wel doordat je steeds van dit soort dingen zegt.'

Haar dreigende blik was resoluut. 'Ik heb er genoeg van dat je me steeds het gevoel geeft dat het aan mij ligt, dat het mijn schuld is. Dit gaat helemaal niet om mij. Dit heeft altijd al alleen maar met jou te maken gehad.'

'Ik heb geen idee waar je het over hebt.' Ik trok mijn jas iets steviger om me heen. 'Jij hebt geen idee waar je het over hebt.'

'Als je niet eerlijk wilt zijn tegenover mij, mij best, maar wees in elk geval eerlijk tegen jezelf.'

'En bedankt voor dat geweldige advies, dr. Phil, ik zal erover nadenken.'

Ze staarde me nog een paar tellen aan en siste me toen toe: 'Fuck dit! Ik heb er geen zin meer in om je handje vast te houden en te wachten tot je vriendschap sluit met jezelf, Flynn! Ik ben er ook nog, je bent niet de enige in deze relatie.' Weer trok ze zich terug in de schaduwen en ik hoorde dat ze overeind krabbelde. 'Ik ben er klaar mee. Ik had je niet moeten vragen te komen. Dat was een vergissing.' Haar stem zwakte af tot een gefluister en bleef even steken. Ik realiseerde me dat ze weer huilde. 'Dit was allemaal een grote vergissing.'

Ik schoof ongemakkelijk heen en weer op mijn plek. Opeens had ik het ijskoud daar in het maanlicht op dat bed van hooi. 'January...'

'Ik wil niet langer je beschermengel of je uitvlucht of je probleem zijn,' snauwde ze me opeens venijnig toe. 'Of je biecht de waarheid op, of je zoekt maar een nieuwe verstopplek, want ik doe dit niet meer!'

Haar voeten stampten weg over de schaduwrijke hooizolder, daalden de ladder af en bewogen zich toen over de vloer van de schuur onder me. Ik hoorde de deur krakend opengaan en ving nog net een glimp op van haar glanzende blonde haar toen ze op een drafje van de schuur naar de bomen liep, in de richting van het grasland.

Dat was de laatste keer dat ik haar zag. Dat waren de laatste woorden die ze tegen me had gezegd.

3

Ik kon Wilkerson en Moses al die dingen niet vertellen, zeker niet waar mijn moeder bij was. *Nou, we kregen knallende ruzie, omdat zij seks wilde en ik niet, want… want…* Een rilling van angst trok door me heen. Mijn hoofd tolde en mijn maag dreigde zich om te draaien bij het idee alleen al, en dus deelde ik heel terloops mee: 'We hebben het uitgemaakt.'

Moses bleef onverstoorbaar voor zich uit kijken, Wilkerson bewoog peinzend met zijn kaak en mijn moeder keek me totaal verbluft aan. 'Hebben jullie het uitgemaakt? Waarom heb je dat niet verteld?'

'Daarom,' zei ik, en ik voelde ondanks alles de verleiding om met mijn ogen te rollen. Mijn moeder deed net alsof het volkomen logisch was dat ik het laatste nieuws over mijn relaties met hen deelde. Ik kon werkelijk niets bedenken dat het beëindigen van een relatie nog ongemakkelijker zou maken dan dit naderhand met hulp van mijn ouders te moeten ontleden, als een soort gezamenlijke nabeschouwing. 'Zo belangrijk was het ook weer niet. Het gebeurde gewoon, eigenlijk.'

'Hebben jullie ruzie gehad?' vroeg Wilkerson, alsof hem dat iets aanging. Alle drie de volwassenen staarden me nu aan, wachtend op antwoord, en ik moest bijna lachen.

Maar in plaats daarvan loog ik, met droge mond. 'Nee. Zoals ik al zei, het gebeurde gewoon. Ik bedoel, we zien elkaar toch al bijna nooit neer, en ik denk dat we allebei zo'n beetje beseften dat het toch niet ging werken.'

'Dus het was een gezamenlijke beslissing.' Moses klonk alsof ze een aanhanger van samenzweringstheorieën gunstig probeerde te stemmen.

Dus het waren ruimtewezens? Interessant.

'Nou, ja. Ik bedoel, zoiets.' Ik werd zenuwachtiger en mijn lichaamstemperatuur steeg met een miljoen graden tot ik ervan overtuigd was dat ik spontaan zou ontploffen.

Mijn moeder schoot me te hulp. 'Doet het er echt toe wie het met wie uitmaakte?'

'We willen graag een zo compleet mogelijk beeld van haar toestand hebben,' legde Wilkerson geruststellend uit, waarna hij zich – weer geheel in vaderlijke modus – tot mij wendde. 'Als jij het uitmaakte met haar en ze zich dat heel erg aantrok, dan zou dat... verhelderend kunnen zijn.'

Ik had er een halve seconde voor nodig om de puzzelstukken in elkaar te passen. 'Denkt u... denkt u dat ze zich... misschien iets aangedaan heeft?'

Er viel een onaangename, afgrijselijke stilte voordat Moses het woord nam en vriendelijker klonk dan ik voor mogelijk had gehouden. 'Niet per se... We willen gewoon niets uitsluiten voordat we over alle informatie beschikken. Was ze overstuur toen het uit was?'

Ik dacht aan January's tranen, haar kwade, verholen beschuldigingen, en slikte opnieuw. Mijn tong voelde als een klomp zand in mijn mond. 'Misschien wel een beetje. Maar ze zou zich heus niet van het leven beroven vanwege mij.'

Dat was in elk geval waar, daar was ik zeker van. Het was geen vluchtige relatie geweest – we waren al ongeveer een maand onafscheidelijk voordat we echt aan het daten sloegen – maar we hadden nog niet die fase van de Vier Belangrijke Woordjes bereikt toen we alweer uit elkaar begonnen te groeien. En ook al was ze die vrijdagavond in de schuur overduidelijk geëmotioneerd geweest, het was nou ook weer niet het einde van de wereld. Zij had mij juist gedumpt! Als dat inderdaad was wat er was gebeurd. 'Ik doe dit niet meer' klonk wel behoorlijk definitief, maar ze had haar relatiestatus op Facebook nog niet aangepast.

'We hebben begrepen dat ze thuis wat problemen had,' ging Wilkerson voorzichtig verder. 'Heeft ze jou daar misschien over in vertrouwen genomen?'

Bij het horen over problemen thuis snoof mijn moeder nadrukkelijk, en ik zei vlug: 'Het is niks bijzonders. Ze was gefrustreerd omdat haar ouders haar van Riverside af haalden en ze naar Dumas moest; daar hadden ze ruzie over. Bovendien mag ze haar stiefvader niet echt en is haar stiefbroer een nietsnut en een kloot– ik bedoel een eikel... maar er is nooit sprake geweest van geweld of zo...'

'Op wat voor manier is hij een klootzak?' vroeg Moses op serieuze toon.

'Weet ik veel. Op de gewone manier?' In werkelijkheid was Anson Walker het klootzakequivalent van een kungfumeester. Hij kon op zo veel manieren een absolute schoft zijn dat het het menselijke verstand bijna te boven ging. Zijn overtredingen hadden al een paar keer het nieuws gehaald – hij was al eens op de vuist gegaan met een parkeerwacht, en had de *Heb je enig idee wie mijn vader is?*-troef uitgespeeld bij iemand die het gore lef had om hem als een normaal mens te behandelen – maar hij was een bedreven acteur met camera's in de buurt, en het geld van zijn vader wist strafbare feiten om te buigen tot 'jeugdige misstappen'. Zijn ergste misdragingen bewaarde hij voor achter gesloten deuren, waar hij wist dat hij niet gepakt kon worden. 'Er mankeert nogal wat aan zijn houding. Hij is negentien en gaat niet naar school. Hij zit de hele dag alleen maar in zijn kamer, en dan speelt hij *Call of Duty* en rookt hij wie...' Ik wist me nog net te redden. 'Eh, si-sigaretten.'

'Oké,' zei Wilkerson, die de ondervraging weer oppakte. 'Dus January was ongelukkig thuis. En op school? Je zei dat ze niet blij was om naar Dumas te gaan?'

'Niet echt, nee.' Dumas was de meest exclusieve particuliere school in de buurt, een instituut dat uitsluitend toegankelijk was voor de rijksten onder de rijken. De January McConville die ik aan het begin van het eerste jaar had ontmoet, zou hysterisch hebben geschaterd bij de suggestie dat ze ooit die academie met zijn ivoren torens zou betreden, maar nadat Tammy met Jonathan Walker was getrouwd, hadden zij namens January besloten dat ze vanaf het volgende schooljaar naar een beter instituut zou gaan. Dat was op een bittere woordenwisseling uitgelopen. January maakte de Dumas-leerlingen uit voor verwende aanstellers die hun gedrag lieten inspireren door *Gossip Girl*-herhalingen, en ze was ook niet van plan om de vrienden die ze op Riverside had gemaakt achter te laten, hoe prestigieus de naam Dumas Academy ook zou staan op haar cijferlijsten.

'En weet je wat het fucking doorslaggevende argument is?' tierde January op een avond, toen de strijd met haar ouders nog woedde en we bij Starbucks koffiedronken. *'Geen van beiden maalt echt om mijn opleiding of mijn universitaire vooruitzichten of dat soort dingen. Nee, mijn stiefvader wil gewoon graag een of andere hooggeplaatste senator zijn, en daarom moet ik naar de duurste school in de stad, zodat we allemaal netjes in het perfecte plaatje passen. Perfect huis, perfecte echtgenote, perfecte stiefdochter!'*

'En dat terwijl Anson alleen maar thuis rondhangt en zich aftrekt en computerspelletjes speelt?' had ik geïrriteerd opgemerkt.

'Anson heeft even een tussenjaar,' verklaarde January met een mierzoet stemmetje, in een imitatie van haar moeders recent verworven Stepford Wives-achtige manier van praten. *'Hij mag zelf beslissen wat hij met zijn stomme, nutteloze leven wil doen. Maar ik dus niet. Ik heb pech.'*

'Dus ze was zowel thuis als op school niet gelukkig, en haar relatie was ook net op de klippen gelopen,' vatte Wilkerson alles botweg samen, waardoor hij me weer bij de les wist te krijgen.

'Nou, ja... maar het was niet zo dat ze daar depressief over was of zo... niet op die manier.' Hulpeloos haalde ik mijn schouders op. 'Ik bedoel, ze wordt boos en voelt zich ellendig over dingen, en misschien ontploft ze af en toe van woede, maar ze heeft heus geen zelfmoordneigingen of zo. Ik weet vrij zeker dat ik dat wel gemerkt zou hebben.'

'Vrij zeker?' herhaalde rechercheur Moses.

'Nou...' Weer schoof ik heen en weer. 'Zoals ik al zei, we zijn een beetje uit elkaar gegroeid. Ik heb haar de afgelopen weken niet heel vaak gezien.'

De vrouw verraste me door te zeggen: 'Ze heeft haar ouders verteld dat ze het grootste deel van het weekend samen met jou heeft doorgebracht.'

'Wat?'

'Ze zeiden dat ze zo'n vier, vijf avonden per week bij jou zit, ongeveer sinds juni.'

Ik staarde haar verbaasd en onbegrijpend aan. January en ik waren hooguit vier of vijf dagen samen geweest in de afgelopen drie weken, en dat vertelde ik de rechercheurs dan ook. 'Ik ben het afgelopen weekend eigenlijk vooral thuisgebleven.'

'Dat klopt,' bevestigde mijn moeder meteen. 'Zaterdag was een van zijn vrienden hier, Micah Feldman, die een paar straten verderop woont, en zondag hebben we met het hele gezin samen naar football gekeken.'

Ann Arbor was een *college football*-stad, en als er een wedstrijd te zien was, keken mijn ouders er gegarandeerd naar. Ik zei het al eerder: ik heb zelf nogal weinig met die sport, maar ik hou wel van alle vrolijkheid die bij een wedstrijddag hoort. Pap die hamburgers op de barbecue gooit, mama die allerlei snacks, chips en frisdrank neerzet op de koffietafel; we proppen ons de hele dag vol. Ook al zijn we maar met z'n drieën, het voelt toch alsof het feest is, en als de wedstrijd in winst eindigt, zijn mijn ouders vaak in zo'n feeststemming dat ik wel een biertje kan pikken. Nou hou ik nog minder van bier dan van football, maar daar gaat het met bier ook niet echt om.

'Dus ze heeft tegen haar ouders gelogen.'

'Ik denk het,' mompelde ik, en ik voelde me een verrader. Hoe het ook tussen ons was geëindigd, ik gaf nog steeds om January, en ik vond het niet leuk om haar te verlinken.

'En je hebt geen idee waar ze dan wel naartoe gegaan kan zijn?'

Ik schudde mijn hoofd. 'Zoals ik al zei heb ik haar sinds vrijdagavond niet meer gesproken.'

'Heeft ze ook vrienden die door haar ouders werden afgekeurd?' vroeg Moses, en ik haalde opnieuw mijn schouders op. Om eerlijk te zijn wist ik vrij zeker dat meneer en mevrouw Walker over ál January's vrienden wel iets te zeuren hadden. 'Kun je een specifiek persoon bedenken, mensen die misschien buiten de stad wonen, tot wie ze zich kan hebben gewend als er problemen waren?'

'Denkt u dat ze misschien is weggelopen?' Mijn moeder klonk bijna opgelucht bij dit vooruitzicht, en dat nam ik haar niet kwalijk; het was ook verdomd veel beter dan de alternatieven.

'Die kans is eerlijk gezegd vrij groot,' bevestigde rechercheur Moses. 'In negen van de tien situaties als deze is dat het geval. Zo te horen kon January niet al te best omgaan met alle grote veranderingen in haar leven, en het is mogelijk dat ze ervandoor is gegaan. Misschien is ze weggelopen, misschien houdt ze zich een poosje ergens schuil en probeert ze haar ouders te laten schrikken en ze een lesje te leren. Dat hebben we hier een paar jaar geleden ook meegemaakt: een jongen, ongeveer zo oud als Flynn, kreeg ruzie met zijn ouders, pakte de auto en verdween. Een week later werd hij gevonden door de politie van East Lansing; hij lag te slapen op de vloer van een studentenkamer van een vriend die aan Michigan State studeerde.'

Dat was een aantrekkelijk idee, en het leek me op zich ook best logisch. January hád de laatste tijd ook een hekel aan haar leven, en ze was zowel impulsief als geobsedeerd met ontsnappen uit Ann Arbor. *Vertel me eens over Californië.* Was het mogelijk dat ze expres was verdwenen?

January was niet dom; ze zou hebben geweten dat ze zonder rijbewijs, zonder schooldiploma en zonder eigen geld niet ver zou komen, maar ik zag het wel voor me dat ze zich ergens een paar dagen gedeisd hield om de Walkers iets duidelijk te maken. Een dergelijke stunt paste wel bij haar. Toen haar moeder bezig was met het plannen van de bruiloft, had January een telefoontje van de bakker aangenomen, en zonder enig schuldgevoel had ze hem gezegd de bestelling van de taart te annuleren. Ze wist best dat die sabotagepoging het huwelijk niet zou tegenhouden, maar de ceremonie grandioos verkloten was volgens haar, zo verklaarde ze met een boosaardig genoegen, het op een na hoogst haalbare.

Uiteindelijk ontdekte Tammy nog net voordat het echt te laat was om de situatie te verhelpen wat er was gebeurd, met als gevolg dat January bijna een maand lang huisarrest kreeg – het wifi-signaal werd drie weken lang elke avond uitgeschakeld, om ervoor te zorgen dat ze geen verbinding kon maken met de buitenwereld – maar January's woede jegens haar moeder had haar voldoende bescherming geboden tegen enig mogelijk schuldgevoel. Ze wilde dat haar protest tegen het huwelijk niet te negeren viel, en daarin was ze geslaagd.

Plichtmatig somde ik voor rechercheurs Wilkerson en Moses de namen op van al January's vrienden die mogelijk in aanmerking kwamen als veilige schuilplaats tijdens de storm. Maar zelfs terwijl ik het lijstje opdreunde, wist ik dat mijn informatie tot niets zou leiden; January's vrienden van Riverside waren ook mijn vrienden, en als mijn vriendin

– of ex-vriendin, hoe het ook zij – bij een van hen verbleef, dan had ik dat echt wel gehoord.

'Ik denk niet dat ze echt een goede band had met iemand op Dumas,' sloot ik mijn opsomming schouderophalend af. January noemde Dumas ook wel 'the Dumbass Academy', en verwees naar de leerlingen op een vergelijkbare manier.

'Dat Dumasgrietje geeft dit weekend een verjaardagsfeestje,' had ze me een keer verteld toen we rondhingen in het skatepark waar Micah en ik graag rijden. 'Ik heb helemaal geen zin om te gaan, maar ze vroeg het waar Jonathan bij was, en nu staat hij erop om me daar persoonlijk naartoe te brengen. Ik denk dat haar pa iets van belangrijke contacten heeft, of zo, en Jonathan aast op zijn steunbetuiging.' January schonk me een vernietigende glimlach. 'Dus hij bepaalt niet alleen waar ik naar school moet, hij kiest nu ook mijn vrienden voor me uit!'

'Maar je maar geen zorgen,' zei Wilkerson terwijl hij het laatste telefoonnummer noteerde dat ik hem had gegeven. 'We gaan morgen naar Dumas Academy toe om vragen te stellen. Als ze daar vrienden had, zullen we ze ondervragen.' *Als ze daar vrienden had.* Ik nam aan dat het betekende dat haar ouders niet veel meer wisten dan ik. Wilkerson stond op. 'Bedankt voor je tijd, Flynn.'

Mijn moeder knipperde verbaasd. 'Is dat alles wat u wilde vragen?'

'Voorlopig,' zei Wilkerson, die zijn best deed om een niet al te goedgelovige indruk te maken. Ik denk dat ze niet het idee wilden wekken dat ze alles geloofden wat ik had verteld, voor het geval zou blijken dat ik had gelogen. 'Als we nog meer kunnen bedenken, dan nemen we contact met je op.' De twee rechercheurs liepen naar de kleine gang naar de voordeur, maar opeens draaide Wilkerson zich om en keek me recht in mijn ogen. 'O, en knul? Als jij nog iets bedenkt wat je aan je verhaal wilt toevoegen, of veranderen, dan stel ik voor dat je zo gauw mogelijk de telefoon pakt. We vermoeden dat er waarschijnlijk niets aan de hand is met je vriendin, maar... we nemen liever het zekere voor het onzekere.'

En na die onheilspellende opmerking vertrokken ze, en de deur smakte met een klap achter hen dicht.

4

De paar uur daarna hield mijn moeder me in de gaten terwijl ik tv zat te kijken en ze vroeg steeds of alles wel oké was. Zodra mijn vader thuiskwam, vertelde mijn moeder hem wat er allemaal was gebeurd, waarna ook hij me in de gaten hield. Vervolgens zaten we ongeveer dertig minuten in een afschuwelijk ongemakkelijke stilte aan het avondeten, terwijl zij toekeken hoe ik at en me nu en dan vroegen: 'Gaat het wel een beetje met je?' Ze leken me geen moment uit het oog te willen verliezen, voor het geval ik misschien mentaal zou instorten en besloot een handvol punaises in te slikken om met al deze gevoelens om te gaan. Met een beroep op een wiskundeproefwerk dat ik binnenkort had ging ik van tafel en ik vluchtte naar mijn kamer om te leren. Dit was de eerste keer dat ik blij was met huiswerk.

In werkelijkheid had ik nog geen idee wat ik van January's verdwijning vond. Ik besefte dat ik mezelf op een of andere manier niet toestond om de verschillende scenario's die de rechercheurs hadden gepresenteerd af te wegen. Moses had tegen mijn moeder gezegd dat het statistisch gezien zeer waarschijnlijk was dat January was weggelopen – en die theorie leek prima aan te sluiten bij het meisje dat ik kende – en dus had ik onbewust besloten dat dit inderdaad zo gebeurd moest zijn. Ik liet mezelf niet te lang stilstaan bij de mogelijkheid dat haar misschien wel iets echt ernstigs was overkomen.

Ik liet mezelf ook niet stilstaan bij het feit dat de rechercheurs woorden als 'ontvoerd' en 'mogelijk vermoord' opvallend genoeg hadden vermeden, ook al waren dat de twee onvermijdelijkste theorieën wanneer een tienermeisje werd vermist.

Nadat ik naar bed was gegaan, klaarde de hemel op en scheen een randje van de maan fel door mijn raam naar binnen, waar het grijze vierkantjes van licht op mijn gekreukelde lakens wierp. Het deed me denken aan die avond in de schuur. Elke keer als ik begon weg te zakken, verscheen January weer in mijn gedachten, haar witgouden haar glanzend in het maanlicht, die lichtgevende ogen vochtig van tranen en haar gekwelde gezichtsuitdrukking die zo intens was dat die bijna door haar huid heen gloeide. De levendigheid van die droom wist me keer op keer uit mijn slaap te houden.

January was altijd al een beetje een dramaqueen geweest, maar die avond was er meer aan de hand dan haar gebruikelijke, theatrale, emotionele manier van doen. Er had haar echt iets ernstigs dwarsgezeten. Ik had het gemerkt aan de vreemde stilte terwijl ze voor me uit wandelde door de velden naar de schuur, en de licht melancholieke toon waarop ze me had gevraagd om haar te vertellen over onze plannen om naar Californië te verhuizen, alsof het een verhaaltje voor het slapengaan was. En dan die vreemde spanning toen ze wanhopig bleef graaien omdat ze zo graag wilde dat we elkaar zouden ontmaagden. Als ik een beter vriendje was geweest, dan had ik daar iets over gezegd. Zelfs als ik alleen maar een betere vríénd was geweest. Maar ik was al vanaf het begin op mijn hoede, en toen ze me begon te zoenen schoot ik meteen in de verdediging.

Ik was zo bang geworden dat ik naar haar had uitgehaald, dat ik haar had aangevallen om mezelf te beschermen en met opzet een ruzie had uitgelokt. Dat was het ergste van alles. Mijn gezicht brandde van schuldgevoel en schaamte terwijl ik daar zo in mijn slaapkamer naar mijn plafond lag te staren en wenste dat ik terug in de tijd kon reizen voor een tweede kans. Er had January iets dwarsgezeten, en ik was zo als de dood geweest om eerlijk te moeten zijn dat ik alles expres nog erger had gemaakt. En nu was ze vermist. *Vermist.* Wat als er echt sprake was van het slechtst denkbare scenario? Wat als ik iets had kunnen doen om dit te voorkomen, maar ik mijn geheim tussenbeide had laten komen?

En nu had ik ook nog gelogen tegen de politie. Het was een kleine leugen, maar toch. Wat als January zichzelf van het leven had beroofd?

Wat als dat deels kwam doordat haar vriendje haar had afgewezen? Hoe kon ik daarmee leven?

Wat zou er gebeurd zijn als ik me door haar had laten beschuldigen? Als ik eindelijk de waarheid eruit had gegooid? Die lag op het puntje van mijn tong – de waarheid lag altíjd op het puntje van mijn tong – maar steeds voordat ik de woorden hardop kon zeggen, klemde de angst zich als een wurgslang rond mijn hart. Als die woorden eenmaal waren uitgesproken, zouden ze nooit meer terug naar binnen kunnen. Dan zou alles veranderen. Hoe dan ook. *Alles zou veranderen.* Die gedachte maakte me misselijk en duizelig.

Je hebt gelijk, January. Het gaat ook niet om jou. De reden dat ik geen seks met je wil is dat ik homo ben en liever seks heb met jongens.

Fuck, wat als ik dat nou had gezegd? Zou ze zich dan beter hebben gevoeld bij de afwijzing, of erger, omdat ze dat als bewijs zou hebben gezien dat ik haar de afgelopen vier maanden alleen maar als een rookgordijn had gebruikt? Want dat was niet waar, dat was het stomme eraan. Ik gaf echt om January, al vanaf het begin. Ze was niet alleen maar mijn vriendin, maar ook mijn beste vriendin, net zoals Micah mijn beste vriend was, maar dan anders. Zij en ik kenden elkaar zo goed dat we hele gesprekken konden voeren met uitsluitend betekenisvolle blikken over en weer, hele boekdelen aan woorden die via gezichtsuitdrukkingen werden overgebracht. We vonden dezelfde bands leuk, lachten om dezelfde grappen, dreven de spot met dezelfde slechte tv-programma's, en ze was slim en knap en ik kon fijn met haar praten... Ze was alles wat een jongen hoorde te wensen van een vriendin. En ik mocht haar echt graag, ik vond haar oprecht aardig. Ik dacht, ik had gehoopt, dat ik uiteindelijk ook al die andere dingen zou gaan voelen die je voor een vriendinnetje zou moeten voelen. De lichamelijke dingen.

Maar dat kwam nooit van de grond. Het klinkt tegenstrijdig, maar hoe meer January en ik ons met elkaar op ons gemak voelden, hoe minder romantisch de relatie werd. In mijn ogen, in elk geval. Ze werd meer als een soort zus voor me, of zo, en hoe meer ik haar sexy probeerde te vinden, hoe vreemder dat voelde. Ondertussen gedroeg mijn penis zich als een soort periscoop zodra ik naar een van Micahs zwemwedstrijden ging kijken, waar atletisch gebouwde jongens in kleine zwembroeken rond het zwembad paradeerden, nat en glinsterend als een lolly. Mijn lichaam trok zich blijkbaar niets aan van wat ik wilde dat het wilde.

Zou January me hebben gehaat als ik het haar had verteld? Zou ze voorgoed kwaad op me zijn gebleven om mijn leugens ? Of had ze het misschien wel begrepen, zou ze hebben gelachen om de ongelooflijk penibele situatie en hebben besloten vrienden te blijven? Daar zou ik misschien nooit achter komen, omdat ik voor de veilige optie had gekozen. Ik had haar een rotgevoel willen geven omdat ze me zo onder druk zette, en nu was ze weg.

De schaamte bleef branden tot mijn lakens klam waren van het zweet en ik besloot dat ik er alles aan zou doen om uit te vinden wat er met haar gebeurd was. Koste wat het kost.

De hitte was die zomer verzengend geweest, de lucht zwaar van al het vocht. Als je een grassprietje in de lucht gooide, zou je bijna verwachten dat het tijdens het dalen ergens zou blijven steken. Die dag in juni was het aluminium frame van mijn fiets een dodelijk wapen geworden terwijl ik door de stad trapte; het gloeiendhete metaal dreigde blaren op mijn huid achter te laten zodra mijn knie er heel licht tegenaan stootte in een krappe bocht. Toen ik slippend tot stilstand kwam voor een onopvallend bakstenen gebouw op Huron Street plakten mijn kleren tegen mijn huid en voelde ik zweet uit mijn nekharen naar beneden druppen.

Ik pakte de zoom van mijn shirt vast en begon ermee te wapperen voor een soort blaasbalgeffect, in een poging wat lucht over mijn bovenlijf te laten bewegen, wensend dat ik genoeg zelfvertrouwen had gehad om ondanks mijn dunne armen een mouwloos shirt aan te trekken, en blij dat ik eraan had gedacht deodorant op te doen. Dat hele eind fietsen was min of meer een stom idee geweest, dat wist ik, maar het was of dat of de bus nemen, en met die twee als enige opties was de keus zo gemaakt. De laatste keer dat ik voor openbaar vervoer had gekozen, was er een tachtigjarige man naast me komen zitten die zijn kunstgebit uit had gedaan en voor ik wist wat er ging gebeuren lag het ding op mijn schoot. Maar goed, het was ook gek dat ik me nu ineens opgelaten voelde; ik was hierheen gekomen omdat ik met January had afgesproken, want we zouden, zoals altijd, samen naar Starbucks of zo gaan. En het was heus niet de eerste keer dat ze me er zo onverzorgd bij zag lopen. Het enige verschil was dat ze me er in dit geval voor de eerste keer onverzorgd bij zag lopen sinds ze officieel mijn vriendin was.

Het was nu bijna achtenveertig uur 'aan', en ook al waren we al bijna een jaar lang bevriend, mijn maag zoemde nog steeds als een overbelaste elektrische transformator toen ik het door airconditioning gekoelde gebouw binnenstapte. Een seconde of twintig lang voelde die kou goddelijk, maar daarna verspreidde het kippenvel zich over mijn blote armen en benen terwijl ik met de persoon achter de receptie sprak en een gang aan de linkerkant in liep. Ik was zo zenuwachtig en opgewonden als een muzikant die het podium betrad, ik slikte dwangmatig, verbijsterd door die plotselinge aanval van vlinders in mijn buik. Ik had geen enkele reden om zo nerveus te zijn… toch?

Ik liep een kantine binnen die heel erg leek op die van Riverside, met klaptafels en goedkope stoelen die nog steeds werden gebruikt ook al leken ze op het punt van instorten te staan, met tl-verlichting en een kleurloze linoleumvloer die betere tijden had gekend. Het grote verschil was dat de meeste mensen naar wie ik keek volwassen waren; veel te dik gekleed voor de hitte, hun gezicht al veel te vroeg verweerd en verouderd door een zwaar leven. Dit waren de daklozen van de stad. Een witharige vrouw bij de deur, overduidelijk iemand die hier werkte, keek me onverholen nieuwsgierig aan. 'Kan ik iets voor je doen?'

'Eerlijk gezegd kwam ik… ehm, ik kwam mijn vriendin ophalen?' Het V-woord klonk zo belangrijk hardop, en de vrouw keek me vertwijfeld aan, alsof ze het een vreemd verhaal vond. Maar gelukkig hoefde ik het niet nog verder toe te lichten, want precies op dat moment verscheen January in een deuropening achter in de zaal.

'Flynn!' Meteen verscheen er een glimlach op haar gezicht, begonnen haar ogen te stralen en ik voelde mijn wangen rood worden terwijl ik terug grijnsde, een spontane en onbedwingbare reactie. Waarschijnlijk zagen we er lachwekkend uit zoals we daar midden in een saaie kantine als een stel idioten naar elkaar stonden te stralen alsof we twee geliefden waren die elkaar in een veld vol wilde bloemen ontmoetten. Maar het duurde maar heel even voor ze zich naar me toe haastte, haar armen om me heen sloeg en haar lippen op de mijne drukte voor onze allereerste publiekelijke kus. Na een ogenblik maakte ze zich met een liefdevolle grijns los en zei: 'Je mag

blij zijn dat je zo schattig bent, want je bent op dit moment ronduit smerig.'

'Wen er maar aan,' adviseerde ik haar droogjes. 'Nu we een stelletje zijn en ik niet meer zo heel hard mijn best hoef te doen, heb ik eigenlijk besloten mezelf te laten gaan.'

'O, goddank, ik dacht al dat ik de enige zou zijn.' January rolde overdreven opgelucht met haar ogen en voegde er op vertrouwelijke toon aan toe: 'Ik heb al sinds zaterdag geen schoon ondergoed meer aangetrokken.'

'Nou, ik heb gisteravond een hele bak met glazuur gegeten als avondeten.'

'Ik heb vanochtend een heel pakje rauwe hotdogs weggewerkt als ontbijt,' kaatste January terug, 'én ik heb ook al mijn douchegel en shampoo weggegooid, dus ik hoop dat je houdt van een meisje met een eigen lichaamsgeur.'

'Ah, kalverliefde.' De witharige vrouw onderbrak ons plagerige gesprekje met een weemoedige zucht. 'Zo prachtig, en zo verdomd raar.'

January en ik hielden elkaars hand vast, giechelden stompzinnig van geluk en opluchting dat onze verstandhouding nog net zo was als altijd, dat de statusverandering van onze relatie niet alles helemaal in de war had geschopt. Ik had me tot op dat moment niet eens gerealiseerd hoe bang ik was geweest dat het verleggen van de grens van Vriendschap naar Relatie ons op een of andere essentiële manier zou veranderen, dat de plotseling nieuwe eigenschappen en verwachtingen van een relatie als stelletje het ons onmogelijk zouden maken om op dezelfde manier met elkaar om te gaan als altijd – ontspannen, plagerig, ongedwongen. Het ergste van die enorme sprong wagen was natuurlijk dat dit zo'n grens was waarbij je, net als met die uit de grond opkomende spijkerstrips bij de ingang van een parkeergarage, niet meer terug kon zonder onherstelbare schade op te lopen.

January schonk de vrouw een verlegen glimlach en stelde me aan haar voor. 'Carol, dit is Flynn, mijn vriendje.'

'Zeer aangenaam kennis te maken,' zei Carol op een moederlijke toon. 'January is een van onze favoriete vrijwilligers. Het is zo'n geluk een jong iemand te kennen die oprecht geeft om de minderbedeelden!'

Carol zuchtte verrukt bij het einde van deze hulde aan het degelijke karakter van mijn vriendin, en January trok er stiekem een gezicht bij dat ik zonder meer begreep. Het betekende zoveel als: 'Carol is onschuldig, maar behoorlijk cliché en misschien ook een tikkie gestoord.'

Vrijwilligerswerk bij de daklozenopvang in Huron Street was nou niet iets wat op January's vakantie-bucketlist had gestaan, maar weer een beslissing die namens haar was genomen en die werd afgedwongen door Jonathan Walker. Een keer per week bij de opvang, een keer per week bij het Rode Kruis. De opmerkelijk onbaatzuchtige inzet voor belangrijke Goede Doelen zou gegarandeerd vol lof worden beschreven door journalisten die bezig waren met een profiel van het perfecte gezin van de senator met ambities voor de landelijke politiek. De filantropische activiteiten spraken mijn goedhartige vriendin zowaar aan, maar zelfs het dreigement om met haar gezicht naar voren in een hakselaar gestopt te worden zou haar niet hebben overgehaald dit ook tegenover haar ouders toe te geven.

'Ik ben bijna klaar om te gaan,' zei ze tegen me, 'maar ik moet nog tekenen voor vertrek en zo. Wil je hier even blijven wachten?'

Ze gebaarde in de richting van de hal, en ik haalde welwillend mijn schouders op. January kennende zou het een hele poos langer duren dan ze nu deed voorkomen, maar ik vond het prima om zo lang in een ruimte met airconditioning te vertoeven. Maar voordat ik een stap in de richting van de hal kon zetten, werd de relatieve rust in de zaal verstoord door een kwade kreet die opsteeg van een tafeltje in de hoek dicht bij ons.

Twee mannen waren overeind gesprongen en hun stoelpoten schraapten over de vloer. Borden kletterden op de grond en ze gingen met een blik vol haat recht tegenover elkaar staan. Voordat ik kon achterhalen wat de oorzaak van het conflict was, was de boel al geëscaleerd: de ene man stompte tegen de neus van zijn tegenstander, waardoor er een straal bloed uit spoot die de grijzer wordende baard van de man knalrood kleurde, en het slachtoffer nam direct wraak door zijn aanvaller naar de keel te vliegen. Het gebeurde allemaal zo snel dat we nauwelijks de kans kregen om te reageren voordat beide mannen opeens onze kant op kwamen, stotend tegen tafels en andere gasten als een op hol geslagen truck met oplegger. Het was een gevaarlijke en onbeteugelde uitbarsting van geweld die een hele hoop bijkomende schade leek te beloven.

Ik wilde net in beweging komen, met de bedoeling voor January te gaan staan, toen ze langs me sprong, en het volgende moment stond ze tussen de twee woedende vechtjassen. Met een kalm gezicht en lage stem duwde ze hen voorzichtig bij elkaar vandaan en dwong ze hen haar te zien en te horen. Hijgend keken ze elkaar over haar hoofd heen vijandig aan, maar terwijl January gewoon doorging met praten, zakte de destructieve energie die zo abrupt was uitgebarsten even snel weer weg. Nu kwamen ook andere vrijwilligers met spoed aangerend, ook al waren ze al te laat, om de twee vechtjassen uit elkaar te halen.

January wandelde rustig weer naar me toe en gooide haar haar nonchalant over haar schouder naar achteren. Ze gedroeg zich alsof ze net een redelijk vervelend probleem met vastzittend papier in de printer had verholpen in plaats van een gevecht tussen twee zwervers had gesust. Ik keek haar zwaar onder de indruk aan. 'Ongelooflijk, wat je daar deed.'

'Iemand moest het doen, en ik stond het dichtstbij,' zei ze nonchalant, alsof het echt zo simpel lag.

'Ze waren gigantisch en ze wilden elkaar vermoorden,' merkte ik op. 'Ze waren iets van vier keer zo groot als jij – ze hadden je zo het linoleum in kunnen stampen.'

'Toe, zeg, de meiden en ik hadden ze zo aangekund,' schepte ze bij wijze van geintje op. Ze toonde haar spierballen, zodat ik kon zien welke meiden ze bedoelde. 'Angst is voor watjes.'

'Maar even serieus.' Ik kon het onderwerp niet meteen al laten rusten. Ik maakte me zorgen om haar veiligheid, zelfs achteraf nog, en wilde dat ze toegaf roekeloos gehandeld te hebben. 'Je gaat me toch niet wijsmaken dat je niet eens een klein beetje bang was.'

January keek me verbijsterd aan, een blik die misschien wel en misschien niet oprecht was, en er fonkelde een veelzeggende schittering in de diepten van haar kalme, blauwe ogen. 'Flynn, ben je er nou nog niet achter? Ik ben helemaal nergens bang voor.'

De volgende dag op school ontdekte ik dat Wilkerson en Moses geen tijd hadden verspild bij het natrekken van de namen die ik hun had doorgegeven. Minstens vijf van January's beste vrienden kwamen naar me toe in de gang om te vertellen dat de politie de vorige avond bij hen thuis was geweest. Geen van hen wist iets, zoals ik al vermoedde, en de meesten probeerden juist meer informatie uit mij los te krijgen. De enige van wie ik echt hoopte dat January haar in vertrouwen had genomen was Tiana Hughes, haar beste vriendin en – niet geheel toevallig – Micahs vriendin.

Ik trof Tiana na het eerste lesuur aan bij haar locker, waar ze probeerde het scharnier van een hartvormig medaillon te repareren dat ze afgelopen zomer van Micah had gekregen toen ze twee maanden samen waren. Ze leek aan te voelen dat ik op haar af kwam, want zonder op te kijken van waar ze mee bezig was, mopperde ze: 'Dit vervloekte hartje gaat steeds maar kapot, en zo langzamerhand krijg ik er moordneigingen van.'

'Ik hoop maar dat dat geen weerspiegeling is van jullie relatie,' zei ik, en ze toonde een grijns.

'Toe, zeg. Er is wel meer voor nodig dan Micahs twijfelachtige smaak in sieraden om ons uit elkaar te drijven,' zei Tiana, 'al zou je hem, voor een mogelijke volgende keer, misschien kunnen vertellen dat iets wat "antiek" is gewoon nog steeds rommel kan zijn.' Ze gaf het op, gooide de ketting in haar locker en klapte het deurtje dicht. Daarna draaide ze zich voor het eerst naar me om, haar bruine ogen groot en oprecht. 'Dude.'

Ik had aan dat ene woord genoeg om te weten dat de politie ook met haar had gesproken. Zonder echt ergens op te hopen vroeg ik: 'Je weet niet toevallig waar ze uithangt, of wel?'

'Nee.' Tiana gooide haar handen in de lucht en liet ze langs haar zij vallen. 'Jij?' Toen ik mijn hoofd schudde, beet ze op haar lip. Ze keek weg, en sloeg haar ogen vervolgens weer op naar de mijne, nu met een bezorgde frons op haar gezicht. 'Flynn... hoe hard moet ik nu in paniek raken? Wees eerlijk.'

Het feit dat ze het nodig vond die vraag te stellen deed mijn paniekgevoel automatisch toenemen. 'De politie zei tegen mij dat ze denken dat ze zich waarschijnlijk gewoon ergens schuilhoudt, dat ze Tammy en Jonathan bang wil maken. Ik bedoel, dat klinkt ook wel als iets voor haar, vind je niet?' Ik zag Tiana nogal vrijblijvend een schouder optrekken en vervolgde voorzichtig: 'Ik dacht dat ze er misschien met jou over had gepraat.'

'Dat heeft ze niet gedaan, want dan had ik haar wel gezegd dat het een achterlijk idee was,' antwoordde Tiana kalm en overduidelijk eerlijk tegen me. Ze stond er niet bepaald om bekend haar mening voor zich te houden alleen maar omwille van de diplomatie.

'Wanneer héb je haar eigenlijk voor het laatst gesproken?'

Tiana schuifelde wat ongemakkelijk heen en weer en trok er een vreemd gezicht bij. 'Weet ik niet. Een paar weken geleden of zo?'

'Hoezo, zijn jullie iPhones gesmolten van het intensieve gebruik of zo?' vroeg ik, wat maar half grappig bedoeld was. January en Tiana stonden er min of meer om bekend dat ze het nog geen vijf minuten uithielden zonder elkaar berichtjes te sturen. Zo had January ooit een telefoon verzopen onder de douche omdat ze Tiana nog iets wilde doorgeven wat ze haar vergeten was te zeggen tijdens het Skypegesprek van nog geen tien minuten daarvoor. 'Ik dacht dat jullie zo'n beetje constant met elkaar communiceerden!'

Weer schuifelde Tiana heen en weer, en haar gezichtsuitdrukking werd steeds vreemder. Het was een mengeling van bedroefdheid, schaamte en kwetsbaarheid. Ik had Tiana – die ooit een man met de bouw van een lijnverdediger achternazat over het parkeerterrein van een Burger King terwijl ze hem luid en publiekelijk uitmaakte voor een klootzak omdat hij het bekertje kleingeld uit de hand van een dakloze had geslagen – nog nooit ook maar enigszins kwetsbaar gezien. 'Om eerlijk te zijn, Flynn, de laatste tijd... ik weet het niet, ze heeft me meer en meer buitengesloten.'

'Hebben jullie ruzie gehad of zo?'

'Nee!' Tiana keek me vragend aan en er verschenen nog meer rimpels op haar voorhoofd. 'Dat is juist het punt! Is er... Flynn, heeft ze iets tegen jou gezegd? Heb ik iets gedaan waardoor ze kwaad op me is?'

'Niet dat ik weet, maar... als ik heel eerlijk ben heeft ze mij ook nogal buitengesloten. Ik bedoel, we stuurden wel berichtjes over en weer, maar elke keer dat we iets probeerden af te spreken, kwam ze niet opdagen.'

'Bij mij ook.' Tiana leunde tegen haar locker en haar donkere haar viel voor haar gezicht. Ze veegde het met haar vingertoppen naar achteren, haar nagels gelakt in een lilatint die contrasteerde met haar perfecte, lichtbruine huid. 'Aan het begin van het jaar hebben we nog een belangrijk pact gesloten dat alles zou blijven zoals het altijd was, dat we elkaar nog steeds heel vaak zouden spreken, ook al zouden we allebei op een andere school zitten, dat er niets zou veranderen. Maar… ik weet het niet, soms is het lastig om dat vol te houden. Het is één ding als je maar wat rondhangt tijdens de repetities of zo en een beetje zit te kletsen, maar het is iets heel anders om berichtjes te zitten tikken als je je aandacht ergens anders op moet richten. Ik denk dat ik lui ben geworden en het heb laten versloffen.'

'Dat klinkt bekend,' gaf ik toe.

'Maar de laatste paar weken of zo lijkt het wel alsof ze helemaal geen moeite meer doet om nog op mijn berichten te reageren. Ik was bang dat ze misschien kwaad op me was.' Tiana keek me vertwijfeld aan. 'Wel raar, want Jan is juist het soort meisje dat het je recht in je gezicht zegt als je over de schreef bent gegaan, weet je? Maar ze heeft nooit iets tegen me gezegd. Ze heeft me er nooit op aangesproken dat ik me niet aan ons pact heb gehouden. Ik lag wel regelmatig overhoop met die nutteloze stiefbroer van haar, en ik heb eventjes gedacht dat hij misschien huilend naar meneer Walker was gegaan en mij op een soort blacklist had laten zetten, maar dat zou Jan nooit hebben gepikt. Dus ik snap er niks van.'

'Ik ook niet,' mompelde ik.

Tiana liet een nerveus lachje horen. 'Ik denk dat ik ook best wel bezorgd was dat ze zich begon thuis te voelen op Dumbass, begrijp je wat ik bedoel? Dat, omdat ze de hele dag bij die nieuwe *rich bitch*-klasgenoten in hun designerkleren was, het haar misschien wel naar het hoofd gestegen was. Dat ik opeens misschien niet meer goed genoeg voor haar was.'

'Dat geloof ik niet,' zei ik geruststellend. Ik kon me niet herinneren dat January ooit iets aardigs had gezegd over haar rich bitch-klasgenoten waaruit ik had opgemaakt dat ze was overgelopen naar de kant van het Kwaad, zelfs al had Jonathan Walker haar zo af en toe gedwongen om met hen om te gaan. 'Maar nu we het er toch over hebben, wat weet jij van de mensen met wie ze op Dumbass omging?'

'Geen zak,' antwoordde Tiana meteen. 'Ik weet dat meneer Walker haar dwong om naar een paar feestjes te gaan, maar ze kon die grieten die de feestjes gaven nooit uitstaan. Maar het zou kunnen dat ze heel misschien vriendinnen heeft gevonden toen ze daar bij de toneelclub ging?' Tiana's stem klonk sceptisch. 'Ik bedoel, ze bracht elke dag na schooltijd urenlang met dezelfde groep mensen door, en ze heeft me wel een paar keer iets over sommigen van hen verteld, maar dat was het.'

'Wie waren die mensen over wie ze het dan had precies?' Ik wilde het echt weten. January had me nooit veel over de toneelclub verteld, behalve dan dat de acteurs baggerslecht waren, dat het toneelstuk onbegrijpelijk was en de toneelleraar een freak.

Tiana maakte een hulpeloos gebaar. 'Ik ken hun echte namen niet, want ze gebruikte steeds bijnamen die ze zelf had verzonnen. Tijdens de eerste bijeenkomst waar January naartoe ging, bijvoorbeeld, stuurde ze me een berichtje over een meisje dat een naveltruitje vol glitters droeg dat zo uit een videoclip uit de jaren tachtig had kunnen komen, en daarom noemde ze haar Glitter. Dat bleef hangen, en vanaf dat moment gebruikte ze elke keer dat ze het over dat meisje had de naam Glitter. "Glitter wil weten of Jonathan ook stagiaires aanneemt voor zijn senaatscampagne" en "ik heb bij wiskunde de kwadratische vergelijking op de rug van mijn hand geschreven, en Glitter vroeg me gewoon serieus of het een tatoeage was". Dat soort dingen.'

'Glitter,' herhaalde ik, en ik voelde alle hoop wegebben. Daar ging mijn plan om nieuwe aanwijzingen voor de afdeling Vermiste Personen op te snorren.

'Ja, ik herinner me in elk geval Glitter, en dan had je ook nog Schaamsnor, Magenta en GBA.'

'GBA?' vroeg ik, aangezien ik geen verdere uitleg van de naam 'Schaamsnor' wilde horen.

'Gemaakt Brits Accent. Die bitch heeft blijkbaar een jaar in Londen gewoond toen ze twaalf was en doet nu alsof ze daardoor voorgoed klinkt als Kate Middleton of zo. Dat soort bullshit.'

Geweldig. Ik kon rechercheurs Moses en Wilkerson laten weten dat ze naar Dumas moesten gaan om Glitter, Magenta, Schaamsnor en Gemaakt Brits Accent te ondervragen. Zo zou January vast nog voor bedtijd weer thuis zijn.

De schoolbel ging en opeens gonsde het in de gangen van de bedrijvigheid, leerlingen die twee kanten op stroomden terwijl Tiana en ik bleven staan waar we stonden.

Behoedzaam nam ik Micahs vriendin in me op, de beste vriendin van mijn vriendin, en ik zag hoe ze de voorbij drommende menigte in de gaten hield. Ik had er geen idee van dat er een breuk tussen haar en January was ontstaan. Ik had hen altijd gezien als griezelig close met elkaar, het soort vriendschap waarbij ik January iets in vertrouwen vertelde en Tiana er vervolgens over hoorde praten. Ik vroeg me dan ook af of January Tiana iets had verteld over haar vermoedens dat ik misschien homoseksueel was. Dat kon bijna niet missen, wat dus inhield dat Micah er bijna zeker ook iets van had meegekregen.

Die drie mensen waren belangrijker voor me dan wie ook op de hele planeet, afgezien van mijn echte familie, en een ogenblik lang brandden mijn wangen en voelde ik mijn hart verkrampen bij de gedachte dat ze achter mijn rug om over me hadden geroddeld.

Over het lawaai van alle voorbijgangers heen vroeg ik uiteindelijk: 'Ti, wat denk jij dat er met January is gebeurd?'

Ze gaf niet meteen antwoord, ze keek me zelfs niet meteen aan, en ik voelde een raar soort nervositeit in mijn maag zoemen. Ik wilde haar horen zeggen dat ik me geen zorgen moest maken, dat het niets voorstelde, maar het bleef maar stil en dat werkte me op mijn zenuwen. Na een poosje zuchtte Tiana. 'Ik weet het niet. Ik wil geloven dat ze opzettelijk is verdwenen en dat alles in orde is, maar... ik blijf er maar aan denken hoe rijk haar stiefvader is. Ik bedoel, zelfs zijn geld heeft geld. Dat godvergeten paleis waarin ze wonen is niet eens het grootste huis dat hij bezit!'

'Denk je dat ze ontvoerd is?' Daar had ik zelf ook al wel aan gedacht, maar zo hardop klonk het bijna surrealistisch, als een plottwist uit een soapserie, en ik vond het niet prettig hoe klam mijn handen opeens aanvoelden. 'De politie heeft anders niets gezegd over een eis om losgeld.'

'Misschien is die er ook niet,' zei Tiana, alsof dat een belangrijk punt was. 'Vergeet niet dat haar stiefvader straks waarschijnlijk in Washington zit. Mensen willen misschien dingen van hem die niets met geld te maken hebben, en misschien wil hij niet dat de politie ontdekt om welke dingen het gaat.'

'Denk je dat het politiek gemotiveerd kan zijn?'

'Misschien. Ik weet het niet. Ik weet niet wat ik ervan moet denken.'

Ze keek er echter bij alsof ze wel degelijk wist wat ze ervan dacht, want haar gezicht stond nog grimmiger dan een minuut geleden. Net op dat moment ging de tweede bel, en Tiana kwam in beweging en pakte haar tas van de grond. 'Ik moet naar mijn les. Laat het me weten als je iets hoort, oké?'

'Ja, natuurlijk,' antwoordde ik automatisch toen Tiana de snel leger wordende gang in liep. Ik was afgeleid en dacht diep na. January's klasgenoten van Dumas kwamen uit families waarvan Jonathan Walker maar al te graag gebruikmaakte voor zijn politieke doeleinden. Zou dat niet wederzijds kunnen zijn? Voor zover ik wist was January voor het laatst op school gezien. Een volwassene had haar die dinsdag een lift naar huis kunnen aanbieden, en vervolgens Walker zijn eisen kunnen voorleggen nadat de politie al gebeld was…

Ik ging zo op in mijn gedachten dat ik me pas realiseerde dat Tiana was teruggekomen toen ik me omdraaide en bijna tegen haar op botste. Haar mond was vertrokken en haar ogen stonden bezorgd. Ineens zei ze: 'Luister, ik wilde dit daarnet niet zeggen, maar je vroeg me wat ik denk dat er met January gebeurd is, en de waarheid is… Flynn, er was iets aan de hand waarover ze me niets wilde vertellen. Dat weet ik gewoon. Ik merkte het aan de manier waarop ze op mijn berichtjes reageerde. De manier waarop ze níét reageerde. Ze hield iets voor me verborgen. Als ze is weggelopen, dan had ze daar misschien een reden voor. En zo niet… dan denk ik dat er echt iets ergs is gebeurd.' Tiana stond te trillen en haar stem was niet meer dan een gefluister. 'En ik heb een akelig voorgevoel dat… dat we January nooit meer terugzien. Dat ze gewoon… weg is.'

En na die woorden draaide Tiana zich om en vluchtte ze de gang in.

5

De rest van de dag bleven Tiana's woorden onheilspellend door mijn hoofd spoken, ook al deed ik mijn best om me niet helemaal gek te laten maken. Ik kon het niet zomaar opgeven en geloven dat January nooit meer terug zou komen. Net als de politie had Ti het M-woord vermeden – *moord* – maar ik wist dat ze er net zo goed aan gedacht moest hebben. Ontvoering kan maar op twee manieren aflopen. Ik was er nog steeds van overtuigd dat January was weggelopen om haar ouders te laten schrikken, en dat ze twee goede redenen had gehad om Ti en mij daar niet over in te lichten: ten eerste zouden wij het plan in de war sturen door de politie erover te vertellen en ten tweede voelde ze er de laatste tijd blijkbaar weinig voor om ons in vertrouwen te nemen.

Dit hield ik mezelf keer op keer voor, en tegen de tijd dat mijn moeder de tafel afruimde na het avondeten, was ik het ook gaan geloven. Ik had na het eten met Micah afgesproken in het skatepark, waar we een paar uur lang zwijgend kickflips oefenden. Micah had vorige zomer zijn ollie al geperfectioneerd, en ook al was de mijne nog nauwelijks beter dan gemiddeld, ik was te trots om hem zonder mij verder te laten gaan. Met als resultaat dat ik langer met mijn reet over de grond rolde dan met de wieltjes onder mijn board, maar de pijn voelde, op een primitieve manier, wel goed.

De dreigende, duistere bui die me de hele dag al in zijn greep hield, weigerde me echter met rust te laten, zelfs nadat Micah en ik het laatste beetje wiet deelden dat ik in mijn bureau had verstopt. We aten Dorito's tegen de geur, besloten dat het wel weer mooi was geweest vanavond en gingen naar huis. Mijn moeder was nog wakker toen ik binnenkwam. Ze zapte langs de diverse kanalen op tv, en we voerden een kort gesprek terwijl ik in de koelkast rommelde, op zoek naar restjes. Ik was te ongeduldig om iets op te warmen, maar ik had eerder al eens ontdekt dat nagenoeg alles koud gegeten kan worden als je er maar voor open staat. Terwijl ik een bord volschepte met kip, aardappels en samengeklonterde macaroni, ratelde zij maar door over 'het verval van de westerse beschaving', wat erop duidde dat ze naar een aflevering van *Real Housewives* had gekeken.

Toen ik dan eindelijk de keuken wilde verlaten met mijn bord vol hapjes, zag ze haar kans schoon. Ik had een bord in mijn ene hand en een glas water in mijn andere, en kon me dus niet verweren. Ze omhelsde me, stevig, en drukte haar gezicht een heel lang en ongemakkelijk moment in mijn haar, en ik probeerde mogelijke achtergebleven geursporen van wiet met pure wilskracht terug mijn hoofdhuid in te trekken. Maar als ze al wat rook, zei ze er niets van. In plaats daarvan maakte ze zich los, keek me recht in mijn ogen en zei: 'Ik hou van je, Flynn.'

'Ik ook van jou, mam,' mompelde ik. Het was niet zo dat ik me opgelaten voelde door haar sentiment, maar de manier waarop ze naar me keek – alsof een van ons elk moment meegesleurd zou worden door gewapende bewakers – bracht me een beetje in het nauw.

'Ik weet niet wat ik zou doen als jou ooit iets zou overkomen.'

O. 'Er gebeurt niets, oké?'

'Ik weet zeker dat Tammy dat ook gedacht moet hebben,' zei mijn moeder zachtjes, en meteen daarna sloeg ze zich tegen het voorhoofd. 'Sorry, dat was nogal lomp. Ik... weet je, je hoort over iets als dit en het doet iets met je... Ik weet het niet, je wordt er knettergek van. Zo'n handenwringende helikopterouder waarvan je altijd gezworen hebt dat jij niet zo zou worden.' Ze zuchtte en wreef in haar ogen. 'Maar... beloof me dat je altijd voorzichtig zult zijn, oké?'

'Dat beloof ik.'

'Zeg dat nou niet alleen om mij een plezier te doen, wijsneus.' Mijn moeder keek me scherpzinnig aan. 'Beloof het me.'

'Oké, ik belóóf het,' mompelde ik weer.

Ze liet me niet los. Ze keek me nu superernstig aan. 'Je kunt me alles vertellen, Flynn. Dat weet je. Je bent mijn zoon, en ik zal altijd van je houden en je altijd steunen, wat er ook gebeurt. Dat weet je toch wel, hè?'

Mijn adem stokte en ik voelde de paranoïde onrust van zenuwen dwars door mijn roes heen. *Bedoelde ze nou wat ik dacht dat ze bedoelde?* Ik piepte een of andere reactie en voordat zij nog iets kon zeggen stoomde ik meteen door met: 'Ik wil nu echt graag naar boven en andere kleren aantrekken, goed?'

'Ja, ja, al goed,' gaf mijn moeder toe, met een stap naar achteren. 'Maar laat je de vieze vaat dit keer niet in je kamer staan, alsjeblieft? Je hoeft het niet eens zelf af te wassen, daar hebben we die dure machine voor.' Ze gebaarde naar de vaatwasser terwijl ik snel de gang naar de hal in liep. Ik was halverwege voor ze me nariep: 'O, en trouwens, Flynn? Als je dan toch wiet rookt, doe het dan alsjebliéft niet op een plek waar je gearresteerd kunt worden, goed?'

Toen ik op mijn kamer was, stuurde ik Micah meteen een berichtje dat ik was betrapt op het wietroken. Ik wist dat mijn ouders er nog wel op terug zouden komen, maar ik hoopte dat de straf niet al te draconisch zou zijn. Will en Kate Doherty waren enorm pro-marihuana en er bestond een kans dat ik er met een vermaning af zou komen. Maar toch wilde ik het angstzweet graag een beetje met Micah delen.

Ik schrokte mijn eten op terwijl ik online een aflevering van *It's Always Sunny in Philadelphia* keek, daarna checkte ik Facebook, trok me af en ging naar bed. Die laatste handeling put me normaal gesproken uit, maar deze avond kon ik niet in slaap komen. Weer bleef January in mijn gedachten rondspoken; als een catchy popnummer wist ze elke nis van mijn brein te bereiken, tot ik het uiteindelijk maar opgaf en mijn aandacht volledig op haar richtte.

Er moest iemand zijn die iets wist. January was niet in rook opgegaan, was niet ontvoerd door ruimtewezens of wat dan ook – maar bij wie moest ik zijn als haar vrienden van niets wisten? Als haar oude kliekje op Riverside geen idee had, en ik niets afwist van haar kennissenkring op Dumas, tot wie moest ik me dan wenden?

En ineens kreeg ik een ingeving: *Kaz*. Fucking Kaz. De eerstejaarsstudent aan de Universiteit van Michigan. Kaz was achttien, aantrekkelijk, en blijkbaar had hij altijd gelijk, wat hij ook zei. Dat was het enige wat ik van hem wist, en alles was informatie uit tweede hand van January, aangezien ik de jongen zelf nog nooit had gezien. Ze hadden elkaar leren kennen toen hij in dezelfde speelgoedwinkel kwam werken waar January al sinds het begin van de middelbare school een parttimebaantje had, en vanaf zijn allereerste werkdag had ik allerlei verhalen over hem moeten aanhoren.

'Kaz is zoooo aantrekkelijk! Er komen altijd maar meisjes de winkel in alleen maar om met hem te flirten, wat eigenlijk vreselijk irritant is, want ze kopen nooit wat. Meestal moet hij doen alsof ik zijn vriendin ben, zodat ze weer weggaan. Vind je dat niet hilarisch?'

Ja. Súperhilarisch. En als January en ik onenigheid hadden, dan werden dergelijke opmerkingen ook vaak persoonlijk. Zoals die keer dat ze besloot toch maar niet naar een concert te gaan waar we al maanden naar uitkeken omdat Tiana met haar familie een weekendje naar Chicago ging en haar geheel onverwacht had meegevraagd.

'Het is maar een concert, *Flynn! Wat gedraag je je toch ongelooflijk kinderachtig!' had ze me toegesnauwd. 'Weet je, Kaz had gelijk. Ik zou veel beter af zijn met een ouder vriendje.'*

Goh, ik vraag me af of hij misschien ook een speciaal 'ouder vriendje' in gedachten had voor je?

'Kaz denkt dat we uit elkaar gaan,' had ze een keertje meegedeeld, vanuit het niets. 'Hij zegt dat het heel moeilijk is om een relatie in stand te houden als je elkaar niet vaak genoeg ziet, en aangezien ik naar Dumas moet en jij op Riverside blijft, zal het waarschijnlijk niet lang meer duren.'

Ik bedoel, what the fuck moest ik daar nou weer op zeggen? En die uitspraak kwam toen ook nog eens precies rond de tijd dat ik begon te beseffen dat die ontzettend belangrijke gevoelens van opwinding die ik voor mijn vriendin zou moeten hebben niets van zich lieten horen. Toen ik me ernstig zorgen begon te maken of ik die gevoelens van opwinding ooit nog zou ontwikkelen voor welk meisje dan ook. Dus ik reageerde er niet al te best op.

'Weiger je soms seks met me te hebben omdat je een micropenis hebt? Kaz zegt dat je geen seks met me wilt omdat je waarschijnlijk een micropenis hebt.'

Ja, goed, dat laatste is een parafrase, maar je snapt wel waarom ik een hekel had aan die gozer die ik nog nooit had ontmoet. Zelfs al was ik niet het meest bevredigende vriendje ter wereld, dan nog was ik wel January's vriendje, en het maakte me knettergek dat ze dergelijk manipulatief advies vol eigenbelang aannam van een jongen die haar duidelijk wel zag zitten, en dat ze zijn woorden gebruikte als een aanvalswapen wanneer we ruziemaakten. Ze wreef het me constant in dat ze hem in haar leven had, een geheimzinnig iemand die intelligent, aantrekkelijk en een echte steun voor haar was, een gretige prins op het witte paard die in de coulissen klaarstond om haar op te vangen en mee te nemen zodra ik iets verkeerd deed. Dat die gozer haar alleen maar in bed probeerde te krijgen was me maar al te duidelijk, maar January was altijd meteen beledigd als ik dat ook maar suggereerde.

De anekdote die rechercheur Moses mijn moeder had verteld kwam weer naar boven terwijl ik daar lag te staren naar het maanlicht dat schuin over mijn voeten viel: *een jongen, ongeveer zo oud als Flynn, kreeg ruzie met zijn ouders, pakte de auto en verdween. Een week later werd hij gevonden door de politie van East Lansing; hij lag te slapen op de vloer van een studentenkamer van een vriend die aan Michigan State studeerde.* Als ik 'State' wegliet uit die zin, had ik het mysterie van January's verdwijning misschien zojuist ontrafeld. Kaz was precies het soort lamstraal dat een scholier zou aanmoedigen een weekje bij hem te logeren om haar ouders een lesje te leren. *Nee, joh, da's helemaal geen probleem, schat! Je mag in mijn bed slapen, ik ga wel op de grond liggen. Tenzij het echt ineens heel koud is, of zo, en je iemand tegen je aan wilt voelen. Had ik al verteld dat de verwarming stuk is?*

Pas toen ik had besloten Kaz op te sporen en antwoorden uit hem los te wurgen, lukte het me eindelijk om in slaap te vallen.

6

De volgende ochtend stond me de wietpreek van mijn ouders te wachten. Het was gênant. Ze hadden allebei vrij actief campagne gevoerd voor de legalisering van medicinale cannabis in Michigan, en ze gaven openlijk toe dat de situatie rondom January's verdwijning een verzachtende omstandigheid vormde voor mijn misstap, maar ze konden me er niet ongestraft mee laten wegkomen. Waar het op neerkwam was dat ze van alles zeiden over het 'respecteren van de wet', en mijn straf was er een van het voorwaardelijke soort: als ik mijn 'taakstraf' uitvoerde, in de vorm van de tuin harken en mama helpen met het avondeten, en ik minstens een maand uit de problemen wist te blijven, dan zouden ze het er voor *deze keer* bij laten.

Daarna zette mijn moeder me met skateboard en al af in de stad, en ik zei dat ik wel met de bus naar huis zou komen – een zwaard waarop ik me alleen maar wilde storten vanwege mijn vermiste vriendin – om op tijd te zijn om haar met het eten te helpen. Zodra ze wegreed, begaf ik me naar Old Mother Hubbard, de speelgoedwinkel waar January werkte. De winkel was ondergebracht in een van de talloze bakstenen gebouwen uit de negentiende eeuw aan Fourth Avenue en slechts een paar straten verwijderd van het gemeentelijk complex dat dienstdeed als het middelpunt van Ann Arbor. Het was een zelfstandige onderneming, wat betekende dat ze belachelijk duur waren. Kortom, alleen dankzij de sterke betrokkenheid van de zeer trouwe inwoners van de stad om vooral lokaal te shoppen, wist de winkel het hoofd boven water te houden.

Althans, dat is wat mij werd verteld. January had me verboden haar op het werk op te zoeken, en ik had geen enkele andere reden om naar een speelgoedwinkel te gaan, dus was ik er nog nooit binnen geweest. Maar ik wist wel dat ze elke zaterdag en zondag diensten van acht uur draaide, en af en toe doordeweeks na de repetities nog 's avonds werkte.

De etalage was vrolijk versierd voor de feestdagen, met schattige uitgeholde pompoenen en pluche dieren verkleed als mummies, heksen en vampiers rond een piramide van het 'griezeligste' speelgoed en de engste boeken die Old Mother Hubbard in huis had. Er rinkelde een belletje toen ik de deur openduwde en de kille buitenlucht verruilde voor het vreemde, steriele interieur van de winkel. Het rook er naar ontsmettingsmiddel, naar een nieuwe auto, en de displays vol glimmend, gloednieuw speelgoed die in de hele ruimte waren neergezet zagen er niet erg uitnodigend uit. Er hing zo'n sfeer van: kijken doe je met je ogen, niet met je handen. Er was slechts één ander iemand aanwezig, een medewerker, en hij was waarschijnlijk de hotste gozer die ik ooit in levenden lijve had gezien.

Hij was slungelig en had een vierkante kaak, zijn haar was een zorgvuldig in model gebrachte kroon van warrige zwarte stekeltjes, en hij was minstens tien centimeter langer dan ik. Aderen lagen als dikke kabels vlak onder de olijfkleurige huid van zijn ergerlijk gespierde armen, en het sukkelige, studentikoze, lavendelkleurige poloshirt dat hij aanhad deed zijn opvallende lichtbruine ogen alleen nog maar beter uitkomen. Hij leek ongeveer van mijn leeftijd, al zei dat weinig. Varkens kunnen een jaar of twintig worden, maar zet er eentje naast een mannelijk fotomodel dat ook ongeveer twintig jaar is en de prestatie is al een heel stuk minder indrukwekkend.

Bij deze specifieke analogie, voor het geval je dat nog niet doorhad, was ik het varken. En het fotomodel dat naar me glimlachte met tanden die glinsterden als een pas witgeverfd tuinhekje – en ik wist het al voordat ik de letters op zijn officiële werknemersnaamplaatje zag staan – was Fucking Kaz.

'Hoi, kan ik je ergens mee helpen?' Zijn jukbeenderen waren scherp genoeg om door glas te snijden, en ik moest mezelf even voorhouden dat ik een bloedhekel aan hem had.

'Ja,' antwoordde ik kortaf. 'Ik ben op zoek naar January.'

Zijn glimlach verloor iets van zijn glans. 'Ze is er niet.'

'Dat weet ik ook wel,' antwoordde ik nog net wat norser. 'Ik vraag je of je weet waar ze is.'

Nu verdween zijn glimlach helemaal. 'Waarom zou ik dat moeten weten?'

'Jullie zijn toch zo close, of niet?' Ik kreeg het niet voor elkaar om een verwijtende toon uit die vraag te houden. Alles aan deze jongen vond ik ergerlijk, van zijn perfecte gezicht en lichaam tot zijn gewoonte om zijn neus in andermans zaken te steken, en ik moest mijn best doen om me te beheersen. 'Ik dacht dat ze jou misschien wel verteld had waar ze naartoe is gegaan.'

'Wie ben jij?' vroeg hij terwijl hij zijn armen over elkaar sloeg voor zijn irritant afgetrainde borstkas.

'Flynn.'

'O. Het vriendje.' De minachting droop ervan af, en ik voelde mijn lichaamstemperatuur stijgen.

'Ja, ik ben haar vriendje,' snauwde ik hem toe, 'en ik maak me zorgen om haar. Dus als je weet waar ze is, zeg het dan gewoon, wil je?'

Hij kneep zijn amandelvormige ogen tot spleetjes en een van zijn mondhoeken kroop omhoog. 'Als January jou ontloopt, zal ze daar wel haar redenen voor hebben. Hoe kom je erbij dat ik haar zou verlinken?'

'Misschien reken ik er wel op dat je minstens half zo slim bent als je tegenover mijn vriendin beweert, en dat je doorhebt dat ik dit bloedserieus meen.' Ik probeerde hem aan te staren tot hij zou wegkijken, maar een jongen intimideren die bijna tien centimeter langer is dan jij is nog knap lastig.

Kaz lachte me nog uit ook. 'Moet je jou eens zien, de stoere bink van school! Je kunt je vriendinnetje de wet niet voorschrijven, dus kom je hiernaartoe om mij een beetje te commanderen.' Hij spreidde zijn armen en ik zag een randje van een tatoeage onder zijn mouw vandaan steken. 'Sorry, maar deze magere-maar-stoere-knulact doet me weinig.'

Ik was zo verrast dat ik hem een ogenblik alleen maar aanstaarde. 'Waar heb je het in godsnaam over?'

'Als January jou ontwijkt, dan is dat hartstikke goed van haar. Dat had ze lang geleden al moeten doen.'

In zijn toon klonk oprechte afkeer, en ik stond er met open mond bij – voor mijn gevoel een heel jaar lang. Uiteindelijk wist ik te reageren met: 'Je weet helemaal geen ene zak over mij. Wat is jouw probleem precies, gast?'

'Mijn "probleem"? Wat dacht je hiervan: ik heb January twee maanden lang horen klagen dat je zo'n slecht vriendje bent. Dat je haar het gevoel geeft onaantrekkelijk te zijn, dat je haar een heel schuldgevoel hebt aangepraat toen ze naar een andere school moest dan waar jij zat, dat je de hele tijd maar de draak steekt met haar nieuwe vrienden...'

'Waar. Heb. Je. Het. In. Godsnaam. Over?' De dingen die hij zei waren zo absurd dat ik een ogenblik lang zeker wist dat er ergens iets verkeerd was gegaan; dat ik de verkeerde speelgoedwinkel in was gelopen, de verkeerde Kaz had gevonden en het met hem over een heel andere January had.

Ik moest toegeven dat mijn ongebruikelijk sterke afkeer van alleen al de tienerversie van de lichamelijke aspecten van onze relatie, achteraf gezien, misschien niet het meest positieve effect op January's zelfvertrouwen had gehad, maar ik heb haar *altijd* gezegd dat ze knap was en ik heb haar nooit laten wegkomen met opmerkingen over dat ze er nog net mee door kon, of lelijk was, of een van de andere beledigingen die ze haar spiegelbeeld naar het hoofd slingerde. En wat dat rotgevoel over naar Dumas moeten betreft, ík was juist degene die een uur lang haar hand vasthield terwijl ze huilde en die haar beloofde dat ze nog voor het einde van het tweede jaar als een dictator over die omhooggevallen privéschool zou heersen. De enige gevatte opmerking die ik nu echter stamelend wist te produceren was: 'Ik heb haar zogenaamde vrienden op Dumas nog nooit ontmoet, hoe kan ik dan de draak met ze steken?'

'Weet ik het. Maar blijkbaar heb je daar iets op gevonden. Ze zei dat je ze allemaal een stel "verwende, rijke nesten met wegwerppony's" noemde, of zoiets.' Kaz keek me kwaad aan. 'Heb je enig idee hoe ze zich daardoor voelde? Alsof ze geen nieuwe vrienden mocht maken, omdat jij een hekel aan ze had en haar dan als een verrader zou zien! Jij hebt iets tegen rijke kids, maar zij is er nu zelf eentje. Ze voelde zich er zwaar klote door!'

Ik knipperde verbaasd. De aanval op mijn karakter landde als een spervuur van granaten terwijl ik me het enige gesprek voor de geest haalde waar Kaz op zou kunnen doelen.

'Je hebt geen idee hoe die bitches zijn, Flynn,' had January verontwaardigd gezegd na haar eerste dag op Dumas. Ze had me de hele middag door bij elke pauze een berichtje gestuurd met een voortgangsrapport over haar toenemende hekel aan haar nieuwe school en iedereen die daar zat, en had bij wijze van grapje gedreigd zich op steeds uitvoeriger manieren van kant te maken om maar niet naar haar volgende les te hoeven. Ze deed een bekakt accent na en jengelde: 'Mammie heeft me de Lamborghini in eierschaalwit in plaats van roomwit gegeven, waarom moet ze nou altijd mijn leven verzieken? Ik vermoord haar nog in haar slaap!'

Lachend had ik haar accent nagebootst en geantwoord: 'Papa-a, mijn pony is vies geworden, dus toen moest ik hem wegdoen. Ik wil een nieuwe!'

Hoe had dat zo verdraaid kunnen worden dat ik January een rotgevoel bezorgde door de spot te drijven met haar zogenaamde nieuwe vrienden? Ik leefde alleen maar met haar mee, verdomme!

'Luister, mijn relatie met January gaat je om te beginnen geen ene moer aan, maar ik heb geen van die dingen die jij zei gedaan!' raasde ik. 'En als jij haar hebt overtuigd dat dat wel zo is, dan ben je een nog grotere klootviool dan ik al dacht!'

'O, ík ben de klootviool?' Nu was het Kaz' beurt om me vol ongeloof aan te staren. Hij knipperde dramatisch met zijn onmogelijk lange, zwarte wimpers.

'Ja! Jij zegt dat ze het maar uit moet maken met me omdat we toch niet meer op dezelfde school zitten, je vindt dat ze maar beter met een "oudere jongen" kan daten – alsof dat geen overduidelijke hufterige streek is – en dan maak je haar ook nog wijs dat ik waarschijnlijk een kleine pik heb? Ja! Jij bent de klootviool!'

Tot mijn tevredenheid zag ik dat mijn tegenaanval de wind een beetje uit zijn zeilen had genomen. Kaz' ogen werden groter en zijn lippen bewogen iets van elkaar. Zijn uitdrukking veranderde van minachting in een soort verbazing. 'Hé, luister, ik...'

'Weet je wat? Het kan me niks schelen ook. January heeft het toch al uitgemaakt, dus jij hebt wat je wilde. Als ze me echt al die tijd al zo'n slecht vriendje vond en mij wil straffen door te verdwijnen, nou, zeg haar dan maar dat het haar gelukt is en dat ze er weer mee kan ophouden.' Ik was nu zo kwaad dat ik bijna over mijn woorden struikelde. Ik zag Kaz door een soort rode mist van woede en ik voelde een brok in mijn keel opkomen. *Grandioos*. Dat kon ik er ook nog wel bij hebben, dat ik in tranen zou uitbarsten waar Fucking Kaz bij was. 'En als je dan toch bezig bent, laat haar dan ook even weten dat ze er een hoop andere mensen mee straft die dat niet verdienen. Haar ouders maken zich zorgen, míjn ouders maken zich zorgen, Tiana is compleet in paniek, en de politie is er ook al bij gehaald, dus of...'

'Howachtstopeven,' viel Kaz me in de rede, zijn handen in de lucht en zijn ogen nog wat groter. 'Waar heb je het over? De politie is erbij gehaald?'

'Ik heb het over het feit dat January al drie dagen vermist is en we allemaal in onze broek schijten van angst!' Ik draaide me met een ruk om en wilde weg stampen, vertrekken nu ik nog sterk stond, en beet hem over mijn schouder toe: 'Haar punt is nu wel duidelijk, oké? En het jouwe ook. Ik hoop dat jullie het heel fijn hebben samen.'

Dat was geen oprechte wens. Ik hoopte eigenlijk veel eerder dat Kaz op z'n minst zou worden aangereden door een brandweerwagen. Ik was al halverwege de deur toen ik ineens zijn hand op mijn bovenarm voelde. 'Wacht nou even!' riep hij smekend, en dit keer leek hij echt verbijsterd. 'Hoe bedoel je: ze is vermist?'

'Ik bedoel dat ze dinsdag na school niet is thuisgekomen en niemand weet waar ze is.' Ik keek hem strak aan. 'Althans, niemand is naar voren gekomen met informatie.'

Hij deed een stap naar achteren. 'En nu denk je dat ík er meer van weet?'

'Niet dan?' daagde ik hem verbitterd uit. 'Je bent haar steun en toeverlaat, degene die haar bergen relatieadvies geeft en haar blijkbaar het idee geeft dat verdwijnen om maar van mij af te komen iets is wat ze lang geleden al had moeten doen.'

'Dat was niet...' Hij herpakte zich. 'Dat bedoelde ik helemaal niet zo.'

Hij leek van zijn stuk gebracht, en ook al leek die schrik niet gespeeld, ik was uit op wraak en ik wilde hem niet geloven. 'Ze is nog minderjarig, weet je dat? Als je haar helpt door haar schuil te houden, dan ben je medeplichtig of zoiets.'

'Dat doe ik niet,' zei hij snel en overtuigend. 'Ik heb geen idee waar ze is, gozer, dat zweer ik. Ik weet hier helemaal niets van!'

Hij keek me recht aan toen hij dat zei, en ik geloofde hem nog ook. En in die fractie van een seconde ontstond er weer een scheur in het al gebarsten oppervlak van mijn hoop dat January ergens zat en in orde was. Ik was liever niet te weten gekomen dat ze bij Kaz was ingetrokken, maar ik realiseerde me dat ik op een of andere perverse manier toch die hoop gekoesterd had. Dat had namelijk betekend dat ze, technisch gezien, veilig was en dat het mysterie officieel was opgelost. Het zou ook hebben betekend dat ik het recht had om een beetje kwaad te zijn in plaats van me alleen maar verward, bang en schuldig te voelen

'Ze heeft je dus niet verteld dat ze van plan was weg te lopen of zo?' vroeg ik.

Kaz schudde heel nadrukkelijk zijn hoofd. 'Is dat wat ze denken dat er gebeurd is?'

Ik haalde mijn schouders op, en mijn blik gleed omlaag naar de ondiepe V van de geopende knoopjes van zijn poloshirt, naar de kleine U-vormige plek waar zijn sleutelbeenderen elkaar raakten. Zijn oprechte bezorgdheid gaf me een ongemakkelijk gevoel; ik was er nog niet aan toe om aardig tegen hem te doen, om een serieus en medelevend gesprek met hem te voeren over January's verdwijning. 'Ze weten het niet. Ze heeft geen briefje of iets achtergelaten. Ik dacht... Heeft ze vandaag niets laten horen?'

Het kwam op dat moment voor het eerst in me op dat als January haar verdwijning al van tevoren had gepland – en ze van plan was om terug te komen – ze misschien een paar dagen vrij had gevraagd van haar werk, zodat haar baantje nog op haar wachtte als ze terug was. Niet dat ze het geld nu nog nodig had, ze was rijk zat. De dagen waarin Tammy alleen maar iets voor January kon kopen als het in de uitverkoop was waren wel voorbij. Maar daar ging het niet om. Toen ze zich gedwongen inschreef bij Dumas, hadden haar ouders haar onder druk gezet om haar baantje bij Old Mother Hubbard op te zeggen, zodat ze zich uitsluitend op haar studie kon richten, maar dat had January resoluut geweigerd.

'Ik ben niet Jonathan Walkers bezit!' had ze ooit tegen me geschreeuwd

nadat ik haar stom genoeg had gevraagd waarom ze niet stopte met haar baantje en ervan genoot dat ze niet meer hoefde te werken, zoals alle anderen dat in haar plaats zouden doen. 'Snap je het dan niet? Mijn huis, mijn telefoon, mijn moeder... alles is al van hem! Ik wil echt niet dat hij ook nog mijn kleren, mijn bioscoopkaartjes en mijn eten bij de fucking Taco Bell gaat betalen, zodat hij de controle heeft over alles wat ik doe. Misschien moet ik dan het huis met hem delen, maar hij hoeft niet overal iets over te zeggen te hebben!'

Om eerlijk te zijn begreep ik haar standpunt niet helemaal. Jonathan Walker was geen warm en vrolijk vaderfiguur, maar hij leek me ook niet een van die emotieloze, militaristische tirannen uit die typische televisiefilms die na school altijd te zien waren. En het was wél iets voor January om in een vlaag van woede haar eigen glazen in te gooien.

Kaz schudde echter zijn hoofd en keek me nog steeds verbijsterd aan. 'Nou... nee.'

'Dus? Heb je geen moment gedacht dat er misschien wat aan de hand kon zijn toen ze vandaag niet kwam opdagen voor haar werk?'

'Nee, je begrijpt het niet,' zei hij, geagiteerd met zijn handen zwaaiend. 'Ze verscheen vandaag niet op het werk omdat dat niet hoefde. Ze werkt hier niet meer.'

Ik knipperde een paar keer. 'Wat?'

'Ze heeft een paar weken geleden ontslag genomen. De ene dag meldde ze zich ziek, de volgende dag kwam ze niet, en toen ik ernaar vroeg, vertelden de eigenaren me dat ze niet meer terugkwam.' Hij draaide zijn handpalmen omhoog in verwarring. 'Geen opgave van reden. Geen opzegtermijn, helemaal niets. Ik weet niet wat ik moet zeggen, gast, maar ze werkt hier al bijna een maand niet meer.'

7

Ik staarde hem nog steeds aan. Weer klonk wat hij zei totaal onlogisch. *January had ontslag genomen?* Daar begreep ik niets van.

Ik dacht terug aan die zaterdag, drie weken geleden, toen Tiana en een paar van de leerlingen van de toneelclub van Riverside een nachtelijk plezierritje hadden georganiseerd in een van de vele appelboomgaarden in Washtenaw County. Het was een zogenaamde herfsttraditie, maar wel een léúke zogenaamde herfsttraditie. Je zat op stinkende hooibalen in de kille avondlucht en hobbelde wat rond over onverharde wegen langs rijen identieke bomen. Je plukte een onganse hoeveelheid appels, dronk een onganse hoeveelheid cider en at meer donuts met poedersuiker dan het menselijk lichaam aankon, en als klap op de vuurpijl volgde er een kampvuur waarbij je s'mores maakte, suffe liedjes zong en iemand smakeloos bier of een mixdrank of een fles goedkope sterkedrank liet rondgaan die hij onder zijn jas had weten mee te smokkelen, en er ging altijd wel iemand over zijn nek. Het was geweldig.

Ik had January een berichtje gestuurd met de vraag of ze die avond vrij kon krijgen zodat ze kon meedoen, en ze had gereageerd met één enkele, zakelijke zin: *de winkel komt deze week handen te kort, ze hebben me nodig, sorry.*

Net iets minder dan twee weken geleden, vijf dagen voor de confrontatie in de schuur, vertoonde een van de kabelzenders een speciaal voor televisie gemonteerde horrorfilmmarathon. Kortom: een van de dingen waar January en ik naar hadden uitgekeken. Ik had haar uitgenodigd om na de toneelrepetitie naar mijn huis te komen zodat we konden lachen om de absurditeit van de versimpelde films vol verbasterde vloekwoorden, en weer had ze de boot afgehouden met een onpersoonlijk regeltje: *repetities en dan werken vanavond, sorry, maar neem wat popcorn namens mij.*

Als Kaz de waarheid sprak en January die avonden niet had gewerkt, waar had ze dan in godsnaam uitgehangen? En waarom had ze tegen me gelogen? Tegen ons allemaal?

'Ze kan geen ontslag hebben genomen,' sputterde ik tegen, en ik zocht Kaz' perfect gestructureerde gezicht af naar bewijs dat hij zich had vergist. 'Ik bedoel, ze heeft mij verteld dat ze nog gewoon hier werkte.'

'Maar dat was niet zo,' antwoordde hij simpelweg.

'Nou, als ze ontslag genomen heeft, dan moet ze daar toch een reden voor hebben opgegeven,' hield ik vol. 'Je zegt toch niet zomaar je baan op zonder uit te leggen waarom?'

'De vrouw die haar sprak toen ze belde zei dat January het verder niet wilde toelichten.' Kaz kamde met een hand door zijn glanzende, donkere haar. 'Ik bedoel, ik heb het haar uiteraard zelf ook gevraagd toen ik haar weer zag, maar ze zei alleen maar dat het een, tussen aanhalingstekens, lang verhaal was. Meer dan dat wilde ze er niet over kwijt.'

'Toen je haar weer zag? Hoe bedoel je? Ik dacht dat je net zei dat ze ontslag had genomen en nooit meer is teruggekomen.'

'Ik bedoelde dat ze niet meer kwam werken,' legde hij uit. 'Ze moest nog wel een keer langskomen voor haar laatste loonstrookje. Ik werkte die dag toen zij en die vriendin van haar binnenkwamen om het te halen.'

'Welke vriendin?' Ik bladerde door mijn mentale Rolodex van January's bekende handlangers en vroeg me af waarom niemand op school iets had gezegd over dit specifieke uitstapje.

'January heeft ons niet aan elkaar voorgesteld,' zei Kaz schouderophalend, 'en haar vriendin zei de hele tijd dat ze er waren nauwelijks een woord. Ze had een Aziatisch uiterlijk, met felroze haar. Klinkt dat bekend?'

'Niet echt,' mompelde ik, wat grotendeels waar was. Het klonk in elk geval niet als iemand van onze kennissenkring op Riverside, maar de beschrijving deed wel een belletje bij me rinkelen.

Ik herinner me in elk geval Glitter, en dan had je ook nog Schaamsnor, Magenta en GBA.

Magenta. Als bijnaam was hij niet heel treffend. Als je bedacht dat een meisje al 'Glitter' werd genoemd omdat ze één keer een topje met glitters aan had gehad, dan kon 'Magenta' verwijzen naar een meisje dat eens knalroze schoenen of een felroze jurk had gedragen of in een roze auto reed. Kaz leek te geloven dat January echte vrienden had op Dumas, en ik wist zeker dat niemand op Riverside voldeed aan de beschrijving van een meisje met een Aziatisch uiterlijk en felroze haar.

Ik drong bij Kaz aan op meer informatie – wat dan ook – maar hij kon me niets vertellen waar ik meer aan had. Nadat ik hem alle vragen had gesteld die in me opkwamen en alle informatie had vergaard die ik meende van hem te kunnen krijgen, liep ik weer naar de deur toe. Achter me vroeg Kaz: 'Denk je echt dat ze zomaar is weggelopen? Dat ze misschien nog terugkomt?'

Zonder me om te draaien antwoordde ik: 'Ik weet het niet.'

Het belletje rinkelde weer boven mijn hoofd en Kaz riep me nog na: 'Als je haar vindt, laat het me dan weten, goed? Ik... ik begin me nu wel een beetje zorgen te maken.'

'Ja, tuurlijk. Je bent de eerste,' antwoordde ik sarcastisch, waarna ik de deur achter me dicht liet vallen.

Die hele nacht en de rest van de volgende dag knaagden Kaz' woorden aan me. De manier waarop hij over mij had gesproken, waarop January volgens hem over me had gesproken, had me versteld doen staan, boos gemaakt en ook een beetje laten schrikken. Het echte probleem was dat er een ongemakkelijke kern van waarheid zat in elke onaangename beschuldiging. Ik had de leerlingen van Dumas ook in de zeik genomen – natuurlijk had ik dat – maar pas nadat January ermee was begonnen. Ironisch genoeg had ik alleen maar meegedaan omdat ik dacht dat het haar zou opvrolijken. Om Kaz het vervolgens te horen omschrijven alsof ik mijn vriendin psychisch mishandelde was vergelijkbaar met in een lachspiegel op de kermis kijken naar een verdraaide versie van de werkelijkheid, een beeld dat zo verwrongen is dat het net zo goed een weergave van iets heel anders zou kunnen zijn.

Datzelfde gold voor de bewering dat ik January een schuldgevoel had aangepraat over het feit dat ze nu naar Dumas ging. Ik had er juist alles aan gedaan om haar er een beter gevoel over te geven. Micah, Ti en ik hadden voordat het schooljaar begon een overlevingspakket voor haar samengesteld: foto's van ons vieren om in haar nieuwe locker op te hangen, een speciale mix voor op haar iPod van liedjes die haar zouden herinneren aan de dingen die we samen hadden gedaan, en speciale ringtones van onze stemmen die ze in haar telefoon kon zetten. Ik had haar wel een miljoen keer verteld dat het op Riverside vreselijk saai zou zijn zonder haar, en dat ik haar enorm zou missen als ze naar Dumas ging, maar dat had ik niet gezegd om haar een rotgevoel te bezorgen. Ik had het gezegd omdat ik dacht dat ze wilde weten dat het voor mij ook moeilijk zou zijn, dat ik helemaal niet blij was om haar te zien weggaan.

Hoe kon ze mijn handelingen en bedoelingen zo extreem verkeerd hebben uitgelegd dat ik in haar verhalen tegen Kaz overkwam als een egoïstische, manipulatieve klootzak? Zou ze echt zo onzeker zijn geworden door mijn stomme grapje over de wegwerppony's dat ze geloofde dat ik haar zou veroordelen als ze vrienden maakte op Dumas? Want dat had ze blijkbaar dus toch gedaan, en blijkbaar had ze die voor me verborgen gehouden met hetzelfde gemak waarmee ze tegen me had gelogen over haar baan bij Old Mother Hubbard. Of was Kaz hier de manipulator? Had hij op haar ingepraat, zodat ze mijn handelingen in een zo ongunstig mogelijk licht zag om ons zo uit elkaar te drijven?

Hoe dan ook, ik begon te ontdekken dat er een hele hoop dingen waren die mijn vriendin de afgelopen tijd voor me verborgen gehouden had, en ik vroeg me af of ik haar eigenlijk wel zo goed kende als ik dacht.

Toen January op maandagochtend nog steeds niet terecht was en de gangen van Riverside vol hingen met flyers met daarop haar stralend glimlachende gezicht en een smekend verzoek om meer informatie, besloot ik dat ik het meisje met het felroze haar moest opsporen. January moest een aanleiding hebben gehad om haar baan op te zeggen, en ik was vastbesloten die te achterhalen. 'Magenta' leek me zo langzamerhand de enige die zou kunnen beschikken over de antwoorden die ik zocht.

Micah en ik hadden maar één vriend die kon autorijden, Mason Collier en, ook al was hij een regelrechte eikel, ik had geen andere keus dan hem na school te smeken om een lift naar Dumas Academy. Mason was een van die jongens die heilig geloofde in een sociale hiërarchie die uitsluitend gebaseerd was op sportieve prestaties, en het feit dat hij gebouwd was als de Hulk zag hij als een teken van God dat hij helemaal boven aan die piramide hoorde te staan. Het is dat ik vorig jaar in het juniorenteam het Riverside-record voor de 200 meter sprint heb verbroken, anders zou Mason waarschijnlijk nooit een woord met me gewisseld hebben.

Het ritje naar Dumas duurde maar twintig minuten, maar voelde als een eeuwigheid. Mason vulde elke seconde van de tijd met een oneindige monoloog over hoe geweldig hij was en dat ik komende winter bij de snowboardclub moest gaan, tenzij ik natuurlijk een mietje was. Hij zei het op een lacherige manier, alsof hij wilde dat ik meelachte en meteen beloofde bij de club te gaan om mijn mannelijkheid te verdedigen, maar een koud, angstaanjagend gevoel kronkelde vanuit mijn hart omhoog naar mijn mond.

Wat zou Mason zeggen als hij ooit de waarheid hoorde over mij? Zou hij dan met schaamte terugdenken aan dit moment? Zou iedereen zich herinneren hoe vaak ze in mijn bijzijn terloops dingen hadden gezegd als 'jezus wat een homo' of 'doe niet zo nichterig', en me plotseling niet meer durven aankijken? Zouden ze zich eigenlijk wel druk maken om wat dat met me gedaan had? Hoe anders zou mijn leven zijn als de waarheid aan het licht kwam?

Toen Mason voor de enorme stenen pilaren van de ingang van Dumas Academy bleef staan, wierp ik hem vijf dollar toe voor de benzine en ik vluchtte het voertuig uit. Het was iets van vierhonderd meter vanaf het hek tot aan de voordeur van de school, maar ik genoot van elke minuut vol frisse lucht en absolute stilte.

Voor een instituut met een klein en zeer selectief aantal leerlingen bestond Dumas uit een vrij reusachtig gebouwencomplex. De campus strekte zich uit over een weids terrein van glooiende, netjes gemaaide gazons en had een hoofdgebouw met daarin de kantoorruimtes en de kantine, plus een handvol bijgebouwen voor de klaslokalen, die per studierichting waren gegroepeerd. De architectuur was sober en modern, met veel glas en travertijn en een heel netwerk aan wandelpaden die kriskras over het aangelegde groen liepen en de verschillende bestemmingen met elkaar verbonden. Een handige plattegrond vlak buiten het hoofdgebouw vertelde me waar ik het theater kon vinden, dus liep ik die kant op.

Het was nogal een gok om aan te nemen dat het meisje met het felroze haar er zou zijn als ik de juiste plek had gevonden, maar een veel betere strategie had ik niet. Tiana had me verteld dat January het meisje had leren kennen bij de toneelclub, en ik wist van January dat er dagelijks na school repetities waren voor het stuk waar ze mee bezig waren. Het was niet heel vreemd om te geloven dat het meisje er nu nog zou zijn, en zo niet, dan was er vast wel iemand die me in elk geval haar naam kon vertellen.

Het theater bleek een apart gebouw te zijn: een duur uitziende constructie van twee verdiepingen, met een fontein voor de deur die bestond uit drie bronzen nimfen die rondspetterden in een vogelbadje. Op een gedenkplaat op de voet stond een eerbetoon aan Harmon en Eugenia Davenport, waarschijnlijk omdat ze de chicste witte achternaam in de hele geschiedenis van Michigan hadden, en ik vroeg me af hoeveel geld ze aan Dumas hadden geschonken.

Ik kwam door een blinkend schone hal vol glimmend wit steen en volgde het geluid van stemmen naar een heel groot auditorium. Comfortabele, karmijnrode stoelen liepen in een lichte helling omlaag naar het voortoneel, en op het podium stonden barokke meubels, losstaande glazen deuren en lege schilderijlijsten die in de ruimte leken te zweven. Het was misschien een tikkeltje abstract, maar het zag er duur en professioneel uit en stelde overduidelijk een zitkamer in een of ander rococopaleis voor. Ondertussen had de toneelclub op Riverside de grootste moeite om van het decor van *The Glass Menagerie* van vorig jaar iets te creëren voor *Hamlet*.

De stemmen die ik had gehoord waren afkomstig van een groepje studenten dat achter in het theater op een rij stoelen rondhing en opgewonden met elkaar roddelde in een kakofonische chaos die ik niet kon ontcijferen. Zodra ze mij zagen vielen ze echter in één keer stil. Ze staarden me aan, waardoor ik me heel erg opgelaten en onwelkom voelde. Geen van hen voldeed aan de beschrijving van de persoon die ik zocht. Ik schraapte mijn keel en deed een poging: ‘Ik ben op zoek naar een Aziatisch meisje met roze haar… kennen jullie haar?’

‘Reiko?’ Een meisje met een kasjmiertrui aan flapte de naam eruit met zo’n vreemde intonatie dat ik niet goed wist of ze verbaasd was dat ik op zoek was naar Reiko, of dat ze niet zeker wist over wélk Aziatisch meisje met roze haar ik het had en maar gewoon een naam had geroepen.

‘Die is waarschijnlijk ergens backstage,’ antwoordde een jongen met een vrouwelijke stem. Zijn ogen namen me van top tot teen op, als sonarapparatuur op zoek naar een gezonken schat, en ik mompelde een bedankje voor ik ervandoor ging. Hij was leuk, en zijn overduidelijke interesse in mij was tegelijkertijd spannend en zenuwslopend.

Uiteindelijk liep ik Reiko bijna letterlijk tegen het lijf. Met mijn handen uitgestoken tastte ik voor me uit om een veloursgordijn heen dat doorliep tot achter de coulissen, en zo kwam ik nog net op tijd tot stilstand voor een laag, door motten aangevreten bankstel waarop drie meisjes zaten te kletsen. Weer stokte het gesprek zodra ik in beeld verscheen, en het trio staarde me verrast aan. Het meisje in het midden had felroze haar en zwarte nagellak, en toen ze mij zag werden haar ogen eerst heel groot en vervolgens veranderden ze in argwanende spleetjes.

‘Ben jij Reiko?’ vroeg ik. Ze knikte, maar zei verder niets, terwijl de andere twee me wezenloos aanstaarden. ‘Ehm... kan ik je even spreken? Onder vier ogen?’

Een ogenblik lang reageerde ze niet, alsof ze me niet had gehoord, maar toen duwde ze zich abrupt overeind van de bank. Tegen haar vriendinnen, en heel duidelijk niet tegen mij, zei ze: ‘Ik ben zo terug, meiden. Blijf zitten waar je zit.’

Nog steeds erkende ze mijn aanwezigheid niet, maar ze beende wel naar een deur in de muur, drukte de dwarsstaaf omhoog en duwde hem open. Fel licht van de gang aan de andere kant van de deur viel in schuine stralen de schemerige, grotachtige ruimte van de coulissen in. Toen ze zich omdraaide en me ongeduldig aankeek, besefte ik pas dat het de bedoeling was dat ik haar volgde.

‘Wat moet je?’ vroeg ze nors toen we recht tegenover elkaar in de gang stonden in het felle licht van de tl-lampen. Vlak naast ons aan de muur hing een enorme poster van de najaarsvoorstelling. Ze voerden Molières *Le Malade imaginaire* op – en aan de titel te zien uiteraard in de originele Franse versie. Dumas was echt vreselijk pretentieus.

'Ik ben Flynn Dohe...'

'Ik weet wie je bent,' viel ze me abrupt in de rede, haar stem kil genoeg om vogels uit de lucht te doen vallen. 'Jij bent het *vriendje.*'

'Eh... ja.' Waarom zei iedereen dat op die rare manier? 'Hoe weet je dat?'

'Hmm, eens zien.' Ze hield haar hoofd schuin, staarde naar het plafond en gaf me een uitvoerige voorstelling van 'meisje dat doet alsof ze nadenkt'. 'Ik weet het in elk geval niet van al die feestjes waar je nooit naartoe bent gekomen, en ook niet van het bal voor het goede doel waar je je vriendin in haar eentje naartoe hebt laten gaan... O, wacht! Ik weet het weer! January heeft me foto's laten zien om te bewijzen dat ze niet loog toen ze beweerde dat ze toch echt een vriendje had.'

Er kwam zo veel vijandigheid op me af dat ik zelfs een stap achteruitdeinsde en verbaasd naar haar knipperde. 'Waar heb je het over?'

'Ik bedoel dat als January ooit steun had gekregen van de mensen om haar heen op wie ze echt rekende, ze misschien niet zomaar zou zijn weggelopen!'

Ik probeerde de hatelijke opmerking te negeren. 'Dus jij denkt dat ze is weggelopen?'

'Nee,' antwoordde ze uit de hoogte, 'ik denk dat ze is verdwenen omdat ze zo blij was dat ze van geluk is ontploft.'

'Hé, kun je die aanvallende toon even een beetje dimmen?' Ik was het zo langzamerhand zat om veroordeeld te worden door mensen die ik nog nooit eerder had gezien. 'Ik ben hier omdat ik me zorgen om haar maak, oké?'

'Om jezelf, zul je bedoelen.'

'Wat is jouw probleem? Wat heb je tegen mij?' Het was net alsof ik een déjà-vu had nu ik me alweer stond te verdedigen tegenover een van January's vrienden.

Reiko prikte met een vinger in mijn borst. 'Jij was er nooit wanneer January je nodig had. Nóóít. Je liet haar in haar eentje naar feestjes met alleen maar vreemden gaan omdat jíj geen zin had om te gaan met mensen die op Dumas zaten. Ze was de enige op dat dansfeest zonder date, en ze voelde zich zo ellendig dat ze nauwelijks kon glimlachen op de foto's...'

'Wélk dansfeest?' Ik schreeuwde zo onderhand en mijn stem weergalmde luid tegen de tegels van de gang. Reiko kromp ineen.

'Voor het goede doel,' herhaalde ze stijfjes, en toen ze zag dat ik nog meer uitleg nodig had, rolde ze met haar ogen. 'Het feest dat de Dumas Philanthropic Society elk jaar organiseert?' Ik keek haar nog steeds niet-begrijpend aan, dus lichtte ze geërgerd toe: 'Je koopt kaartjes om naar binnen te mogen, alle opbrengsten gaan naar een goed doel, iedereen trekt mooie kleren aan en het is elk najaar weer letterlijk het grootste sociale evenement en jouw vriendin moest helemaal in haar eentje gaan omdat jij "nou eenmaal niet danst"!'

De laatste paar woorden bracht ze met een opmerkelijke hoeveelheid sarcasme, en ik nam aan dat het een letterlijk citaat was. Het duurde even voor ik kon reageren, want de woorden brachten totaal geen herinnering naar boven. Geen enkel gesprek dat January en ik ooit hadden gevoerd kwam naar boven bij die verwijzing. Verbijsterd hield ik mijn handen omhoog. 'Ik heb het niet zo op dansfeesten, maar ik was heus wel gegaan als January me had meegevraagd. Ik hoor er nu voor het eerst iets over.'

'Ze zei dat ze je wel degelijk heeft gevraagd en dat je geen interesse had om te gaan.'

'Ze heeft me nog nooit uitgenodigd voor iets op Dumas,' hield ik vol. Ik weet niet waarom, maar opeens voelde het reuze belangrijk dat ik mijn imago in de ogen van dit meisje wist te herstellen. 'Ze zei tegen mij dat zíj niet eens naar dat soort bijeenkomsten wilde gaan, dat haar stiefvader haar dwong, dus waarom zou ze mij dan meenemen? Ik bedoel, wanneer was dat grote dansfeest dan helemaal?'

Reiko staarde me met onverholen argwaan aan, maar gaf toch schoorvoetend antwoord op de vraag. 'Drie weken geleden, op zaterdag.'

'De dag waarop jij samen met January haar laatste loonstrookje hebt opgehaald.' Ik trok een wenkbrauw op.

Het meisje haalde ongemakkelijk haar schouders op. 'Ja. Ze wilde dat er iemand met haar meeging. Ik heb haar nog gezegd dat het een slecht idee was om ontslag te nemen, maar ze wilde niet luisteren.'

'Waarom heeft ze dat dan gedaan?'

'Dat weet ik niet. Misschien vanwege jou,' beet ze me venijnig toe, haar blik wederom nog ijziger en harder dan een ijsberg.

'Ik kan echt niet wachten om te horen waar dit naartoe gaat.'

'Nou, ja, jij hebt haar gedwongen te stoppen met het toneelstuk, dus wie weet wat je haar nog meer hebt laten...'

'Zeg je nou dat ze met het toneelstuk is gestopt?' Mijn hoofd begon langzamerhand te tollen. Het was net alsof we twee verschillende talen spraken die slechts een beetje hetzelfde klonken. 'Maar ze gaat al bijna sinds het begin van het jaar elke dag uit school naar de repetities!'

Reiko hield haar hoofd schuin en keek naar mij alsof ík knettergek was. 'Nee, ze is na het dansfeest gestopt. Ze zei dat je steeds maar aan haar kop zeurde dat ze te veel met schooldingen bezig was en te weinig tijd met jou doorbracht! En weer stelde je jouw superbelangrijke, jengelige behoeften boven die van...'

'Ik heb nooit een woord tegen haar gezegd over het toneelstuk of een van al haar andere verplichtingen,' riep ik nu kwaad uit, 'en als ze is gestopt, dan heeft ze mij daar nooit iets over verteld! Twee weken geleden liet ze me nog gewoon zitten omdat ze moest repeteren!'

Reiko hield voet bij stuk. 'Nee. Niet waar! Ze is gestopt vanwege jóú. We hadden plannen voor zaterdag een week geleden, en January heeft mij laten zitten omdat jij zo nodig wilde dat ze kwam kijken terwijl je wheelies maakte met je skateboard of zoiets achterlijks.'

'Ik heb January sinds september nauwelijks gezien, en tien dagen geleden heeft ze het uitgemaakt! Dus die zaterdag hebben we zeker weten niets samen gedaan,' verklaarde ik stellig, en ik besloot Reiko's kolossale vergissing over wat je met een skateboard wel en niet kon doen maar door de vingers te zien.

'Ze heeft het uitgemaakt?' Het meisje vertrok haar gezicht. Mijn verklaring had de vaart uit haar argumentenstroom gehaald en een lang ogenblik bleef het behoedzaam stil en keken we elkaar alleen maar aan. Uiteindelijk besloot Reiko de impasse te verbreken met een geluid dat het midden hield tussen een zucht en een snuif, en haar woede leek weg te zakken en over te gaan in irritatie. Met een peinzende blik zei ze: 'Wauw. Dus misschien was ze het dan toch al die tijd al van plan.'

'Wat was ze van plan?' vroeg ik verbaasd, en Reiko snoof alsof ik een idioot was.

'Om weg te lopen!' Ze gooide haar handen in de lucht alsof ze 'Tadaa!' wilde roepen. 'January heeft haar baan opgezegd, is gestopt met de toneelclub, heeft jou aan de kant gezet... Ik bedoel, het klinkt wel een beetje alsof ze al haar banden aan het verbreken was.'

Nu ze het zo zei, was dat inderdaad hoe het klonk... maar ik was er niet van overtuigd dat het sluitend bewijs was. Ik zag nog ruimte voor twijfel. 'Maar waarom? Ik snap wel dat ze ongelukkig was, ik besef ook wel dat ik niet altijd een geweldig vriendje ben geweest, maar January was een doorzetter. Ze gaf nooit op. Er moet iets gebeurd zijn dat haar tot al deze dingen heeft aangezet – ze heeft haar vrienden in de steek gelaten, haar baantje opgezegd, is gestopt met toneel, en vervolgens heeft ze over al die dingen gelogen. Maar wat?'

Reiko's mond vertrok in een afkeurende beweging en ze keek me net niet aan. Een paar seconden te laat om overtuigend te zijn mompelde ze: 'Ik weet het niet.'

Ik verstrakte. 'Reiko? Wat is er gebeurd?'

'Niets wat ik jou kan vertellen,' antwoordde ze ontwijkend.

'Wat houdt dat in?' vroeg ik streng. 'Als je iets weet wat de politie kan helpen te achterhalen wat er met haar gebeurd is, dan moet je dat wel zeggen.'

'Dat kán ik niet! Er zijn régels!' schreeuwde ze, en vervolgens perste ze haar lippen op elkaar alsof ze haar mond voorbij had gepraat.

'Waar heb je het over? Welke regels?'

Reiko streek met haar vingers door haar haar, keerde me de rug toe om weg te lopen en draaide zich toen snel naar me terug. 'Luister, January werd omringd door mensen die haar constant teleurstelden, en daar word ik er niet ook eentje van. Wat ik weet, is me in vertrouwen verteld, en dat zal ik niet beschamen. Als ze niet gevonden wil worden, dan ga ik haar absoluut niet verraden – en ik ga ook haar geheimen niet doorvertellen aan mensen aan wie zij ze blijkbaar niet toevertrouwde!'

Weer keerde ze me de rug toe, en nu trok ze de deur naar de coulissen open en verdween in de donkere ruimte. De deur viel achter haar dicht en zodra de laatste trillingen van de echo wegstierven, bleef ik achter met één angstaanjagende vraag waarop ik geen antwoord zou krijgen: *Maar wat als January nou toch niet was weggelopen?*

8

Het was een onrustige nacht. Reiko leek ervan overtuigd dat mijn vriendin was weggelopen, maar het beeld dat ze had geschetst van een January die al haar banden verbrak was niet erg geruststellend. Mensen die op die manier bruggen achter zich verbrandden, deden dat vaak als ze van plan waren dit aardse ongerief achter zich te laten – en was dat niet ook de eerste conclusie geweest waar de rechercheurs op aanstuurden toen ze bij mij thuis waren? Ik wilde nog steeds geloven dat January was weggelopen, maar ik wist niet meer wat ik ervan moest maken. Dingen die ik over mijn vriendin dacht te weten stonden ineens op losse schroeven en ik werd er onzeker van.

Ik wist niet hoe ik moest verwerken wat ik de afgelopen dagen te weten was gekomen, en het ergste was dat ik January niet om uitleg kon vragen. Waarom had ze gezegd dat ik nooit voor haar klaarstond, terwijl juist zij degene was die steeds meer afstand tussen ons creëerde? *Ik ga ook haar geheimen niet doorvertellen aan mensen aan wie zij ze blijkbaar niet toevertrouwde!* Wat was het waarmee January niet naar mij had kunnen komen? Wat had ik, afgezien van dat ene belangrijke probleem in onze relatie, ooit gedaan om haar het gevoel te geven dat ze niet op me kon rekenen?

Ze was een van de belangrijkste mensen in mijn leven en dat was al zo sinds het begin van het eerste schooljaar. Zelfs als ik de boel had verpest met de hoop dat ik een romance tussen ons kon laten opbloeien – en door in paniek te raken zodra ik besefte dat het me niet ging lukken – dan nog hield ik echt van haar. Ik wilde nog steeds iemand zijn op wie ze kon rekenen. Waarom was ze niet naar me toe gekomen? En wat wist ik nog meer niet over haar?

Op dinsdagochtend, toen January bijna een hele week vermist was, belde mijn moeder naar school om door te geven dat ik die dag niet zou komen. Er werd een zoekactie georganiseerd met vrijwilligers die de velden en wildernis van het Superior Charter Township zou afzoeken, en ik was net zo lang met mijn ouders in discussie gegaan tot ik van hen mocht meedoen. Een paar kerkgroepen hadden in het weekend de bossen rondom Dumas al doorzocht, de politie had delen van de Huron – de rivier die midden door de stad kronkelde – afgedregd zonder dat openbaar te maken, en studenten van de universiteit hadden the Arb – een bomentuin van vijftig hectare bij het centrum van het campusterrein – uitgekamd. Nergens was ook maar een spoor van mijn ex-vriendin te bekennen geweest.

Ik had een hele hoop gevoelens over January waar ik niets mee kon – schuldgevoel, uiteraard, en ook een toenemende mate van verwarring en boosheid nu ik hoorde hoe ze me had afgeschilderd tegenover mensen die niets anders dan haar woord hadden om hun mening op te baseren – maar in alle eerlijkheid miste ik haar gewoon. Ik miste de avonden waarop we samen popcorn en ijs aten terwijl we naar oude films keken, ik miste de privéberichtjes die we elkaar de hele tijd stuurden wanneer we precies tegelijkertijd in het computerlab zaten en ik miste haar spitsvondigheid, haar talent om elk moment zo vlijmscherp door te prikken dat het bijna leek alsof het in een draaiboek stond. Ik miste mijn beste vriendin.

Zelfs als January wel spontaan terugkeerde zouden we niet meer kunnen teruggaan naar hoe het ooit was, maar ik kon het ook niet op deze manier laten eindigen. Ik wilde haar op z'n minst laten weten dat ik spijt had van die stomme ruzie, en dat ik haar pijn had gedaan omdat ik niet in staat was eerlijk te zijn tegenover mezelf over wat ik nou echt wilde. En daarna konden we het hebben over háár oneerlijke gedrag.

Op weg naar zijn werk zette mijn vader me af bij January's huis. Een gigantisch spandoek voor de verkiezingscampagne, met daarop de tekst WALKER VOOR DE SENAAT, begroette ons toen we de weg verlieten en een lange, bochtige oprit op reden die langs in vormen gesnoeide bomen liep en naar de garage voor vijf auto's leidde. Het huis waar mijn ex-vriendin woonde was een kolossaal landhuis van steen en bakstenen met vier gevelspitsen, drie schoorstenen en twee enorme balkons op de eerste verdieping. De verhoogde veranda, inclusief lage balustrade van uitgehouwen steen, helde licht omlaag naar de voortuin, in een herhaling van de vorm van een gigantische fontein die tevens dienstdeed als koivijver. Harmon en Eugenia Davenport zouden vast stikjaloers zijn geweest.

Een indrukwekkende groep mensen had zich al voor de deur verzameld, waaronder ten minste één cameraploeg van het nieuws, en toen ik me bij de menigte voegde, ging ik op zoek naar bekende gezichten. Dat waren er maar weinig. Afgezien van January's ouders en een handvol van Jonathan Walkers duffe politieke vrienden was mevrouw Hughes, Tiana's moeder, de enige die ik herkende. Er was maar één andere vrijwilliger van ongeveer mijn leeftijd, en dat was uiteraard Fucking Kaz. Het was ijskoud buiten en ik had een beanie tot over mijn oren getrokken maar Kaz – in zijn wollen jekker en Burberry-sjaal – stelde zijn perfect gestylede haar bloot aan de elementen. Zonder spoortje van verbittering hoopte ik stilletjes dat hij zou bevriezen en zijn oren zou verliezen.

Hij merkte me al op zodra ik arriveerde, maar in plaats van zich om te draaien zwaaide hij zowaar naar me en probeerde hij mijn aandacht te trekken alsof we oude vrienden waren of zo. Ik negeerde hem, drong door de menigte heen naar voren, en beklom een van de twee stenen trappen die samenkwamen op de podiumachtige veranda. Daar stonden January's ouders, vergezeld door rechercheur Moses en meneer Walkers campagneleider, Eddie Sward. Rechercheur Moses liet haar blik over de menigte glijden en sprak in een walkietalkie terwijl meneer en mevrouw Walker niet erg overtuigend deden alsof ze interesse hadden in de woorden van een oudere man die ik niet herkende.

Ik had nooit goed overweg gekund met January's stiefvader. Niet dat we onenigheid hadden of zo, maar hij leek mij nooit de moeite te hebben gevonden om beter te leren kennen. Als ik langskwam om January te bezoeken, dan schudde hij me plichtmatig de hand, stelde een paar ongeïnteresseerde vragen over school en excuseerde zich weer om een telefoontje te plegen. Ik had hem nooit een grapje horen maken of hardop horen lachen – geen welgemeende lach, in elk geval – en ik had hem volgens mij ook nog nooit zonder stropdas gezien. Zijn grijzende haar was naar achteren gekamd, weg uit zijn aristocratische gezicht, en dat gelaat had een afwezige uitdrukking, alsof hij nauwelijks van zijn stuk gebracht was door de onverklaarde afwezigheid van zijn stiefdochter die nu al een week duurde. Hij was niet vergeten de campagnebutton op de revers van zijn regenjas te spelden, zag ik, en hij was zich overduidelijk bewust van de tv-camera's, ondanks zijn pogingen om het tegendeel uit te stralen.

January's moeder zag er daarentegen uit als een compleet wrak. Ze was al afgevallen toen zij en meneer Walker een serieus stelletje werden, toen ze meteen het nieuwste dieet begon te volgen en meedeed met de fitnessprogramma's die bij talkshows voor Vrouwen van een Bepaalde Leeftijd werden gepromoot, maar ze was nog meer kilo's kwijtgeraakt sinds ik haar voor het laatst had gezien. Haar gezicht was uitgemergeld, haar ogen opgezwollen en onzeker, en haar lange vingers frunnikten constant aan de parelketting rond haar hals. Ze droeg een crèmekleurig broekpak met een crèmekleurig jasje erboven, en haar crèmekleurige haar zat strak naar achteren in een Grace Kellyrol. Ze leek schrikbarend veel op haar eigen geestverschijning.

'Ze is zo'n opvallend meisje, knap ook,' zei de oudere man tegen hen op een vreemde, gekunstelde manier, alsof hij iets opzei wat hij uit zijn hoofd had geleerd. Hij was kalend, had een witte baard, een bril zonder montuur en hij straalde iets professorachtigs uit. 'Ik heb haar al gezegd dat ze veel te knap was om haar tijd achter de schermen te verdoen, ze had in de schijnwerpers moeten staan, zei ik nog, maar ze aarzelde. Die bescheidenheid sierde haar, zelfs.'

'Dank u, dat is erg aardig van u,' mompelde Jonathan Walker met opeengeklemde kaken, en hij schoof een klein stapje opzij zodat de camera's hem beter in beeld zouden krijgen.

'Ze was zeer innemend, January,' ging de man enthousiast verder. 'Ze...'

'Flynn!' Tammy Walker zag me staan en haar gezicht begon te stralen als een kerstboom vol lampjes. Oprechte blijdschap scheen door een laag verdriet heen en het contrast brak mijn hart. 'Flynn, wat fantastisch dat je ook bent gekomen!'

'Hallo, mevrouw Walker, meneer Walker,' mompelde ik ongemakkelijk toen January's moeder me gebaarde in hun onbehaaglijke kringetje te komen staan. Meneer Walker schudde me weer plichtmatig de hand en schonk me een norse begroeting van één lettergreep, maar mevrouw Walker trok me tegen zich aan in een stevige, hoekige knuffel, en ik voelde haar adem onregelmatig en warm in mijn nek.

'Ik ben zo blij dat je bent gekomen!' zei ze met een zachte, geknepen fluisterstem. 'Ik ben zo blij dat je bent gekomen. Zo blij dat je bent gekomen...'

Meneer Walker haalde ons uit elkaar met een zachtaardig, maar vastberaden gebaar en ik had hem er bijna voor bedankt. January's moeder staarde me aan op een verbazingwekkend hoopvolle manier terwijl ze haar vingers kromde en weer strekte. Ik had zo af en toe wel eens een dronken volwassene gezien, een gezagdrager die zich onvoorspelbaar en enigszins schrikbarend gedroeg, maar ik had nog nooit iemand meegemaakt die echt op het randje balanceerde. Tammy had altijd een overgevoelige indruk op me gemaakt, geneigd om heel snel te emotioneel en melodramatisch te worden als ze ruziemaakte met January, maar zo labiel had ik haar nog nooit gezien.

Ik schuifelde ongemakkelijk met mijn voeten en had er opeens spijt van dat ik naar de veranda was gelopen. Iedereen op de binnenplaats keek naar ons, besefte ik, inclusief de tv-ploeg. Ik schraapte mijn keel en mompelde: 'Ik dacht... Ik maakte me gewoon heel erg zorgen sinds ik hoorde... en... dat wilde ik even komen zeggen.'

Het was het slapste blijk van medeleven ooit, misschien zelfs in de hele geschiedenis van dit universum, maar ik wist gewoon niet wat gepast was om in deze omstandigheden te zeggen. Toch rolden er tranen van verdriet over mevrouw Walkers wangen, en ze zei: 'Natuurlijk, lieverd, natuurlijk maak je je zorgen.'

'Flynn is January's vriendje,' legde meneer Walker uit aan de bebaarde man, die me vervolgens met enige verbazing aankeek. Tegen mij voegde meneer Walker eraan toe: 'Dit is Cedric Kaufmann, de regisseur van het toneelstuk op school, waar January ook aan meedoet.'

'Het is eigenlijk Hoffman,' verbeterde de oudere man hem vriendelijk. Hij schudde me de hand en zei: 'Ik geloof niet dat ik jou ken, knul.'

'Flynn zit op Riverside,' zei Tammy met een onvaste stem. 'Dat was January's oude school, voordat ze naar Dumas ging.'

'Nee, je lijkt me inderdaad niet het type voor Dumas,' deelde Hoffman me neutraal mee, en ik wist niet goed of ik zojuist was beledigd of niet. Maar de blik die hij me schonk was niet bepaald vriendelijk. 'Ik kan me niet herinneren dat January het ooit over jou heeft gehad.'

'We zijn sinds vorige zomer een stelletje,' zei ik, omdat er op dat moment een onaangename stilte viel en ik het gevoel had dat iemand iets moest zeggen omdat de wereld anders zou vergaan.

'Ze was een heel aardig meisje,' zei hij op strenge toon tegen me. 'Zeer knap.' Door de geaffecteerde sentimentaliteit in zijn stem herinnerde ik me opeens dat January hem een freak had genoemd. Ik begreep wel waarom. 'Ik hoop maar dat je haar op waarde wist te schatten, knul.'

'O, dat doet hij zeker, meneer Hoffman,' zei mevrouw Walker ietsjes enthousiaster, nog steeds met die geschifte grijns op haar gezicht. 'Flynn is geweldig goed voor January. Ze zijn zo gelukkig samen.' Het was me duidelijk dat zij in elk geval niets had meegekregen van de anti-Flynn-propaganda die in deze stad leek te heersen. 'Ja, toch?'

Ze keek me hoopvol aan, Hoffman keek veel eerder sceptisch en meneer Walker ronduit afstandelijk. Ik wilde net een antwoord mompelen toen rechercheur Moses ons onderbrak en me een van de meest gênante gesprekken in mijn leven bespaarde. 'We willen nu graag beginnen, dus als jullie twee even naar beneden lopen om je bij de anderen te voegen...'

Ze had het natuurlijk tegen mij en Hoffman, en opgelucht trok ik me terug bij de brede rand van de stenen fontein. De vissen waren voor het winterseizoen uit de vijver gehaald, maar het water zat er nog in, en toen de wind draaide voelde ik ijzige druppeltjes in mijn gezicht. Ik hield mijn blik op de veranda gericht, waar rechercheur Moses stond met een flyer met een grote foto van January erop. Het was een foto die de vorige zomer was genomen, op een avond dat we een beetje in het centrum rondhingen. January lachte en haar blonde haar hing over haar schouders naar voren. Ze zag er zelfverzekerd uit. Gelukkig.

'Luister goed, allemaal,' begon rechercheur Moses met een luide stem die met gemak ook de achterste mensen uit de groep wist te bereiken. 'We zijn hier vandaag bijeengekomen om te zoeken naar January Beth McConville. Voor wie haar niet persoonlijk kent: ze is een blanke vrouw van vijftien jaar, ongeveer 1 meter 65 lang en ze weegt vijftig kilo. Ze heeft blauwe ogen en lang blond haar. Dat zijn haar belangrijkste uiterlijke kenmerken. Die staan ook geprint op deze flyer...' Ze hield hem wat hoger zodat we hem allemaal konden zien, '...net als een beschrijving van de kleren waarin ze voor het laatst is gezien: een lichtgrijs sweatshirt met capuchon, een donkere spijkerbroek en een paar rode canvasschoenen. Op deze lijst vindt u tevens de contactnummers. Als u January vandaag vindt, bel dan een van deze nummers. Als u een kledingstuk vindt, of een achtergelaten telefoon, een voetafdruk, wat dan ook dat er verdacht uitziet of niet op zijn plek is of ons kan helpen January op te sporen, *bel dan een van deze nummers.* Wat u vooral níét moet doen is iets *aanraken* of iets *verplaatsen* of iets *fotograferen* wat op bewijsmateriaal lijkt en het dan op internet zetten. We hebben allemaal hetzelfde doel voor ogen, en daarvoor moeten we samenwerken. En daarom: ga nergens alleen naartoe. Ironisch genoeg kunnen er mensen zoekraken tijdens een zoekactie. Kies een partner – of beter nog, een heel groepje – en blijf bij elkaar. Zorg ervoor dat een van jullie in elk geval een volledig opgeladen, functionerende mobiele telefoon bij zich heeft. Blijf, indien mogelijk, binnen gehoorsafstand van andere groepen en wees u bewust van uw omgeving. Als u January vindt en ze is gewond, doe dan geen poging om haar te verplaatsen, en tenzij u een getraind medisch hulpverlener bent, mag u haar beslist niet proberen te behandelen. *Bel een van deze nummers.*'

Rechercheur Moses kwam van de veranda af en begon flyers uit te delen aan de aanwezigen. Volwassenen gristen ze uit haar handen en hielden ze stevig en eerbiedig vast alsof het een programmaboekje van de kerk was. Medelevende kreetjes stegen op uit de groep vrijwilligers toen ze naar January's stralende, knappe gezicht keken, haar outfit in hun geheugen prentten en de telefoonnummers opsloegen in hun eigen mobiel. Een misselijkmakend ogenblik lang had ik het gevoel alsof ik meedeed aan 's werelds macaberste speurtocht.

Mijn mond voelde plakkerig en droog toen de flyer uiteindelijk ook in mijn hand terechtkwam en ik naar January's levendige glimlach keek. Ik had tientallen vergelijkbare glimlachjes op tv en in de kranten gezien, op het gezicht van meisjes wier foto meestal naast een tragisch bericht stond, zoals een ontvoeringsbericht of een artikel over een moord. Meisjes van wie je wist dat niemand ze ooit nog terug zou zien. Het was heel surrealistisch nu het blije, aardige meisje in het nieuws mijn ex-vriendin was. Zouden we haar vandaag vinden? Wílden we dat eigenlijk wel? Want als ze zich zo dicht bij huis bevond, en daar al die tijd al geweest was, dan had ze of gekampeerd in het bos, of… ze was dood.

En January was nooit erg dol geweest op kamperen.

Rechercheur Moses onderbrak mijn gedachten toen ze wilde weten of er nog vragen waren. Zodra bleek dat dat niet het geval was, blafte ze: 'Oké, dames en heren. Laten we January naar huis brengen.'

9

De menigte begon zich te verspreiden, vrijwilligers met zaklampen, mobiele telefoons en flyers in de hand liepen allemaal een andere kant op, de relatieve wildernis in rondom het landgoed van de Walkers. Rechercheur Moses beklom de veranda weer en begeleidde January's ouders terug het huis in, door de enorme voordeuren van gesneden en gebeitst eikenhout. Ik draaide me om en wilde op zoek gaan naar mevrouw Hughes. Ik voelde er weinig voor om met een taak als deze mee te lopen met een groep volmaakt vreemden, en ik had opeens ook behoefte aan de geruststellende aanwezigheid van een betrouwbare en bekende volwassene.

Ik had nog geen drie stappen gezet toen ik iemand mijn naam hoorde roepen.

'Flynn!' Het was Kaz. Hij zwaaide weer met zijn hand in de lucht om mijn aandacht te trekken over de hoofden heen van alle mensen tussen ons in, en ik draaide me meteen de andere kant op en deed alsof ik hem niet zag. Maar dat kon ik vergeten: de fontein blokkeerde de weg vlak voor me en een groepje oudere vrijwilligers die met een plattegrond in de hand stonden te redetwisten vormde een onoverkomelijk obstakel aan mijn linkerkant. Tegen de tijd dat ik optie nummer drie kon overwegen, was het al te laat. Kaz had me al ingehaald. 'Hé, gozer, wacht even!'

'Wat doe jij hier?' vroeg ik stuurs, alsof hij het recht niet had om naar mijn vermiste vriendin op zoek te gaan.

'Ik wilde helpen.' Het klonk alsof hij zich schaamde en ik kreeg een scheve grijns van hem. ‘Luister, ik voel me rot over hoe het de vorige keer is gelopen. We hebben een behoorlijk valse start gemaakt, als je begrijpt wat ik bedoel.’

‘Ja, vind je?’ vroeg ik met uitgestreken gezicht.

Hij verschoof zijn gewicht van de ene voet naar de andere en liet zijn hoofd hangen. ‘Ja. Luister, ik heb eens nagedacht over de dingen die je zaterdag zei, want ik snapte er geen hout van. En ik ben me gaan afvragen of… nou ja, ik weet het niet.’

‘Wat?’

‘Ik heb January nooit gezegd dat ze een vriendje moest zoeken dat ouder was,’ flapte hij eruit, en hij keek naar me alsof hij niet zeker wist of ik hem wel zou geloven. ‘Ik bedoel, het klonk alsof je dacht dat ik haar voor mezelf wilde inpikken of zo, maar dat is echt niet het geval. Ik mag January graag, als vriendin, maar meer niet. Ze is niet mijn type, en dat weet zij ook. Ik wéét dat ze dat weet.’

‘Toch heeft ze gezegd dat jij haar dat had aangeraden,’ wierp ik eigenwijs tegen, ook al had ik me al gerealiseerd dat mijn ex-vriendin wellicht het schoolvoorbeeld was van een onbetrouwbare bron. ‘Waarom zou ze dat zeggen als het niet waar is?’

‘Dat weet ik niet!’ antwoordde hij oprecht. ‘Dat bedoel ik dus. January was een keertje overstuur omdat jullie ergens onenigheid over hadden, en toen bleef ze maar dingen zeggen als “Flynn is zo onvolwassen” en “misschien moet ik maar niet meer met leeftijdgenoten daten, want die zijn allemaal zo kinderachtig. Misschien moet ik maar een studerende jongen zien te vinden”. En ze vroeg me naar mijn mening, en het was duidelijk dat ze iemand zocht die haar zou bijvallen, dus deed ik dat. Meer stelde het niet voor.’ Hij trok opgelaten aan de kraag van zijn jas en mompelde: ‘En ik heb ook nooit iets gezegd over de lengte van je… geval.’

Voor alle duidelijkheid gebaarde hij naar mijn kruis, en ik voelde dat ik rood kleurde. ‘Heb je haar aangeraden het uit te maken?’

‘Ja, dat wel,’ gaf hij toe, en hij blies zijn adem uit. ‘Maar weet je, elke keer dat ze met mij over jou sprak, had ze wat te klagen. Ze leek altijd van streek of gedeprimeerd door iets wat jij had gezegd, dus… ja. Ik zei dat ze het niet verdiende om de hele tijd ongelukkig te zijn, en dat als het tussen jullie niet zo goed zat, ze misschien maar beter verder kon kijken.'

Hij keek naar de grond en sloeg zijn ogen vervolgens op, wachtend tot ik iets zou zeggen. Ik was nog steeds kwaad op hem, ik liep nog steeds rond met ingesleten wrokgevoelens van maandenlang moeten aanhoren hoe geweldig Kaz was en dat hij altijd iets in mijn nadeel wist te zeggen achter mijn rug om, dingen die mijn blijkbaar zeer lichtgelovige vriendin constant *bijna* wisten te overtuigen. En nu probeerde hij zich open te stellen, en ik wist dat het heel volwassen zou zijn om dat gebaar te beantwoorden, en ik wist ook dat ik me als volwassene zou moeten willen opstellen, maar toch deed ik het niet. En die waarheid was vreselijk frustrerend. De hele situatie irriteerde me, en ik stak mijn handen diep in de zakken van mijn jas. 'Waarom vertel je me al die dingen?'

'Zoals ik al zei: ik heb eens nagedacht. Ik geloof dat ik me realiseerde dat als January jou dingen over mij had verteld die een verkeerde weergave vormden van de werkelijkheid, dan waren de dingen die ze mij over jou verteld heeft misschien ook niet helemaal de waarheid.' Hij haalde zijn schouders op in een ongemakkelijk gebaar. 'Ik vond dat ik je in elk geval de kans moest geven om me jouw kant van het verhaal te vertellen.'

'Waarom?' reageerde ik. 'Omdat ik er zo vreselijk mee zit wat jij van me denkt?'

'*Fair enough.*' Kaz zuchtte. 'Ik denk dat ik je voornamelijk mijn verontschuldigingen moet aanbieden. January wist je neer te zetten als een gigantische klootzak die niets om haar gaf, maar...' Hij gebaarde naar de binnenplaats, 'jij bent verder de enige van haar vrienden die vandaag hierheen is gekomen. En je bent ook de enige die naar de speelgoedwinkel is gekomen om vragen te stellen, afgezien van de politie. Dat is ook zoiets: ik hoorde van de eigenaren dat de politie vorige week langs is geweest en dat January haar ouders blijkbaar ook nooit verteld heeft van haar ontslag.' Weer schonk hij me die scheve grijns, en zijn schaapachtige blik maakte zijn hele houding de helft minder hufterig. 'Ik weet niet waarom ze zei wat ze heeft gezegd, maar ik wilde het graag rechtzetten. Het spijt me, gozer.'

Het was een raar moment. Kaz had geen reden om tegen me te liegen, en geen reden om vrede te willen sluiten, tenzij hij de waarheid vertelde. En toch was ik kwaad dat ik mijn woede nu moest loslaten. Ik was behoorlijk lang bezig geweest mezelf te overtuigen dat ik alle recht had om een hekel aan Kaz te hebben, en ik was ook echt nog niet van plan hem te vertrouwen, maar ik kon het ook niet goedpraten als ik dit vredesgebaar zou afwijzen. Met tegenzin knikte ik hem kort toe. 'Oké. Mij best.'

Ik draaide me vervolgens vrij nadrukkelijk om, maar ontdekte dat we nagenoeg alleen waren overgebleven. Mevrouw Hughes was nergens te bekennen en de enige volwassenen die er nog stonden waren de ouderen met de plattegrond, die het nog steeds niet eens waren geworden over wie de kaart mocht vasthouden en welke kant nu eigenlijk het noorden was. Ik liet een vermoeide zucht horen en besefte mijn lot al voordat ik Kaz hoorde voorstellen: 'En, wat denk je ervan? Zullen we samen zoeken?'

Een lange tijd spraken we allebei niet en zwiepten onze laarzen de grasssprieten opzij waar nog een klein zilverkleurig laagje nachtvorst op lag. Het was een bewolkte dag, de hemel een stevige deken van duifgrijze wolken, en een koud, kil licht viel neer op de velden die zich achter het huis van de Walkers uitstrekten. We hadden het landhuis ver achter ons gelaten, en in de verte zagen we groepjes andere vrijwilligers onvermurwbaar doorstappen naar de dichte bossen ten zuidoosten van het landgoed. Zonder iets te zeggen koos ik voor de zuidwestelijke richting, en Kaz volgde me.

'January heeft me wel verteld dat haar ouders van die typische rijke blanken waren die tot de toplaag van de maatschappij behoren, maar toch had ik niet verwacht dat het letterlijk een "Ken en Barbie doen de Hamptons aan"-verhaal zou zijn,' merkte hij geforceerd vriendschappelijk op toen hij naast me kwam lopen. Zijn lange benen wisten mijn pas met gemak bij te houden. Hij schonk me weer die leuke, scheve grijns en was nu zo dichtbij dat ik een geur opsnoof van kruidenzeep vermengd met een sandelhoutluchtje, waardoor mijn buik ineens rare dingen begon te doen. Ik klemde mijn kaken op elkaar en probeerde mijn tempo te versnellen. Ik wist niet eens zeker of ik Kaz als persoon wel aardig wilde vinden, laat staan dat ik... *iets* voor hem ging voelen.

Hij merkte niets van mijn ongemak en ging verder: 'Ik bedoel, zoals zij het vertelde, is haar stiefvader een of andere robotachtige karikatuur die met een vlag staat te zwaaien. Al had ik me haar moeder wel iets relaxter voorgesteld.'

'Dat was ze vroeger ook,' zei ik uiteindelijk, bij wijze van vriendschappelijk gebaar. 'Min of meer, dan. Ik bedoel, ze kon soms best lastig zijn. Als January iets zei wat ook maar een beetje respectloos was, dan begon Tammy al te huilen en te zeuren over alles wat ze had opgeofferd en "stank voor dank" en dat soort dingen. Maar normaal gesproken was ze best cool. Ze praatte niet neerbuigend tegen je, gedroeg zich niet alsof ze dacht dat je te stom was om haar te begrijpen... Ze maakte grappen, ze lachte veel en ze vloekte als een bootwerker. Ze was heel aardig.' Ik herinnerde me nog dat ik in January's oude appartement was, nog voordat we officieel een stelletje vormden, en op de bank zat en Tammy door de kamer zag stuiven, haar vaalbruine haar opgestoken in een overhellende haarwrong. *Niet naar me kijken! Ik zie er totaal niet uit! Ik ga Sarah Jessica Parker aanklagen!* Seks and the City *heeft me totaal niet voorbereid op een leven als alleenstaande moeder van in de dertig zónder designerhakken en een geweldig seksleven!* 'Tammy is heel erg veranderd nadat ze is hertrouwd. In hun oude appartement had ze één muur in de keuken beschilderd met van die krijtbordverf, zodat iedereen erop kon schrijven. In hun nieuwe huis heeft ze in een van de kamers op de begane grond wit tapijt laten leggen en nu mag niemand meer die kamer in omdat ze niet wil dat het vies wordt.'

'Gelukkig ziet het ernaar uit dat ze meer dan genoeg ruimte overhoudt,' merkte Kaz droogjes op. 'Maar dan nog. Misschien is January's moeder juist de robot. Walker is toch eigenaar van een of ander softwarebedrijf? Misschien heeft hij een vervangende Tammy gebouwd en die perfectionistische persoonlijkheid geïnstalleerd bij wijze van upgrade.'

'Weet je dat January bijna precies datzelfde grapje heeft gemaakt?' Ik glimlachte bij de herinnering. 'Al zou ik het woord upgrade maar niet gebruiken als je het ooit aan haar vertelt.'

'Ik vind het ongelooflijk dat ze het hier zo vreselijk vindt!' riep Kaz opeens. Hij draaide zich half rond en liep naast me een paar passen achteruit, met gespreide armen om het hele gebied aan te duiden, vanaf het kleiner wordende landhuis tot en met het weids uitgestrekte, netjes bijgehouden gazon. Zelfs rond eind oktober en onder een grijs wolkendek was het vrij indrukwekkend. 'Ik bedoel, het is natuurlijk allemaal iets te overdreven, maar dan nog is het freaking fantastisch. Als ik hier woonde, zou ik al mijn vrije tijd met mijn camera door deze velden wandelen.'

'Ben je fotograaf?'

'Ja. Nou ja, ik bedoel, geen echte of zo.' Hij draaide zich weer om. 'Ik ben nog steeds maar een amateur. Ik wilde van fotografie mijn hoofdstudie maken, maar mijn ouders – dokter en dokter Bashiri – zagen dat niet zo zitten, en aangezien zij mijn collegegeld betalen...'

'Dus je studeert geneeskunde?'

'Ja, de voorbereidende opleiding. Niet dat ik er nou zo'n hekel aan heb of iets; ik vond de wetenschappelijke vakken altijd al interessant en mijn ouders bereidden me al voor op een medische loopbaan sinds ik iets van vier jaar oud was, dus het kan erger.' Hij klonk echter een beetje onzeker. 'Maar... het is niet zo dat ik het nou van harte doe.'

'Want je hart ligt bij fotografie.'

'Ja, dat is gewoon mijn passie.' Hij bleef naar zijn voeten staren. 'Ik kreeg mijn eerste echte camera toen ik tien was, en ben meteen naar buiten gegaan om iets van honderd veel te ver ingezoomde foto's van ons vogelvoederhuisje te maken. Ze waren stuk voor stuk onscherp, maar ik besloot dat dat ze juist iets "artistieks" gaf, en ik wilde ze ophangen aan alle muren van de eetkamer – want dat was óns voederhuisje, snap je?' Hij lachte, maar zijn gezicht was roze van schaamte. 'Ik vond het de diepzinnigste metafoor ooit, en bedacht dat als ik dan weer foto's maakte van mijn foto's in onze eetkamer, die foto's dan zelfs in een museum konden hangen of zo. Ugh.' Hij kneep eventjes zijn ogen dicht. 'Wat was ik toch een freak. Goddank had ik destijds nog geen Tumblr-account.'

Ik lachte nu ook een beetje, ik kon het niet helpen. 'Ik neem aan dat het project over het "menselijke voederhuisje" niet helemaal werd gewaardeerd door de curator van het Museum voor Moderne Kunsten?'

'Mijn genie is zijn tijd vooruit.'

'Ik wilde dit jaar bij de fotoclub op Riverside, maar de enige camera die ik heb is een gammele, digitale compactcamera,' gaf ik na een ogenblik toe. 'Zelfs als ik iets cools zie en het precies zo geframed krijg als ik wil, dan nog ziet het er vreselijk slecht uit zodra ik het naar mijn computer heb overgezet.'

'Goede apparatuur is heel duur.' Kaz keek me even vreemd en aarzelend aan. 'Je mag de mijne wel gebruiken, als je wilt. Ik bedoel, het is waarschijnlijk de goedkoopste professionele camera die je kunt vinden, maar ik kan je laten zien hoe hij werkt, en ik garandeer je dat de resultaten beter zijn dan met jouw compactcamera.'

'O. Eh... dank je,' wist ik uit te brengen, verbaasd en tegelijkertijd op mijn hoede om dit gulle gebaar.

'Nou ja, ik heb er zelf ook wat aan.' Weer glimlachte hij heel hartelijk. 'Vergeet niet dat ik hier niet ben opgegroeid. Ik ben een paar maanden geleden pas in Ann Arbor komen wonen vanwege school, en ik ken nog niet zoveel van de omgeving. Jij mag mijn camera lenen, en dan neem jij mij mee als gids naar plekjes die het fotograferen waard zijn.'

Ik mompelde iets, want ik wist oprecht niet hoe ik moest reageren op die voorgestelde regeling. Ik kon maar niet bevatten waarom hij zo aardig tegen me deed, waarom hij blijkbaar vrienden wilde worden, ook al had hij alleen maar nare dingen over me gehoord. Hij had de misverstanden rond de verhalen die January me over hem had wijsgemaakt nu uit de weg geruimd, maar andersom had ik het nog laten afweten. Hij ging er gewoon van uit dat ze mij ook in een verkeerd daglicht had gezet. Sterker nog, híj zou degene moeten zijn die nog steeds een hekel had aan míj.

Zelfs al voelde hij die opgelaten sfeer tussen ons niet, ik voelde hem wel, en dus vertelde ik Kaz uiteindelijk maar hoe het zat met die opmerking over de zogenaamde wegwerppony's, en mijn ijverige inspanningen om ervoor te zorgen dat January zich niet rot zou voelen toen ze van Riverside af moest. Ik ging niet in op haar beweringen dat ze zich door mij onaantrekkelijk zou voelen, want dat was een wespennest waar ik me absoluut niet in ging wagen – voor niemand.

Toen ik klaar was met vertellen, bleef hij een poosje stil. Zijn perfect gebeeldhouwde gelaatstrekken waren gespannen en bedachtzaam. Het gras waar we doorheen sjokten was een stuk langer geworden, de sprieten raakten onze scheenbenen en ik zag nergens nog andere vrijwilligers. Achter ons blokkeerde een groepje cipressen ons uitzicht op het landhuis van de Walkers, en een zwerm kraaien maakte onheilspellend een duikvlucht boven hun donkere toppen. Uiteindelijk slaakte hij een zucht. 'Het spijt me, gast. Ik zou niet weten waarom ze dat gedaan heeft... waarom ze dingen deed voorkomen... nou ja, zoals ze ze deed voorkomen.'

Weer mompelde ik een of ander vrijblijvend antwoord, maar in werkelijkheid had ik zo mijn vermoedens. Ze had Kaz afgeschilderd als een rustige oudere jongen die haar van me probeerde af te pakken omdat ze me jaloers wilde maken. Ze had hem laten geloven dat ik een manipulatieve klootzak was omdat ze hoopte de prins op het witte paard in hem wakker te maken, ook al had hij nog zo gezegd dat ze zijn type niet was, zodat hij haar misschien toch zou willen daten als hij haar op die manier uit mijn klauwen kon redden. Als hij daar positief op had gereageerd, zou ze me misschien voor hem aan de kant hebben gezet en zich hebben bevrijd van mijn duidelijke onverschilligheid op romantisch gebied.

Toen we bij de beek aankwamen, waar het water zachtjes en kronkelend in een smalle geul voortkabbelde, sprong ik naar de overkant en wachtte ik bij de bomen tot Kaz me zou volgen. Pas op dat moment vroeg hij me waar ik hem mee naartoe nam. Ik duwde een paar takken van een overheersend geurende dennenboom opzij en antwoordde: 'Hiernaartoe.'

De oude schuur doemde voor ons op toen we door het gebladerte heen kwamen. Hij zag er onheilspellend en verlaten uit met zijn rottende grijze façade en het zwarte vierkante gat van het raam op de hooizolder. Kaz hapte naar lucht. 'Holy shit, dat zit eruit als Freddy Kruegers zomerhuisje of iets! Is dit ook eigendom van de Walkers?'

'Ze weten niet eens van het bestaan ervan,' zei ik tegen hem terwijl ik naar de deur toe liep. 'Ik weet niet eens of iemand hiervan afweet. Je zou kunnen zeggen dat dit January's geheime schuilplaats is.'

Heel dapper hield ik me vast aan een sprankje hoop dat ik haar zou aantreffen, veilig genesteld en kamperend in het verlaten, vervallen gebouw, ondergedoken met een slaapzak, een stapeltje paperbacks en een oude transistorradio, lachend om de constante stroom nieuwsberichten over haar verdwijning. In zekere zin was dat een verklaring die best logisch was. Ik nam niet aan dat de politie hier al had gezocht, anders hadden ze geen vrijwilligers gevraagd om dit gebied uit te kammen. En als January bij vrienden of familie zat, hadden ze haar ongetwijfeld allang gevonden. En als ze ontvoerd was, dan zou er nu wel een losgeldeis zijn geweest. Maar aan de andere kant was het evengoed onlogisch. Het was flink behelpen zonder elektriciteit, water en een wc binnenshuis, en dus niet January's favoriete manier om de tijd door te brengen. Als ze haar ouders een les had willen leren, dan zou dat nu wel klaar moeten zijn. En toch klampte ik me aan die mogelijkheid vast.

Ik sjorde de schuurdeur open en stapte de muf ruikende schaduwen in. Ik nam even de tijd om mijn ogen aan de duisternis te laten wennen. Licht straalde door kieren in de oude planken naar binnen, een heel sterrenbeeld van bleke schijnsels, en kleine stofdeeltjes dwarrelden rond in de onregelmatige, verlichte stroken. Afgezien daarvan was het in het grotachtige bouwwerk zo stil en bewegingloos als in een tombe. Het was niet erg bemoedigend. En toch riep ik: 'January?'

Er kwam geen antwoord en mijn stem kreeg zelfs geen echo dankzij de dikke laag stro die onder onze voeten knerpte. Ik luisterde heel aandachtig voor het geval ik iets hoorde bewegen of ademen, in de hoop dat January zich hier ergens verborgen hield en expres niet liet merken dat ze er was, toen Kaz achter me aan naar binnen stormde. 'Het is hier binnen nog griezeliger dan buiten. Als dat al kan.'

'Ik ga op de hooizolder kijken,' kondigde ik aan terwijl ik naar de ladder liep.

'Wat ligt er in deze stallen?' vroeg hij, om zich heen kijkend terwijl ik me vastgreep aan de sporten en begon te klimmen. 'Behalve hooi, dan.'

'Geen idee,' antwoordde ik kortaf. 'Ga maar kijken.'

Toen ik de zolder bereikte, ebden alle laatste restjes hoop weg. In het licht dat door het geopende vierkante raam naar binnen viel zag ik dat hier niemand de nacht had doorgebracht. Alles was nog exact zoals ik het me herinnerde van die vrijdagavond waarop January en ik die beslissende confrontatie hadden: balen muf hooi waren langs de wand opgestapeld, samen met oude, lege kratten. Het kleine nestje waar de ruzie had plaatsgevonden was nog intact, en er lag niet eens een snoepwikkel of verfrommeld papieren zakdoekje dat erop wees dat hier iemand was geweest. Pas toen ik dit alles in me opnam, besefte ik hoe wanhopig graag ik haar hier had willen vinden.

'Er staat hier een grote, roestige beluchter, maar verder weinig!' schreeuwde Kaz van beneden terwijl ik rechtop ging staan en de zolder begon te doorzoeken. 'Het lijkt een beetje op wat je in een middeleeuwse kerker zou aantreffen. Ik ga niks aanraken, daarvoor heb ik mijn tetanusprikken veel te lang geleden gehad.'

'Blijf rondkijken. Blijf zoeken of je iets ziet wat erop wijst dat iemand hier een tijd heeft gezeten.'

Ik liet mijn blik heen en weer glijden en liep langzaam van de ladder naar het raam toe, behendig om de zwakke plek in de zoldervloer heen stappend. Het hout kraakte desondanks jammerlijk, en dit was een van die keren waarop ik zeer dankbaar was klein van stuk en mager te zijn. Kaz praatte verder en besprak elk stuk lang vergeten puin dat hij in de stallen tegenkwam, terwijl ik het nestje bereikte en me er moedeloos in liet zakken.

Ik keek door het raam naar buiten, staarde naar de plek waar ik January voor het laatst had gezien en blies mijn adem uit. Het was duidelijk dat er hier in de schuur niets te ontdekken viel en opeens voelde ik me intens verloren en verslagen. Waar kon ik nog meer gaan zoeken? Met wie kon ik nog meer praten? Voor mijn gevoel had ik alle aanwijzingen die ik kon vinden nu wel uitgezocht, maar ik had niets gevonden. Hardop mompelde ik: 'Waar bén je toch, Jan?'

Beneden liep Kaz richting de ladder. Hij riep mijn naam en vroeg me wat ik op zolder had ontdekt. Ik draaide mijn hoofd om om antwoord te geven, maar ineens viel mijn oog op iets. Ik verstijfde. Het bleke licht van de vroege namiddag dat schuin de schuur in scheen viel op een onregelmatig patroon dat in de zachte houten planken van een van de muren gekerfd leek. Het was een vreemde verzameling groeven en strepen die achter een groot krat in de schaduwen verborgen waren. Ik krabbelde overeind, duwde de obstakels opzij en hapte geschrokken naar lucht om wat ik had gevonden.

'Kaz!' riep ik. 'Kom naar boven!'

In het zachte hout was met een klein mes of misschien zelfs een huissleutel een reeks scherpe lijntjes gegutst. Ik telde vijfentwintig puntige, onregelmatige streepjes, die in groepjes van vijf bij elkaar stonden alsof iemand de puntentelling van een pokerwedstrijd bijhield. Ik staarde naar de diepe, opvallende groeven, toen Kaz de ladder op klauterde en op de zolder verscheen.

'Wat is er? Wat heb je gevonden?'

'Ik weet het niet zo goed.' Ik raakte de streepjes aan met mijn vingers en voelde de scherpe geul. Ze waren in elk geval niet oud. 'Ik denk dat January hier iets in gekerfd heeft.'

'Wat staat er dan?'

Voordat ik kon antwoorden kwam hij op me af en zijn voeten stampten hard op de vloer in zijn gretigheid om te komen kijken. Een acute schrikreactie stuwde de adrenaline door mijn ledematen, en ik stak meteen mijn handen uit in een nutteloze poging om hem tegen te houden, met waarschuwende woorden op mijn lippen – alleen besefte ik precies op dat moment dat ik al te laat was. 'NEE, WACHT, NIET DOEN!'

Verbijsterd aarzelde hij, en zijn ene voet landde op de half verrotte vloerplanken. Het hout kraakte en versplinterde, en boog door onder zijn gewicht. De tijd leek te vertragen toen het angstaanjagende besef tot Kaz door leek te dringen. De planken trokken krom, zakten door en begaven het als een stel droge twijgjes. Ik sprong met uitgestrekte armen op hem af. Op hetzelfde moment dook hij naar voren, door de lucht maaiend met zijn handen terwijl hij viel. We ontmoetten elkaar ergens in het midden.

Door onze gezamenlijke vaart werden we zijwaarts geworpen. Kaz' voeten waren net bij de scheur in de vloer vandaan toen daar een groot, gapend gat ontstond, en we vielen op een hoop smerig stro. Ondanks die relatief zachte landing was de klap zo heftig dat de hele schuur ervan schudde, en vlak onder ons schoven en kreunden de verweerde planken tot ik er zeker van was dat de hele boel zou instorten. Maar het schudden werd langzamer en hield uiteindelijk op. De dakspanten kraakten nog wat na tot de enige beweging op zolder afkomstig was van de kolkende stofdeeltjes die door de hevige opschudding waren opgewaaid en van mijn pijnlijk bonzende hart dat tegen mijn ribben bonkte.

Kaz lag hijgend boven op me, zijn goud-olijfkleurige gezicht grijs van schrik. 'Holy shit, man.' Hij blies trillend zijn adem uit, zijn mond zo dichtbij dat ik de koffie en spearmintkauwgom in zijn adem kon ruiken. 'Ik geloof dat je zojuist mijn leven hebt gered.'

'Ik geloof dat ik zojuist mijn ribben heb gebroken,' grapte ik zwakjes als antwoord. Mijn hoofd tolde een beetje omdat de lucht uit mijn longen was geperst toen hij boven op me terechtkwam.

'Wauw, je dook gewoon op me af alsof je fucking Batman was!' Hij giechelde er een beetje bij, een lachje om zijn zenuwen kwijt te raken. 'Dat was best wel stoer, eigenlijk.'

'Ja, dat ben ik. De superstoere scholier.'

Het was weer bedoeld als geintje, maar zodra ik het hardop had gezegd, leek de sfeer te veranderen. Kaz' uitdrukking gleed van shock naar opluchting naar een emotie die ik niet meteen herkende, en hij staarde naar me, met een donkere, intense blik in zijn lichtbruine ogen. Zijn gezicht werd zichtbaar nog vriendelijker en hij knipperde met een vreemde behoedzaamheid. 'Flynn...'

Hij kwam iets dichterbij, aarzelde... en kuste me.

Eerst was de druk onverdraaglijk voorzichtig, zijn lippen zacht en warm tegen de mijne, en er stak een elektrische storm op in mijn maag toen tegenstrijdige emoties als een donderslag van mijn hoofdhuid tot aan mijn tenen roffelden. Vervolgens duwde Kaz' onderlip mijn mond een beetje open, grepen zijn vingers de kraag van mijn jas steviger vast en ik voelde hitte en honger en mijn hoofd tolde als een carrousel, en zodra zijn tong de mijne raakte stroomde al het bloed in mijn hele lijf in één keer als een gek naar een specifieke plek tussen mijn benen, als een meute Black Friday-shoppers die de openingsbel van de winkel hoorden.

Van het ene op het andere moment was ik opgewonden, van nul tot stalen wapeningsstaaf in nagenoeg no time, en meteen werd ik overspoeld door een golf van paniek die me uit evenwicht bracht. Met onze lichamen zo op elkaar gedrukt bestond er geen enkele kans dat Kaz mijn fysieke reactie niet had gevoeld, en terwijl de elektriciteit elk zenuwuiteinde in mijn huid deed tintelen, deinsde ik geschrokken naar achteren.

Angst, een absolute oerangst, vulde mijn longen en kneep mijn keel dicht. 'Stop!'

Weer keek Kaz me totaal in de war aan. 'Ik... ik begrijp niet...'

'*Stop! Ga van me af!*' Ik duwde hem opzij en krabbelde overeind terwijl ik mijn hart alweer tegen mijn ribben hoorde trommelen, en ik probeerde mijn erectie uit alle macht te verhullen met de rand van mijn jas toen ik achteruit bij hem vandaan schuifelde.

'Het... het spijt me,' stamelde Kaz met een benepen stemmetje. Hij keek er geschrokken en verlegen bij. 'Het was niet mijn bedoeling dat dat zou gebeuren.'

'Waarom deed je dat?' vroeg ik gestoord, terwijl ik zonder enige reden naar hem begon te wijzen.

'Weet ik niet. Ik dacht... de manier waarop je naar me keek...'

'Ik ben niet gay!'

Ik heb geen idee waarom ik dat zei. Het rolde al van mijn tong voor ik er erg in had. Ik had de waarheid kunnen toegeven en mezelf in elk geval van dat moment kunnen laten genieten – en aangezien ik met een onvaste hand het bewijs van mijn leugen probeerde te verbergen, heb ik geen idee wie ik dacht voor de gek te kunnen houden – maar ik kon het niet. Het was eenvoudiger om het te ontkennen, om het uit te stellen. Voorgoed.

'Ik. Ben. Niet. Gay!'

'Het spijt me,' herhaalde Kaz op een geknepen, perplexe toon. 'Ik had niet... Het was stom van me. Ik dacht...'

Hij liet de zin voor wat die was en staarde hulpeloos naar me op vanaf de stoffige pallet op de vloer. Ik staarde hijgend terug. Ik probeerde te bedenken wat ik nu moest doen, en wat het betekende dat uitgerekend Kaz mij had gezóénd, maar toen hoorden we het geschreeuw.

Schril en woordeloos echode het gegil tegen de zachte wolkendeken, een onmiskenbaar noodsignaal dat de spanning op de hooizolder als een bijl doorkliefde. Meteen klom ik van de ladder af met Kaz op mijn hielen, en toen ik de schuur uit holde, besefte ik dat het geschreeuw afkomstig was van een aangrenzend veld, waar January altijd graag ging liggen om naar de sterren te kijken.

Mijn longen en ledematen prikten van schrik, en ik baande me een weg door het bosje bomen dat de schuur van de weide afscheidde. Boven op de helling in het midden van het veld, met donkere vogels die onheilspellend boven hun hoofden vlogen, zag ik een groepje mensen staan. Een van hen was een Afrikaans-Amerikaanse vrouw – Tiana's moeder – en die stond te snikken tegen de schouder van de toneelleraar van Dumas, Cedric Hoffman. Haar verstikte gesnik reikte over de lege vlakte.

Mijn gedachten versplinterden terwijl ik die helling op strompelde, een diepe ellende maakte een ijzige smurrie van mijn bloedsomloop, en zekerheid en ontkenning staken tegelijkertijd de kop op. Ik bleef me voorhouden: *Nee, nee, dit is niet waar, dit kan niet, nee*, maar ik wist het. Ik wist het met elke vezel van mijn wezen, ik wist dat ze haar hadden gevonden. Ik wist dat de zoektocht naar January voorbij was.

Mijn blikveld werd troebel en ik proefde zuur achter in mijn keel toen ik mevrouw Hughes bereikte en omlaagkeek. Ik was zo verdoofd van angst dat ik eerst niet eens begreep waar ik naar keek. Het leek op niet veel meer dan een stapeltje oude kleren – iemands afval dat was gedumpt op een plek waar het niet hoorde. Toen ik het beeld eindelijk weer een beetje scherp kreeg en de wereld om me heen mee denderde in het ritme van mijn hartslag, knipperde ik nog steeds vol verwarring voor me uit. Bij mijn voeten lag inderdaad een stapeltje kleren, en verder niets.

Nog een minuut lang bleef ik mijn best doen om er een lichaam bij te zien, om de ontdekking aan te passen aan mijn afschuwelijke verwachtingen, voordat ik eindelijk begreep waar ik precies naar keek. De rode canvasschoenen, de donkere spijkerbroek, het grijze sweatshirt… dit waren niet zomaar kleren. Het waren *January's* kleren. Dit was de outfit die op de flyer was beschreven – de outfit waarin ze voor het laatst was gezien – en toen zag ik de bekende scheur in de knie van de broek, en de inktvlek vlak bij de linkerelleboog van de hoody, het resultaat van een niet bijster slim plan om zelf thuis de punten van haar haar te verven. De kleren waren onmiskenbaar van haar… maar er was iets mis. Zo erg mis dat ik mevrouw Hughes' ademloze angst en het paniekerige geroezemoes van de groep vrijwilligers die op haar kreten af waren gekomen meteen begreep.

Aan de omslagen van de mouwen van de hoody en de pijpen van de spijkerbroek zaten brede stroken zilverkleurig tape. Een dikke, roodbruine vlek, zo donker dat hij bijna zwart leek, bedekte de voorkant van het lichtgrijze sweatshirt. De vlek begon bij de kraag en liep helemaal door tot de zoom onderaan en bedekte bijna de hele voorzijde. Het gedragen textiel was zo hard geworden dat het karton leek. Het was een angstaanjagende aanblik die me deed duizelen. Mijn hart klopte hard bij mijn slapen, en een diepgeworteld deel van me had al beseft waar ik naar keek, net een fractie van een seconde voordat mijn hersens de puzzelstukjes in elkaar pasten.

Het was bloed.

10

De volgende paar uur gingen als in een waas aan me voorbij; de tijd leek zich schijnbaar gelijktijdig beide kanten op te strekken. Het ene moment bewogen mensen zo snel om me heen dat ik hun gezichten nauwelijks zag, het volgende moment ging alles zo tergend sloom dat ik alle wimpers van mevrouw Hughes' rechteroog kon tellen toen ze mijn handen vastpakte en door haar gesnik heen hardop begon te bidden.

Sneller dan aasgieren doken er verslaggevers op, en alle aanwezigen werden uitgehoord door journalisten met opnameapparatuur en camera's. Ik staarde naar de bomen, naar het gras en naar de raven die zigzaggend door de lucht vlogen terwijl mijn hersens wel druk bezig waren, maar weigerden te verwerken wat ik had gezien. Met een half oor hoorde ik Cedric Hoffman een interview geven aan een vrouw met helmhaar die bij een plaatselijke nieuwszender hoorde, en uitleggen dat het zijn groepje vrijwilligers was geweest dat deze ontdekking had gedaan.

'Ze was zo'n knap meisje,' zei hij op die afwezige, peinzende manier van hem. 'Zo'n creatief, diepzinnig en intelligent meisje. Ze had interesse in astronomie, weet u, en ze vertelde me ook altijd over het grasveld waar ze graag naar de sterren keek, en ik dacht... nou ja, ik denk dat dat de reden is dat ik voorstelde om hier te gaan kijken.'

Mijn voeten werden koud en vervolgens gevoelloos, en ik kon me niet bewegen. Ik had een kort gesprek met mijn ouders waarin ik hun liet weten dat ik nog niet weg wilde, dat ik moest blijven, ook al wilde ik hier zo ver mogelijk vandaan. Ik kon mezelf er echter niet toe zetten om weg te lopen. Het voelde bijna alsof we January dan toch hadden gevonden – en ik zag aan de gezichtsuitdrukkingen van mensen om me heen dat er beslissingen werden genomen, dat er deuren dichtklapten zodra de betekenis van de met bloed doordrenkte kleding werd geïnterpreteerd.

Ik zag de hoop voor mijn ogen vervliegen.

Ik voelde hem ook uit mijn lichaam wegebben, en ik probeerde hem uit alle macht vast te houden, maar hoe kon ik verklaren wat ik had gezien, behalve door het voor de hand liggende onder ogen te zien? Het was blóéd, een hartverscheurende hoeveelheid bloed. Ik wist niet hoeveel je ervan kon verliezen zonder dood te gaan, maar ik wist wel dat als January in een of ander ziekenhuis was beland, dat wel op het nieuws zou zijn geweest. Ik begreep dus dat iemand haar kleren van haar afgepakt had en ze daarna midden in dat veld had gedumpt. Maar wie? En waarom? *En waar was ze dan?*

Eindelijk stonden de rechercheurs rondom January's kleren terwijl een toenemende groep politieagenten in uniform de media en toegestroomde toeschouwers naar achteren dwong. Mensen die niet eens aan de zoektocht hadden deelgenomen keken nu naar de gebeurtenissen met de walgelijke nieuwsgierigheid van voorbijgangers die zich vergapen aan een auto-ongeluk. De journaliste met helmhaar kwam op de lege plek rechts van me staan, en de geur van gezichtspoeder en mousse vulde mijn neusgaten terwijl ze een stukje filmde voor haar uitzending van die avond.

Met een knarsende, nieuwslezerachtige stem zei ze: 'Zojuist heeft de zoektocht naar de vijftienjarige January Beth McConville een duistere wending genomen in het veld dat u hier achter mij kunt zien. Op nog geen anderhalve kilometer van het huis dat ze deelde met haar moeder en stiefvader, senaatskandidaat Jonathan Walker, is een stapeltje – *met bloed doordrenkte* – meisjeskleren gevonden door leden van een vrijwillig zoekteam. De politie van Ann Arbor heeft nog geen officiële verklaring gegeven, maar diverse ooggetuigen hebben bevestigd dat de gevonden kleren overeenkomen met de beschrijving van de kleding die McConville droeg op de dag van haar verdwijning. Speculatie rondom het lot van de vermiste tiener heeft begrijpelijkerwijs een grimmiger toon gekregen, en veel van de mensen die ik vandaag heb gesproken gaan nu uit van het ergste, maar bij gebrek aan een lichaam blijft de vraag: wat is er met January McConville gebeurd?'

Ik hield op met luisteren en liet mijn blik rusten op de mensen die rond de kleren van mijn ex-vriendin stonden. De spullen werden gefotografeerd en vervolgens opgeraapt door gehandschoende technici die ze veilig wegstopten in plastic zakjes, zodat de eentonige onderneming van het sporenonderzoek kon beginnen waarbij het hele veld werd uitgekamd. Eindelijk liet de aarde mijn voeten los en was ik in staat de wei af te strompelen en terug te lopen over de lange, eindeloze velden die zich uitstrekten tussen deze plek en de beschaving.

Ze was dood. Die gedachte was als een mokerslag en stuiterde als een granaatscherf door mijn schedel. Ik verzette me ertegen, maar ik kon het idee ook niet tegenspreken. Welke andere verklaring kon er zijn? Kon ik echt blijven geloven dat January haar ouders alleen maar bang wilde maken? Dit was geen geintje meer, en hoe groot haar hekel aan haar nieuwe leven ook mocht zijn, ik kon geen enkele reden bedenken waarom ze zich tot zoiets extreems zou verlagen en zoiets afgrijselijks in scène zou zetten. Weglopen was één ding, maar doen alsof er een moord was gepleegd? January was impulsief, maar niet onverantwoordelijk, en ook al kon ze inderdaad wraaklustig zijn, ze was nooit wreed geweest. Niet zo wreed als ze moest zijn om haar vrienden en familie op deze manier angst aan te jagen. Er zouden juridische – en waarschijnlijk ook academische – gevolgen aan verbonden zijn als ze werd gevonden, en ik kon me gewoon niet voorstellen dat January haar hele toekomst op het spel zou zetten alleen maar om Jonathan en Tammy een lesje te leren.

Ik knipperde verbaasd toen de achterzijde van het landhuis van de Walkers opeens voor me opdoemde, alsof het recht door de aarde omhoog was gebarsten, midden op mijn pad. De glazen deuren reflecteerden de grauwe hemel en mijn bleke gezicht. Ik had me tot op dit moment niet gerealiseerd dat ik al zo ver was doorgelopen, ondanks het feit dat ik het terras op was gestapt en naast het enorme, niervormige zwembad stond.

Ik trilde en voelde me uitgeput, helemaal in de war door wat ik had gezien en wat ik dacht. Ik liet me in een van de op bestelling gemaakte adirondackstoelen van de Walkers zakken en staarde in het lege bassin van het zwembad dat voor de winter was drooggelegd. Het was geverfd in een bleke turquoise kleur en een handvol aarde en dode bladeren had zich al onder in de gapende holte verzameld. Ik wist dat er een zeildoek overheen hoorde te liggen; meneer Walker vond dit soort slordigheid altijd lelijk en iets voor de lagere klassen. Ik vroeg me af wie vergeten was om hiervoor te zorgen.

Ik nam aan dat de jacuzzi, die in de ronding van het zwembad was weggewerkt en waar netjes een dik dek overheen lag, het hele jaar in gebruik bleef. Ik had hier vorige zomer en begin van de herfst veel tijd doorgebracht, en nog steeds zag ik January voor me zoals ze die ene avond in augustus tegenover me in het water zat en we klaagden dat de zomer alweer ten einde was. Het water bruiste om ons heen terwijl de hemel een steeds donkerder kleur kreeg en overging in een zwarte nachtlucht. Ze had haar hoofd achterover gehangen, over de rand heen, zodat ze de sterren boven haar hoofd kon zien verschijnen.

'Ik zou willen dat we nu meteen al naar Californië konden vertrekken,' had ze gezegd op een toon die eerder melancholiek dan klagend klonk.

Ik keek om me heen naar de dure tuinmeubels, de brandende lantaarns in het tuinhuisje en de halvemaan die zijn felle licht op het kalme oppervlak van het water liet schijnen. Bonkende muziek klonk uit verborgen speakers en in de twee beslagen glazen naast het bubbelbad zat rum-cola – met een hoop rum. Daar had January voor gezorgd met behulp van haar stiefvaders nagenoeg eindeloze en onbewaakte drankvoorraad. Er waren altijd wel gasten in het landhuis die een cocktail kwamen doen, van politieke strategen tot sponsors tot politici wier openlijke steun Jonathan hoopte te verwerven, en we hadden vrij snel ontdekt dat niemand het merkte als wij er ook gebruik van maakten, mits we maar niet op heterdaad werden betrapt.

Als je erbij bedenkt dat de Walkers een privéchef hadden voor hun talloze feestjes, plus een hele vloot aan sportwagens die erom smeekten meegenomen te worden door een tiener die net een rijbewijs op zak had, en gigantische televisieschermen in zo'n beetje elke kamer van het huis, dan was January's wens lastig te begrijpen, hoe vaak ze hem ook herhaalde. Ik trok een wenkbrauw op en vroeg: 'Denk je echt dat het zoveel beter is om een student zonder geld te zijn in L.A.?'

'Ja,' antwoordde ze eenvoudigweg, haar blik nog steeds op de hemel gericht.

Als om haar punt kracht bij te zetten vlogen op dat moment de deuren van het huis open en kwam er een lange, ontzagwekkende figuur het terras op. Zijn ogen keken woest onder het stijve, donkere kapsel vandaan en zijn glimmende gezicht was rood van verbolgenheid. Het was Jonathans campagneleider, Eddie Sward. De mouwen van zijn paarse overhemd waren opgerold tot boven zijn ellebogen en hij had zijn handen tot vuisten gebald. Zonder enige introductie blafte hij ons toe: 'Zet die fucking muziek eens uit!'

'Ook hallo, Eddie,' antwoordde January sloom terwijl ze naar de hemel bleef kijken. Ze kwam niet in beweging en ik voelde mijn maag straktrekken van spanning. Ingaan tegen gezagsfiguren was al niet mijn sterkste punt, en deze man stond praktisch te trillen van woede. 'Wil je erbij komen zitten?'

'Zet die muziek uit!' herhaalde hij, en terwijl hij zijn tanden ontblootte, verschenen brede spierbundels als kabels in zijn nek. Hij stak een vinger uit in de richting van wat Tammy de 'grote zitkamer' noemt, een kamer met houten lambrisering, een open haard, comfortabele leunstoelen en uitzicht over de achterzijde van het landgoed, waar Jonathan had besloten de meeste campagne-gerelateerde zaken te doen. 'Ik kan mezelf nauwelijks horen dénken daar binnen met al die takkeherrie hier!'

'Wij waren hier het eerst,' hielp January hem nukkig herinneren, en de ogen van de man kleurden nog donkerder. 'Je kunt je overleg ook altijd verplaatsen naar de kelder of zo.'

'Heb je enig idee wat we daar binnen voor elkaar proberen te krijgen?' Eddie spuugde de woorden zowat uit. 'Hoe kritiek de situatie op dit moment is? Hoe belangrijk dit allemaal is?'

'Als die vergadering zo belangrijk is,' bracht January daar langzaam tegenin, 'dan had je die misschien maar in de kelder moeten houden.'

Eddie staarde haar een lange poos aan. Het donker in zijn ogen pakte zich samen als een stel stormwolken, en zijn gezicht straalde zijn ongeloof uit. Stampvoetend kwam hij dichterbij en hij pakte onze spullen op. 'Waar is de afstandsbediening, verdomme?'

'Blijf van mijn spullen af!' protesteerde January fel, en ze ging rechtop in

het bubbelbad staan. Langs de witte schouderbandjes van haar bikini was haar verhitte huid helemaal roze, en ze dook op een korte broek af die Eddie op dat moment aan het doorzoeken was.

'Zullen we even rustig blijven?' zei ik ter verdediging van mijn vriendin tegen de man, op een toon die dapperder klonk dan ik me voelde.

'Hou jij je hier nou maar buiten, blowende snotneus. Jij bent alleen maar een slechte invloed,' snauwde Eddie me toe. Zodra hij hoorde dat mijn ouders pro-marihuana-activisten waren, had hij me tot 'politiek risico' bestempeld en me behandeld alsof ik een soort herpesvirus voor de campagne was. Hij schudde flink met mijn handdoek en zodoende vloog de afstandsbediening voor de speakers uit de plooien tevoorschijn en kletterde over het terras. Hij griste hem van de grond en meteen viel de muziek stil.

'Nou,' snauwde January met een trilling in haar stem, 'je hebt je zin, dus laat ons nu maar weer met rust!'

Maar Eddie had onze glazen met rum-cola zien staan, en toen hij eraan rook schoten zijn wenkbrauwen bijna rechtstreeks de stratosfeer in. 'Is dit… zitten jullie aan de dránk?'

Hij wachtte niet eens op antwoord en kieperde de inhoud van beide glazen zo over de balustrade het donker in. January riep nog: 'Hé, dat kun je niet maken!'

Eddie draaide zich weer naar ons om. Zijn hele lichaam trilde, en hij prikte met een vinger in de lucht vlak voor het gezicht van mijn vriendin. 'Luister eens heel goed naar me, ondankbaar kreng! Dit is dus preciés het soort domme tienergedrag dat we niet kunnen tolereren. Als jij als minderjarige wordt betrapt op drinken, dan is je váder degene die de volle laag krijgt! Door jou kan hij de verkiezing op zijn buik schrijven!'

'Hij is mijn vader niet,' verbeterde January hem kil, 'en het kan me echt geen reet schelen of hij verkozen wordt of niet.'

Met opeengeklemde kaken tierde Eddie: 'Als je mijn kind was geweest, had ik je die brutale mond wel even afgeleerd met mijn riem!'

'Hé!' Ik sprong naar voren om tussen hem en January in te gaan staan. 'Waag het niet haar te bedreigen!'

Ik werd straal genegeerd. Nog steeds tegen January snauwde hij over mijn schouder: 'Iemand moet jou eens een keer wat respect en manieren bijbrengen!'

'Respect en manieren?' January lachte, en het klonk schel en onvriendelijk. 'Jij komt naar buiten om een stel tieners de huid vol te schelden en lastig te vallen en dan begin je over iets als respect en manieren?'

Even hing er een geladen stilte waarin het leek alsof Eddie rechtstreeks de lucht in zou schieten tot hij een baan om de aarde beschreef of spontaan in vlammen zou opgaan, maar toen marcheerde hij langs ons naar de deuren van de zonnekamer, en hij stak de afstandsbediening in zijn zak. 'Iemand moet jou echt eens een toontje lager laten zingen, je ergens onderbrengen waar je de boel niet kan verkloten! Als je je niet met een beetje meer klasse kunt gedragen, dan verdwijn je maar.'

De glazen deuren vielen achter hem dicht en het werd stil op het terras. Het enige geluid was afkomstig van het borrelende warme water dat rond onze heupen wervelde. January had zich van me afgewend, haar blonde haar plakte tegen de natte huid van haar rug, die ze kaarsrecht en stijf hield. Een lange tijd stonden we daar maar terwijl we koortsachtig zochten naar de juiste woorden. 'Hij meende het niet zo' zou zowel ontoereikend als onwaar zijn geweest.

Uiteindelijk draaide mijn vriendin zich om, met een ingestudeerde emotieloze uitdrukking op haar gezicht, en ze liet zich in de jacuzzi zakken tot de bubbels rond haar sleutelbeenderen borrelden. Ze hing haar hoofd achterover over de rand en richtte haar aandacht weer op de sterren.

Na een poosje fluisterde ze met een geknepen, klein stemmetje: 'Ik zou echt heel graag willen dat we nu meteen naar Californië konden vertrekken.'

11

'Flynn?' Bij het horen van mijn naam was ik opeens weer in het hier en nu, en ik sprong geschrokken op van de adirondackstoel. Meneer Walker stond in de opening van een van de glazen schuifdeuren, en zijn aristocratische gezicht zag er afgetobd en vermoeid uit. Hij droeg een wit oxford-overhemd en zijn stropdas hing losjes rond de kraag. 'Wil je binnenkomen, knul? Het is ijskoud hier buiten.'

Zwijgend stemde ik in, en ik volgde de man het huis in. De deur werd achter me dichtgetrokken en op slot gedraaid, en ik merkte dat ik in de zonnekamer stond, een vierkante ruimte met daarin een antieke eettafel en bijpassende stoelen, een tapijt dat bijna van de ene muur tot aan de andere reikte en een kroonluchter gemaakt van een smeedijzeren wagenwiel dat bijna te zwaar was voor de plafondsteunen. In de ene muur zat een deur die toegang bood tot de grote zitkamer, aan de andere kant bevond zich de familiekamer met zijn weelderige leunstoelen, stenen open haard en impressionistische kunstwerken. Ik vond het bijzonder dat elke kamer een aparte naam had, maar dat vond January's moeder blijkbaar Heel Erg Belangrijk, al was ze daar waarschijnlijk de enige in.

Een vreselijk opgelaten moment lang stonden meneer Walker en ik daar stilzwijgend, luisterend naar een grote klok aan de muur in de familiekamer die ons ongemak leek bij te houden. Ik wist niet wat ik moest zeggen, ik wist niet goed of ik hem moest condoleren of dat dat juist zeer ongepast zou zijn, en bovendien was ik er bang voor weer iemand te horen uitgaan van het ergste, hardop, over de ontdekking die door het zoekteam was gedaan. Ik wilde het zelf ook liever niet hardop toegeven.

Stijfjes legde meneer Walker een brede hand op mijn schouder, en met een knikje, alsof we zojuist een wederzijds diepzinnig moment hadden gedeeld, zei hij: 'Bedankt voor je komst vandaag, Flynn. Dat werd gewaardeerd. Door ons allebei.' Ik mompelde iets bij wijze van antwoord en staarde naar het glanzende oppervlak van de tafel die vlakbij stond. Ik zag mijn eigen weerspiegeling in het gelakte hout, mijn gezicht verdraaid en langgerekt. 'Het is... ik vind het moeilijk te geloven dat... nou ja, het is gewoon... afschuwelijk,' ging hij verder met een stem die uitgeput en onzeker klonk. Voor het eerst, misschien zelfs in zijn hele leven, leek January's stiefvader niet te weten wat hij moest zeggen, en ik rook de alcohol in zijn adem, ondanks het feit dat het pas middag was. 'Mevrouw Walker... Tammy heeft het er heel moeilijk mee.'

Weer mompelde ik wat, en ik kon me nauwelijks voorstellen wat Tammy moest doormaken als ik terugdacht aan het met bloed doordrenkte sweatshirt en het vliegerkoord van verdraaid ducttape.

'Ze vroeg naar je,' ging meneer Walker verder, en ik keek verbaasd op. Zijn blik stond ernstig en tegelijkertijd ook afwezig, alsof hij een tragisch verhaal aanhoorde dat verder niets met hem te maken had. 'Ik zou het waarderen als je een poosje met haar wilt praten. Ik denk... Ik denk dat het wel iets kan uithalen.'

Ik had geen idee wat hij daarmee kon bedoelen, maar ik knikte, en meneer Walker liep voor me uit naar de mahoniehouten deur die de toegang vormde naar de grote kamer. Het was een ruime kamer van twee verdiepingen hoog, en een van de muren was een halfronde erker met ruiten waar een hele zee van daglicht doorheen naar binnen viel. De ramen keken uit op het bubbelbad, het tuinhuisje en de grasvelden die zich glooiend tot aan de bomen in de verte strekten. Een tweede stenen open haard domineerde de volgende muur, met erboven een gigantisch portret van een of andere legercommandant uit de zeventiende eeuw, met bakkebaarden. Waarschijnlijk was hij een van Walkers voorouders. De derde muur was open gehouden en bood een directe toegang tot de centrale hal, waar een dubbele trap sierlijk naar de eerste verdieping leidde.

Eddie Sward stond over een eikenhouten bureau in de hoek van de kamer gebogen en sprak streng in zijn mobiele telefoon. Toen hij me zag, keek hij kwaad fronsend naar me, maar hij sloeg geen lettergreep van het eenzijdige gesprek over. Voorovergebogen op een bank die met een crèmekleurige beige stof was gestoffeerd zat January's moeder met haar hoofd in haar handen. Op de lage tafel voor haar stond een halfleeg bekerglas met whisky.

Terwijl meneer Walker de deur achter ons dichtdeed, schraapte hij zijn keel. 'Tammy? Flynn is er.'

Mevrouw Walker tilde haar hoofd met een ruk op. Haar ogen waren opgezwollen en roodomrand, maar toen ze me zag probeerde ze te glimlachen – de beweging deed me denken aan een blaadje dat op het punt stond van een tak geblazen te worden in een flinke bries. 'Flynn.'

Ze stak haar armen naar me uit en ik liep naar haar toe om haar handen vast te pakken en naast haar op de bank te gaan zitten. Haar handen waren koud, ze had een ijzeren, wanhopige grip en haar eens zo piekfijn gekapte, blonde haar was nu een warrige klittenbos. Ze zag eruit alsof ze sinds vanochtend honderd jaar ouder was geworden, en in haar smalle, gekwelde gezicht probeerde ik trekjes te vinden van de warme, chaotische vrouw die ik had leren kennen toen ik vriendschap sloot met January. Het was moeilijk te geloven dat het om dezelfde persoon ging.

'Ik… weet niet…' begon ik, maar zonder waarschuwing zwol mijn borst op, ging mijn keel dicht en ontvielen de woorden me in een jammerlijk gepiep terwijl ik begon te huilen. Tammy trok me tegen zich aan en ramde mijn gezicht tegen haar schouder. Ze hield me vast alsof we in een vliegtuig zaten dat rondtollend op de Atlantische Oceaan af ging.

'Wat is er gebeurd?' kraste January's moeder op droevige toon in mijn oor, hortend en stotend vanwege haar eigen dichtgeknepen keel. 'Wat is er met mijn kindje gebeurd? Wat is er met ons dierbare meisje gebeurd?'

Haar kin groef zich dieper in mijn schouder toen ze begon te huilen. Het was een hevig, schouderschokkend gesnik dat door haar hele lichaam heen ging, en haar vingers boorden zich zo venijnig in mijn rug dat het leek alsof ze dwars door mijn ribben heen mijn hart wilde grijpen. Na een ogenblik kwam meneer Walker tussenbeide. Hij wrikte ons uit elkaar en drukte mevrouw Walker haar glas in de hand.

'Probeer adem te halen, lieverd.' Hij hield het glas vast en begeleidde het naar Tammy's lippen. Ze dronk een grote slok, verslikte zich en hapte naar lucht. Daarna zakte ze tegen de kussens aan en meneer Walker zette het glas weer op tafel.

'Waarom gebeurt dit toch?' kreunde Tammy uiteindelijk, door de kamerhoge ramen naar het prachtige uitzicht starend. Haar hand had de mijne gevonden, en ze wendde zich met een wezenloze, wanhopige blik tot mij. 'Waarom met mijn kindje? Het is niet eerlijk!'

'Ik weet niet waarom,' fluisterde ik.

Ze blies een uitgeputte ademtocht uit en kneep zo hard in mijn hand dat ik even dacht dat de zetting van haar barokke ring met diamant mijn huid kapot zou prikken, waarna ze me bevend verzekerde: 'Ik heb altijd alleen maar gewild dat ze gelukkig zou zijn. Dat is het enige wat elke ouder wil. Het enige. Je... Je hebt zo'n perfect, klein, ieniemieniemensje in je armen tegen wie je zegt: *ik zal nooit toestaan dat iemand je kwaad doet, ik zorg ervoor dat je nooit bedroefd bent, ik zal er alles aan doen om je gelukkig te maken.* En dan...' Ze haalde haar schouders op, huiverde en begon vreselijk te hoesten. 'Ik begrijp het niet. Ik... begrijp het gewoon niet.'

'We weten nog niets zeker,' merkte meneer Walker op met een soort automatische diplomatie, ook al hoorde zelfs ik dat hij het niet meende. 'Probeer dat niet te vergeten.'

'Het was zo zwaar toen haar vader ons in de steek liet.' Tammy negeerde hem en sprak lusteloos in de richting van de ramen. 'Ik was jong en alleen en bang, en het was zo moeilijk allemaal. De slapeloze nachten, de dubbele diensten, alles wat ik moest opofferen... ik moest alles geven wat ik had om samen te kunnen blijven en haar het beste leven te bieden. En nu... dít. Het voelt als een soort straf! Wat heb ik gedaan om dit te verdienen? Waarom gebeurt dit?'

Ondanks mijn medeleven voor Tammy Walker bekroop me een naar gevoel toen ik zag hoe moeiteloos ze zichzelf tot het middelpunt van alle aandacht in dit drama maakte – een zet die me bekend voorkwam, maar die daarom niet minder teleurstellend was. Ik kon allang niet meer bijhouden hoe vaak haar woordenwisselingen met January waren geëindigd met de huilerige, egoïstische vraag: *Waarom doe je me dit aan?* alsof de quasi-ongehoorzame handelingen van het meisje een onderdeel vormden van een of andere grandioze wraakactie tegen haar moeder, in plaats van een simpele uiting waren van haar eigen zelfstandigheid.

'Het is niet jouw schuld, Tams.' Meneer Walker klonk uitgeput. 'Je hebt niets verkeerd gedaan.'

Mevrouw Walker kneep haar ogen tot spleetjes en keek door een wolk van tranen en alcohol naar haar man en zei: 'Ze haatte het hier.'

'En ook dat is niet jouw schuld,' reageerde meneer Walker nu iets standvastiger, 'en het is ook niet de reden dat ze… de reden van… dit alles.'

'Ik wilde dat ze gelukkig zou zijn, en nu is ze…' Tammy klapte dicht bij het einde van haar zin en huiverde, niet in staat of niet van plan de gedachte verder te formuleren. 'Ze haatte dit huis, ze haatte haar school, ze haatte mij… en dan ga jij me vertellen dat ik niets verkeerd heb gedaan?'

'Alle tieners hebben een hekel aan hun ouders,' zei meneer Walker kortaf, met zijn wenkbrauwen gefronst. 'Dat zegt niets! Ik weet zeker dat January wist… wéét dat ze heel veel geluk heeft gehad.' Zijn blik viel op mij, en ik begreep opeens wat de werkelijke reden was waarvoor ik naar binnen was geroepen. 'Ja, toch, Flynn?'

Hij wilde dat ik Tammy zou vertellen dat January's woede slechts een bijwerking was van betekenisloze, door populaire psychologie goedgekeurde Tienerrebellie, en dat ze – diep vanbinnen – toch echt wel dankbaar was voor al die onstuitbare veranderingen die haar hele leven op z'n kop zetten. Misschien snapte ik niet helemaal waarom mijn ex-vriendin dit landhuis en haar schitterende nieuwe school zo vreselijk vond, maar het bleef een feit dat ik er niet meer tijd hoefde door te brengen dan ik zelf wilde. Niemand had mij gedwongen te verhuizen en mijn vrienden achter te laten, niemand had geëist dat ik hen dankbaar zou zijn voor beslissingen over hoe ik mijn leven moest leiden waarbij tegenspraak niet werd geduld, en niemand had me behandeld alsof mijn mening over al die dingen irrelevante obstakels waren. Ik kon niet doen alsof January geen terechte wrokgevoelens had gekoesterd, want ik wist wel beter.

Gelukkig hoefde ik geen antwoord te geven. Woedend siste mevrouw

Walker: 'Zij was niet "alle tieners", ze was mijn dochter! Mijn kleine meisje! En ze haatte het hier!'

'Ze was een lastpak!' brieste meneer Walker eindelijk terug, waarbij hij meteen in de verleden tijd verviel. Hij pakte zijn eigen glas whisky van het bureau waar Eddie nog steeds in zijn mobiel stond te wauwelen. 'Je kon haar niet gelukkig maken, omdat ze niet gelukkig wilde zijn! Ik snap niet waarom je dat niet inziet.' Hij goot de overgebleven inhoud van zijn glas naar binnen en vulde het meteen bij. De drank kwam klotsend de fles Glenmorangie uit. 'Wat je ook deed, het zou nooit goed genoeg zijn geweest, want dat wilde ze niet.'

'Alsof jij ook maar iets van haar weet!' wierp Tammy tegen. Toen ze haar eigen glas oppakte met haar vrije hand, tikten haar ringen tegen de zijkant. De amberkleurige vloeistof klotste bijna over de rand toen ze het glas in de lucht naar haar echtgenoot toe bewoog. 'Je hebt het nooit geprobeerd! Ze was slechts een voorwerp voor je. Geen van jullie heeft ooit de moeite genomen om... Ik moest alles alleen doen.' Ze draaide zich nu naar mij om en haar ogen hadden iets manisch. 'Ik heb al het werk gedaan. Alles wat hier in dit huis geregeld moest worden kwam op mijn schouders terecht, en niet alleen de dingen met January. Vraag hem eens naar die crimineel van een zoon van hem! Ze kopen hem om zodat hij zich gedeisd houdt zolang de campagne loopt, en dan nog is hij nagenoeg niet te beteugelen...'

'Tammy, kalm aan,' beval meneer Walker met opeengeklemde kaken.

'Jonathan is ook nauwelijks thuis,' ging mevrouw Walker verbitterd verder, nog steeds met haar ogen op mij, ook al waren haar woorden duidelijk aan hem gericht. 'Vraag hem waar hij was, die avond waarop mijn kindje niet is thuisgekomen! De avond waarop ik hem nódig had. De avond die ik helemaal in mijn eentje doorbracht, misselijk van angst, tot de zon opkwam en mijn dochter echt vermist was en ik alsnog helemaal zelf de politie moest bellen!'

'Daar heb ik nu al duizend keer sorry voor gezegd!' Meneer Walker zette zijn glas met zo'n klap terug op het bureau dat de ingelijste foto's, verkiezingsbuttons en andere rommel even loskwamen van het tafelblad. 'Ik heb iets gedronken met een stel van onze partijgenoten en ik kon niet meer naar huis rijden, dus heb ik een hotelkamer genomen! En daar ga ik me niet schuldig over blijven voelen!'

'Dat doe je over andere dingen ook niet,' merkte Tammy cryptisch op. Voordat meneer Walker daarop kon reageren, kwam Eddie tussenbeide.

Met de telefoon nog in zijn hand begon de campagneleider: 'John, we moeten hier echt een officiële verklaring over gaan opstellen. Fritz komt zo'n beetje om in de telefoontjes.'

'Ik heb de pers vanmiddag nog toegesproken,' zei meneer Walker bits.

'Dat is niet voldoende.' Eddie was ongeduldig. 'Je weet hoe het gaat in dit soort situaties: ze hebben meer nodig, iets substantiëlers.'

'For fuck's sake, Eddie!' ontplofte meneer Walker nu eindelijk. 'Ze hebben haar kleren nog geen twee uur geleden gevonden! Mogen we misschien even een dagje de tijd om dit te verwerken voordat we hele persconferenties gaan beleggen?'

'Een week voor de verkiezingen? Nee,' zei Eddie botweg. 'Als je nu uit beeld verdwijnt, gaan de kiezers zich afvragen of je wel bestand bent tegen de druk van dit werk.'

'Ja, en je wilt je kiezers natuurlijk niet teleurstellen, Jonathan,' zei Tammy koeltjes, terwijl ze met een vingertop rondjes beschreef langs de rand van haar glas. Haar echtgenoot keek haar een ogenblik lang aan voor hij zijn campagneleider bij de schouder pakte en hem de kamer uit sleurde.

'Dan op z'n minst niet hier,' mompelde hij nors. Terwijl het stel achter de wenteltrap verdween en het luide geklik van hun nette schoenen op de marmeren tegels nog hoorbaar was, goot Tammy de rest van haar drank naar binnen.

De voetstappen stierven plots weg, en ik vermoedde dat de mannen in de bibliotheek aan de andere kant van de hal, achter de trappen, waren verdwenen, een ruimte waar vloerbedekking lag, al was mijn aandacht nu noodgedwongen gericht op January's moeder. Ze zette haar glas bijna sierlijk terug op de koffietafel, legde een hand tegen mijn wang en glimlachte naar me met een benevelde tederheid. 'Je bent zo'n goeie jongen, Flynn. Je maakte mijn dochter gelukkig.'

Dat was niet waar, en dat wist ik best. Met een schuldig gevoel mompelde ik: 'Ik heb het geprobeerd, mevrouw Walker.'

'Noem me maar Tammy,' drong ze aan. Ik heb het altijd raar gevonden om volwassenen bij de voornaam te noemen, maar January's moeder had daar in eerste instantie op gestaan, omdat ze zich dan jong voelde. Maar na het huwelijk met meneer Walker moest ze ineens de hele tijd worden aangesproken met 'mevrouw Walker', en ik vroeg me af hoe ze zich dáár dan bij voelde. Belangrijk, vermoedde ik. Haar ringen voelden hard en koud tegen mijn wang toen ze zei: 'Jij was zo'n beetje nog het enige wat haar gelukkig maakte, weet je.'

Schaamte deed mijn maag verkrampen en ik keek naar de grond. 'Ik denk… ik weet zeker dat ze…'

'Weet je nog die avond dat je bij ons in het appartement was en we met z'n drieën koekjes hebben gebakken?' Tammy had me klaarblijkelijk niet gehoord. 'Dat was nog voordat jullie "officieel" een stelletje vormden, maar zelfs toen al had ze het alleen maar over jou.' Ze schonk me een sluwe, moederlijke glimlach, en ik voelde dat ik bloosde. 'We hadden geen eieren meer in huis, en toen stelde January voor dat we pindakaas namen, kun je je dat nog herinneren? En alles bleef aan elkaar plakken, en de koekjes leken net houtskoolbriketten en ik heb die verdomde flat bijna in de hens gezet toen de derde lading koekjes in de oven in brand vloog, maar jij bleef maar grappen maken en ik geloof niet dat ik ooit in mijn hele leven zo hard heb gelachen.' Tranen welden op in haar ogen en ze veegde ze met een lange, slanke vinger weg. 'January zweefde de hele week daarna nog met haar hoofd in de wolken, zo dol was ze op je.'

'Ja, die avond herinner ik me nog.' Ondanks alles moest ik erom glimlachen.

'Het leven was toen zo'n enorme puinhoop,' zei Tammy op een dromerige, gekwelde manier. 'Het was elke dag weer een hele strijd om het hoofd boven water te houden, om ons in leven te houden. Jonathan was het beste dat ons in lange, lange tijd was overkomen.' Ze schonk me een verontschuldigende blik. 'Hij is echt een goede man, een belangrijke man. Hij heeft zoveel voor ons gedaan. Ik begrijp het gewoon niet – hoe kon ze nou zo gelukkig zijn toen we het zo ellendig hadden en zo… zo boos en destructief toen alles eindelijk eens goed ging?'

January en haar moeder hadden, uiteraard, heel tegenstrijdige ideeën over perfectie, maar dit leek me niet het juiste moment om haar dat uit te leggen. Dus zei ik in plaats daarvan heel voorzichtig: 'Soms is het gewoon lastig om je draai te vinden als je leven plotseling zo drastisch verandert. Ook al lijkt het een positieve verandering te zijn.'

'Ik ben blij dat ze jou had, Flynn.' Tammy keek me stralend aan, met een blik vol medeleven, en ze klemde mijn handen opnieuw tussen de hare. 'Ik ben zo blij dat ze in elk geval jou nog had.'

Weer voelde het als een messteek in mijn binnenste. Ik hield van January – ik hield echt van haar – maar ik had haar niet gelukkig gemaakt. En het was ook niet het soort liefde geweest waar zij op had gehoopt, of het soort dat ze van een vriendje had mogen verwachten. Er was zoveel tussen ons onuitgesproken gebleven, en de woorden voelden als een molensteen rond mijn nek nu ik de uitdrukking op het gezicht van haar moeder in me opnam. Uiteindelijk zei ik: 'Ik was juist degene die geluk had.'

'Vertel me over haar,' smeekte Tammy me opeens, haar stem een gebroken gefluister. 'Vertel me over January.'

Vertel me eens over Californië.

Ik ademde diep in. 'Voor ons jubileum van twee maanden hadden we een "perfecte date"-avond gepland.' Het was een verhaal dat Tammy vast al een miljoen keer eerder had gehoord, maar toch luisterde ze aandachtig en lag er een ontroerde blik vol dankbare verwachting in haar ogen toen ik verderging. 'We hadden een limousine gehuurd en gereserveerd bij een chic restaurant op Main Street, en January's favoriete indieband – The Disasters – zou die avond in de stad spelen. We hadden ons helemaal opgedoft, en we raakten maar niet uitgepraat over hoe geweldig het zou zijn. Maar toen kwam de limousine niet opdagen. Ik heb ze een triljard keer gebeld, maar de telefoon bleef maar overgaan zonder dat er iemand opnam, en uiteindelijk beseften we dat ze nooit zouden komen. Toen moesten we zes straten naar de bushalte lopen – in onze nette kleren – en een stinkende, levensgevaarlijke bus nemen naar het centrum.'

Tammy grinnikte bij het beeld dat dit opriep, en ik deed mee toen ik de geschifte vrouw met de gezichtswratten en het smerige haar weer voor me zag die de hele rit tegenover me had gezeten, en die tegen January had gezegd: *Je ziet er precies zo uit als ik toen ik zo oud was als jij!*

'Maar goed, tegen de tijd dat we daar aankwamen, waren we zo laat dat het restaurant onze tafel al aan een ander had gegeven, dus bedachten we dat we dan maar iets zouden eten bij de kroeg waar het concert zou plaatsvinden... alleen mochten we daar niet eens naar binnen omdat onze valse... ik bedoel, omdat we er te jong uitzagen. Onze zogenaamd perfecte date viel dus helemaal in duigen en ik raakte al helemaal van streek, maar January weigerde bij de pakken neer te zitten. Ze nam me mee naar een of andere vieze parkeerplek achter de kroeg waar de band net bezig was hun spullen voor het optreden uit te laden. Zonder na te denken liep January rechtstreeks op hen af, stelde zich voor en vertelde hun dat ze haar meest favoriete band ter wereld waren, en het haar verjaardag was, en ze ons de kroeg niet in lieten voor het concert... en ze vertelde hun over de limousine en de bus en het etentje en toen ze haar hele verhaal had gedaan, pakten ze hun akoestische gitaren erbij om ter plekke January's favoriete liedje voor ons te spelen. Na afloop hebben we hamburgers en friet gehaald, en alles meegenomen naar het bovenste dek van een of andere parkeerconstructie voor een fastfoodpicknick in onze nette kleren. En we keken naar de sterren.'

Afgezien van een paar bewonderende opmerkingen over hoe gaaf het was dat The Disasters ons een privéoptreden hadden gegeven, hadden we in stilte gegeten, en geluisterd naar het verkeer en de muziek en de gesprekken die van straatniveau naar ons opstegen. 'Ze zei dat ze het toch een perfecte date vond.' Ik glimlachte. 'Maar zo was ze ook. Ze kon van de grootste catastrofe ooit alsnog een perfecte avond maken.'

'Inderdaad,' fluisterde Tammy, haar ogen stevig dichtgeknepen. Er biggelde een traan over haar bleke wang. Haar lippen trilden terwijl ze mijn handen extra stevig vasthield. 'Inderdaad.'

12

Tammy vroeg me liefjes en warrig of ik haar glas wilde bijvullen. Maar toen ik van het bureau terugliep naar de bank, lag ze met open mond achterover tegen de kussens en maakte ze zachte, ratelende keelgeluidjes. Ik deed mijn best haar niet wakker te maken toen ik het glas neerzette op de koffietafel en de gang in sloop, eindelijk vrij om naar huis te gaan.

Al kwam ik niet veel verder dan de bibliotheek. De dubbele deuren stonden iets open en ik hoorde de stemmen van Eddie en meneer Walker uit de kamer komen. Het was niet mijn bedoeling hen af te luisteren, maar precies op het moment dat ik tussen de gepolijste trappalen van de spiegelende wenteltrappen in stond, hoorde ik January's naam, waardoor ik meteen bleef staan. Door de kier zag ik de rug van een van de leren leunstoelen en de verticale raamstijlen van een raam dat uitkeek op de voorkant van het landgoed. Eddie was aan het woord.

'...kan me niet schelen of je het wilt horen of niet, John. Je hebt geen keus. En heb je enig idee wat een gouden kans dit is?'

'Het lijkt me gewoon niet...'

'Luister nou even naar me!' zei de campagneleider fel. 'We komen met een wetsvoorstel... we noemen het January's Law, of zoiets, en dat brengen we meteen naar buiten. Op dit moment heb je niet alleen de aandacht van de kiezers in Michigan, maar het hele lánd leeft met je mee. Zulke pr kun je niet kopen, Jonathan!'

'Eddie...' Er lag een waarschuwende toon in meneer Walkers stem.

'Nee! Je hebt me aangenomen als campagnemanager, en dit hoort ook bij mijn werk,' hield Eddie vol. 'Dít is je visitekaartje, dít zal je de senaat in helpen! Doe een voorstel voor zwaardere straffen voor gewelddadige delicten waarbij het slachtoffer minderjarig is, verplichte gevangenisstraf voor een niet eerder veroordeelde, bla bla, wat dan ook. Niemand zal het wagen om tegen je in te gaan. Niemand wil het etiket krijgen te soft te zijn bij de aanpak van misdaden, en nu zouden ze ook nog de volle laag krijgen voor een gebrek aan empathie met *kinderen*, met jouw dóchter! Zelfs die klootzak van een Torkelson zal je moeten steunen!' Andrew Torkelson was meneer Walkers tegenstander in de verkiezingsstrijd, en een meedogenloze criticus van alles waar Walker voor stond. 'Als we nou ook nog een manier konden vinden om dat iele, wiet rokende vriendje van haar ervoor te laten opdraaien, zouden we ook nog kunnen waarschuwen voor de gevaren van marihuanagebruik, en dan krijgen we de antidrugsmenigte volgende week dinsdag ook voor ons naar de stembussen. Dan is je tweede termijn praktisch gegarandeerd.'

Het bleef even stil en mijn hele hoofdhuid tintelde. Ik voelde kippenvel tussen mijn schouderbladen ontstaan. Ik kon er niet uit opmaken of het sarcasme was of niet, en ineens wist ik niet zeker of mijn alibi – dat ik op de avond dat January verdween thuis mijn huiswerk aan het maken was – sterk genoeg was om bestand te zijn tegen de verleidelijke financiële invloed van Walkers verkiezingscampagne. Met een ondertoon vol walging snauwde meneer Walker hem toe: 'Wat zou het over mij zeggen als vader, als mán, als ik hier misbruik van maak voor politiek gewin, Eddie? Het zal me afschilderen als een monster! We kunnen dit niet behandelen als een stelling binnen ons politieke programma.'

'We zullen wel moeten,' sprak de ander hem schaamteloos tegen. 'Jij zult wel moeten, want in deze tak van sport is iets óf een tegenslag óf een kans, waarbij het er uitsluitend van afhangt of je die baan echt wilt of niet. Jij bent nu de kandidaat met het dode kind, John. Dat is een fucking lot uit de loterij!' Hij lachte er nog bij ook. 'Niemand hoeft te weten wat een onhebbelijk kreng ze was toen ze nog leefde.'

Het bleef weer heel lang stil voordat meneer Walker opnieuw iets zei, nu op een lage, afgemeten toon. 'Eddie, ik zal je matsen en doen alsof ik je dat niet heb horen zeggen. En wat onze officiële positie betreft: er is geen lichaam gevonden, dus January is nog steeds alleen maar vermist.'

'Ach, hou toch op, Jonathan. Er is hier nu niemand bij en je betaalt me niet om zoete broodjes te bakken. Iedereen weet wat met bloed doordrenkte kleren en fucking ducttape betekenen, en de Vader-in-de-Ontkenningsfase kun je niet lang uitmelken. Dat kleine kreng was de achilleshiel van je campagne, een schandaal in wording, en nu? Nu is ze je gouden ticket naar D.C. Je mag me haten dat ik dit hardop zeg, als je dat wilt, maar je weet dat ik gelijk heb. Deze ellende is verdomme het beste wat jouw campagne ooit is overkomen, dat garandeer ik je.'

Weer bleef het een hele poos stil en ik vermoedde – hoopte, meer – dat meneer Walker op het punt stond de man door het raam te gooien. Maar in plaats daarvan hoorde ik lucht ontsnappen door de naden van een kussen toen iemand plaatsnam in een van de leren leunstoelen, gevolgd door Jonathans emotieloze, vermoeide stem. 'Laten we de huidige wetten rond strafmaten bestuderen en een persconferentie beleggen voor morgenochtend. Er is nu geen tijd om een bruikbaar voorstel in elkaar te draaien, maar we kunnen op z'n minst een stelling aankondigen. Zeg tegen Jeff en Rachel dat ze een speech voor me schrijven die ik vanavond nog kan doornemen.'

Het deed zeer, en ik voelde me verraden en beledigd door de manier waarop meneer Walker zich zo gemakkelijk neerlegde bij Eddies plan – de manier waarop hij zijn stiefdochter eigenlijk vooral uit plichtsbesef had verdedigd. Misschien was January niet zo'n engeltje als je in sitcoms uit de jaren vijftig zag, maar ze was ook niet zoals Eddie haar schetste. En de haat die de campagnemanager jegens haar leek te koesteren was bijna griezelig, net zoals het teleurstellend was hoe weinig meneer Walker ervoor voelde om verder op dit onderwerp door te gaan.

Ik wilde me omdraaien naar de voordeur en merkte toen pas dat er iemand boven aan de trap stond, verborgen in de schaduwen van de gang op de eerste verdieping. En die iemand keek naar me. Toen ik mijn hoofd optilde, moest ik een hap naar lucht onderdrukken. Ik zag zijn brede schouders en vlezige armen, ogen die me tartend aankeken van onder een warrige pony van dof, vettig haar. Hij had daar blijkbaar al de hele tijd gestaan en samen met mij naar het gesprek geluisterd. Toen hij zag dat ik hem had opgemerkt, glimlachte hij. Het was een zelfingenomen, opgewekte grijns – alsof hij blij was dat ik had gehoord wat ik had gehoord, en even blij dat ik wist dat hij het ook had opgevangen. Opeens draaide hij zich zonder waarschuwing om en verdween stilletjes in de gang boven.

Het was Anson Walker, January's hufter van een stiefbroer.

'Weet je, de enige momenten waarop ik dit huis dus wél prettig vind zijn die wanneer mijn moeder en Jonathan er niet ook zijn,' had January me afgelopen juli een keer openhartig verteld toen we eten aan het koken waren in de glanzende, ultramoderne keuken van de Walkers. Meneer en mevrouw Walker waren in Detroit voor een of ander benefiet, zodat Jonathan de hand van rijke sponsors kon schudden en voor de media kon poseren.

'Misschien kunnen we een of andere Scooby Doo-stunt uithalen. Dat we ons vermommen met lakens en ze doen geloven dat het hier spookt, zodat ze verhuizen en jij hier in je eentje mag blijven wonen,' stelde ik voor met een raar giecheltje, een beetje aangeschoten van de champagne die January had opengetrokken toen ik aankwam. Zij dronk er het meeste van, en met flinke teugen ook, alsof elke slok uit de fles een dikke, vette middelvinger naar haar ouders was. 'Dan kan ik mijn intrek nemen in een van de vele, vele lege kamers en je lijfwacht zijn, of zo.'

'O, dus dan ga je mijn lijf beschermen tegen al die slechteriken?' January knipperde verleidelijk naar me met haar wimpers terwijl ze het vuur onder een pan met water op het fornuis harder zette. De keuken was licht en modern, met apparatuur van geborsteld staal, een vloer van marmeren tegels, een lichtgranieten aanrecht en een rek vol blinkende koperen potten en pannen boven ons hoofd. De Nacht van de Pindakaaskoekjesvlammenzee had onze culinaire ambities wel getemperd, waardoor we nu kozen voor spaghetti en marinarasaus uit een pot.

'Ik zal je lijf beschermen tegen iedereen die kleiner is dan ik,' beloofde ik haar dapper. 'Maar als er grotere jongens komen opdagen, dan zoek je het maar uit.'

'Mijn held.' Ze rolde met haar ogen, nipte wat champagne en zuchtte gelukzalig. 'Ik hou van champagne, jij niet?' Ze drukte me de fles in mijn handen, trok toen haar ruimvallende topje over haar hoofd heen uit en gooide het op het brede kookeiland in het midden van de keuken. Eronder droeg ze haar bikini, aangezien we van plan waren om in het bubbelbad te

gaan liggen. De groen-witte driehoekjes stof leken gevaarlijk klein in combinatie met de gemaakt schuchtere blik in haar ogen. 'Het zorgt ervoor dat alles… ik weet het niet… sexy voelt. Vind je niet?'

'Misschien een beetje,' stemde ik nerveus in terwijl ik een klein slokje nam en de fles weer teruggaf. Ik had redelijk zichtbare buikspieren – dat hoort erbij als je mager bent – maar ik wist niet of er ook maar iets op aarde bestond waardoor ik me sexy zou voelen.

January hees zich op het kookeiland, vlak naast de plek waar ik met een lang, gekarteld broodmes bezig was een onwillige baguette te snijden. Achter me pruttelde de tomatensaus in een koperen sauspannetje, en het water voor de pasta begon net te koken. Mijn vriendin kamde met haar hand door mijn haar. 'Je bent zo schattig als je in de keuken bezig bent, weet je dat?'

'Ik ben overal schattig.' Ik trok een gezicht naar haar en ze lachte. Ze bracht de fles naar haar lippen en de champagne liep borrelend langs haar kin en stroomde over haar borst in een schuimende, geparfumeerde waterval.

'Oeps! Shit.' Ze lachte om haar eigen onhandigheid, maar haar blauwe ogen schoten van onder halfgesloten oogleden vlug naar mij en ze likte met haar tong langs haar onderlip. Ze gooide haar lichte haar over haar schouder naar achteren en maakte haar rug hol, zodat de spotjes op haar glinsterende, met alcohol overgoten decolleté schenen. 'Flynn… wil je me helpen dit weg te halen?'

Het broodmes schoot over de korst van de baguette heen en ik voelde een eigenaardige benauwdheid in me opkomen terwijl ik naar haar borsten staarde. Wilde ze dat ik een handdoek voor haar pakte of… bedoelde ze iets anders? Ik vermoedde het laatste en slikte. Mijn mond was droog. We waren op een punt in onze relatie beland waarop ik me zorgen begon te maken over mijn gebrek aan seksuele interesse – in meisjes over het algemeen, en specifieker: in January. Dit voelde dus een beetje als een test, en wel eentje waarvoor ik met vlag en wimpel zou moeten slagen. Ik wás ook nieuwsgierig, wat ik een goed teken vond, maar ik voelde me niet speciaal opgewonden. Borsten hoorden toch opwindend te zijn?

Ik legde het broodmes neer en ging voor haar staan. Ze zat met haar knieën over de rand van het granieten blad van het kookeiland, en ik ging ertussenin staan. Ik voelde haar lichaamswarmte, haar borsten bevonden zich op ooghoogte en ze verroerde zich niet. Ze wil dat ik naar ze kijk, *dacht ik.* Maar wat wil ze in godsnaam dat ik nog méér doe? *Voorzichtig leunde ik naar voren en ik liet mijn tong over een centimeter of vijf van haar warme, vochtige borstbeen glijden. Mijn kin raakte haar borsten heel licht aan, maar verder bleef ik in wat aanvoelde als een veilige zone. Ik proefde champagne en zout, en January kirde van genot.*

'Dat is zó hot,' fluisterde ze, en weer liet ze haar hand door mijn haar glijden. Ze tilde mijn gezicht op en kuste me. Ik proefde meer champagne in haar mond, gemengd met vanillelipgloss, en ondanks de vreemde houding van onze lichamen leek ze echt te genieten van deze vrijpartij. Kleine geluidjes ontsnapten uit haar keel terwijl ze op mijn lippen sabbelde en met haar vingers over mijn schouderbladen krabde. Toen ze zich weer losmaakte, keek ze me versuft aan, met grote pupillen. 'Misschien… weet je, ik heb eens nagedacht en…' Ineens hield ze op en richtte ze haar blik op iets in de hoek van de ruimte. Ze kwam met een ruk overeind. 'What the fuck?'

'Laat je door mij niet weerhouden door te gaan,' klonk een diepe stem van achter me, en ik maakte een sprongetje van schrik bij January vandaan en draaide me met een ruk om. In de donkere rechthoek van de geopende deur naar de voorraadkamer stond Anson. Zijn vlassige haar zat weggestopt onder een snapback, die de door acnélittekens ontsierde huid van zijn lange gezicht goed deed uitkomen. Doordat hij een hemd aanhad was de vergelijkbaar pokdalige huid van zijn brede, krachtige schouders te zien.

'Wat doe jij hier beneden?' vroeg January, van haar stuk gebracht. Ze klonk zowel geërgerd als een beetje in de war.

'Dit is mijn fucking huis, weet je nog wel?' antwoordde de oudere jongen, met onverholen minachting in zijn stem. 'Jij bent degene die hier niet hoort.'

Hij slenterde de voorraadkamer uit en snuffelde rond bij de dingen die we op het aanrecht hadden laten liggen – het eten, January's iPod, mijn telefoon – en ik kon niet eens tegen hem zeggen dat hij moest oprotten; ik stond als aan de grond genageld. Hij was twee keer zo breed als ik, en het had veel weg van een beer die je kampeerplek overhoophaalt: je wilt hem niet kwaad maken of zijn aandacht trekken, je wilt gewoon dat hij het voor gezien houdt en weer vertrekt. Het kwam eveneens in me op dat hij van boven gekomen moest zijn, waar hij had gezeten toen ik aankwam, en via de eetkamer was omgelopen om de voorraadkamer te bereiken zonder dat we hem zouden zien. Hij had ons expres in de gaten gehouden. Ik probeerde me voor de geest te halen of we iets hadden gezegd dat chantagewaardig was.

'Ga jij nou maar weer naar boven om met jezelf te spelen.' January liet zich van het kookeiland af glijden en sloeg haar armen zelfbewust voor haar borst over elkaar.

'Waarom? Zodat jullie een partijtje kunnen neuken in de keuken van mijn vader?' Hij keek ons hatelijk aan, maar toen viel zijn oog op de fles champagne naast de snijplank. Zijn ogen begonnen te fonkelen van pret en hij joelde: 'Nee, dat meen je niet!' Lachend pakte hij de fles op en hij keek zijn stiefzusje spottend aan. 'Dat je déze fles hebt gepakt, dat is absoluut onbetaalbaar! Papa bewaart deze fles al iets van vijf jaar voor een speciale gelegenheid, en dan trekt Uitschotbarbie hem zo maar eventjes open zodat ze van bil kan gaan met haar flikkervriendje. Ik kan niet wachten hem dit te vertellen. Volgende week zit je weer fijn in je woonwagenkamp!'

'Wat is jouw probleem precies, gast?' vroeg ik hem. Hij keek me een ogenblik aan en nam toen een flinke slok champagne. Hij draaide zich weer om, pakte mijn iPhone van het aanrecht en begon ermee te spelen. Het was schrikbarend eenvoudig om me voor te stellen dat hij hem zomaar tegen de grond aan diggelen zou smijten, gewoon omdat het kon, en ik voelde de zenuwen alweer door me heen gieren. 'Blijf van onze spullen af!'

'Lik haar tieten nog eens,' beval hij. 'Dan maak ik een paar foto's voor je, zodat January haar pornocarrière eerder van de grond krijgt.' Ze stak haar middelvinger naar hem op en hij grijnsde haar kwaadaardig aan. 'Die op geld beluste moeder van je heeft zich mijn vaders portemonnee in geneukt, maar ik weet zeker dat jij haar kunt overtreffen. Je zou de nieuwe Sasha Grey kunnen zijn of zo!'

'Je bent echt walgelijk,' zei January zacht terwijl Anson de lens van mijn telefoon opvallend op haar decolleté richtte. Ongemakkelijk stak ze een hand uit naar haar weggegooide topje, maar dat had Anson al verwacht. Hij dook naar voren, griste het uit haar hand en hield het in de lucht zodat we er allebei niet bij konden. 'Geef mijn topje terug!'

'Laat me eerst je tieten zien,' zei hij treiterig en hij keek verlekkerd naar

haar beeltenis op het scherm van mijn iPhone. 'Duw ze maar tegen elkaar aan en zeg: "Ik ben een slet, net zoals die hoer van een moeder van me", dan krijg je je shirt terug.'

'Fuck you, gestoord stuk vreten!' Ik had er schoon genoeg van. Zonder na te denken dook ik op mijn telefoon af en trok hem uit zijn handen. 'Je vindt jezelf zo geweldig, maar je doet niks anders dan je aftrekken en het geld van je pa uitgeven, dus wat stel je dan helemaal voor? Waarom zit jij niet in een collegezaal, Anson? Ben je echt zo fucking achterlijk dat zelfs je vader geen plek voor je kan kopen op een of andere nog enigszins respectabele school?'

Zodra de woorden over mijn lippen waren, had ik er spijt van. Anson was minimaal twintig centimeter langer dan ik en zijn linkerbiceps moest haast zo groot zijn als mijn linkerdijbeen. Zijn pokdalige gezicht liep rood aan van woede, zijn wenkbrauwen kropen tegen elkaar aan in een lelijke frons en ik zag de pezen in zijn blote schouders heen en weer rollen. Ik slikte een berouwvolle brok in mijn keel weg, nog geen halve seconde voordat de gespierde freak naar voren dook. Zijn vuist kwam met een enorme snelheid op mijn gezicht af als een vrachtwagen die niet meer kon afremmen.

Op twee centimeter van mijn neus vandaan stopte hij. Het was een schijnbeweging, een van die irritante Stoere Jongens-trucs om je ineen te laten krimpen als bewijs dat je een mietje bent. En dat werkte natuurlijk. Ik dook ongeveer een kilometer naar achteren, knalde daarbij tegen het kookeiland aan en stootte bijna de snijplank tegen de grond. Anson brulde van het lachen, wees naar mijn hilarische angstige gezicht, en draaide zich toen eindelijk om om te gaan.

Net op het moment dat ik niet meer op mijn hoede was, draaide hij zich met een ruk om en gaf me een kaakstoot. Hij bewoog zo snel dat hij nauwelijks tijd had om te richten, maar ook al schampte zijn vuist me alleen maar, het voelde alsof ik een botsing met een stoomwals had gehad. January liet een verbaasde gil horen toen ik hard tegen de marmeren vloer smakte. Ik zag sterretjes voor mijn ogen flikkeren en bruisen als de champagne van meneer Walker. Het voelde alsof de linkerkant van mijn gezicht eraf was gesneden, in brand was gestoken en was uitgestampt. Anson stond over me heen gebogen en torende boven me uit als een sequoia. 'Hou jij je fucking bek nou maar dicht, domme eikel!'

En ineens was daar het broodmes in January's hand. Ze richtte het op

Ansons dikke stierennek. Het had geen scherpe punt, maar was wel enorm lang, en de karteltanden waren gevaarlijk genoeg. Haar hele lichaam trilde toen ze zei: 'Sodemieter nou heel gauw op, steroïdefreak! Gedrocht! Psychopaat!'

'Ga je me daarmee snijden, Uitschotbarbie?' Hij daagde haar uit, maar klonk niet helemaal zeker van zijn zaak. 'Oeh, nou ben ik echt bang.'

'Je weet helemaal niks van mij,' siste January hem toe op een toon die ik niet van haar kende: wreed, vastberaden en bloedserieus. 'Je hebt geen idee waartoe ik in staat ben. Misschien snijd ik je nu, misschien wacht ik tot je slaapt en snijd ik dat ieniemienie pikkie van je eraf... of anders laat ik Eddie en je vader zien waar je je wiet verstopt. En je oxy. En je coke.'

Ansons uitdrukking veranderde op slag; zijn spotlach sloeg om in een diepe frons. Zijn gezicht had een explosieve, donkerrode kleur en hij deed een stap naar achteren. Hij hield een hatelijke blik op January gericht, en zonder nog een woord te zeggen smeet hij haar topje in de pot met borrelende spaghettisaus op het fornuis voor hij met grote passen de keuken verliet.

Pas toen we zijn voeten de trap naar de eerste verdieping op hoorden stampen, schoof January haar geïmproviseerde wapen terug in zijn holster van het messenblok op het kookeiland en ze liet zich op haar knieën naast me zakken. 'Flynn, is alles wel in orde?'

'Lekkere lijfwacht ben ik.' Ik probeerde te glimlachen, maar ik had nog steeds het gevoel dat ik een natuurramp had overleefd.

We visten haar topje op uit de sauspan, ook al kon het weggegooid worden, en besloten dat we eigenlijk toch geen trek meer hadden in spaghetti als avondeten. Na een tijdje belde ik mijn vader om te vragen of hij me eerder kon komen ophalen, en ik verzon een verhaal om de lelijke blauwe plek op mijn wang te verklaren. Het laatste wat ik wilde was mijn ouders een reden geven om bij meneer Walker te gaan klagen over Anson – hij zou er toch niets aan doen – en mezelf elke keer als ik daar mijn neus liet zien tot een nog onweerstaanbaarder doelwit maken voor die sadistische loser met zijn woedeprobleem.

Pas toen January me vroeg of ik dacht dat we haar onderweg naar huis bij Tiana konden afzetten besefte ik pas hoe bang ze was geworden door wat ze in de keuken had meegemaakt – en dat ze daarom geen nacht alleen met Anson in huis wilde blijven.

13

Ik heb geen idee wat me bezielde – want echt een goed doordacht besluit kan het niet zijn geweest – maar ik liep meteen de trap op naar boven. Mijn turbulente emoties stonden op scherp. De zelfingenomen blik op Ansons gezicht toen hij besefte dat ik de vreselijke dingen had gehoord die Eddie over January liep te spuien was net zo hard aangekomen als de onhandige vuist van de negentienjarige die avond in de keuken. Ze had het een keer voor mij opgenomen tegen hem, en nu moest ik hetzelfde voor haar doen.

Nog steeds was ik, uiteraard, geen partij voor hem: Anson kon me met gemak de hardhouten vloerplanken in timmeren, zodat de huishoudster een plamuurmes nodig zou hebben om me bijeen te schrapen, en er was dit keer niemand in de buurt om hem tegen te houden. Maar zijn grijns had me kwaad genoeg gemaakt om de stap 'helder nadenken' over te slaan en op dit moment voelde die woede zelfs goed.

De gang boven aan de trap was hoefijzervormig. Hij liep rond de wenteltrappen en kwam aan de voorkant uit op het gapende gat dat de ontvangsthal van het huis vormde, met het drieluik van glas-in-loodramen en bruidstaartkroonluchter die als een flamboyante spin aan het hoge plafond bungelde. Achterin keek je van over een bewerkte reling omlaag naar de grote zitkamer waar Tammy nog steeds op de bank lag te slapen. Dubbele houten deuren met lambrisering in de oostelijke muur vormden de ingang van de mastersuite, en een lange gang naar de westvleugel van het landhuis bood toegang tot de andere slaapkamers op deze etage.

Ansons kamer bevond zich aan het einde van die gang, het verst van de mastersuite vandaan. Het was dus ook de kamer met de meeste privacy, en hij was reusachtig groot. De kamer lag op een hoek met uitzicht in twee richtingen, en hij had ook nog eens een aangrenzende studeerkamer met erkerramen en toegang tot een dakterras. Ik had één keer in zijn kamer kunnen kijken toen hij de stad uit was voor een bezoekje aan zijn moeder in het weekend van Onafhankelijkheidsdag, en zijn kamer was zonder twijfel de beste in het hele huis, na die van zijn ouders, ondanks het feit dat het er zo smerig en rommelig was dat zelfs een toegewijde sloddervos als ik er niet aan moest denken om iets zonder rubberen handschoenen aan te raken.

Daarom schrok ik zo dat ik mijn gerechtvaardigde woede bijna vergat toen ik ontdekte dat Anson zich niet in zijn eigen ruime heiligdom had teruggetrokken.

De deur van January's slaapkamer, die altijd, *altijd*, gesloten bleef – wat er ook aan de hand was, op straffe van de gruwelijkste marteling – stond open. Ik bleef met een ruk staan en schuifelde wat dichterbij om naar binnen te gluren. Mijn ogen werden groot van toenemende razernij toen ik Anson Walker nonchalant door de privé-eigendommen van zijn stiefzus zag rommelen.

Het was geen typische meisjeskamer, want January was niet zo'n meisje-meisje; ze had zelfs een vastberaden, maar dwaze en onpraktische, strijd gevoerd om de hele kamer zwart te mogen verven. Niet eens glanzend zwart, maar een doods, mat emo-zwart, waardoor de hele kamer eruit zou hebben gezien als een satanische kapel met een inloopkast en een verzonken badkuip. Ik was er negentig procent zeker van dat de strijd voornamelijk bedoeld was om de nette en traditionele Tammy en Jonathan te irriteren, want het kon January werkelijk geen klap schelen welke kleur haar muren hadden, maar de suggestie van een volledig zwarte slaapkamer deed haar ouders – fans van elegante binnenhuisarchitectuur – huiveren van afschuw, en daar ging het om.

Ze besloten tot een compromis door haar één muur te laten verven met schoolbordverf, net zoals Tammy in de flat had gedaan. Die muur zat vanaf dat moment dan ook altijd onder gekalkt met berichtjes, liedteksten en tekeningen in pastelkrijt. Een van de andere muren hing vol met onmogelijk gedetailleerde foto's van de nachtelijke hemel, met de Melkweg die als een fosforescerende schimmel boven bergen, rivieren en gletsjers hing. Elders hingen foto's van mij, Tiana en Micah, en van haar andere vrienden op Riverside, album art van Panic! At the Disco, Fun en The Disasters, en foto's van Luke Hemmings, de leadzanger van 5 Seconds of Summer. January vond 5sos niet eens leuk, maar vond Hemmings hot genoeg om de muzikale tekortkomingen van de band door de vingers te zien – een mening die ik stiekem deelde.

Geen van haar oude meubels had de verhuizing van de flat naar een hogere belastingschaal overleefd; haar dubbele bed was ingeruild voor een queensize met een met satijn bekleed hoofdeinde. De toilettafel van Ikea was vervangen door een handgemaakte kersenhouten tafel en haar refurb-computer had plaatsgemaakt voor een gloednieuwe MacBook Air – en dit allemaal net zo snel en eenvoudig als een rottende pompoen voor Cinderella's ogen werd omgetoverd tot een glinsterende koets. Al bevond deze Cinderella zich uiteraard liever in de bijkeuken dan in de balzaal.

Anson doorzocht een la van January's bureau, ook een van haar nieuwe aanwinsten, en trok allerlei dingen tevoorschijn die hij opzij gooide nadat hij ze had bekeken en afgekeurd. Briefjes die zij en Ti in het eerste jaar aan elkaar hadden gegeven tijdens de les, een pakje tarotkaarten en een doos met kleurpotloden kletterden op de grond en ik stond er vol ongeloof naar te kijken. 'Wat ben je hier in godsnaam aan het doen?' Ik had eindelijk mijn stem gevonden. 'Dit is January's kamer!'

'Fuck toch op,' antwoordde Anson sloom. Hij klonk net zo dronken als Tammy, al had hij volgens mij niet hetzelfde excuus – voor hem was dit een doodnormale dinsdag. 'Hé, weet jij of ze hier ook iets nuttigs heeft liggen? Wiet, geld, zoiets? Ik heb haar laptop al gecheckt, maar er stonden geen naaktfoto's op, en haar telefoon heb ik nergens zien liggen.'

Uit de bovenste la rechts haalde hij een kleine, gedroogde bloem tevoorschijn – de roos die ik January had gegeven op die rampzalige avond van ons tweemaandenjubileum. Tot op dat moment had ik niet eens geweten dat ze die had bewaard, maar ik herkende hem meteen aan het kleine hartje dat ze met een zilverkleurige stift op een van de blaadjes had getekend. Anson wierp er een onverschillige blik op en gooide hem op de grond, waar de broze, zwart geworden bloemblaadjes verkruimelden als verkoold krantenpapier.

'Jij spoort echt niet!' Ik deed twee wankele stappen naar voren. 'We hebben nog maar nét haar kleren gevonden, die onder het blóéd zaten! Haar moeder stort nu volledig in en jij scharrelt rond in haar kamer, op zoek naar wiet en selfies?' Ik werd met de seconde kwader nu ik alles hardop hoorde. 'Wie denk je wel dat je bent?'

'Weet je wat, ik beloof je dat ik mezelf vanavond in slaap zal huilen, goed?' Hij draaide zich met een sardonisch gegrinnik naar me om, maar zijn uitdrukking was nietszeggend, waarschijnlijk lam gelegd door verboden middelen. Alsof hij die indruk wilde bevestigen trok hij een joint uit zijn achterzak en stak die op, vlak naast January's bureau. 'We weten allebei dat ze dood is, dus bespaar je de moeite. Het is te laat om indruk op haar te maken met die slappe prins-op-het-witte-paard-show.'

'Je bent een klootzak,' zei ik verbolgen terwijl de doordringende, aardeachtige geur van wiet in een rokerige pluim uit zijn mond wasemde. 'Wat heeft ze jou trouwens ooit misdaan? Al vanaf het moment dat je vader met haar moeder uitging, gedraag jij je als een eersteklas oetlul tegen haar. Je noemt haar uitschot, maar zelf ben je niet meer dan een verwende nietsnut die zijn pa overal voor laat betalen.'

'O, au, zeg! Ik vind jouw stompzinnige mening toch zó belangrijk.' Zijn hand greep naar zijn hart, met de joint tussen zijn lippen geklemd. Daarna liep hij met grote stappen naar de toilettafel toe en begon January's ondergoedla te doorzoeken. Ik voelde mijn hersencellen ontploffen als popcorn terwijl die harteloze kloothommel tegelijkertijd een hijs nam en met zijn gore poten door de slips van zijn misschien wel dode stiefzusje graaide. De onrechtvaardigheid ervan was verstikkend. Beneden hield Eddie zijn minachtende tirade over hoe January altijd al Jonathan Walkers achilleshiel was geweest omdat ze af en toe dronk en haar mening uitte, terwijl Walkers bloedeigen zoon een perverseling was die totaal geen ethisch kompas leek te hebben.

'Verdwijn uit haar kamer,' beval ik hem, alsof ik verwachtte dat Anson naar me zou luisteren.

'Had ze nog iets van een dagboek of zo, gozer? Dat kan leuk leesvoer zijn.'

'Zal ik je vader dan maar vertellen dat je hier high zit te wezen?' Dreigen over hem te klikken was een echte klotestreek, maar ik had toch geen schijn van kans om hem in mijn eentje te intimideren.

'Shit, man, ga jij nou maar gewoon terug naar je sociale huurwoning, ja? Je bent net een van die keffende snerthondjes die naar je enkels happen tot je ze een keer een rotschop geeft,' bromde Anson minachtend, en zijn gore handen verfrommelden kant en zijde terwijl hij tussen en onder January's lingerie bleef zoeken. 'Je weet niet eens voor wie je het hier komt opnemen.'

'Waar slaat dat nou weer op?'

'Ik wil je bubbel niet lek prikken, maar je dierbare, lieftallige, heilige January was een vuile, leugenachtige slet. En dat bedoel ik letterlijk. Ze deed het achter je rug om met een ander. Dat is de persoon wier eer je loopt te verdedigen.'

'Flikker toch op.'

'Denk je dat ík lieg?' Hij trok een niemendalletje van een G-string uit de la en hield hem voor mijn gezicht in de lucht, terwijl zijn ruwe, knobbelige vingers de delicate stof uitrekten. 'Waarom zou ze deze anders hebben? Trok ze die voor jou aan, soms?'

'Het is maar ondergoed,' zei ik opgelaten, en ik voelde mijn gezicht warm worden.

'Nuh-uh.' Hij grijnsde kwaadaardig. 'Met al dat kant en zo? Grietjes kopen dit niet om te drágen, ze kopen het om het uit te trekken. Er is maar één reden om sexy ondergoed te kopen, en dat is niet om remsporen uit je spijkerbroek te houden.' Hij gooide de string op de grond en keek me vuil aan. 'Dus? Hoe zit het, pik? Was ze lekker om te neuken?'

'Alsof ik jou daar iets over zou vertellen.'

Anson lachte alsof ik zojuist de clou van een gemeen grapje ten koste van mezelf had verklapt. 'Ze heeft je niet eens in de buurt laten komen, of wel?' Hij snoof opgewekt en ging op de string staan toen hij zijn enorme voeten verplaatste. 'Ze heeft die sletterige slipjes gekocht om voor een ander aan te trekken, en jij had er geen flauw idee van!'

'Tuurlijk, joh.' Ik probeerde verveeld te klinken om hem te laten weten dat ik me niet op de kast liet jagen, en geheel voorspelbaar werd hij daar prikkelbaar van.

'Fuck you, ik weet het zeker,' snauwde Anson, zijn brede wenkbrauwen fronsend. Op de een of andere manier had ik hem harder weten te raken door zijn verhaal in twijfel te trekken dan met directe beledigingen aan zijn adres. 'Ze zou nooit genoegen genomen hebben met jou, platzak en graatmager. Ze leek op haar moeder: ze spreidde haar benen alleen voor geld. Serieus veel geld.'

Nu was het mijn beurt om te lachen. Wat January het meest verachtte aan de Walkers en hun verfijnde sociale rang was hun obsessie met rijkdom – hun trots op al hun geld, hun inhalige verlangen naar meer, hun snobistische houding tegenover mensen zonder geld. Ik had geen idee wie Anson beschreef, maar het was absoluut zijn stiefzus niet, en hoe meer ik erover nadacht, hoe grappiger het leek.

'Dus je weigert me te geloven, strontjoch?' siste Anson me toe en hij smeet de ondergoedla dicht en trok de volgende open. 'Goed dan. Maar het is verdomme wel de waarheid. Jouw vriendinnetje was een gore hoer die als een soort Lolita achter mijn vader aan zat.'

Die suggestie was zo gestoord dat ik me bijna verslikte. 'Wat een onzin.'

'Dat zou je wel willen.' Toen hij zag dat hij toch een of ander punt had gescoord, keerde Ansons reptielachtige grijns terug. 'Ik kwam op een avond thuis nadat ik bij een vriend was geweest, en ik betrapte haar toen ze hem verleidde om haar in de keuken te nemen. Ze had zelfs een banaan heel diep in haar mond en zo! Zo te merken doet de keuken het wel voor haar, hè?'

'Wat een hoop bullshit bij elkaar,' bromde ik vol walging. 'Je hebt echt psychische hulp nodig.'

'Ze waren sundaes aan het maken,' ging hij verder, nog steeds met die obscene, hardvochtige grijns op zijn gezicht, 'althans, dat was zij aan het doen. Ze droeg die minibikini van haar, zoals altijd, en had allerlei dingen op het aanrecht staan: slagroom, nootjes, chips, ahornsiroop... Ik zou niet eens weten waar ze al die zooi voor nodig had, maar het stond overal.' Terwijl hij verder praatte, ontstond het eerste kleine scheurtje in mijn zelfvertrouwen. Chips met ahornsiroop was January's favoriete sausje voor over het ijs, een eigenaardigheid waar ik haar soms mee plaagde, en die Anson nooit zelf had kunnen verzinnen. 'En mijn vader zei: "Dat ziet er goed uit, ik heb al in geen eeuwen meer een sundae gegeten." Waarop January zei: "Dit is mijn specialiteit", en toen morste ze expres wat siroop op haar vingers, die ze vervolgens aflebberde als een pornoster. En mijn vader zei: "We hebben nog wat bananen in de fruitschaal als je zin hebt in een bananensplit", en toen zij weer: "O, meisjes mogen geen bananen eten!"' Hij imiteerde een hijgend Marilyn Monroe-stemmetje toen hij January nadeed. 'Mijn vader vroeg waar ze het over had, en ze legde uit: "Mannen denken dat elk cilindervormig object een stand-in-fallus is, en als een meisje een banaan eet in het openbaar, wordt ze automatisch bestempeld tot slet." Mijn vader reageerde met: "Volgens Freud is een sigaar soms gewoon een sigaar", waarop zij weer zei: "Een sigaar is alleen maar gewoon een sigaar als een man hem rookt; als een vrouw er een opsteekt, is het een pik."' Anson lachte boosaardig en ik perste mijn lippen op elkaar. 'En daarna zei ze dus: "Geen enkele man kan toekijken terwijl een meisje een banaan eet zonder dat het zweet hem uitbreekt. Wil je het zien?" en ze pakte een banaan uit de fruitschaal en begon dat ding ter plekke te pijpen! Ze spoot er slagroom op en alles, en ging tekeer alsof ze Jenna Jameson was. Pas op dat moment merkten ze dat ik er ook was, en zei mijn vader dat ze moest ophouden.'

Hij keek me met een triomfantelijke grijns aan, zijn armen voor zijn borst over elkaar geslagen, zodat zijn enorme biceps de naden van zijn mouwen bijna lieten knappen, en uit de joint kronkelde een lange rookpluim omhoog die ons allebei dreigde te laten stikken. Allerlei gedachten en emoties kolkten door me heen – de sterkste ervan was de neiging om zijn bekken onder hem vandaan te schoppen – maar ik voelde me als aan de grond genageld, beledigd en verafschuwd door het beeld dat hij zojuist had geschetst.

'Wat doe jij hier boven?' De strenge, ontevreden stem kwam van achter me, en ik draaide me geschrokken om. Het was meneer Walker zelf, die in January's deuropening stond met een diepe frons, zijn grijze ogen indringend op mij gericht met een opvallend gebrek aan vriendelijkheid. 'Ik dacht dat je al naar huis was, Flynn.'

'Ik... ik was op weg naar buiten, maar toen...' *Toen wat?* Ik had geen idee hoe ik die zin moest afmaken zonder te verklappen wat een grofgebekte, door seks geobsedeerde schandaaltjes-scharrelaar zijn zoon was, en dit leek me niet het juiste moment daarvoor.

'Je hebt niets te zoeken in January's slaapkamer,' ging de man verder, waarbij hij ergerlijk genoeg door de vingers zag dat Anson hier ook was – en dat de jongen een joint rookte. 'Ons gezin heeft vandaag een enorme klap te verwerken gehad, en we hebben recht op privacy. Ik waardeer de hulp die je vanmiddag hebt geboden, maar het lijkt me nu tijd dat je weer vertrekt.'

En toen, alsof hij niet degene was die me in eerste instantie had gevraagd binnen te komen, liep hij nors met me mee de trap af en door de grote hal. Hij hield de hele tijd een hand tegen mijn rug gedrukt, alsof hij wilde voorkomen dat ik me zou omdraaien en terug de trap op zou rennen. Hij gedroeg zich als een uitsmijter die een tegenstribbelende klant op straat moest zetten, ook al had ik me geen moment verzet. Zijn houding was stijfjes en ijzig, en hij liet me op de veranda voor de voordeur achter. Zonder enig woord van afscheid gooide hij de enorme eikenhouten deuren in mijn gezicht dicht.

14

Ik bleef lang op de winderige trap staan terwijl de kille oktoberwind zich om me heen wikkelde en mijn hersens tolden als die van een bokser na een kaakstoot.

Anson was een leugenaar, peperde ik mezelf in. January zou nooit hebben gedaan wat hij had beschreven – fellatio met een stuk fruit om de stiefvader te verleiden aan wie ze zo'n uitgesproken hekel had. Dat waren vuile verzinsels, fantasieën die werden gevoed door klassendiscriminatie, wrok en een buitensporige porno-obsessie. Hij had geen greintje fatsoen en betastte het ondergoed van zijn vermiste stiefzusje omdat hij dat leuk vond. Wie zou ooit iets geloven wat er uit zijn mond kwam?

Maar ja, dat leidde dus tot de volgende logische vraag: waarom kostte het me zo veel moeite om dit hele verhaal af te doen als een overduidelijke poging om me op stang te jagen? 'Sundaes met chips en ahornsiroop' was een deel van het antwoord op die vraag. Het was een detail dat zo specifiek was, zo typisch iets voor haar, dat ik het niet kon wegwuiven. Die feministische theorie over fallische symbolen en de manier waarop mannen daarnaar keken had ook een herkenbare January-klank, dus die tekst was beslist niet afkomstig van de primitieve, vrouwenhatende verbeelding van Anson Walker. Dat zou hij nooit zelf hebben kunnen bedenken.

Ik kon ook niet ontkennen dat ik nog geen vierentwintig uur eerder had geworsteld met een groeiend besef dat ik mijn ex-vriendin lang niet zo goed kende als ik dacht – dat ze leugens vertelde die niet zo gauw goed te praten waren, om redenen die ik niet begreep. Wat had ze nog meer achtergehouden? De schok bij het zien van haar bebloede hoody, het besef dat ze misschien wel vermóórd was, had me in een soort emotionele vrije val gebracht… maar het meisje dat een roos van onze 'perfecte date' had gedroogd en bewaard was ook het meisje dat haar vrienden had verteld dat ik een emotioneel manipulatieve klootzak was die haar een schuldgevoel wilde bezorgen over haar vertrek van Riverside.

Anson had met gemak enkele details kunnen jatten van een toevallig gesprek tussen January en haar stiefvader en die kunnen gebruiken om dit bullshitverhaal verder aan te kleden, maar zo gewiekst leek hij me niet. Als hij ruzie zocht, deed hij dat bij voorkeur met een directe, fysieke aanval, niet op een psychologische manier. De kans was groter dat hij een onschuldig gesprek enorm uit zijn verband had gerukt omdat hij een eikel en een perverseling was, en hij er een kick van kreeg om mensen te beledigen. Hoe dan ook, er was maar één echte waarheid die hij had onthuld, en die was niet bepaald een verrassing voor me: hij vond het leuk om zijn stiefzus te bespioneren.

Ik liep de trap af naar de binnenplaats, in de richting van de fontein, en viste mijn telefoon ondertussen uit mijn zak. Ik bleef abrupt staan toen ik een zwarte Lexus schuin op de lange oprit naar de straat geparkeerd zag staan. Het was de enige overgebleven auto nu alle vrijwilligers, media en politieagenten waren vertrokken. En geleund tegen het portier aan de bestuurderskant, gehuld in zijn lange, donkere jas, stond Kaz.

Toen hij doorhad dat ik hem had gezien, zwaaide hij een beetje onbeholpen naar me. 'Hoi.'

'Wat doe jij hier nog?' vroeg ik verbaasd. In de roes van gevoelloosheid en complete verwarring waarin ik na de ontdekking van January's kleren verkeerde, was ik hem helemaal vergeten.

'Ik… ik dacht dat je misschien een lift naar huis kon gebruiken.' Het klonk suf, en hij schonk me er een onhandige glimlach bij die ontwapenend zou zijn geweest als ik niet zo geïrriteerd was.

'Ik wilde net mijn ouders bellen,' antwoordde ik kribbig. Dit was een afgrijselijke, verwarrende dag geweest en het laatste wat ik nu wilde was de situatie op de hooizolder nog een keer doornemen, niet na alles wat ik daarna voor mijn kiezen had gekregen. 'Je had niet hoeven wachten.'

'Ik wilde het zelf.' Zijn handen zaten diep in zijn zakken gestoken en hij had zijn schouders opgetrokken tegen de kou. Ik vroeg me af of hij de hele tijd tegen het portier aan geleund had gestaan, als een hond die wacht tot zijn baasje weer uit de supermarkt tevoorschijn komt. 'Ik dacht... dit was nogal een kutdag. Dus ik wilde blijven wachten.' Hij gebaarde naar de Lexus, een heel glimmend en duidelijk recent model. 'Kom, stap in.'

Met een geërgerde zucht keek ik omlaag naar mijn telefoon, en vervolgens terug naar het landhuis. Eddie Sward hield me in de gaten door de ramen van de bibliotheek, waar hij met gespannen kaak en over elkaar geslagen armen naar buiten keek. Meneer Walker zag ik niet, maar ik wist vrij zeker dat die vlak achter hem stond. Wilde ik echt hier op de ijskoude rand van de fontein gaan zitten en twintig tot dertig minuten wachten tot een van mijn ouders helemaal hiernaartoe kwam rijden, zo ver van de beschaving af, terwijl beide mannen me met dodelijke blikken in de gaten hielden?

'Goed, dan,' zei ik gelaten, en ik liep om de voorzijde van de wagen heen naar de passagierskant. Toen ik de gordel vastklikte, wist ik er een zuinig 'Bedankt' uit te krijgen.

'Geen probleem,' zei Kaz. De motor kwam bijna spinnend tot leven, zo zacht klonk het, en de auto keerde met gemak op de oprit voor hij langs de vormbomen wegreed. De stoelen waren bedekt met zacht leer dat nog steeds naar de showroom rook, en er bonkte zachte muziek met een zware bas uit de speakers.

We zwegen tot we de straat bereikten, maar tegen die tijd voelde de stilte tussen ons in bijna als een derde passagier. Ik kon er niet meer tegen en wilde graag preventief het gesprek naar mijn hand zetten, dus ik flapte eruit: 'Dit is echt een mooie auto.'

'Met de complimenten van de dokters Bashiri,' antwoordde Kaz met een stijf glimlachje. 'Ik ga niet doen alsof ik het niet leuk vind om erin te rijden, maar soms voel ik me daardoor extra opvallend. Mensen hoeven er maar naar te kijken en ze denken meteen dat ik verwend ben, weet je?' Hij lachte kort. 'Nou, ja, oké, ik ben ook wel verwend, maar ik probeer me daar niet naar te gedragen.'

'Ik hoop dat dit niet heel onbeleefd overkomt, maar als je ouders je auto en je collegegeld betalen, waarom werk je dan in een speelgoedwinkel?' Het was oprechte nieuwsgierigheid, al realiseerde ik me toen ik de vraag hardop hoorde dat het inderdaad nogal brutaal klonk.

Al leek Kaz daar niet mee te zitten. 'Mijn ouders... ik hou van hen, maar ze denken dat als ze me geld geven, dat zij dan het recht hebben mij voor te schrijven hoe ik dat moet uitgeven. Ik was het zat om letterlijk elke uitgave te moeten verantwoorden – als ik naar McDonald's wilde of een app wilde downloaden, moest ik daar eerst toestemming voor vragen. Probeer je moeder maar eens uit te leggen waarom je sexy ondergoed wilt kopen, snap je wat ik bedoel?' Hij grijnsde naar me, en het beeld dat zich hierbij in mijn gedachten vormde deed mijn gezicht warm worden. 'Met een stom baantje heb ik in elk geval geld dat echt van mij is, dat ik kan uitgeven zoals ik wil. Ik kan je niet uitleggen hoe fijn dat is.'

'Ik denk dat ik het wel begrijp,' zei ik. Het leek heel erg op wat January had gezegd toen ik haar diezelfde vraag had gesteld. Een baantje in de speelgoedwinkel was voor haar de manier om haar leven in eigen hand te houden, weg van haar stiefvader. Ik begon te snappen waarom zij en Kaz het zo goed met elkaar konden vinden.

Bijna alsof hij mijn gedachten kon lezen zei Kaz: 'Hoe is het met haar ouders?'

'Ongeveer zoals je zou verwachten,' antwoordde ik, want het zou me te veel worden om erover in detail te treden. 'Haar moeder heeft een zenuwinstorting à la syndroom van Münchhausen en haar stiefvader maakt zich druk om de politieke gevolgen.'

Kaz trok zijn neus even op, maar zelfs die rare uitdrukking deed niets af aan hoe hot hij was. Mijn ergernis werd alleen maar groter. Waarom is het toch zo frustrerend, die mensen die er zonder enige moeite knap uitzien? Voorzichtig vroeg hij: 'En hoe gaat het met jou? Ik bedoel, voor jou moet het toch ook heftig zijn. Na wat we in dat veld hebben gezien...'

'Het gaat wel,' zei ik snel. Ik wilde er niet aan denken. Ik wilde geloven dat er een gelukkig einde kon zijn, dat ik een verklaring kon vinden voor de met bloed doordrenkte hoody die aangaf dat January nog steeds in orde was – en als bleek dat ik dat niet voor elkaar kreeg... nou goed, dan nog wilde ik die demonen niet in de passagiersstoel van Kaz' auto onder ogen hoeven zien. 'Ik ben gewoon moe.'

Ik gaf hem mijn adres, dat hij invoerde in het navigatiesysteem, en we reden nog een tijdje zwijgend door voordat Kaz zijn keel schraapte en zei: 'Ik hoop dat je het niet erg vindt dat ik dit vraag, maar hoe zijn jij en January ooit een stelletje geworden?'

Als ik de gebeurtenissen van die middag in overweging nam, klonk dit als een geladen vraag, maar ik besloot hem toch te beantwoorden. 'Ze was… is de beste vriendin van de vriendin van mijn beste vriend, waardoor we veel met z'n vieren deden, en toen… Ik weet het niet, we besloten de sprong te wagen.'

Het punt was dat January en ik altijd al net ietsje meer waren geweest dan 'gewoon vrienden'. Ik kon het niet goed uitleggen. Toen ik in het eerste jaar met haar flirtte, was dat niet alleen bij wijze van afleidingstactiek, ik voelde ook echt iets. Ik voelde me verbonden met January, iets wat ik met andere meisjes niet had, ook al bleef het lichamelijke aspect ervan steeds achterwege. Toen Madison Reinbeck ons tijdens een pool party afgelopen juni de voorraadkamer van de keuken van de Walkers in duwde voor de ongeloofwaardigste ronde van 'Zeven Minuten in de Hemel' aller tijden, vond ik het zelfs heel spannend om met haar te zoenen.

'Eh, ik hoop dat je het niet heel raar vindt om te horen dat ik je al heel lang wil zoenen, eigenlijk al elke dag sinds het begin van vorig jaar,' had January me ademloos toevertrouwd toen we elkaar heel even loslieten om te ademen. Mijn hoofd tolde en ik was zo opgelucht dat ik iets voor een meisje voelde, dat ik erbij stond te giechelen.

'Je bent er heel goed in,' had ik tegen haar gezegd, ook al was dat waarschijnlijk het stomste, sneuste wat een jongen ooit zou kunnen zeggen, maar January leek er niet mee te zitten.

'Betekent dat dat je met me uit wilt?'

De vraag was rechtdoorzee, en aangemoedigd door de duizelingwekkende roes die de afgelopen zeven minuten me hadden bezorgd, sprong ik er vol in. 'Ja.'

'Nou, vráág het dan, sukkel!'

En zo was January dus, kort samengevat. En nu… Kwam ze ooit nog terug? Zou ik haar ooit nog zien? Ik had er een puinhoop van gemaakt in onze relatie – misschien hadden we daar allebei wel schuld aan – maar er sneed een scherpe pijn door mijn borst zodra ik de mogelijkheid overwoog dat ze misschien echt uit mijn leven was verdwenen.

'Luister...' begon Kaz, en ook al was ik blij met de onderbreking van deze gedachten, ik herkende meteen welke kant deze openingszet op zou gaan en overwoog kort om het portier open te duwen en me naar buiten, het verkeer in te laten rollen. 'Het spijt me echt wat er in de schuur is gebeurd.'

'Laten we het er maar niet over hebben, oké?'

'Ik denk dat we dat juist wel moeten doen,' hield hij vol, zich niet bewust van mijn gevoelens. Ik hield mijn blik op de kant van de weg gericht. Bomen en struiken stonden aan weerskanten van de straat, met takken die door het jaargetijde steeds meer gebeeldhouwd leken naarmate er meer blaadjes afvielen. 'Ik bedoel, ik denk dat je nu in elk geval begrijpt waarom ik zo verbaasd was toen jij liet doorschemeren dat je dacht dat ik mijn zinnen op January had gezet. Ze wist dat ik homoseksueel ben. Het was ook helemaal geen groot geheim, of zo, dus ik begreep er helemaal niets van toen bleek dat jij dat niet wist, dat ze jou dat niet had verteld.' Ik bleef stil en na een ogenblik voegde hij eraan toe: 'Ik denk dat ik daarom vanochtend graag mijn verontschuldigingen wilde aanbieden. Als January dat voor jou achterhield zodat je jaloers zou worden op onze vriendschap, dan kon ik er dus ook niet echt van uitgaan dat ze tegenover mij helemaal eerlijk was geweest over jou. En als ik zo eerlijk mag zijn, dan klonken sommige klachten die ze over jou had ook best...'

'Nep?'

'Overdreven. Alsof ze het stiekem wel prettig vond om zich daar druk over te maken. Uiteraard wist ik toen te weinig van je om te beseffen dat het niet waar was, maar ze leek er een vreemd genoegen in te scheppen dat medelijden over haar egoïstische vriendje uit te melken.'

Ik dacht aan mijn theatrale ex-vriendin en de persoonlijke dramameter die in haar geval vastgeroest leek op de hoogste stand. Ze had genoeg gegronde redenen om te klagen over haar leven, waarom moest ze mij dan zo nodig ook nog uitroepen tot slechterik? Ik ademde diep in. 'Het spijt me dat ik zo vervelend tegen je deed toen ik naar de speelgoedwinkel kwam. Ik hoef niet uit te leggen dat ik niet beter wist, maar ik zou willen dat het anders was.'

'Dank je.' Er volgde een gespannen moment dat vijftig jaar leek te duren voordat hij weer iets zei. 'Het spijt me ook van de hooizolder. Ik... ik heb geen idee waar ik zat met mijn kop.' Zijn ogen bleven koppig op de weg voor ons gericht, maar zijn gezicht kleurde rood. 'Ik liet me meeslepen door het moment, denk ik, maar ik heb me wel compleet voor paal gezet. Het was het verkeerde moment, de verkeerde situatie, en ik had beter moeten weten.'

'Je hebt je vergist. En daar laten we het bij,' zei ik, van harte hopend dat hij het ook zou laten rusten.

'Weet je,' ging hij op een veel luchtiger toon verder, alsof ik me daardoor beter zou voelen, 'January heeft me wel verteld dat ze het zich zo af en toe afvroeg. Ze zei dat ze niet eens boos geweest zou zijn, maar dat ze het graag had willen weten.'

Ik klemde mijn kaken op elkaar. 'Wat had ze willen weten?'

'Je weet wel. Dat je gay bent.'

'Maar dat is niet zo.'

'Flynn...'

'Ik ben niet gay!' hield ik defensief vol, en ik moet toegeven dat het ook licht hysterisch klonk. 'Ik heb je al gezegd dat ik niet homoseksueel ben, Kaz. Hoe vaak moet ik het nog herhalen? Wat moet ik doen om het duidelijk te maken? Ik! Ben! Niet! Gay! Begrepen?'

De donkere bogen van zijn wenkbrauwen bewogen omlaag, en hij zei chagrijnig: 'Je hebt mijn kus beantwoord, Flynn. Het was echt niet allemaal eenrichtingsverkeer daar boven. Ik begrijp het best als je er misschien van geschrokken bent, maar je kunt niet doen alsof er niets is gebeurd. Ik was erbij, weet je nog? En het was een heel fijne kus.'

'Ik heb geen idee waar je het over hebt,' zei ik wanhopig. 'Oké? Ik weet niet wat ik wel of niet heb gedaan – ik was verrast en het gebeurde allemaal heel erg snel!'

'Zo snel was het ook weer niet,' ging hij betweterig tegen me in. 'Ik kuste jou en jij hield me niet tegen. In plaats daarvan duwde je je tong in mijn...'

'IK HEB HELEMAAL NIKS WAAR DAN OOK IN GEDUWD,' verklaarde ik met schelle stem. Ik zweette en op dat moment was ik overal ter wereld liever geweest dan hier in deze auto. Als er op dat moment een grote kloof was verschenen in de aarde vlak voor de Lexus en we rechtstreeks de afgrond in waren gestort op weg naar de hel, dan zou ik hebben gejuicht.

'Ik weet wat er gebeurd is. Ik weet wat ik vóélde,' zei hij zachtjes, en hij stuurde het onderwerp van mijn tong naar een heel ander lichaamsdeel dat me op die hooizolder had verraden. 'Je hoeft je niet te schamen, Flynn.'

'Ik schaam me niet, ik ben hétero,' loog ik, met mijn handen stevig rond het leren kussen van de stoel geklemd. 'Ik ga het hier niet meer over hebben, dus hou erover op!'

'Sorry. Ik wilde je niet van streek maken,' antwoordde hij op een nuchtere toon, en de rest van de rit naar mijn huis was hij goddank stil. Maar toen hij de auto langs de stoeprand stilzette, zei hij: 'Geef me je telefoon eens even.'

'Waarom?' vroeg ik argwanend.

'Ik wil dat je mijn telefoonnummer hebt, voor het geval je ooit wilt praten.'

'Dat zal niet nodig zijn,' zei ik opgewekt, en ik probeerde mijn portier te openen. Dat werkte echter niet mee, en de knoppen op de armleuning deden het ook niet. Kwaad keek ik op naar Kaz. 'Je hebt hem op het kinderslot staan.'

'Weet ik.' Hij glimlachte, ingenomen met zijn eigen gewiekstheid, en die kuiltjes die me kriebels in mijn buik bezorgden verschenen in zijn wangen. 'Geef me je telefoon even.'

'Meen je dit nou echt? Ga je me gijzelen?' Ik keek hem hooghartig aan, maar hij stak slechts zijn hand uit met de palm naar boven. Geërgerd liet ik mijn telefoon erop neer kletsen. Als dat ervoor nodig was om mezelf te bevrijden, dan moest het maar. 'Ik delete het gewoon weer zodra je me laat uitstappen.'

'Dan kan ik in elk geval zeggen dat ik het geprobeerd heb.' Hij sloeg zijn gegevens op in mijn lijst met contactpersonen, gaf me mijn telefoon terug en schakelde het kinderslot uit. Ongeduldig duwde ik de deur open en begon ik aan de wandeling naar mijn voordeur. Achter me riep Kaz nog: 'Weet dat je me altijd mag bellen!'

'Ik zou er maar niet op wachten,' reageerde ik, terwijl ik de telefoon diep in mijn zak wegstopte en me het paadje op haastte. Elke step was een kwelling voor mijn zelfbeheersing, want ik wist dat hij de hele tijd naar me keek. Ik had zijn nummer ter plekke al kunnen wissen, terwijl hij toekeek, om mijn punt duidelijk te maken, maar dat deed ik niet.

Hij had gezegd dat ik goed kon zoenen, hij had gezegd dat hij wilde dat ik hem zou bellen. Ik schaamde me, ik was in de war en overstuur en opgewonden – allemaal tegelijk.

Die vluchtige kus was intenser en opwindender geweest dan elke kus die ik ooit aan een meisje had gegeven – nog spannender zelfs dan mijn zeven minuten in de hemel met January – en ik voelde mijn lippen nog steeds tintelen op de plek waar Kaz ze had aangeraakt. De herinnering deed mijn hart sneller kloppen en ik voelde weer een druk in mijn kruis ontstaan. Hoe lastig het de zaken ook maakte, ik kon in elk geval tegenover mezelf toegeven dat het ongelooflijk was geweest. Ik zou Kaz niet bellen, maar zijn nummer in mijn telefoon was net een soort souvenir van dat bedwelmende moment op de hooizolder. Het was iets waarover ik met niemand kon praten, zelfs niet met Micah, maar het was een gebeurtenis die ik keer op keer kon herbeleven in mijn gedachten, zo vaak ik maar wilde, en zijn nummer was mijn bewijs dat het echt was gebeurd. Ik kon mezelf er niet toe zetten het te verwijderen.

15

Het was vier uur 's ochtends toen ik geen smoesjes meer had om nog langer wakker te blijven en uiteindelijk toch maar mijn bed in kroop. Toen kon ik de ongerustheid niet meer verdringen. Zodra ik mijn ogen sloot, vulde de duisternis in mijn kamer zich met zwermende raven, wier zwarte veren glansden terwijl ze op de geur van het bloed van mijn ex-vriendin afkwamen.

De hoody brandde als een zon in mijn gedachten, de afgrijselijke roodzwarte vlek leek een tweedimensionale tatoeage die in mijn geheugen gegrift stond. Het deed er niet toe op hoeveel manieren ik mezelf probeerde te overtuigen of vanuit hoeveel verschillende perspectieven ik het bekeek; mijn hoop begon terrein te verliezen aan mijn groeiende overtuiging. Ik was niet in staat mijn hoofd leeg te maken, en de gedachten persten alle lucht uit mijn longen tot ik moest toegeven dat ik had geweten – al vanaf het moment dat ik herkende wat er vlak voor mijn voeten in dat grasveld lag – dat January toch echt dood was. Er was geen andere verklaring.

Ongeacht haar bittere afkeer van de Tammy en Jonathan Walker Show zag ik January domweg niet zoiets afschuwelijks en melodramatisch doen als nepbloed over haar kleren gieten en zich vervolgens ergens verstoppen om rustig toe te kijken terwijl er in de hele gemeenschap opschudding ontstond zodra ze werden gevonden. Als het al bedrog was, dan zou de politie dat zeer binnenkort weten, en dan zou mijn vriendin in een oogwenk geen tragisch figuur meer zijn, maar een nationale verschoppeling – en vanaf dat moment zou geen enkele zichzelf respecterende universiteit haar nog aannemen als student, ongeacht de uitkomst van de senaatsverkiezingen. Het zou zonder enige twijfel een streep zetten door haar dromen over Californië, en ze was te slim en te gedreven om dat doel op het spel te zetten voor een gevoel van voldoening dat toch maar van korte duur zou zijn.

Maar als zij haar spullen niet in dat grasveld had achtergelaten, half in de knoop met ducttape en doordrenkt met het bloed van Joost mag weten wat, dan had iemand anders dat gedaan. Dan had *iemand anders* dat gedaan. Haar kleren waren niet op een heel voor de hand liggende plek achtergelaten waar ze meteen gevonden zouden worden – en ze waren ook niet naar de Walkers gestuurd zoals een afgehakte vinger, vergezeld door een losgeldeis. Wat betekende dat de kleren geen boodschap waren. Ze waren gewoon gedumpt om ervan af te zijn, achtergelaten door iemand die blijkbaar eerst January's bloed had vergoten, *zo veel bloed*, en toen... *ja, en toen?*

Mijn hartslag versnelde, mijn handpalmen waren klam en vochtig, en ik hapte naar lucht toen ik onder ogen begon te zien dat ze weg was... echt weg. We hadden zoveel gedeeld en het leek zo onmogelijk dat ik haar nooit meer zou kunnen plagen met wat die oude vrouw met de wratten in de bus had gezegd – *Je ziet er precies zo uit als ik toen ik zo oud was als jij!* –, dat we niet meer samen zouden fantaseren over een leven in Californië, dat ik niet meer kon luisteren naar het bekende ritme van haar geklaag over haar leven dat ineens van arm naar rijk was omgeslagen. Ik zou me nooit kunnen verontschuldigen voor het feit dat ik tijdens onze relatie mijn kop in het zand had gestoken over mezelf, ik zou haar niet kunnen uithoren over de leugens die ze Kaz en Reiko had verteld, of vragen wat Anson precies had opgevangen van het gesprek tussen haar en Jonathan. Er zat nu een gat in mijn leven waar January Beth McConville was geweest, en een jaar van vriendschap, vier maanden daten en een leven vol kleine herinneringen en grapjes die alleen wij begrepen, waren onherroepelijk in rook opgegaan.

Uiteindelijk barstte er, om zes uur 's ochtends, een hartverscheurend, onaards gehuil los van ergens diep uit mijn keel. Ik trok mijn benen op tot ik in de foetushouding lag en snikte tot mijn buik er zeer van deed en ik geen lucht meer kreeg. Zo bleef ik iets van een uur door huilen, tot ik uiteindelijk helemaal leeg en gevoelloos in slaap viel, net toen het ochtendlicht de raven uit mijn slaapkamer verjoeg.

Mijn ouders lieten me de volgende dag thuisblijven van school en het grootste deel van de ochtend probeerde ik te bedenken hoe ik mezelf kon bezighouden naast het spelen van *BioShock*, niet denken aan de vorige dag en wensen dat ik nog meer wiet in het doosje met pepermuntjes had zitten. Micah en Ti kwamen 's middags langs, want hun ouders hadden hen ook afgemeld, en met z'n drieën brachten we heel wat emotionele uren door met het ophalen van onze favoriete herinneringen aan January. Micah kon geen van ons aankijken als hij haar naam uitsprak, en hij geloofde overduidelijk dat ze dood was. Tiana was echter koppig en wilde absoluut niet dat we in de verleden tijd over haar spraken.

De middag had een louterend effect, verdriet en twijfels kwamen in stormachtige vlagen naar buiten, maar Ti wist ons uiteindelijk aan het lachen te krijgen toen ze ons herinnerde aan die keer dat Señora Findlay, onze excentrieke lerares Spaans uit het eerste jaar, de hele klas ernstig had toegesproken nadat we collectief een onvoldoende hadden voor een overhoring, terwijl January de hele tijd ongezien achter haar in de deuropening had gestaan en tegelijkertijd elke overdreven beweging van de vrouw tot in de puntjes had gekopieerd. Zodra ze was ontdekt, had het haar een week lang nablijven opgeleverd, maar dat was het waard geweest.

De rest van de dag bestelden we pizza, dronken we frisdrank met een bolletje ijs erin, vertelden we elkaar nog meer verhalen en wisselden we lachbuien af met tranen. Tegen acht uur 's avonds was ik lichamelijk en geestelijk zo uitgeput dat mijn lichaam overal pijn deed, alsof ik zes straten lang was meegesleurd door een op hol geslagen paard, en ik viel in de woonkamer in slaap.

De dag daarna hoosde het en was het een sombere bedoening op school. Er was een geïmproviseerd altaar voor January neergezet in het theater; een foto van haar op een groot vel wit papier met daaronder gigantische letters die de tekst BRENG JANUARY WEER NAAR HUIS vormden, en rondom haar foto hadden leerlingen allerlei persoonlijke boodschappen geschreven. De helft daarvan bestond uit *we missen je!* of een of andere stomme variant erop, en veel ervan waren afkomstig van leerlingen aan wie January een uitgesproken hekel had gehad. Die middag hield Jonathan Walker zijn persconferentie, waarin hij zwaardere straffen eiste bij misdaden tegen minderjarigen, waarbij hij precies de stroom aan steun en bijval kreeg die Eddie al had voorspeld. Zelfs de leraren hadden het erover.

Later die avond barstte uiteindelijk de bom.

Ik dacht even dat ik een déjà vu had toen ik na school bij mijn huis aankwam en Micah en ik vanaf de stoep naar een politiewagen staarden die op onze oprit geparkeerd stond. Het was net alsof afgelopen donderdag dunnetjes werd overgedaan, en terwijl een golf van misselijkheid over me heen spoelde, probeerde ik na te gaan of ik nog meer vrienden had die plotseling waren verdwenen. Micah en ik namen hakkelend afscheid van elkaar en ik liep nogal stijfjes naar de voordeur. Ik voelde een kilte tot op het bot toen ik de deur openduwde en mezelf binnenliet.

Twee rechercheurs die ik nooit eerder had gezien stonden in onze woonkamer, op precies dezelfde plek waar Moses en Wilkerson een week geleden hadden gestaan, met mijn ouders op de bank tegenover hen. Een van hen had een snor en werd aan me voorgesteld als Garcia, en de ander was een lange, blonde man met de naam Becker. Voordat ik kon vragen waarom er ineens een heel ander team was, gebaarde mijn vader naar het kussen tussen hem en mijn moeder in, en zei: 'De politie heeft nog een paar vragen voor je over January.'

Zodra ik zat draaide Becker zijn grofgebouwde hoofd naar me toe. Op milde toon zei hij: 'Ik heb begrepen dat je hebt deelgenomen aan de zoektocht rond het landgoed van de Walkers een paar dagen geleden. Hoe is het met je, Flynn?' Het was een betekenisloze vraag en ik gaf een betekenisloos antwoord. Knikkend kwam hij ter zake. 'We hebben de verklaring doorgelezen die je onze collega's hebt gegeven, en we zouden graag nog wat meer willen weten over de laatste keer dat je je vriendin hebt gezien.'

'Wat wilt u weten?'

'We willen graag dat je nog even goed nadenkt over hoe ze zich die avond gedroeg.'

'Ehm... hoe bedoelt u?' vroeg ik, ook al wist ik vrij zeker dat hij hiermee wilde zeggen: *dit is je kans om je verhaal aan te passen voor we je uitmaken voor leugenaar… en je de gevolgen daarvan ondervindt.*

Becker keek me minzaam aan. ‘Weet je zeker dat ze zich niet raar gedroeg? Kwader of meer van streek dan anders?’

‘Niet echt,’ draaide ik er een beetje omheen, terugdenkend aan January’s handen die hardnekkig aan de rand van mijn spijkerbroek frunnikten. Waardoor had ze die stap die avond ineens willen nemen? Mijn geheim had me het gevoel gegeven dat ik me onredelijk had gedragen, maar nu ik erover nadacht, begreep ik eigenlijk niet waarop ze er zo op had aangedrongen. ‘Ik bedoel, ja, ze was wel overstuur… Zoals ik eerder al zei: we hadden een soort meningsverschil, en toen hebben we het uitgemaakt.’

‘Je zei dat het een gezamenlijke beslissing was,’ bracht rechercheur Garcia koeltjes naar voren, en ik verstijfde. ‘Toen de andere rechercheurs vorige week hier waren, heb je verteld dat jullie samen besloten er een punt achter te zetten. Je zei…’ Hij keek naar wat aantekeningen in zijn hand en citeerde: ‘Het gebeurde gewoon.’

‘Nou, ja… ze vroegen of we *ruzie* hadden gemaakt, en dat was niet zo. We hadden wat onenigheid, maar meer niet,’ zei ik, en het klonk zo stompzinnig. Mijn slapen waren meteen vochtig van het zweet en ik wist dat de leugen van mijn gezicht af te lezen was. Opeens kon ik me de details van al die halve waarheden en warrige dingen die ik een week eerder aan Moses en Wilkerson had verteld niet meer herinneren, en wáárom waren er nu ineens twee nieuwe rechercheurs? ‘Ik bedoel, ze gedroeg zich al een tijdje nogal afstandelijk en… technisch gezien was het haar idee om het uit te maken, dus het was, op zich, niet echt… een ruzie.’

‘Dus het was háár idee om het uit te maken,’ herhaalde Becker, die er een aantekening van maakte, en ik knikte beslist. ‘En als je haar omschrijft als “afstandelijk”, wat bedoel je daar dan mee?’

‘Ik weet niet, ze… ze negeerde mijn berichten of kwam met allerlei smoesjes om niet samen iets te gaan doen, of dan maakten we plannen en zei ze op het laatste moment af… dat soort dingen.’

‘En dat was ongebruikelijk voor haar doen?’

‘Nou, ja, ik bedoel, ja, ik denk het.’ Ellendig haalde ik mijn schouders op. ‘Ik dacht gewoon min of meer dat ze misschien boos op me was zonder dat ik wist wat ik had gedaan.’

‘Gebeurde dat vaker?’ vroeg Garcia. ‘Dat ze boos op je was zonder uit te leggen waarom?’

‘Soms.’ Het was inderdaad wel vaker gebeurd, maar als ik eerlijk moest zijn dan viel January’s ijzige, stille verbolgenheid bijna perfect samen met de momenten waarop ik nogal lomp en zonder verklaring een einde had gemaakt aan een steeds gepassioneerder wordend intermezzo. Ze had nooit hoeven uitleggen waarom ze van streek was, want de reden leek me duidelijk, ook al durfde ik die niet toe te geven.

‘Vlak voordat ze zich “afstandelijk” begon te gedragen,’ ging Becker verder op een manier die aanhalingstekens in de lucht suggereerde, alsof hij het idee nauwelijks geloofwaardig achtte, ‘waren jullie nog behoorlijk close, nietwaar? Jullie brachten veel tijd samen door?’

Zoals hij het zei, was het een heel geladen vraag, maar ik begreep niet waar de valkuil zat, dus zei ik alleen maar: ‘Ja, natuurlijk.’

‘En er is niemand anders in beeld?’ vroeg hij opeens.

Ik wilde niet in herhaling vallen, maar er schoot me niets anders te binnen dan: ‘Huh?’

‘Ik bedoel, als we gaan rondvragen, dan komen we er niet achter dat een van jullie tweeën de afgelopen maand of zo ook een relatie met een ander had?’ Zijn toon droop van een gemaakte vertrouwelijkheid, van kom-op-je-kunt-het-mij-wel-vertellen, en ik steigerde bij de suggestie.

‘Nee, natuurlijk niet! En wat heeft dat trouwens te maken met wat er met January is gebeurd?’

‘Beantwoord de vraag, alsjeblieft,’ beval Garcia streng en mijn mond klapte weer dicht. Soms zie ik mezelf best wel als een rebel, maar ik voelde er weinig voor om de politie kwaad te maken. ‘Ik wil het graag nog een keer hebben over de laatste avond waarop jij je vriendin hebt gezien. Waar hebben jullie het precies over gehad?’

Ik voelde een warmte in me opkomen en mijn mond werd zo droog als een oude spons. Feiten weglaten was één ding, maar glashard liegen tegen de politie voelde wel heel erg verkeerd, een doodzonde tegen een aangeboren gevoel van hoe het hoort. Bovendien wist ik ook al niet zeker of ik in staat was ter plekke een overtuigende, maar kalme woordenwisseling te verzinnen – maar hoe kon ik nou eerlijk antwoord geven op deze vraag zonder mijn hele leven op z'n kop te zetten? *Waarom stelden ze me deze vragen?* Ik likte mijn lippen en begon onzeker: 'We... we hadden het over Californië.'

'Californië?'

'We wilden allebei graag naar de westkust verhuizen zodra we geslaagd waren, en dus vertelden we elkaar soms verhalen over hoe het zou zijn om samen rond te hangen in L.A. en zo.'

'Dus jullie hadden het over je toekomst samen en even later besloten jullie de relatie te beëindigen, maar er was geen ruzie?'

'Nou...' Ik hoopte dat er een hele hoop intelligente woorden van mijn tong zouden rollen zodra die aarzelende toon van deze klinkers was weggestorven, maar in plaats daarvan keek ik zwijgend naar Garcia met een toenemend gevoel van ellende.

Precies op dat moment wist mijn vader, de engel, me te redden door tussenbeide te komen. 'Rechercheur, ik vrees toch dat ik u zal moeten vragen om ter zake te komen. Wat heeft het uitgaan van de relatie tussen mijn zoon en January te maken met haar kleren die in een veld achter haar huis zijn gevonden?'

Garcia en Becker keken eerst naar hem, toen naar mij, en vervolgens naar elkaar, waarbij ze een soort stilzwijgende instemming bereikten. Inmiddels leek Becker weer aan de beurt te zijn, want de slanke rechercheur keek me zeer ernstig aan en stelde toen de vraag die alles overhoophaalde. 'Flynn... was je ervan op de hoogte dat je vriendin zwanger was?'

16

Een ogenblik lang zag ik alles in de kamer onscherp en vulden mijn oren zich met een soort nagalm. De bank deinde heen en weer als een catamaran terwijl ik probeerde te verwerken wat ik zojuist had gehoord. Mijn ouders staarden me met een bleek gezicht aan, en ik staarde naar Becker. Uiteindelijk produceerde ik een lachje, net iets te hysterisch. 'Nee, dat was ze niet!'

Hij bleef me aanstaren, zijn gezicht bloedserieus, zijn mond vertrokken tot een strak lijntje. Onverzettelijk herhaalde hij: 'Was je ervan op de hoogte?'

'Was ik...? Natuurlijk was ik niet op de hoogte! Er was niets om van op de hoogte te zijn!' Ik draaide me naar mijn ouders toe voor steun, maar zij keken me aan alsof ze me nog nooit eerder hadden gezien. Het zweet rolde nu echt langs mijn slapen naar beneden. Geloofden ze me soms niet? 'Ze was nog maagd!'

'We zijn heel voorzichtig,' legde Garcia toen zelfvoldaan uit, alsof hij genoot van mijn toenemende onrust. 'We moeten wel. Zodra we besefTen dat we met bloed te maken hadden, lieten we het analyseren en vergelijken met een DNA-monster uit January's kamer, om alle puntjes op de i te zetten en er zeker van te zijn dat de feiten de feiten waren. De monsters kwamen overeen, Flynn, er is geen twijfel mogelijk. Je vriendin heeft een hele hoop bloed verloren, en iemand heeft geprobeerd dat allemaal op te vegen met haar sweatshirt.' Zijn blik drong als een tunnelboormachine door me heen. 'En dan bedoel ik echt héél veel bloed. Zoveel dat we niet voor mogelijk houden dat ze dit overleefd kan hebben zonder medische hulp – en we weten al dat ze die niet heeft gekregen, althans niet bij een van de bevoegde spoedeisende-hulpafdelingen in dit deel van de staat. Daarom zijn we hier. Wij zijn van de afdeling Moordzaken. Dit is nu officieel geen vermissingszaak meer, Flynn.'

Moordzaken. *Iedereen weet dat ze niet langer alleen maar vermist is.* Maar dat deel kon ik niet eens tot me laten doordringen, er was geen ruimte meer over in de moshpit van gestoorde gedachten die door mijn hoofd kolkten en tolden. *Zwanger?* Dat kon niet!

'Toen we de monsters lieten analyseren kregen we echter niet alleen de bevestiging dat het om January's bloed ging en dat ze hoogstwaarschijnlijk dood is.' Becker nam het gesprek naadloos over, hun samenspel was een goed gechoreografeerde act. 'De analyse heeft ook de aanwezigheid van hCG aangetoond. Dat staat voor humaan choriongonadotrofine, een hormoon dat tijdens de zwangerschap wordt afgescheiden. Het verraste ons ook, maar het is honderd procent nauwkeurig. Je vriendin was zwanger.'

'*Ze was nog maagd!*' hield ik vol, al besefte ik meteen hoe geschift het klonk. Ik wist van de tv dat agenten soms logen om de verdachte een bekentenis te ontlokken – *je handlanger zit nu, op dit moment, in het kamertje hiernaast en hij vertelt ons alles!* – maar ik zou niet weten waarom ze hierover zouden liegen. Ik kon geen reden bedenken waarom ze zouden verzinnen dit 'humaan choriongonadotrofine' in January's bloed te hebben gevonden. Ik kon alle kleur bijna uit mijn gezicht voelen wegstromen, en de kamer pulseerde en schommelde om me heen. Toen ik weer iets wist uit te brengen, klonk mijn stem blikkerig en klein. 'Ik snap niet... er moet een andere... ik begrijp het niet.'

'Hadden jullie daar soms ruzie over?' vroeg Becker voorzichtig. Mijn moeder wilde me al niet meer aankijken en had haar hand voor haar mond geslagen, maar mijn vader bleef naar me staren. 'Heeft ze je verteld dat ze zwanger was?'

'Dat was ze niet,' hield ik irrationeel genoeg vol. En toen: 'We hebben zelfs nog nooit seks gehad!'

'Flynn,' begon mijn vader met een benepen stem. 'We zullen heus niet kwaad worden...'

'Er is niks om kwaad over te worden! We hebben geen seks gehad!'

‘Misschien wilde je haar overtuigen het te laten weghalen, maar lukte dat niet,’ stelde Garcia daarna voor, bijna alsof hij me probeerde te bewerken. ‘We hebben begrepen dat January nogal koppig kon zijn. Misschien heeft ze je gezegd dat ze de baby zou houden en dat ze verwachtte dat jij jouw aandeel zou bijdragen.’

‘Dat is wel een hoop dat je ineens boven je hoofd hebt hangen,’ viel Becker hem vol sympathie bij. ‘Vader worden op je vijftiende. Niemand zou het je kwalijk nemen dat je kwaad werd, of zelfs een tikkeltje wanhopig. Je zou het je ouders moeten vertellen, haar ouders… en haar stiefvader is nou ook niet het soort man dat…’

‘Néé,’ zei ik hijgend, met grote ogen. ‘Nee! Dat is niet waar!’

‘Het kan van iemand anders zijn,’ wist mijn moeder uiteindelijk naar voren te brengen, maar ze klonk zo aarzelend dat ik tegelijkertijd kwaad werd en mijn hart voelde breken. Tel daar de grimmige, sceptische blikken van de rechercheurs bij op, en het voelde alsof iemand me in mijn maag had gestompt.

‘Ik snap hier allemaal geen hout van!’ riep ik uitzinnig uit. ‘Ik spreek de waarheid: we hebben nooit seks gehad. Ze was nog maagd, dat heeft ze zelf gezegd!’

Garcia kwam dichterbij staan, zijn nieuwsgierigheid was geprikkeld. ‘Wanneer heeft ze je dat verteld, Flynn?’

‘Vrijdag!’ Mijn hele lichaam voelde rauw en heet, en ik beantwoordde de vragen zonder na te denken over waar dit naartoe zou gaan. Ik voelde ineens een onweerstaanbare drang om mijn naam te zuiveren. ‘De avond waarop ze het uitmaakte. Ze zei dat ze wilde dat ik haar… je weet wel, de eerste zou zijn.’

‘En naderhand besefte je dat ze tegen je had gelogen?’

‘Wat? Nee! Er was geen “naderhand”! Ik zeg toch dat we niks gedaan hebben!’ Ik sprak met klem, en alles kwam eruit met een uitroepteken erachter. ‘Zij wilde wel, maar ik niet, en toen werd ze boos en… toen maakte ze het uit.’

‘Ze maakte het uit omdat jij geen seks met haar wilde?’ Garcia leek teleurgesteld dat ik leek te geloven dat hij stom genoeg zou zijn om zo’n absurd verhaal te slikken.

‘Zij wilde seks en jíj niet?’ vroeg Becker, die nog minder geneigd klonk om me te geloven dan zijn partner, voor zover dat mogelijk was.

'Ja! We... we hadden afgesproken te wachten, en toen wilde ze ineens niet meer wachten en ik zei tegen haar dat ik wel wilde wachten...' Mijn stem liet het heel sneu afweten. Ik had het gevoel dat er met schijnwerpers in mijn ogen werd geschenen, ik voelde een druk op mijn borst en de lucht voelde te dik en te heet om in te ademen.

Ze staarden me aan. Ze staarden alleen maar. Ik dacht dat ik zou doordraaien, mijn lijf stond in de fik, mijn ouders zaten verstijfd links en rechts van me en deze twee agenten namen me op alsof ze me de maat namen voor een oranje gevangeniskloffie terwijl ik mijn best deed om de woorden tegen te houden die als maagzuur naar boven kropen in mijn slokdarm. Becker verschoof een beetje. 'Knul, we weten dat je een alibi beweert te hebben voor de avond waarop ze is verdwenen, maar je moet eerlijk tegen ons zijn...'

'Ik ben homoseksueel!'

De woorden knalden uit mijn mond alsof ze op springstof bevestigd waren, en ik weet het niet zeker, maar ik denk dat mijn ziel mijn lijf een paar ogenblikken verliet. Het was net alsof ik op mezelf neerkeek, bezweet en aangeslagen, midden in dat belachelijke tafereel waarbij iedereen me aangaapte met ogen als schotels. Het bleef doodstil in de kamer, en het was al veel te laat om die geest nog terug in de fles te proppen. Mijn hele leven was zojuist veranderd – compleet, totaal, onherroepelijk, en zo snel dat het niet eerlijk was, *ik had nog steeds meer tijd nodig* – en toen stroomden er nog meer woorden naar buiten als een rivier van kots, want ik kon ze niet meer tegenhouden. 'Ze wilde seks hebben, en ik zei nee, en ik denk dat ze misschien heeft bedacht waarom ik nooit iets met haar wilde... dóén, want... ze probeerde me zover te krijgen dat ik toegaf dat ik... dat ik niet op meisjes val, en ik werd boos, en we kregen ruzie en ze zei... ze zei dat ik de waarheid een keer onder ogen moest zien, want zij was er klaar mee. En toen stormde ze weg en dat was de laatste keer dat ik haar heb gezien. Dat was de laatste keer.'

Ik kon mijn ouders niet aankijken, en de rechercheurs ook niet, dus staarde ik naar de koffietafel. Een hik gaf een ruk aan mijn slokdarm en ik proefde gal, maar ik kon de neiging om over mijn nek te gaan de kop indrukken. Het kostte moeite om te ademen en ik wachtte tot mijn moeder zou gaan huilen, of zo, maar het was zo stil in de kamer dat het leek alsof ik spontaan doof was geworden. Uiteindelijk, na een onbeschrijflijk lange tijd, schraapte Becker zijn keel. 'Dus we mogen wel stellen dat ze die avond nogal van streek was.'

Ik lachte zowaar. 'Ja. Ja. We *mogen wel stellen* dat ze van streek was.'

'Ik begrijp het niet,' zei mijn vader met een evenwichtige, maar onnatuurlijke stem, en ik kon hem nog steeds niet aankijken. 'Als ze zwanger was, en dat overduidelijk niet van Flynn kan zijn – en u zojuist net zelf hebt opgemerkt dat hij een alibi heeft – vanwaar dan al deze vragen? Wat maakt het uit?'

'Het komt wel heel gunstig uit dat je je opeens realiseert dat je meisjes niet meer leuk vindt, vlak nadat je dit nieuws te horen hebt gekregen,' merkte Becker bijna terloops op, wat hem een giftige blik van mij opleverde. Was er ook maar iets aan de situatie dat er in zijn ogen werkelijk 'gunstig' uitzag? Hij wierp een blik op zijn aantekeningen en ging verder: 'En wat dat alibi betreft... je zegt dat je met huiswerk bezig was op de avond dat January verdween. Kan iemand dat bevestigen?'

'Hij heeft tv gekeken voor het eten, in zijn kamer, en daarna heeft hij aan die tafel daar gezeten en aan zijn geschiedenisverslag gewerkt tot hij naar bed moest,' verklaarde mijn moeder, haar toon zo stijf en koud als een lijk. Ik vond de vraag nergens op slaan. Dachten ze echt dat ik op mijn fiets was gesprongen om January te vermóórden, haar kleren in een veld vlak achter haar huis te dumpen en weer terug naar huis te fietsen? Dat was gestoord. Het was allemaal totaal geschift.

'En je weet zeker dat als we gaan rondvragen we niets zullen ontdekken over een vriendinnetje – of vriendje – dat je er in het geheim op nahield?' drong Garcia aan. 'Iemand die misschien jaloers was?'

Mijn hart struikelde en viel om. *Als we gaan rondvragen*. Natuurlijk geloofden ze me niet op mijn woord, en binnenkort – morgen? De dag daarna? – zouden ze met mijn vrienden gaan praten. Micah, Ti, Mason, de jongens van het atletiekteam... een voor een zou hun de vraag worden gesteld of ik January misschien had bedrogen. Of ik echt homoseksueel zou kunnen zijn. Mijn maag draaide zich om toen ik het voor me begon te zien: alle gezichten en hun reactie op de vraag flitsten met hoge snelheid door mijn gedachten. Ik kon niets meer zeggen, mijn tong leek ingesmeerd met plaksel, en dus schudde ik mijn hoofd maar bij wijze van antwoord.

'We hebben begrepen dat het veld waarin haar kleren zijn gevonden een speciale betekenis voor haar had,' zei Becker toen, een opmerking gericht aan mij.

'Ze keek daar graag naar de sterren.' Mijn stem was nauwelijks harder dan een gefluister.

'Denkt u dat ze daar... Denkt u... dat het op diezelfde plek is gebeurd?' vroeg mijn vader, die nog steeds moeite had met de onuitsprekelijke daad, die bang was dat iemand gekwetst zou worden als hij het hardop zei. Alsof deze avond nog pijnlijker kon uitpakken.

De rechercheurs negeerden hem en krabbelden wat aantekeningen in hun boekje, waarna Becker vroeg: 'Flynn, als jij niet de vader was, heb je dan enig idee wie het wel zou kunnen zijn? Heb je een suggestie met wie je vriendin kan zijn vreemdgegaan?'

'Nee,' antwoordde ik stijfjes. 'Ik zou het echt niet weten.'

Dat was de waarheid, maar ze was ook misleidend. Ik wíst niets, maar ik begon wel iets te vermoeden, en dat idee bezorgde me opnieuw de smaak van gal in mijn mond. Het was misselijkmakend en verkeerd en fout, maar ik kon niet ophouden met denken aan Anson die me in January's slaapkamer, met een van haar kanten strings in zijn handen, toesnauwde: *Jouw vriendinnetje was een gore hoer die als een soort Lolita achter mijn vader aan zat.*

Dat was bullshit. Dat kon niet anders. January zou nooit seks hebben gehad met Jonathan Walker – nóóit. Zoals ik mezelf al had ingepeperd op de dag dat Anson die belachelijke aantijgingen uitte, het was niet meer dan een perverse waanvoorstelling, bedacht door de fantasierijkste smeerlap van allemaal. January haatte haar pretentieuze tiran van een stiefvader, en tot die avond in de schuur was ze het met me eens geweest dat seks een Grote Stap was en daar geen druk achter moest zitten. Afgezien van al die dingen kon ik me echt gewoon niet voorstellen dat ze de echtgenoot van haar moeder probeerde te verleiden. Dat was minstens zo gestoord als alle andere dingen die er gaande waren.

En toch. Ik kreeg dat beeld van ijs met ahornsiroop en chips maar niet uit mijn hoofd, van January die klaagde over seksuele objectivering terwijl ze provocerende gebaren maakte bij een banaan. De details waren té geloofwaardig om helemaal gelogen te zijn.

En wat als er nou, diep verborgen onder alles, toch een kern van waarheid in Ansons verhaal stak? *Het is eindelijk het juiste moment, en ik... ik wil dat jij de eerste bent.* Wat als January die avond in de schuur had geweten dat ze zwanger was, en ze zo wanhopig graag seks wilde hebben omdat ze hoopte me te kunnen overtuigen dat de baby van mij was? Als ze op een of andere manier daadwerkelijk een kind droeg van haar perfecte, door politieke ambities gedreven stiefvader die een ware obsessie had met zijn imago, dan kon de man het zich natuurlijk niet veroorloven dat iemand dat te weten kwam. Jonathan Walker zou een uitstekend motief voor haar vermissing hebben gehad – en dat verlaten veld achter het landhuis was een heel gunstige plek om het bewijsmateriaal te dumpen.

In een flits hoorde ik Eddies stem weer in mijn hoofd: *Dat kleine kreng was de achilleshiel van je campagne, een schandaal in wording.* Had hij iets geweten? Hadden ze het allebei geweten? Kon het waar zijn? En durfde ik hierover iets tegen de politie te zeggen?

Ik voelde me overrompeld, mijn gedachten waren een onbeheersbare kakofonie. Ik wist niet eens of ik wel helemaal *compos mentis* was, en ik wilde Jonathan Walker niet tot vijand maken door met beschuldigingen te gooien als ik nauwelijks helder kon nadenken. Niet nu de politie al verhulde opmerkingen maakte dat mijn coming-out mogelijk slechts een leugen was om de verdenking af te wenden. En bovendien had ik uiteindelijk geen enkel ander bewijs dan het twijfelachtige woord van de pathologische oproerkraaier Anson Walker, die ongetwijfeld alles zou ontkennen als hem ernaar werd gevraagd. Nee, ik moest voorlopig mijn eigen gevoel volgen en erop vertrouwen dat de politie meneer Walker al zag als een van de mogelijke verdachten.

Na iets van een miljoen vragen, waarop ik in de meeste gevallen niet eens antwoord had, vertrokken de rechercheurs weer, en de voordeur viel dicht na hun plichtmatige 'prettige avond nog'. De lucht in huis was verstikkend geweest zolang zij er waren, maar nu ik niet meer afgeleid werd door hun koppels en dreigende houding galmde mijn ongeplande bekentenis opeens luider dan de echo van een kerkklok door de lege kamers.

Ik stond naast het kookeiland, met een hand in mijn zak en de ander rond de rand van het aanrecht geklemd, zodat mijn vingers niet zichtbaar zouden trillen, toen mijn ouders heel stilletjes terugkwamen nadat ze waren meegelopen naar de voordeur. Ze keken allebei bezorgd, maar verder was hun uitdrukking onleesbaar, en mijn keel kneep zich dicht met een volgende hik terwijl ik nog net wist uit te brengen: 'Het… het spijt me dat ik jullie niet eerder heb verteld…'

Ik werd midden in mijn zin onderbroken door mijn moeder die haar armen om me heen sloeg en me zo stevig tegen zich aan drukte dat alle lucht uit mijn longen verdween. Ze sprak schor in mijn haar: 'Ik hou van je. Ik zal altijd van je houden en altijd voor je klaarstaan, wat er ook gebeurt. *Wat er ook gebeurt.*'

'Ik ook,' zei mijn vader, en hij omsloot ons allebei in een enorme knuffel. Ik huilde al een beetje en lachte tegelijkertijd, overspoeld door opluchting, toen hij eraan toevoegde: 'En ik ben echt heel, heel blij dat je niemand zwanger hebt gemaakt.'

17

De rest van de avond was heel onwerkelijk. De sfeer in huis was extra geladen na mijn bekentenis, en ook al voelde ik de hele tijd een bijna schokkende opluchting dat ik niet meer steeds op mijn tellen hoefde te passen – niet meer twee keer hoefde na te denken over alles wat ik zei, bang dat ik mezelf zou verraden door een simpele verspreking – ik was me ook pijnlijk bewust van de gekunstelde manier waarop mijn ouders zich ineens gedroegen. We deden met z'n drieën zo hard ons best om ons normaal te gedragen tegenover elkaar dat níéts meer normaal voelde. De achtbaanrit ging omhoog en omlaag toen het tot me doordrong dat ik mijn eigen ouders helemaal opnieuw moest leren kennen, een nieuwe versie van 'normaal' moest creëren na vijftien jaar lang te hebben geworsteld om me lekker in mijn vel te voelen. En hetzelfde gold voor al mijn vrienden. Die gedachte was zowel vermoeiend als een beetje eng.

Toen de rechercheurs eenmaal waren verdwenen en hun intimiderende houding langzaam wegzakte in mijn herinnering, kon ik de angst loslaten die me in zijn greep had gehouden vanaf het moment dat ze hadden laten doorschemeren mij als verdachte te zien. Mijn alibi was sterk en iedereen die ik kende – ongeacht wat ze van mij dachten nadat mijn geheim aan het licht was gekomen – zou de politie vertellen dat ik January nooit iets zou kunnen aandoen. Nooit, om welke reden dan ook. Maar toen ik uiteindelijk naar bed ging, kon ik er alleen nog maar aan denken dat ze zwánger was. In verwachting. Met een baby in haar buik. Een kind. Wie was de vader? Het idee dat ze misschien van plan was geweest te beweren dat ik de vader was, zat me nog meer dwars dan al die leugens die ze haar vrienden over me had verteld. Zou ze dat echt hebben gedaan? Zou ze me erin geluisd hebben, me gebruikt hebben als dekmantel in plaats van me in vertrouwen te nemen?

Aan de andere kant had ik haar mijn eigen complexe geheim ook niet toevertrouwd, en het mijne zou slechts voor een tijdelijke opschudding in ons leven hebben gezorgd. Hoopte ik. Ik kon me niet voorstellen wat ze doorgemaakt moest hebben, hoe bang ze geweest moest zijn.

Had ze het echt al geweten? En hoe lang dan? Ze was die avond in de schuur echt van streek geweest. Als ik er nu aan terugdacht was het opeens heel duidelijk. De emotie die ik had aangezien voor een gefrustreerd verlangen was in werkelijkheid wanhoop geweest. Ik was haar laatste hoop. Maar waarom? Waarom had ze zich geroepen gevoeld de identiteit van de jongen die haar zwanger had gemaakt geheim te houden?

Tenzij de waarheid een nog veel groter blik ellende had opengetrokken dan wanneer ze had kunnen doen alsof de baby van mij was. En toen ik haar afwees... January kennende – een meisje dat recht op haar doel afging, dat midden tussen twee vechtersbazen ging staan en dat haar meth-verslaafde speknek van een stiefbroer een keer bedreigde met een freaking broodmes – zou ze rechtstreeks naar de aanstaande vader zijn gestapt voor een confrontatie.

En daarna was ze verdwenen.

De volgende dag was het Halloween, en ironisch genoeg was dit de eerste dag waarop ik de gangen van Riverside High zou betreden zónder masker. Als ik even niet piekerde over January en de verontrustende gedachten over de baby in haar buik, dan maakte ik me wel zenuwachtig over wat ik tegen mijn beste vriend moest zeggen zodra ik hem weer zag. En die twee problemen samen waren genoeg om nauwelijks te kunnen slapen.

Ik kende Micah Feldman al sinds we twee jaar oud waren en onze moeders samen een speelgroepje voor de kleuters in de buurt oprichtten – een gebaar dat gul leek, maar vooral bedoeld was om hun eigen sociale leven weer op te krikken. Elke middag speelden Micah en ik een paar uurtjes met onze speelgoedautootjes, die we tegen elkaar aan lieten botsen, in een kamer vol krijsende kinderen terwijl de volwassenen koffiedronken en elkaar gênante verhalen vertelden over onze lichaamsfuncties. Het bleek algauw dat het ouderschap een van de weinige dingen was die de volwassenen van de speelgroep met elkaar gemeen hadden, en zodra de kinderen naar de kleuterschool gingen, zagen de koffieleutende moeders en vaders elkaar nauwelijks meer.

Micah en ik werden daarentegen vrienden voor het leven. We gingen samen naar T-ball, kleutervoetbal, zomerkamp en deden techniekprojecten samen, we leerden samen fietsen, skaten en *Call of Duty* spelen; we hadden het over filosofie en mensen en helemaal niks bijzonders, en soms zaten we gewoon urenlang in mijn of zijn slaapkamer te luisteren naar muziek zonder druk te voelen de stilte op te vullen. We hadden het zelfs vaak genoeg over meisjes gehad: wie was er hot en wie niet, en wie zou er heel misschien een van ons *leuk*-leuk vinden. Alleen als het over onszelf ging, gingen we nooit erg diep op het onderwerp in.

De halve nacht had ik me voorgehouden dat ik dit niet zo snel al hoefde te doen, dat ik het nieuws aan mijn ouders had verteld – toch met afstand het grotere obstakel van de twee – en nu eerst het stof kon laten neerdwarrelen voordat ik mijn hele leven expres nogmaals op z'n kop zette. Mijn coming-out had geen gebrek aan drama gekend, en met alles wat er nu aan de hand was, was er een overtuigend betoog te voeren voor het inlassen van een korte adempauze voordat ik alle leerlingen op Riverside erover inlichtte.

Het probleem daarmee was alleen dat ik het moest opnemen tegen een grote, luid tikkende tijdbom in de vorm van rechercheurs Garcia en Becker, die waarschijnlijk het liefst zo snel mogelijk de ronde zouden doen om mijn verhaal te verifiëren. En ik kon het niet laten gebeuren dat het nieuws zich op die manier verspreidde, ik kon niet gewoon maar blijven zitten en me normaal gedragen en wachten tot de bom barstte, wetende dat het elk moment raak kon zijn. Bovendien was ik er niet helemaal zeker van hoe ik ermee om moest gaan nu ik maar half uit de school geklapt was – thuis kon ik eerlijk zijn, maar bij Micah moest ik nog steeds doen alsof ik het ermee eens was wanneer hij vertelde dat hij het echt héél prettig vond om naar Megan Fox in *Transformers* te kijken, ook al had hij een bloedhekel aan *Transformers*.

Maar gewoonweg beslissen door te stomen met Operatie Verrassing-Ik-Ben-Gay gaf me ook geen gevoel van enorme opluchting. Het was geweldig te weten dan mijn ouders me niet zouden onterven of, erger nog, zouden proberen me te 'genezen', maar zij waren mijn vríénden niet. Als Micah zich kapot schrok, tegen wie kon ik dan nog klagen over mijn ouders? Met wie zou ik mijn kickflips oefenen, wiet kopen en samen zien binnen te sluipen bij films die niet voor jeugdige kijkers geschikt waren?

Ik trof hem aan voor zijn locker. Hij knielde op de grond en probeerde de inhoud van zijn rugzak zodanig in te pakken dat zijn scheikundeboek er ook nog bij paste. Als een echte hamsteraar-in-wording had Micah zijn hele tas gevuld met een ontstellende hoeveelheid nutteloze rommel die hij niet durfde weg te gooien: oude toetsen, bonnetjes, een beanie voor het geval het koud werd, een dikkere beanie voor het geval het nóg kouder werd, een spuitbus met een afschuwelijke deodorant voor na het zwemmen, en letterlijk, daadwerkelijk afval dat hij erin had gestopt omdat hij het niet zomaar ergens wilde laten slingeren, maar dat hij altijd vergat weg te gooien.

'Hé, gast,' zei ik, ervan overtuigd dat mijn stem trilde als de snaar van een gitaar. Micah merkte er niets van, en toen hij naar me opkeek zette hij grote ogen op.

'Dude!' Hij liet zijn rugzak achter en sprong overeind. 'Je hebt gisteravond helemaal niet meer gereageerd op mijn berichtje, halvegare! Wat wilde de politie nu weer?' Ik knipperde. Ik had me zo gefocust op mijn missie dat ik helemaal was vergeten dat hij de politiewagen op onze oprit had zien staan. Uit mijn evenwicht gebracht legde ik hem uit wat rechercheurs Garcia en Becker mij en mijn ouders hadden verteld, en vervolgens zag ik mijn beste vriend dezelfde cyclus van extreme reacties doorlopen als ikzelf de vorige avond. 'Zwánger? Dude. *Dude.*'

'Ik weet het.'

'Je hebt me niet eens verteld dat jullie tweeën de koffer in zijn gedoken, klootzak!' zei hij, behalve echt geschokt door de onthulling ook behoorlijk geërgerd.

'Dat hebben we ook niet,' zei ik ongemakkelijk, waarop zijn ogen nog meer uitpuilden.

'Ging ze vréémd?' Hij was stomverbaasd bij het idee alleen al, en terwijl mijn ongemak met de minuut toenam, zei ik niet dat het volgens mij allemaal wat ingewikkelder lag. Het was voorlopig waarschijnlijk beter dat hij bleef geloven dat January gewoon achter mijn rug om een affaire had gehad met een rijkeluisjongen van Dumas. Micah fronste zorgelijk. 'Je denkt toch niet dat Ti daarvan afwist, hè?'

'Nee, dat geloof ik geen moment,' antwoordde ik eerlijk.

Hij leek iets opgelucht. 'Man... het spijt me echt. Dat is heel erg klote.' We bleven een ogenblik zwijgend staan, maar het was niet een van die normale stiltes die viel als we hetzelfde dachten – deze stilte was dik genoeg om te snijden. 'Is er nog iets anders aan de hand? Je straalt echt een heel rare vibe uit.'

Ik slikte en mijn keel voelde zo droog als een woestijn; ik kon het zand bijna proeven. 'Ja. Ehm, er is inderdaad iets wat ik moet vertellen.'

Hij wachtte, maar ik klapte dicht. Het was een worsteling om de woorden van het puntje van mijn tong te laten rollen. Ik staarde naar de vieze linoleumvloer tot hij een nerveus lachje liet horen. 'Wat is het dan, gozer? Ga me toch niet vertellen dat jij ook zwanger bent, hè?'

Ik was zo bloednerveus dat ik niet eens een glimlachje kon produceren om het grapje. Mijn gewrichten waren aan het trillen, mijn brein zat in een stroomversnelling en ik haalde diep adem en hoorde het onheilspellend ratelen in mijn borst. 'Het zit zo, gast, ik, eh... ik ben gay.'

Hij staarde me een paar tellen totaal wezenloos aan en liet toen weer een lachje horen. 'Ha! Da's een goeie. Ik was er bijna ingetrapt!'

Hij knielde weer neer en ging de strijd met zijn rugzak weer aan, terwijl ik verward neerkeek op zijn kruin. 'Ik maak geen grapje. Het is de waarheid.'

'Niet waar,' zei hij nors. Met een kreun propte hij zijn scheikundeboek in de afvalcontainer die zijn rugzak voorstelde en trok de rits dicht. 'Dat zeg je alleen maar om mij op de kast te jagen. Ik ken je al sinds je zindelijkheidstraining, Flynn. Je bent niet gay.'

Hij kwam weer overeind, slingerde de rugzak over zijn schouder en smeet zijn locker met een klap dicht. Zijn gezicht stond nu kwaad en het zweet brak me uit. 'Dat ben ik wel, Micah.' Mijn stem was een onherkenbaar gepiep en ik was blij dat het steeds leger werd in de gangen en er niemand anders in de buurt was die het hoorde. 'Ik zweer je dat het geen geintje is of zo. Ik heb het mijn ouders gisteravond verteld, en ik... ik wilde dat jij de eerste was die het na hen zou horen.'

'Hou op, oké?' Hij hield zijn handen in de lucht. 'Stop hiermee.'

'Micah...'

'Denk je echt dat ik zoiets niet gemerkt zou hebben? Dat mijn beste vriend op jongens valt? Je hebt vriendinnen gehad, Flynn! Meervoud! We hebben samen online naar porno gekeken en het gehad over... *dingen doen*... jij had het over dingen doen met méísjes... en nu ben je zomaar, spontaan gay?'

'Nee, niet zomaar... niet spontaan,' mompelde ik, en ik kreeg het opeens koud. 'Ik wist het min of meer al een tijdje, maar ik...'

'Ik zei ophouden!'

'Je moet naar me luisteren, oké?' riep ik uit. 'Ik ben hier al een hele tijd mee bezig, Micah. Misschien al een jaar of vijf, maar ik dacht... ik bleef maar hopen dat het een fase zou zijn, of dat ik...'

'Je weet het al víjf jáár en je hebt me nooit iets verteld?' Zijn houding veranderde abrupt, en een ongecontroleerde woede klonk door in zijn toon. 'Gozer, ik vertel jou álles!'

'Niet waar,' zei ik. Ik voelde een druk achter mijn ogen opkomen en probeerde kalm te blijven. Dit ging niet zoals het moest gaan.

'Ik vertel jou alle belangrijke zooi!' ging hij verhit tegen me in. 'Ik heb je verteld dat ik dacht dat mijn vader vreemdging, ik heb je verteld dat ik prikkelbaredarmsyndroom had en een fucking luier aan moest naar school... je was de enige die ik toen een keer heb verteld dat ik dacht genitale wratten te hebben!'

'Je wist best dat je geen genitale wratten had,' merkte ik op, met de vage hoop dat hij daar nu de humor van zou inzien. 'Je was nog steeds maagd.'

'Ik heb je mijn pik laten zien!'

Ik staarde hem een ogenblik wezenloos aan terwijl mijn angst en ontzetting zich met elkaar vermengden en een alarmsignaal produceerden. 'Ben je daarom zo pisnijdig?'

'Ik heb me de afgelopen dertien jaar omgekleed waar je bij was en ik heb nooit gedacht dat het een punt zou zijn, en nu hoor ik dat je die hele tijd al...'

‘Dat ik wat?’ vroeg ik uitdagend, mijn armen nu gespreid. ‘Dat ik heimelijk lustgevoelens voor je koesterde? Dat ik me ’s avonds aftrok, denkend aan je PDS en je misschien-wel-genitale-wratten? Dat ik nou gay ben wil niet zeggen dat ik op jou val, Micah! Je bent als een bróér voor me. Geloof me, ik loop niet warm voor jouw lichaam.’ Volhardend voegde ik er nog aan toe: ‘Ik ben nog steeds gewoon dezelfde persoon!’

‘Nee, dat ben je niet!’ beet hij me verontwaardigd toe, met een vinger uitgestoken naar mijn gezicht. ‘Je bént niet dezelfde jongen die opschepte dat hij Brittany Coles tieten uit haar topje had zien zakken bij mijn bar mitswa, je bént niet de jongen die me hielp tepels op de barbies van mijn zus te tekenen zodat we pornofoto’s van ze konden maken, en je bent ook niet de jongen die ik dacht mijn hele fucking leven al te kennen! Ik heb geen idee wie je bent!’

We staarden elkaar snuivend aan, en toen ging de bel. Het geluid sneed als een hakmes door de samengepakte lucht in de gang. Stijfjes verklaarde Micah: ‘Ik moet naar mijn les.’

Daarna draaide hij zich om en stampte de gang in, terwijl een golf van paniek, ongeloof en verdriet in me naar boven kwam die alle lucht uit mijn longen verjoeg.

18

Het was alsof er naalden in mijn traanbuisjes prikten, en mijn blikveld was een spiraal van licht en kleur. *Wat had ik dan verwacht?* Hoe had ik zo stom kunnen zijn om te geloven dat Micah mijn korte aankondiging zomaar zou accepteren? Natuurlijk zou hij gaan flippen – ik had jarenlang tegen hem gelógen!

Ik had niet genoeg tijd meer om mijn boeken te pakken, en dus sjokte ik met lege handen naar mijn eerste les en staarde daar vijfenveertig minuten lang naar het bord zonder ook maar een woord te horen van meneer Pierce' algebraïsche mijmeringen. Kon mijn leven nog rampzaliger worden? Ik had het gevoeld dat ik eindelijk tegen een ijsberg op geknald was die al mijn hele leven voor me opdoemde, maar die ik stom genoeg niet serieus had genomen. Elke dag ontdekte ik weer meer dingen over January die ik niet had geweten, dingen die al die tijd al onder het oppervlak hadden gezeten, maar die ik over het hoofd had weten te zien; en nu had ik me halsoverkop gestort in de allereerste echte ruzie met Micah ooit, dankzij diezelfde weerstand om onder ogen te zien wat zich vlak voor mijn neus bevond. Wat als hij zich hier niet overheen kon zetten? Wat moest ik doen zonder mijn beste vriend? Zonder mijn twéé beste vrienden?

Micah ontweek me de rest van de dag en reageerde niet op de berichtjes die ik hem stuurde, waarin ik verdere verontschuldigingen aanbood en vroeg of we konden praten. Maar ook al praatte hij dan niet met míj, hij sprak blijkbaar wel met zo'n beetje alle anderen op heel Riverside. Niet minder dan drie mensen kwamen in de gang naar me toe om de geruchten die ze hadden opgevangen bevestigd te krijgen, en ik moest er alles aan doen om uit te stralen dat ik die schending van mijn privacy wel best vond. Zelfs Mason Collier, die eigengereide klootzhommel, wilde me laten weten hoe ruimdenkend hij was.

'Ik heb een neef die homo is,' vertrouwde hij me toe, alsof het een of ander groot geheim was dat hij met me deelde omdat ik het misschien wel zou begrijpen. 'Hij is eigenlijk best cool. Heel grappig. Maar jullie zijn volgens mij altijd grappig.'

Hij wachtte tot ik zijn standpunt zou bevestigen met een grappige opmerking, terwijl ik vanbinnen kreunde en een klein beetje doodging. Ik had ook neven, en ik vroeg me af of zij ook zulke dingen zouden zeggen tegen hun homovrienden als ze het nieuws over mij hoorden. En hoe grappig moest ik eigenlijk zijn om erbij te horen?

Tot mijn grote verbazing kwam Tiana na het vijfde lesuur op me af om me een knuffel te geven. 'Ik heb het nieuws gehoord, uiteraard, en ik ben echt supertrots op je, Flynn. Ik weet dat je het mij niet persoonlijk verteld hebt, maar toch. Het is nogal wat, en waarschijnlijk is het ook best eng, dus ik wilde je in elk geval laten weten dat ik je steun en dat ik blij voor je ben.'

'Gelukkig is iemand dat nog,' mompelde ik.

'Ja, ach...' Ik hoefde haar niet uit te leggen wat ik daarmee bedoelde. 'Hij draait een beetje door, maar je kent Micah: eerst knallen, dan pas vragen stellen.'

'Denk je dat hij ooit zover komt dat hij vragen gaat stellen?'

'Ja, natuurlijk, stomkop! Jullie zijn al beste vrienden sinds jullie zygoten waren – hij heeft gewoon even nodig om eraan te wennen.'

'Hij was anders behoorlijk nijdig.' Ik voelde mijn keel weer dichtknijpen en mijn blikveld werd wazig van het extra oogvocht terwijl mijn gezicht warm werd van schaamte. Zoals Ti het zei, leek het niet veel voor te stellen, maar ze was er niet bij geweest. Ze had de blik in zijn ogen niet gezien toen hij me toebeet dat hij niet eens meer wist wie ik was.

'Hij is niet nijdig, hij...' Tiana zuchtte. 'Je moet begrijpen dat hij jullie tweeën ziet als een soort dynamisch duo of zo. Dat is heel nerdy en sneu op een heel schattige manier, maar zo zit mijn vriendje in elkaar.' Ze gooide haar handen in de lucht alsof ze zich overgaf aan haar lot. 'Hij is nu gewoon in de war, en weet niet goed wat hij ermee aan moet. Dat jij anders bent geeft hem het gevoel dat hij anders is en… dat is eng.'

'Vindt hij mij eng?'

'Nee, het léven.' Tiana keek me hierbij zo ernstig aan dat ik eindelijk besefte dat ze het nieuws over January ook had meegekregen. 'Ik bedoel, dat geldt toch voor ons allemaal? Al is het maar een beetje?'

Aan het einde van de dag had ik een beslissing genomen. Mijn coming-out was misschien niet de hartverwarmende superfeestelijke aflevering geweest die tv-series er altijd van maken, maar ik kon niet ontkennen dat ik het nu achter me kon laten. Micah had me de moeite bespaard om het te herhalen tegenover alle anderen die ik op school kende, en mijn ouders zouden het mijn grootouders en diverse andere familieleden wel vertellen, wat betekende dat het lastigste er in feite op zat. Het was niet eenvoudig geweest, en er zouden vast nog genoeg brandjes te blussen zijn, maar de waarheid was nu in ieder geval uit de doeken gedaan.

Nu ik dat had bereikt, bleef er nog één onopgelost probleem over: January's mysterieuze zwangerschap. Ook al wilde ik niet naar Jonathan Walker wijzen zonder dat ik iets tastbaars had om de bewering te staven, ik was ook niet van plan om het hierbij te laten. Als hij de vader was, zou hij dat vast niet zomaar toegeven, maar ik kon één persoon bedenken die de waarheid misschien al kende.

Ik wist Mason over te halen me nog een keer een lift te geven na school, en het grootste gedeelte van de rit ging hij nogal zenuwachtig door op hoezeer hij zich op zijn gemak voelde bij homo's, waardoor hij geheel paradoxaal het tegendeel bewees. Hij bleef maar vluchtige blikken op me werpen als hij dacht dat ik niet keek, en uiteindelijk viel hij stil. Toen hij weer sprak, moest hij eerst zijn keel schrapen. 'Ehm, luister, gewoon even voor alle duidelijkheid: ik ben geen homo of zo.'

'Sorry?' Het kwam zo uit het niets dat ik niet goed wist hoe te reageren.

'Ik bedoel, het is niet zo dat ik je een lift geef omdat ik je leuk vind, of iets. Ik wil gewoon cool zijn.' Aan zijn toon te merken leek hij het belangrijk te vinden dat dit verschil goed werd verduidelijkt. 'Zoals ik al zei, ik heb geen probleem met homo's, maar ik ben er zelf geen, dus... je weet wel. Dus zolang je je maar niets in je hoofd haalt, en zo.'

'Wat moet ik in mijn hoofd halen?'

Ongeduldig rolde hij met zijn ogen. 'Iets over mij. Ik val op meiden, oké?'

'Niemand heeft het tegendeel beweerd,' merkte ik met toenemende irritatie op.

'Precies.' Hij was vastberaden. 'Zolang dat maar duidelijk is.'

'Het is duidelijk,' verzekerde ik hem koeltjes. Hij was zo egoïstisch dat hij er niet eens bij stilstond dat ik me misschien helemaal niet tot hem aangetrokken zou voelen. Hij was weliswaar knap om naar te kijken, maar Mason Collier met zijn door Bieber geïnspireerde garderobe en zijn hufterige persoonlijkheid, kwam ergens vlak onder een wassen beeld van Jack the Ripper op mijn lijstje van Jongens Met Wie Ik Wel Zou Willen Daten. Zijn auto kwam vlak voor het hek van Dumas Academy tot stilstand, en ik stapte uit en zei vriendelijk – maar niet té vriendelijk, want stel je voor dat hij zou denken dat ik me iets in mijn hoofd haalde – gedag.

Dit keer trof ik Reiko achter in het auditorium aan, waar ze stilletjes aan het tekenen was op het bovenste vel van een duur schetsblok. Haar handen bewogen met voorzichtige, zelfverzekerde streken over het dikke papier. Naast haar lagen een verzameling professioneel uitziende kleurpotloden en een klompje grijze gum dat leek op een propje platgekauwd voedsel. Vlak bij het voortoneel stond Cedric Hoffman, die vage aanwijzingen gaf aan een paar nors kijkende toneelspelers. 'Cléante, ik geloof niet echt dat je van Angelique hóúdt! Je moet je meer inleven in het moment!'

'Maar ik begrijp dat hele script niet eens!' snauwde de acteur die Cléante speelde hem af.

'Dat doet er niet toe,' antwoordde Cedric op zijn kalme, luchtige manier. 'Het publiek zal er ook niets van begrijpen. Je moet zorgen dat ze het vóélen.'

Ik rolde met mijn ogen en verbrak Reiko's concentratie. 'Hé. Eh... ik moet met je praten.'

Ze keek op. Haar ogen waren opgezwollen, haar gezicht vlekkerig van een huilbui. Toen ze me herkende, slaakte ze een diepe zucht en zei vermoeid: 'Ik dacht dat ik wel duidelijk was geweest toen ik zei dat ik je niets kan vertellen.'

'Dat klopt.' Ik sloeg mijn armen over elkaar en deed mijn best me niet van mijn stuk te laten brengen door haar zichtbare verdriet. De plaatselijke media waren die week meedogenloos geweest, bijna kwijlend hadden ze zich gestort op de beschrijvingen van de ducttape en de bloederige kleren, en January's glimlachende foto was elk uur wel te zien geweest, vlak boven de tekst VERMOEDELIJK DOOD in hoofdletters. 'Maar dat was hiervoor, toen je nog dacht dat ze was weggelopen omdat ik niet met haar naar een dansfeest wilde.'

Bedroefd tuitte ze haar lippen. 'Ja, nou. Ik denk dat ik het mis had. Was dat wat je wilde horen? Graag gedaan, dan. Jij bent niet de reden dat ze is verdwenen, je bent slechts een deel van de reden waardoor ze zich altijd maar zo alléén voelde.'

'Dat is niet eerlijk,' zei ik gefrustreerd. 'Zij heeft mij buitengesloten, niet andersom. Dat heb ik je al gezegd.'

'Ook goed.' Haar overtuiging om erover door te discussiëren leek weggezakt, en ze sprak de woorden uit alsof ze echt bereid was zich op dit punt gewonnen te geven.

Ze ging verder met haar schets, en negeerde me nadrukkelijk toen ze een potlood uitkoos en het met korte, behendige strepen over het papier bewoog, haar schetsblok zo schuin dat ik niet kon zien waaraan ze werkte. Iets luider zei ik: 'Dat was niet de reden dat ik helemaal hiernaartoe ben gekomen. Ik moet je iets vragen.'

'Pardon.' De onderbreking, gebiedend en verwijtend, was afkomstig van Cedric Hoffman. 'Ik hoop dat onze repetitie jullie gesprek niet in de weg zit.'

Ik draaide me om, en toen de man mijn gezicht zag, sloeg zijn uitdrukking om van irritatie via verbijstering naar een onvriendelijkheid die ik niet kon plaatsen. Zijn lippen drukten op elkaar en vormden een dunne, platte streep. Hij herkende me duidelijk, en leek niet echt blij met het weerzien. Ik had echter geen tijd om erover na te denken, want Reiko gooide haar schetsblok neer en kwam overeind. Ze duwde zich langs me en liep op de deur naar de gang af. Voordat ik haar volgde, keek ik omlaag naar waar ze mee bezig was geweest, en ik hapte bijna naar lucht. Het was een portret van January, zo nauwkeurig en gedetailleerd dat ik ervan schrok hoe realistisch het eruitzag. Ik vond het ongelooflijk dat iemand zo'n precieze tekening met de hand kon maken; Reiko's talent was ontzagwekkend.

Ze stond me op te wachten toen ik de hal in kwam, en ik voelde Cedrics boze blik nog steeds gaten in mijn rug boren alsof hij chirurgische laserogen had. De deur viel achter me dicht toen ze me toesiste: 'Ik heb je al twee keer gezegd dat ik je niets te vertellen heb...'

'Daarvan ben ik me bewust,' viel ik haar neerbuigend in de rede. 'Je zei dat je me niets kon vertellen omdat er "regels" zijn. Wat houdt dat in? Waar komen die regels vandaan?'

Ze blies haar adem met gefronste wenkbrauwen uit alsof ze probeerde af te wegen of ze me genoeg kon vertellen om die vraag te beantwoorden. 'Ik ben een leerlingmentor,' zei ze na een poosje, nogal kortaf en boos. 'Ik leerde January kennen omdat ze naar me toe kwam over... iets waar ze mee zat, oké? En als je bij dat mentorprogramma bent aangesloten, wil dat dus zeggen dat je niet zomaar kan doorvertellen wat mensen je toevertrouwen. January kwam naar me toe omdat ze iemand nodig had die luisterde, die haar niet zou veroordelen of haar privézaken aan de hele school zou verklappen. Ik heb haar mijn woord gegeven, oké?'

'Maar misschien is ze nu wel dood.' Die zin overrompelde mij ook, zelfs terwijl ik hem uitsprak. Het was de eerste keer dat ik dit hardop had toegegeven, en het voelde alsof iemand zijn voeten veegde aan mijn ziel. 'Dan helpt je geheimhouding haar niet.'

'Dat doet er niet toe.' Het meisje met het felroze haar was vastberaden, en het was mijn zelfbeheersing die begon in te storten. Al sinds mijn ruzie met Micah die ochtend bevond ik me op het randje van een gênante huilbui, en weer voelde ik iets op mijn borst drukken terwijl ik mijn volgende vraag probeerde te formuleren.

'Is ze... was het een verkrachting?' vroeg ik met een geknepen stem. Het woord kwam er moeizaam uit en werd pijnlijk uitgestoten door mijn hart, en ik voelde dat mijn handen begonnen te trillen. Ik had me niet kunnen voorstellen dat January me bedrogen zou hebben, ik kon me onmogelijk indenken dat ze haar stiefvader zou hebben verleid, maar dit...

'Dat kan ik je niet vertellen,' fluisterde Reiko, al was de bevestiging af te lezen aan de verslagen starheid van haar gezicht.

'O, fuck, het is nog waar ook.' De plotselinge afstandelijkheid, de leugens, haar onrust... nu snapte ik het.

'Je kunt maar beter gaan,' zei ze met een hees stemgeluid, en ze liep langs me naar de deur van het theater. 'Ik had mijn mond moeten houden. Ik had je moeten zeggen een eind op te rotten! Wat mankeer ik toch?'

Ik pakte haar arm vast. 'Waarom ben je niet naar de politie gegaan?'

'Dat wilde January niet. Ze moest er niet aan denken dat iedereen het wist. Ik zei tegen haar... ik heb gezegd dat die gozer achter de tralies thuishoorde, maar ze weigerde aangifte te doen. Ik kon haar niet overhalen.'

'Je had zelf kunnen gaan!' Ik schreeuwde bijna tegen haar, verbluft door wat ze me verteld had. Ik deed wanhopig mijn best om niet voor me te zien hoe January werd... aangevallen. 'Fuck die geheimhouding van je! Heb je dan geen plicht om een misdaad te melden?' Reiko worstelde in mijn greep, maar ik hield haar stevig vast; mijn woede versterkte zich als de feedback van geluidsapparatuur. 'January is verkracht, en jij laat die gast ermee wegkomen omdat je dat haar belóófd hebt?'

'*Fuck you!*' gilde ze, en ze sloeg me een stuk krachtiger dan ik van haar had verwacht. Ik struikelde achterwaarts en zag haar gezicht vertrekken en tranen in haar ogen opkomen. 'Je hebt geen idee hoe het is! Hoe mensonterend het is, hoe het voelt wanneer iedereen daarna naar je kijkt! En wee je gebeente als de jongen die het gedaan heeft populair is, een van de atleten of zo.' Ze moest een soort opbloeiend besef in mijn ogen hebben gezien, want ze liet een fel, bijtend lachje horen. 'Ja. Ik ook, ja. Waarom denk je dat mijn ouders me van mijn oude school hebben gehaald en me hiernaartoe hebben laten overplaatsen? Ik beging de fout om me door een lacrossespeler te laten verkrachten, en toen ik daar aangifte van deed, was ik ineens de slet van de stad. De grootste leugenaar van de stad. Een psychopathische hoer die aandacht wilde. "Ze vroeg er zelf om!" "Waarschijnlijk neukte hij haar uit medelijden en zei ze dat het verkrachting was om wraak te nemen!" "Ach, ja, jongens!"' Ze spuugde de woorden uit en ik zag haar pijn in haar ogen. 'Zelfs de vrienden die me geloofden gingen niet langer met me om, want ik was ineens een blok aan het been – een sociale verschoppeling. Hoe had ik January kunnen wijsmaken dat dit de moeite waard was?'

'Het spijt me,' zei ik oprecht. 'Maar, luister, het is... het is niet juist. Ik snap best dat ze dat allemaal niet wilde doormaken, maar het is gestoord om je nu nog langer aan die belofte te houden! Die jongen heeft haar misschien wel vermoord, Reiko, en daar mag hij niet mee wegkomen! Dat mag gewoon niet! Dat zou January ook nooit gewild hebben.' Daar was ik honderd procent zeker van. January zou willen dat haar verkrachter ervoor zou boeten – hij verdiende het – en iemand moest ervoor zorgen dat dat ook gebeurde.

'Het valt niet te bewijzen.' Ze schudde haar hoofd. 'Er waren geen getuigen, die gozer heeft haar iets toegediend zodat ze bewusteloos was toen het gebeurde, en tegen de tijd dat ze naar mij toe kwam, waren alle blauwe plekken weggetrokken. Er was geen bewijs meer.'

Mijn kaak voelde verstijfd en mijn ogen zwommen. 'Hij heeft haar zwanger gemaakt.'

Reiko werd bleek en haar knieën dreigden het te begeven. Ze deinsde achteruit naar de muur, liet zich op de grond zakken en fluisterde: 'Néé...'

'Ze moet zich doodgeschrokken zijn toen ze het doorkreeg.' Ik voelde iets warms op mijn wang toen er een traan omlaag rolde naar mijn kin. 'Ze wist niet wat ze moest doen of op wie ze kon rekenen. En ik denk dat hij het heeft ontdekt. Ik denk dat ze hem ermee geconfronteerd heeft, en hij haar heeft vermoord om het geheim te bewaren.' Ik hurkte neer zodat ik me op Reiko's ooghoogte bevond. 'Zelfs als je het niet hebt zien gebeuren kun je de politie vertellen wat January jou heeft verteld. Laat hem er niet mee wegkomen, Reiko. Vertel me wie het was.'

'Dat... dat kan ik niet,' zei ze op een vreemde, angstige manier. 'Ze heeft me zijn naam nooit verteld.'

Dat klonk als de waarheid, maar ik had haar korte aarzeling ook gehoord. Zachtjes zei ik: 'Maar je hebt het uitgevogeld, hè? Of je had je vermoedens?' Maagzuur prikte achter in mijn mond toen ik vroeg: 'Was het haar stiefvader?'

Reiko keek me een hele poos aan, haar gezichtsuitdrukking gekweld maar onleesbaar. Ik bleef wachten en probeerde tevergeefs te bepalen of ik in de roos had geschoten of niet. Uiteindelijk beloofde ze me met een zachte, onvaste stem: 'Ik zal nadenken over wat je gezegd hebt.'

Daarna stond ze op en glipte ze door de deur terug het theater in, en ik bleef alleen achter in de stille gang.

19

Mijn maag stuiterde en draaide zich om als een ton in de Niagara-watervallen toen ik de stadsbus naar huis nam. Ik zag verklede kinderen voorbijwandelen over de stoep in het schemerlicht van de avond. Een spook zwaaide met een pompoenvormig emmertje vol kleurig ingepakte snoepjes, een kleine heks met een punthoed en een groen gezicht sleepte een oude bezem achter haar aan over straat, en twee sprookjesprinsessen gilden en vlogen elkaar in de armen toen een plastic schedel aan het einde van iemands oprit ineens oplichtte en begon te lachen zodra ze te dichtbij kwamen. Het deed pijn aan mijn hart en ik voelde een heimwee naar de tijd dat goedkope Halloweenversieringen het angstaanjagendste waren in het leven van een jong meisje.

Ik liet mijn hoofd in mijn handen zakken. January was verkrácht. Al haar momenten van terughoudendheid en onverklaarbaar gedrag sprongen in mijn geheugen op als pijnlijke zweren, hun timing achteraf gezien ineens veelzeggend. Het weekend voor dat nachtelijke plezierritje was ze niet meer komen opdagen op haar werk, zonder een reden te geven... was het toen gebeurd? Met toenemende ongerustheid begon ik in te zien dat de afstandelijkheid tussen ons ook rond die tijd voor het eerst echt begon op te vallen. En terwijl ik terugtelde, schrok ik ineens op en leek mijn bloed in cement te veranderen toen me iets anders duidelijk werd: de zaterdag waarop January zich volgens Kaz had ziek gemeld bij Old Mother Hubbard was precies vierentwintig dagen voor haar verdwijning geweest. Meteen ging de bus om me heen op in het niets en veranderde het beeld voor mijn ogen in een visioen van vijfentwintig inkepingen die met kracht in de rottende muur van de hooizolder waren gemaakt.

Vijfentwintig. Was het mogelijk? Had ze echt *de dagen sinds de aanranding* gemarkeerd terwijl ze zich in haar eentje, in haar geheime schuilplaats had teruggetrokken? Vijfentwintig dagen was bijna vier weken... Was dat lang genoeg om zich te realiseren dat ze misschien wel zwanger was? Om genoeg in paniek te raken om een test te doen en het antwoord bevestigd te zien?

Was het lang genoeg om de waarheid te ontdekken en door te slaan?

Ze had haar baan opgezegd en was daarna met het toneelstuk gestopt... twee beslissingen waar Reiko op tegen was geweest. Ze had January waarschijnlijk gezegd dat het ongezond was zich af te zonderen van andere mensen, dat ze haar trauma niet de overhand moest laten krijgen en niet haar leven mocht laten bepalen. En als reactie daarop had January gelogen en gezegd dat ze het deed om meer tijd met mij te kunnen doorbrengen. Reiko was waarschijnlijk woedend geweest omdat January pijn leed en ze geloofde dat ik allerlei eisen stelde, en óf niets merkte óf geen moer gaf om de afgrijselijke ellende die mijn vriendin had meegemaakt.

Jij was er nooit wanneer January je nodig had. Het begon erop te lijken dat Reiko gelijk had. Het deed evenveel pijn als een open wond dat January het gevoel had gehad mij niet te kunnen vertellen wat er gebeurd was, alsof ze misschien bang was dat ik haar zou veroordelen of haar anders zou gaan zien. Ik was geen goed vriendje geweest, maar ik híéld van haar, en ik zou haar door dik en dun hebben gesteund. Maar de pijn die ik voelde, in de wetenschap dat ze me niet om mijn steun had gevraagd, maar liever had gelogen en had gezegd dat ik egoïstisch was, verbleekte bij mijn schaamte. Er waren signalen geweest, en ik had ze gemist omdat ik het te druk had die kloof in onze relatie te gebruiken als een schild om me achter te verbergen wanneer ze naar intimiteit verlangde.

Al bedacht ik ook nu pas dat er misschien wel meer zat achter haar verleidingspoging die avond in de schuur dan een list om het vaderschap van de baby te verhullen. Misschien wilde ze echt dat ik haar 'eerste' zou zijn. Verkrachting was geweld, geen seks, en na wat haar was aangedaan wilde ze misschien juist graag samen zijn met iemand die wel om haar gaf. Weer sneed er een scherpe pijnscheut door me heen. Want ik zou er nooit achter komen.

Toen ik thuiskwam, voelde ik me neerslachtig en rusteloos. Ik had niet het idee dat ik mijn ouders kon vertellen wat ik te weten was gekomen; de gedachte die woorden nogmaals hardop te moeten zeggen bezorgde me een angstgevoel, en bovendien had ik geen bewijs om het te staven. Ik zou onder normale omstandigheden al niet hebben geweten hoe ik aan zo'n gesprek moest beginnen, laat staan onder de huidige omstandigheden, waarbij het leek alsof zelfs de simpelste handelingen vreemd en geladen waren en vol dieper liggende betekenissen zaten. Mijn moeder ratelde een hele poos door over hoe zij en mijn vader zich die middag hadden aangesloten bij PFLAG, een organisatie die steun biedt aan ouders en vrienden van LGBTQ-mensen, en vervolgens voerden ze speciaal voor mij een gesprek over Annette die bij mijn vader op kantoor werkte en wier dochter lesbisch was. Ze begonnen me zelfs films met een homoseksueel thema aan te raden omdat ze erover hadden gelezen en dachten dat ik ze wel leuk zou vinden. Ik was geroerd door de moeite die ze deden, maar het was een vernederende ervaring, en ik vluchtte naar mijn kamer zodra dat kon om mijn schaamte, verdriet en soortgelijke emoties te verzuipen in een paar geestdodende uren op de Xbox.

Ik zou eigenlijk naar Madison Reinbecks Halloweenfeest gaan met Micah en Tiana, maar ik had niet echt zin om te feesten, en ik wist ook niet goed of ze me nog wel wilden meenemen. Ik had Micah na het avondeten nog een paar berichten gestuurd waar geen reactie op kwam, en uiteindelijk probeerde ik Ti. Een poosje later stuurde ze een bericht terug, waarin ze zei dat zij al bij Madison thuis waren. *Sorry voor de verwarring!* Ja, vast.

Ook al wilde ik niet eens meer gaan, en ook al had ik verwacht dat Micah me die avond niet zou willen zien, ik voelde me toch ellendig nu ze waren gegaan zonder me te laten weten dat ze me niet zouden ophalen. Een week geleden waren Micah en ik nog samen aan het skaten en werden we high en vroegen we ons af waar January was; nu zat ik op de grond in mijn slaapkamer, starend naar een gepauzeerd level van *BioShock* en voelde ik me eenzamer dan ooit.

Ik wist dat ik iets moest ondernemen als ik niet het risico wilde lopen door een figuurlijk luchtslot naar een zuurstofvrij niemandsland vol kwaadaardige energie te worden gezogen, en dus pakte ik mijn telefoon en belde ik de enige persoon die ik nog overhad.

Een halfuur later trilde mijn telefoon, en mijn voeten raakten de grond nauwelijks toen ik de trap af en de voordeur uit rende, terwijl ik nog net een gehaast 'doei' naar mijn verbijsterde ouders riep, samen met de belofte om zoals altijd voor middernacht thuis te zijn. De zwarte Lexus stond naast de stoep te spinnen als een tevreden panter, en toen ik het portier aan de passagierskant opentrok, kwam de geur van sandelhout en zacht leer me al tegemoet. Die combinatie deed mijn knieën gênant knikken.

'Hoi,' zei Kaz met zijn scheve glimlach toen ik mijn gordel vastmaakte. Hij had zijn jekker weer aan, zijn haar zat zorgvuldig in dat perfecte kapsel van zachte, warrige stekeltjes en zijn ongelooflijke lichtbruine ogen stonden nieuwsgierig. 'Waar gaan we naartoe?'

'Weet ik niet,' zei ik blozend en een beetje zenuwachtig. Ik keek naar zijn lippen en dacht weer aan die kus op de hooizolder, en opeens voelde ik me zo elektrisch geladen dat ik bang was dat de lucht om me heen zou gaan knetteren. 'De stad in, denk ik. Zullen we koffiedrinken?'

'Oké.' Kaz klonk licht geamuseerd, alsof hij wel wist dat ik helemaal niet aan cafeïne dacht. 'We gaan koffiedrinken.' Hij schakelde en reed weg van de stoep. Bij Plymouth Road draaide hij om en reed naar het centrum van de stad. 'Ik moet zeggen dat ik wel verrast was toen je belde. Ik weet wel dat ik je mijn nummer heb gegeven en zo, maar ik dacht dat je veel te nijdig op me zou zijn.'

'Ik... nou ja, ik... het was niet zozeer nijdig...'

'Wel waar,' verbeterde hij me, maar op een begripvolle manier. 'Ik was opdringerig en arrogant. Ik had het recht niet die dingen allemaal te zeggen. En voor alle duidelijkheid: het spijt me. Alweer. En ik ben blij dat je belde.' Hij keek me weer zijdelings aan, met een blik net over die perfecte Griekse neus heen. 'Maar waaróm belde je me eigenlijk? Ik bedoel, het is vrijdagavond, Halloween zelfs. Waarom ben je niet op een of ander knalfeest ergens?'

Ik wurmde wat heen en weer op mijn stoel toen we vaart minderden voor een rood licht en voelde de hitte in mijn nek opkomen. Om een of andere reden dacht ik dat het makkelijker zou zijn om het aan Kaz te vertellen dan aan mijn ouders of Micah, maar ik voelde weer diezelfde zenuwen door mijn lichaam gieren. 'Ik... ik heb mijn ouders verteld dat ik homo ben.'

'Wacht even... wát?'

'Ik heb het iedereen verteld, zelfs. Nou ja, één persoon, en hij heeft vervolgens iedereen ingelicht, maar...' Mijn zin werd onderbroken doordat Kaz zich opeens over de middenconsole heen wierp en me tegen zich aan trok voor een stevige omhelzing. De geuren van wasmiddel, gel, een lekker luchtje en hitte hingen om me heen en drongen door tot in het diepste van mijn binnenste. Zelfs door zijn jas heen voelde hij warm, en voor het eerst sloeg ik mijn armen rond een leuke jongen zonder dat ik op mijn hoede moest zijn of er nonchalant over hoefde te doen.

'Dat is ongelooflijk, Flynn!' riep hij overdreven, met zijn wang tegen de mijne gedrukt. Als ik een 'zei ik toch' had verwacht, dan kon ik lang wachten. 'Dat is een hele stap! Ik ben zo trots op je, nee, wacht, dat neem ik terug. "Trots" klinkt te neerbuigend, vind je niet?' Zijn armen verslapten hun greep iets, maar verstevigden de knuffel toen vastberaden. 'Nee, laat ook maar, weet je wat? Fuck it. Ik bén trots op je, want er is een hoop lef voor nodig om uit de kast te komen. Echt, een hele hoop lef. Goed gedaan.'

'Het stoplicht is groen,' zei ik, met mijn keel tegen zijn schouder gedrukt.

Kaz liet me los en reed verder, zijn stemming levendig, zo niet opgewonden, en het enthousiasme in zijn toon was aanstekelijk toen hij zei: 'Oké, die koffie krijg je van mij. Als ik oud genoeg zou zijn om alcohol te kopen, of een valse id-kaart had, dan zou ik champagne gehaald hebben of iets, maar je moet het maar doen met koffie. Vertel me hoe het is gegaan.'

'Nogal ongepland, eerlijk gezegd,' gaf ik toe. Ik gaf hem een geredigeerde samenvatting van Het Grote Moment, want ik was er nog niet aan toe zijn hartelijke aandacht te verliezen door te vertellen waarom de politie was langsgekomen, en ik besloot mijn verhaal met de afschrikwekkende anekdote over het helse pro-homo diner. 'Mijn vader kwam aanzetten met *Glee* en zei vervolgens iets over volgende zomer met z'n allen naar een Gay Pride-parade in Chicago gaan, en daarna hield ik me maar doof en blind en moest ik me excuseren.'

Kaz lachte. 'Dat is hilarisch. Ze klinken best cool.'

'Ik geloof niet dat je het goed begrijpt,' zei ik ernstig. 'Ze menen het over die parade. Ken je dat, dat kinderen zich schamen wanneer ze door hun ouders worden afgezet bij het winkelcentrum? Dit wordt ook zoiets, maar dan tien keer erger. Een beetje alsof je je grootmoeder meeneemt naar het galafeest van school. Maar dan met dragqueens erbij.'

'Ik denk dat je van geluk mag spreken,' zei hij, maar ik merkte dat iets van de opgewektheid uit zijn stem was verdwenen. 'Waar zijn je andere vrienden trouwens? Ik dacht dat je zei dat je het aan iedereen had verteld?'

'Heb ik ook,' antwoordde ik ongemakkelijk. 'Niet iedereen was zo vernederend begripvol als mijn ouders. Mijn beste vriend is niet… hij praat momenteel niet meer met me.'

'Het spijt me dat te horen.' Kaz bleef stil toen Plymouth overging in Broadway en Broadway overliep in Beakes. 'Luister, wat er ook gebeurt, je hebt de juiste beslissing genomen. Ik denk dat je vriend wel weer bijdraait, maar zo niet, je bent nu veel beter af. Je kunt nu eerlijk zijn wie je bent in plaats van je voordoen als een ander om erbij te horen.' De richtingaanwijzer maakte een zacht klikkend geluid toen Kaz links afsloeg naar Main Street en onder de lantaarns door reed, langs victoriaanse huizen die tot kantoorpanden waren omgebouwd. 'Ik weet dat het eenvoudiger is om het te zeggen dan om het mee te maken – gelóóf me – maar je zult nooit gelukkig kunnen zijn als je de rest van je leven tegen iedereen moet blijven liegen. En als hij je niet kan accepteren zoals je bent, dan was hij al nooit echt je beste vriend. Bovendien gaat volwassen worden nu eenmaal gepaard met groeipijn.'

Voor afgezaagde opmerkingen waren deze nog best aardig, maar ze gaven me geen beter gevoel over het idee Micah mogelijk voorgoed kwijt te raken. Hij was geen homofoob. Er zaten twee jongens bij de toneelclub die al uit de kast waren gekomen, en Micah had nooit een onvertogen woord over een van hen gezegd. Hij had geen problemen met homo's, maar met míj, en ik kon mezelf niet troosten door te zeggen dat ik beter af was zonder hem in mijn leven, want dat geloofde ik ook niet. Misschien zou ik in de toekomst ooit hierop kunnen terugkijken met suffe clichés over wat een geluk ik had gehad dat mijn beste vriend die ik al dertien jaar kende me als een oud bankstel aan de kant had geschoven, maar dat kon ik nu in elk geval nog niet.

'Ik geloof niet dat ik er nu al zo optimistisch over kan zijn.'

'Dat snap ik. Maar laat je niet ontmoedigen, oké?' Kaz weigerde me te laten wegzinken in mijn depressieve bui. 'Ik heb het ook meegemaakt en moet je me nu eens zien!'

Hij schonk me een brutale grijns die leek te stralen in het licht van de lantaarns die voorbijflitsten, en ik moest ondanks alles toch lachen. 'Dolgelukkig, zeker?'

'Dolgelukkig,' zei hij bevestigend. 'Geloof me, Flynn, eens komt er een dag waarop je terugkijkt en beseft dat dit je beste beslissing ooit was.' Ik voelde mijn bloed zinderen als hij naar me keek, met een vriendelijke, zachte blik in zijn opvallende jade-koperen ogen. 'Denk eens aan al die dingen waar je nu niet meer bang voor hoeft te zijn.'

'Zoals?'

'Zoals hardop zeggen welke jongens jij hot vindt,' antwoordde hij ondeugend. En heel even dacht ik dat hij me hiermee de gelegenheid bood om te zeggen: 'Jou natuurlijk, duh,' zodat hij de wagen aan de kant kon zetten en we konden zoenen, maar toen zei hij op bevelende toon: 'Meest sexy mannelijke beroemdheden. Ennn... start!'

'Dave Franco en Colton Haynes,' biechtte ik op, en het rare was dat het eigenlijk onvoorstelbaar lekker voelde om zulke gedachten voor het eerst onder woorden te brengen. Jarenlang had ik allerlei uitspraken ingeslikt die mogelijk als 'gay' opgevat konden worden, en het was zowel griezelig als bevrijdend om die woorden van mijn tong te laten rollen. 'Eerlijk gezegd zo'n beetje alle jongens van de cast van *Teen Wolf*. Elke keer dat ze hun shirt uittrekken is het net kerst. Micah plaagt me elke keer dat ik zo geobsedeerd ben door die show, en ik heb hem nooit kunnen uitleggen dat ik er ook niet naar kijk vanwege het verhaal.'

'Ik dacht dat jongens die hun shirt uittrekken juist de hele plot wás.'

Kaz parkeerde op Washington en vandaar liepen we naar de Nickels Arcade, een pittoreske gang met een gewelfd glazen plafond die van State Street tot aan Maynard liep. In de Arcade zat een heel divers groepje lokale ondernemers, waaronder een ambachtelijke koffietent waar maatschappijkritische volwassenen en studenten graag kwamen. Kaz bestelde twee cappuccino's bij een leuke barista met getatoeëerde armen en een geek-chic bril, en we namen plaats aan een van de tafeltjes voorin.

'Op Flynn Doherty, wiens toekomst vandaag begint,' proostte Kaz, waarna hij zijn mok tegen de mijne tikte en me een schattige, blije glimlach schonk. 'Je hebt me trouwens nooit verteld waarom je het er zomaar opeens uitflapte tegenover je ouders. Ik... ik hoop niet dat je je onder druk gezet voelde of iets door wat ik dinsdag heb gezegd?' Hij kromp verontschuldigend ineen en ik schudde mijn hoofd om zijn schuldgevoel te verlichten, maar het deel van de avond dat in het teken stond van het goede nieuws was nu duidelijk ten einde. Met een diepe zucht vertelde ik hem over het bezoek van de politie, over January's zwangerschap en de schokkende onthulling die Reiko daarna had gedaan, zelfs mijn theorie over de ingekerfde strepen op de hooizolder. Toen ik klaar was, staarde Kaz me met grote, bezorgde ogen en een bleek gezicht aan. 'Holy shit, Flynn. Dat is... ik bedoel, ik heb geen idee wat ik moet zeggen.'

'Ik probeerde Reiko over te halen naar de politie te gaan, maar ze deed alsof dat geen enkel nut had. Ze zegt dat er geen bewijs is, en dat January haar nooit heeft verteld wie die gozer was, maar... ik kan dit niet zomaar laten rusten. Dat weiger ik.'

Kaz keek fronsend omlaag naar de beker die steeds sneller leeg raakte. 'Daar ben ik het mee eens. Maar in deze situatie... ik bedoel, het zou één ding zijn als ze haar lichaam hadden gevonden en over DNA van de foetus beschikten om te vergelijken met mogelijke verdachten, maar... als er echt totaal geen bewijs is – geen getuigen, geen wapen – dan hebben ze toch geen enkel houvast?'

'Niet om het een of ander, maar misschien is dat juist de reden dat ze nog geen lichaam hébben. Als deze gast January heeft vermoord om te verbergen wat hij heeft gedaan, dan zal hij echt geen risico lopen dat de politie een autopsie kan uitvoeren.' Ik leunde naar voren om hem mijn hypothese voor te leggen en het voelde alsof mijn aderen van staal waren. 'Heb je je ooit afgevraagd hoe January's spullen eigenlijk in dat veld terechtgekomen zijn? Ze is voor het laatst gezien op Dumas, meer dan vijftien kilometer van huis. Als ze echt daar is verdwenen, hoe komen haar kleren dan in de buurt van haar huis terecht?'

'Ik vermoed dat je nu een gok gaat doen.'

'Tammy vertelde dat Jonathan die avond niet is thuisgekomen,' deelde ik eindelijk mee, en de woorden stroomden vol hitte en opluchting naar buiten. 'Maar wat als hij er nou wel was? En hij alleen nooit naar binnen is gegaan?'

Kaz' schuine, donkere wenkbrauwen schoten omhoog. 'Denk je dat Jonathan Wálker het gedaan heeft?'

'Hij had haar zonder moeite kunnen ophalen op school...' begon ik vastberaden, doorstomend met mijn theorie, ondanks Kaz' sceptische toon, '... haar kunnen overmeesteren, ergens naartoe kunnen brengen om haar te vermoorden en haar spullen achter kunnen laten op dat grasveld nadat Tammy in slaap was gevallen. Of misschien heeft hij het daar wel gedaan – het is zo ver van de bewoonde wereld vandaan dat niemand iets gehoord zou hebben.'

'Dus hij vermoordt haar op dat stuk grasland en laat haar kleren achter voor de politie, maar verbergt wel het lichaam zodat niemand dat ontdekt?' Kaz keek me twijfelend aan en ik fronste nadenkend. Ik schaamde me dat ik zelf niet aan die tegenstrijdigheid had gedacht. 'Ik bedoel, waarom zou hij de kleren dan niet bíj het lichaam verstoppen?'

Ik schoof heen en weer op mijn stoel. Het voelde niet goed en trouweloos om over January te spreken als 'het lichaam' – alsof ik haar symbolisch had opgegeven, haar tot een object reduceerde, een obstakel dat iemand anders uit de weg had willen ruimen. 'Zo te horen heb je zelf ook een theorie.'

'Misschien waren de kleren bedoeld als afleidingsmanoeuvre.' Kaz wreef met een duim over het gebogen deel van zijn lepeltje en dacht hardop na. 'Misschien wilde iemand juist naar Walker – of naar een van de Walkers – wijzen en heeft hij haar spullen daar neergelegd om de politie op het verkeerde spoor te zetten.'

Het idee bleef even in mijn gedachten rondspoken. Torkelson? Meneer Walkers tegenstander in de race voor de senaatszetel zou het waarschijnlijk geweldig vinden als zijn concurrent van moord verdacht zou worden… maar de feiten sloten hier niet op aan. Welke politicus zou de minderjarige stiefdochter van zijn tegenstander verkrachten en haar dan weken later pas vermoorden, alleen maar om verdenking op de man te kunnen laden? En Kaz wist nog niets van het voorval waarvan Anson beweerde getuige te zijn geweest in de keuken. Ik wist zeker dat ik gelijk had over Jonathan. Wat er met January was gebeurd was persoonlijk, niet politiek, en er zou een verklaring voor die kleren zijn, alleen was die nog niet in me opgekomen. We bleven nog een poosje stil tot ik het gevoel had dat ándere onderwerp dat aan me knaagde niet langer te kunnen negeren.

'Ik begrijp niet waarom ze me niet vertrouwde.' Ik staarde naar het laatste restje schuim van mijn cappuccino, een kloddertje op de bodem van mijn beker. 'Ik bedoel, ik vind het vreselijk dat ze me geen kans gegeven heeft om haar te helpen, en dat ze al die leugens heeft verspreid. Dat ze het blijkbaar een beter idee vond om me af te schilderen als een klootzak die niets om haar gaf dan met mij te praten over wat er aan de hand was. Waarom zou January willen dat mensen al die nare dingen over mij geloofden?'

'Misschien uit eenzaamheid,' stelde Kaz heel voorzichtig voor. 'Ze was afgezonderd van al haar vrienden, ze hoorde niet thuis op Dumas, ze had een hekel aan haar stiefbroer, en ze kon nergens over praten met haar ouders, want die hadden dit juist allemaal voor haar geregeld. Mensen wijsmaken dat haar vriendje een eikel was, leverde haar waarschijnlijk medeleven en aandacht op. Bij mij werkte het ook. Ik vroeg haar altijd hoe het met haar ging en wanneer ze je eindelijk eens aan de kant zou zetten, en zo.' Hij trok zijn schouders ongelukkig op. 'Het is eenvoudiger om je in te leven in een meisje met een teleurstellend vriendje dan een meisje dat opeens rijk is en dat vreselijk vindt.'

'Dat zal dan wel.' Ik wist nog steeds niet wat ik ervan moest denken. Ergens was ik gekwetst en boos, en ergens begreep ik het ook wel. Ze had me gebruikt om een heel ander imago voor zichzelf te creëren, maar ik had met haar toch precies hetzelfde gedaan? En ik kon me niet voorstellen hoe zwaar het voor haar geweest moest zijn, hoezeer ze had moeten lijden. Hoe kon ik haar nog iets kwalijk nemen, nu ik meer wist over wat er gebeurd was?

We dronken onze koffie op en maakten een wandeling. We snoven de koele nachtlucht op en staken de draak met de sneue Halloweenthema-aanbiedingen die in alle etalages aan State Street te vinden waren, en praatten over onbelangrijke dingen. Kaz beschreef hoe het was om in de zomer stage te lopen bij de medische praktijk van zijn vader, en vertelde dat hij het archiefsysteem per ongeluk een keer zo erg overhoop had weten te halen dat ze twee uitzendkrachten hadden moeten inhuren om alles weer op orde te krijgen. Ik vertelde hem op mijn beurt over de keer dat mijn moeder me betaalde om een dag enveloppen in te steken bij haar op het makelaarskantoor, en dat het me gelukt was om niet alleen een taak te verprutsen die een getrainde aap nog had kunnen doen, maar dat ik er ook in geslaagd was de pauzeruimte te laten overstromen door de waterkoeler omver te stoten. Hij lachte zo hard dat er tranen in zijn ogen stonden toen we uiteindelijk zijn auto bereikten.

'Dus...' Hij stak zijn handen in zijn zakken en draaide zenuwachtig heen en weer. 'Wat wil je nu doen?'

Het was nog vroeg; ik had nog bijna een uur voordat ik thuis moest zijn. Dat was te kort voor een film, maar genoeg tijd om te doen wat ik de hele avond al zo dolgraag wilde doen. Mijn lippen tintelden weer en mijn zenuwen zoemden vlak onder mijn huid. Verderop op straat lachte een stelletje en de straatlantaarns boven ons wierpen een stralenkrans van bronzen highlights op Kaz' donkere haar. Ik had het gevoel dat hij de hele avond al had gewacht tot ik iets zou ondernemen, en ook al zat mijn maag nog erger in de knoop dan een ballondier en bonkte mijn hart als een gek toen ik opkeek naar zijn sterke kaaklijn en ondeugend opgetrokken wenkbrauw, ik was van plan dit door te zetten.

Ik deed een stap naar hem toe, ademde zijn bedwelmende geur in en bewoog mijn lippen van elkaar. Ik moest echt op mijn tenen gaan staan en mijn hoofd kantelen om het verschil in lengte te overbruggen, maar ik wist contact te maken en mijn mond raakte de zijne in een goddelijke, elektrische kus.

En toen maakte hij zich geschrokken van me los, zo plotseling dat hij tegen zijn Lexus op botste. Hij keek me zowel verrast als bezorgd aan. 'Ho, wacht, stop.'

Ik knipperde verward naar hem. 'Ik snap niet... wat is er mis?'

'Dit is waarschijnlijk geen goed idee,' antwoordde hij ongemakkelijk en schijnbaar ernstig. Ik staarde hem niet-begrijpend aan.

'Meen je dat nou?' De lach van het stelletje in de verte werd luider, en opeens voelde het alsof het voor mij bedoeld was – alleen maakte Kaz overduidelijk geen grapje, met zijn gespannen gezicht en neergeslagen ogen. Onzekerheid en verontwaardiging streden in mijn benevelde brein om de boventoon. 'Ik snap het niet. Dinsdag leek je het nog een prima idee te vinden.'

'Ja, ik weet het,' mompelde hij nederig, 'en zoals ik al zei, dat was een vergissing. Dat had ik niet moeten doen.'

En opeens prikten de tranen die ik al de hele dag had weten in te houden tegen de achterkant van mijn oogbollen en voelde ik mijn gezicht warm worden. Ik deed mijn best om beheerst te klinken toen ik zei: 'Fuck. Je hebt natuurlijk al een vriend, of niet?'

'Nee, dat is het niet.' Dat antwoord gaf me, gek genoeg, een nog ellendiger gevoel.

'O, geweldig. Je voelt je gewoon niet tot mij aangetrokken.' Mijn vernedering voelde nu compleet en de tranen rolden al over mijn wangen. Wat was ik blij dat het donker was buiten. 'Waarom heb je me dan in godsnaam gekust? Was dat gewoon om me te fucken? Is het een of ander spelletje soms, om jongens te laten toegeven dat ze gay zijn?' Ik stond te tieren en verloor dat laatste beetje zelfbeheersing, maar ik kon er niks aan doen. In zekere zin was hij deels verantwoordelijk voor het feit dat ik uit de kast was gekomen; als ik zijn lippen niet op de mijne had gevoeld, als ik me niet had gerealiseerd wat ik miste door in die kast te blijven zitten, misschien was het me dan wel gelukt mijn mond te houden toen de rechercheurs me bestookten met hun vragen. 'Wat ben ik toch een onvoorstelbare idioot!'

'Je bent geen idioot, Flynn,' zei Kaz. Hij kwam dichterbij staan alsof hij me wilde geruststellen, en nu deinsde ik achteruit. 'Luister, ik voel me echt wel tot je aangetrokken, oké? Serieus, je hebt er geen idee van. Waarom denk je dat ik zo hard mijn best deed om mijn verontschuldigingen aan te bieden over die ruzie in de speelgoedwinkel? Waarom denk je dat ik je zo graag weer wilde spreken?' Hij kamde met een hand door zijn haar. 'Ik denk de hele godvergeten week al aan die kus!'

‘Wat moet dit dan ineens?’ vroeg ik met een sneu gesnuif, en ik gooide mijn handen in de lucht en liet ze tegen mijn dijen aan kletsen. ‘Wat is er nu dan mis met me?’

‘Niks! Ik denk gewoon… ik weet niet of je hier al aan toe bent.’

‘Ben ík er niet aan toe?’ vroeg ik beledigd en sceptisch. ‘Waar slaat dat nou weer op? Heb ik ook nog iets te zeggen over waar ik wel of niet aan toe ben?’

‘Je bent gisteren pas uit de kast gekomen en je hebt op dit moment al een hele hoop chaos in je leven. Ik bedoel, denk je echt dat je nu een sprong in het diepe wilt wagen qua daten of wat dan ook? Nu meteen?’ Hij blies zijn adem uit. ‘Mijn familie is moslim en aartsconservatief. Ik moest elk laatste beetje moed bijeenrapen om mijn vader en moeder te vertellen dat ik homoseksueel was – ik bedoel, ik was als de dood dat ze me op straat zouden zetten of weigeren om me nog naar de universiteit te laten gaan of zo. Maar wat ze zeiden was: “Waag het niet om zoiets te zeggen waar je grootouders bij zijn!” En daarna veranderden ze van onderwerp. Daarmee was het klaar. Tot op de dag van vandaag weigeren ze te erkennen dat ik gay ben, het hele onderwerp is verboden. Het is net alsof dat hele gesprek nooit heeft plaatsgevonden!’ Hulpeloos haalde hij zijn schouders op en hij stak zijn handen weer in zijn zakken. ‘Het was zo moeilijk om daarna nog met hen te praten, waarover dan ook. Er waren zo veel dingen die ik niet kon zeggen omdat ze zich helemaal afsloten als ik erover begon. Het was vreselijk. Rond die tijd was ik ook min of meer aan het daten met een jongen die ik echt heel leuk vond, en dat heb ik helemaal verpest omdat ik er nog niet aan toe was. Hij wilde een relatie, en ik raakte in paniek! Ik was als de dood dat een van mijn neven – ik heb er een paar die echt superreligieus zijn – ons zou zien als we uitgingen en door het lint zou gaan, ik moest er niet aan dénken om hem aan mijn ouders voor te stellen, en ik zat veel te veel in de knoop om iemands vriendje te zijn. Ik had niemand met wie ik kon praten over hoe ik me voelde, over *wie ik was*. Ik had niemand die naar me wilde luisteren, ik kende niemand die zoiets had meegemaakt en die er gewoon voor me wilde zijn terwijl ik een paar keer per dag flipte… ik voelde me heel erg alleen, en wat ik het hardst nodig had was een vríénd. Dat wil ik voor jou zijn, iemand op wie je kan rekenen voor steun, zonder enige druk. Snap je wat ik bedoel?'

'O, ja, hoor,' antwoordde ik leeg, ellendig en verslagen. Ik wilde Kaz niet als 'vriend'. Ik wilde Mícah als vriend, en Kaz als… nou ja, als een ander soort vriend. Natuurlijk klonk zijn standpunt heel erg nobel, maar dat was zíjn ervaring, niet de mijne. Hoe kon hij nou voor mij beslissen wat ik wel of niet aankon? En hoe kon ik al die dingen uitzetten die ik al voor hem voelde zonder dat hij zijn best deed? Ik zou hem nooit kunnen aankijken zonder te denken aan hoe graag ik hem zou zoenen, en hoezeer hij dat niet met mij wilde doen. Wat voor vriendschap zou dat in godsnaam moeten voorstellen?

Niet geheel zonder ironie besefte ik hoezeer mijn situatie leek op die van January: ik was afgezonderd van mijn vrienden, niet in staat er met mijn ouders over te praten, en ik voelde me aangetrokken tot een jongen die niet hetzelfde met mij wilde als ik met hem. Opeens voelde ik me zo depri dat ik niet eens genoeg energie meer over had om kwaad te zijn dat Kaz met me had geflirt zonder daar meer mee te willen doen. Als January zich ook zo had gevoeld – zelfs nog voor de aanranding die alle andere dingen in een stroomversnelling had gebracht – dan kon ik het haar misschien toch vergeven dat ze medeleven had gezocht ten koste van mij.

'Ik denk dat ik maar naar huis moet gaan,' mompelde ik, terwijl ik stiekem met mijn mouw de tranen uit mijn ogen veegde. Het was nog niet eens kwart over elf, maar ik kon het niet aan om nog drie kwartier lang alleen maar 'vrienden' te zijn. 'Mijn ouders maken zich sinds January's verdwijning toch al druk genoeg om mijn veiligheid en zo, en ze zijn vast nog wakker.'

Dat was een leugen, eentje die er dik bovenop lag, maar Kaz sprak me er niet op aan. In plaats daarvan liet hij het slot van de Lexus met een bliepje openklikken en we stapten in. Net toen de stoelverwarming voelbaar was, begon mijn telefoon in mijn zak te trillen.

Toen ik de naam en de foto op het scherm zag, benam de schrik me de adem, en ik liet het toestel vallen alsof ik me gebrand had.

De oproep was afkomstig van January's telefoon.

20

'Geloof jij in geesten?' vroeg January me. Het was eind juni en we zaten boven in het landhuis, in haar slaapkamer. De ramen stonden open om frisse lucht naar binnen te laten die rook naar seringen en vers gemaaid gras. Haar iPod stond op shuffle en ik zocht op internet naar aanvangstijden van bioscoopfilms terwijl zij door een roddelblad bladerde. De vraag leek uit het niets te komen.

'Nee,' zei ik, overtuigd dat iedereen met een beetje gezond verstand zoiets zou zeggen. 'Ik denk dat mensen zien wat ze willen zien. Ik heb online eens iets gelezen waarin stond dat mensen in feite geprogrammeerd zijn – op een evolutionair niveau – om gezichten te herkennen. Als je iets willekeurigs tegenkomt, dan scannen je hersens automatisch naar een herkenbaar patroon, en daarom heb je dus ook al die mafkezen die denken dat de Heilige Maagd Maria aan hen is verschenen op een aardappelchipje of wat dan ook. En zo werkt het met geesten ook.'

January legde het tijdschrift weg en staarde peinzend omhoog naar het plafond. Na een tijdje zei ze: 'Ik geloof er wel in.'

Ik zat op de grond naast het bed en rekte mijn nek iets verder uit om haar verbijsterd te kunnen aankijken. 'January McConville, de toekomstige CEO van NASA, gelooft in het bovennatuurlijke?'

'NASA heeft geen CEO, maar een door de overheid aangestelde administrator,' antwoordde ze scherp, 'en het is heus niet zo dat ik geloof in iets als vampiers en dat soort onzin. Alleen in geesten.'

'Dat is hetzelfde.'

'Dat is niét hetzelfde!' Ze schoot overeind en keek me ernstig aan. 'Ik

geloof gewoon niet dat je doodgaat en dan POEF*! ben je ineens weg. Alsof iemand een lichtknop omzet. Ik denk dat mensen energie achterlaten. Soms zit ik in het leslokaal aantekeningen te maken of wat dan ook, en ineens vóél ik dan mijn oma vlak bij me. Het is niet zo dat ik zo hard aan haar denk dat ik mezelf op magische wijze weet te overtuigen dat ik haar aanwezigheid voel – ik ben gewoon geconcentreerd met iets heel anders bezig en dan ineens, uit het niets, is het net alsof ze naar me toe loopt en me op mijn schouder tikt.' Ze gooide haar lange, strokleurige haar over haar schouder naar achteren en ging verder: 'Oké, misschien heb ik zelf nog nooit een geest gezien, maar ben je nooit een lege kamer in gelopen, waarna je je meteen verdrietig of zenuwachtig voelde, of alsof je door iemand in de gaten gehouden werd, en je daar eigenlijk geen goede verklaring voor had?'*

'Misschien,' zei ik. In alle eerlijkheid had ik zoiets wel eens meegemaakt, maar ik was er nog niet zeker van dat ik dat wilde toeschrijven aan vormeloze energie. 'Als je wordt benoemd tot CEO *van* NASA*, dan kun je het budget misschien wel beschikbaar stellen voor seances en de ontwikkeling van protonwapens, zoals die in* Ghostbusters*...'*

'Hou toch je kop,' zei ze met een lach, en ze smeet een kussen naar mijn hoofd. 'Ik zou maar aardig doen als ik jou was, anders komt dat budget beschikbaar voor het afbreken van de barrière tussen deze wereld en het hiernamaals, en als ik dan sterf, zal mijn geest je genadeloos komen achtervolgen!'

'Als je maar uit de badkamer blijft terwijl ik zit te schijten, oké?'

'Ik maak geen geintje, Flynn Doherty,' zei ze, en ze leunde over het bed heen naar me toe met een ondeugende grijns op haar gezicht. 'Jij komt nooit meer van me af.'

Een paar hartslagen lang – dat wil zeggen, zodra mijn hart weer verder ging met kloppen – was ik bereid te geloven dat het echt January was die me belde. Niet vanuit het hiernamaals, maar misschien vanaf een of andere locatie in Californië, omdat ze haar dood dus toch in scène had gezet. Als iemand zoiets voor elkaar zou kunnen krijgen, dan was zij het wel. Haar lichaam was nog niet gevonden, haar kleren waren gedumpt op een plek waar ze vroeg of laat vanzelf aangetroffen zouden worden... het had waar kunnen zijn.

Maar ik had de hoeveelheid bloed op haar hoody met eigen ogen gezien, en de politie horen bevestigen dat het om haar bloed ging, dat er geen twijfel mogelijk was – *zoveel dat we niet voor mogelijk houden dat ze dit overleefd kan hebben zonder medische hulp* – en toen ik nogmaals naar mijn scherm keek, voelde ik mijn hoop wegglippen als een zuchtje wind toen ik besefte dat ik een heel simpele vergissing had gemaakt. De oproep was niet afkomstig van January's mobiele telefoon, maar van het nummer thuis, van de landlijn van het landhuis. Dat was natuurlijk alsnog onverwacht, maar het was niet mijn ex-vriendin die me belde of me als geest achtervolgde. Ik nam op en het daaropvolgende gesprek was zowel kort als verbluffend. Toen ik ophing, draaide ik me om naar Kaz en vroeg op verontruste toon: 'Zou je me naar January's huis kunnen brengen? Nu meteen?'

'Ik... ja, tuurlijk, maar waarom? Wie was dat?'

'Jonathan Walker.' Ik moest nog steeds bijkomen van de stem van die man in mijn oor, en ik was beduusd van zijn woorden. 'Hij smeekte me praktisch om langs te komen. Hij zei dat het een noodsituatie was.'

'Geloof je hem?' Kaz' wantrouwen was aan alle kanten voelbaar; hij straalde het uit, ook terwijl hij de Lexus in de richting van het Superior Charter Township reed. 'Flynn, nog niet zo lang geleden zei je dat je geloofde dat hij zijn stiefdochter had verkracht en vermoord!'

'En welk smoesje had ik moeten gebruiken om nu niet te gaan? "Sorry, maar ik ben er redelijk van overtuigd dat u uw stiefdochter heeft verkracht en vermoord"?' Ik had mijn telefoon nog in mijn hand en hoopte half dat January me nu echt zou bellen en alles opgehelderd zou worden. 'Ik weet niet wat er aan de hand is, maar het klonk vrij oprecht.'

'Ik laat je daar niet alleen,' zei Kaz vastberaden, en hij klemde zijn handen steviger rond het stuur. 'Ik ga met je mee naar binnen.'

Ik ging niet tegen hem in. Ik wilde ook helemaal niet alleen naar binnen. Misschien had ik inderdaad meteen nee moeten zeggen tegen meneer Walker, maar het klonk zo dringend, bijna paniekerig. *Flynn? Luister, ik... zou je alsjeblieft naar ons huis willen komen? Nu meteen. Alsjeblieft. Het is... het is mevrouw Walker, ze... serieus, het is een soort noodsituatie. Wil je alsjeblieft komen?* Hij had me geen details gegeven, had me niet uitgelegd in wat voor soort noodsituatie Tammy zich bevond en waarom ik zou kunnen helpen, maar ik had niet geweten hoe ik daar nee op had moeten zeggen.

Het bleef stil in de Lexus tijdens de rit naar de wijk waar de Walkers woonden, het laatste beetje spanning na die gênante bijna-kus had zich vermengd met een onheilspellend gevoel over waar we naartoe gingen en wat we daar zouden aantreffen. Uiteindelijk draaiden we de oprijlaan naar het landhuis op en de koplampen gleden over nog een klein altaar voor January dat sinds dinsdag was opgericht. Kaarsen, bloemen, knuffelbeesten en andere aandenkens lagen op een grote stapel vlak onder een prominent geplaatste foto van mijn ex-vriendin die het donker in glimlachte.

Aan het einde van de kronkelende oprijlaan zetten we de auto stil op het voorhof. We stapten uit en liepen naar de veranda aan de voorkant toe. De deur ging al open voordat we boven aan het trapje waren, en Jonathan Walker verscheen, van achteren belicht door de stralenkrans van de kristallen kroonluchter in de hal.

'Flynn! Dank je dat je gekomen bent.' De stem van de man was klein en zenuwachtig, en van achter hem, vanuit de diepte van het enorme landhuis, hoorde ik verontrustende geluiden: dierlijk gejank en gesnuif dat werd onderbroken door de herrie van kletterende borden. Toen we in de gloed van de lampen op de veranda verschenen, leek meneer Walker Kaz voor het eerst pas op te merken. 'Het spijt me... ik geloof wel dat ik je eerder heb gezien, maar ik kan niet op de naam komen.'

'Kaz Bashiri, meneer. Ik werkte samen met January bij Old Mother Hubbard en ik was dinsdag ook bij de... eh... bij de zoektocht.' Hij verschoof zijn gewicht ongemakkelijk van de ene voet naar de andere en leek er moeite mee te hebben meneer Walker aan te kijken.

'Uiteraard,' zei de man met een knikje, al kwam hij nog steeds afwezig over en hing er een aura van zenuwachtige onverschilligheid om hem heen. 'Bedankt voor je deelname. Ik... ik hoop dat je me niet al te onbeleefd vindt, maar ik zou het prettig vinden als je buiten zou blijven wachten. Dit is... het is een privéaangelegenheid.'

Kaz keek naar mij, en ik knikte hem kort toe voor meneer Walker me vlug de hal in begeleidde en de deur dichtsmeet vlak voor Kaz' bezorgde, waakzame blik. Ik was wel een beetje nerveus om zonder back-up naar binnen te gaan, ook al geloofde ik niet dat de man me iets wilde aandoen; hij kon niet weten wat ik vermoedde. Bovendien moest hij ervan uit zijn gegaan dat iemand me zou brengen en daarom ook zou blijven wachten om me weer een lift naar huis te geven. Dat was niet echt een gelikte zet van een misdadiger die zijn volgende moord aan het beramen was.

'Wat is er aan de hand?' vroeg ik met enige schroom terwijl hij me verder meenam het huis in. 'Is het... waarom hebt u me gevraagd te komen?'

'Je hebt het de vorige keer zo goed gedaan met haar,' antwoordde hij ontwijkend, en hij nam me mee om de ronde trappen heen in de richting van de keuken, waar de dramatische en destructieve geluiden vandaan kwamen. Zodra we de door de deuren heen de ooit zo smetteloze en netjes ingerichte ruimte betraden, viel mijn mond open en staarde ik in een toestand van geschokte fascinatie naar de reden van de noodsituatie.

Tammy Walker zat op haar handen en knieën en snikte en brabbelde onverstaanbaar voor zich uit, haar haar helemaal piekerig en haar zijden kamerjas slordig om haar heen. Wat ik had horen breken vanaf de voordeur waren geen borden geweest, maar steen; in een hand hield ze een klauwhamer vast die ze herhaaldelijk liet neerkomen op het dure marmer van de keukenvloer. De crèmekleurige tegels waren gebarsten en gebroken, er zaten gapende gaten in die de lijmlaag lieten zien op de plek waar Tammy grote brokken had weggehaald en opzij gesmeten.

De doorschijnende, Martha Stewart-achtige vitrage was van de rails getrokken, er was met koperen pannen op de grond geslagen tot ze verbogen en gedeukt waren en een la vol bestek lag omgekieperd en leeggegooid op het kookeiland in het midden. De rechthoek waar hij had gezeten was nu een gapend gat in de verder smetteloze witte voorkant van de onderste keukenkastjes.

Meneer Walker snelde naar voren en greep Tammy bij haar polsen voordat ze de hamer opnieuw kon laten neerkomen. Zijn vrouw begon te krijsen als een halvegare toen hij het stuk gereedschap uit haar greep wilde worstelen. 'Laat los, Tammy. Laat het los. *Laat het los!*'

Uiteindelijk wist hij de hamer los te trekken en hij gooide hem opzij. Toen Tammy zich uit alle macht verzette in zijn armen en hem sloeg met wilde, weinig effectieve dreunen op zijn borst, draaide hij haar – zonder enige waarschuwing – mijn kant op. De overhandiging verliep overigens naadloos; zodra Tammy tegen me aan viel, ging haar woeste razernij meteen en soepel over in een hysterische uitbarsting van verdriet. Ze klampte zich aan me vast in een stevige omhelzing, huilde in mijn oor, haar tranen maakten mijn nek nat en haar vingers priemden zich in mijn rug.

'Ze is weg,' bracht ze snakkend naar adem uit, bijna onbegrijpend, met een zwakke, hese stem. 'Ze is echt, echt weg...'

'Het spijt me.' Dat was stom om te zeggen, maar het eerste wat er in me opkwam.

'Ze had een hekel aan die tegels,' wist de vrouw met moeite uit te brengen op een verdedigende, bijna kinderlijke toon waar ook een zweempje spijt in doorklonk. 'Ze zei dat ze... opzichtig waren. Ze haatte deze keuken, Flynn. Ze haatte dit huis, deze gouden kooi.'

'Ik weet het.'

Het gesnik begon opnieuw en ze leek tegen me aan te smelten, steeds iets verder in te zakken alsof haar levenskracht met elke traan een beetje verder afnam. Ze huilde lange tijd, trillend en sniffend, met haar klamme haar tegen mijn gezicht aan geplakt, tot ze weer in staat was woorden te vormen. 'Ik dacht dat dit ons "lang en gelukkig" zou zijn. Ik dacht dat dit onze beloning was! Ik wilde dat ze alles had, het mooiste leven dat ze kon leiden, en dit moest het dan zijn. Hoe kan het dan zo aflopen?'

'Ik weet het niet.' De kamerjas was van haar schouder gegleden en ik was als de dood dat ik haar borsten zou zien als ik nu omlaag keek.

'Hij heeft nooit zijn best gedaan,' zei ze met een plotselinge minachting. 'Zelfs als hij er was, deed hij nooit zijn best! Hij keek naar haar alsof ze elk moment zou kunnen ontploffen, hoe had zij zich daarbij moeten voelen?'

'Ik weet het niet.' Ik kon niet eens volgen waar ze het over had.

'Ze was altijd maar zo boos, Flynn, altijd zo kwetsend, alsof ze dacht dat de hele wereld tegen haar was. Waarom toch?' Die vraag kwam er zo radeloos en verward uit dat mijn hart bijna brak, en naarmate Tammy's greep verslapte, wist ik haar om het kookeiland heen naar een van de hoge stoelen rond de bar te krijgen, met uitzicht op de zonnekamer. Ze liet zich erop neerzakken, een leeg omhulsel van een vrouw, met een afgetobd gezicht dat opgezwollen was van het huilen. Ze trok haar kamerjas met trillende vingers strakker om zich heen. 'Waarom wilde ze me altijd maar kwetsen?'

'Ik... ik denk niet...' Ik maakte de zin niet af, onzeker wat ik met deze vraag aan moest, hoe ik op een tactvolle manier op Tammy's mengelmoes van verdriet en narcisme kon reageren.

En ineens vroeg de vrouw botweg: 'Was het van jou? De... baby?'

'N-nee.'

Ze bestudeerde me alsof ze iets van mijn gezicht probeerde af te lezen, wilde bepalen of ik loog, en zei toen op dezelfde radeloze toon met krassende stem: 'Ik begrijp niet hoe het leven ineens zo heeft kunnen lopen.'

Daar wist ik niets op te zeggen, en daarom knikte ik maar instemmend. Ik begreep het ook niet. Helemaal uitgeput boog January's moeder zich voorover over de bar en ze verborg haar gezicht in haar handen. Haar schouders schokten zacht en geluidloos. Een schoen schraapte over de kapotte vloer achter me, en toen ik me omdraaide zag ik meneer Walker naast de bar staan, half in het donker van de gang. Ik vroeg me af hoeveel van het gesprek hij had meegekregen. Er was niet echt iets voorbijgekomen wat privé of gevoelig was, maar toch voelde ik me niet gerust bij de gedachte dat hij had staan luisteren.

Met een emotieloos gezicht gebaarde de man naar me, en hij draaide zich om en verdween uit het zicht zonder af te wachten of ik hem zou volgen. De ambitieuze senator was het duidelijk gewend bevelen te geven die zonder morren werden opgevolgd.

Tammy was inmiddels in zichzelf gekeerd, en voorlopig leek ze klaar met haar verbouwing van de keuken, dus deed ik wat meneer Walker van me wilde. Hij stond in de grote zitkamer op me te wachten en schonk whisky in twee geslepen glazen die op zijn bureau klaarstonden. De inhoud van het ene glas verdween meteen in zijn keel; het andere drukte hij me in de hand. Ik keek er met grote ogen naar en vroeg me af of hij nou echt verwachtte dat ik samen met hem aan de drank zou gaan, maar toen slikte hij zijn slok door en zei: 'Geef dat maar aan mevrouw

Walker. Ze heeft een borrel nodig, en als het van jou komt, zal ze het wel aannemen.'

Waarom zou ze het van u niet aannemen? wilde ik vragen, maar ik kon de moed niet vinden om dat hardop te zeggen. 'Is alles wel in orde met haar?'

'Dat komt vanzelf weer,' zei hij vermoeid terwijl hij nog wat whisky in zijn glas schonk. 'Uiteindelijk.' Hij nam een slokje, sloot zijn ogen en blies zijn adem uit. 'Dit is allemaal heel erg... zwaar voor haar geweest, zoals je je vast wel kunt voorstellen. Ik vrees dat ze zichzelf niet meer is geweest sinds January's verdwijning. Haar uitbarsting afgelopen dinsdag was slechts het topje van de ijsberg.'

Het was zowel een verontschuldiging voor als een verwijt aan het adres van zijn vrouw, en ik schuifelde ongemakkelijk heen en weer. 'Ik denk dat ze nu weer is gekalmeerd.'

'Ze gaat straks wel weer verder.' Hij wreef quasi-zielig over zijn mond. Zijn hand zag er droog uit, met een gesprongen huid, van het vele wassen. Ik vroeg me af of hij smetvrees had. 'Dinsdag zijn de verkiezingen. Wat moet ik nou toch met haar?'

De vraag was onbeschoft en retorisch tegelijk, en weer was ik teleurgesteld dat meneer Walker zijn egoïstische prioriteiten zo duidelijk liet blijken. Al had ik het lef niet om hem daarop aan te spreken – vooral niet als je bedacht wat hij misschien had gedaan met de laatste tiener die hem op de huid zat. 'Misschien heeft ze hulp nodig? Professionele hulp, bedoel ik.'

'O, nu je het zegt,' zei meneer Walker ineens. Hij zette zijn glas neer, stak een hand in zijn zak en haalde daar een oranje, plastic potje uit. Hij duwde de dop eraf, keerde het om op zijn handpalm en er rolde een bergje blauwe capsules uit. 'Ze kan er maar beter een paar hiervan innemen.'

'Wat zijn dat?'

'Kalmeringsmiddelen,' antwoordde hij. Hij zag mijn reactie en voegde er met een zwakke glimlach aan toe: 'Ja, ik weet het, je hoort pillen niet met alcohol in te nemen. Maar geloof me als ik zeg dat mevrouw Walker tegen heel wat meer bestand is dan dit. Het komt wel weer goed, maak je maar geen zorgen.'

'En wat als ze ze niet wil innemen?'

'Daar zeg je zo wat.' Met een duidelijk geoefende vaardigheid brak hij twee capsules open en goot hij de inhoud ervan in de whisky die ik vasthield. 'Draai maar even met het glas om te roeren, dan merkt ze het niet eens.'

Ik deed wat me gevraagd werd, al voelde mijn maag onrustig en misselijk. Daarna bracht ik het brouwsel de keuken in. Stijfjes, me ervan bewust dat ik in de gaten gehouden werd, schoof ik het glas tot vlak voor January's moeder. Ze keek naar me op met een zwakke glimlach.

'Dank je, Flynn.' Ze klokte de whisky in twee grote slokken naar binnen, sloot haar hand over de mijne op de bar en blies een ademtocht uit die ratelde als een oude rammelbak met een kapotte uitlaat. 'Je bent een lieve jongen. January had zo'n geluk met jou.'

'Ik...' Ik bloosde en voelde me rot, niet in staat het compliment te accepteren.

'Heel eerlijk gezegd,' gaf ze toe met een tweede diepe zucht, 'zou ik willen dat het wel van jou was geweest.' Daar viel al helemaal niets op te zeggen, en dus bleef ik stokstijf stilzitten en liet haar doorgaan. 'Ik was jong toen ik January kreeg. Veel te jong. Iedereen zei tegen me dat het verkeerd was om op je zeventiende een baby te krijgen, maar ik dacht dat ik alles beter wist. Kinderen denken altijd dat ze alles beter weten. Natuurlijk begreep ik ook wel dat zorgen voor een kind een uitdaging zou zijn – ik had jongere broers en zussen, ik moest altijd oppassen – maar ik heb er nooit aan getwijfeld of ik het zou redden als moeder. Ik was tot die tijd ook altijd op mijn pootjes terechtgekomen, dus waarom zou dit dan anders zijn?' Ze staarde naar de zwarte ramen van de zonnekamer, waar we onze gezichten weerspiegeld zagen in het gelaagde glas. Tammy's stem begon al wat zachter te worden. 'Ik geloofde er nooit in, in spijt hebben van dingen, maar misschien had ik moeten luisteren. Misschien was het zelfzuchtig van me.'

'Zeg dat nou niet,' probeerde ik voorzichtig. 'January hield van je. Ze zei dat je niet alleen haar moeder was, maar ook haar vriendin.'

Tammy snifte wat en kneep in mijn hand. 'Wat een lieve jongen ben je toch.'

Ze staarde dromerig uit haar ogen, haar bewegingen werden steeds slomer en meneer Walker leek dit op te vatten als een teken om weer ten tonele te verschijnen. 'Kom maar mee, Tammy, dan breng ik je even naar bed.'

'Flynn is een lieve jongen,' zei ze zwakjes tegen hem toen hij haar van de stoel omhoog hees en zijn arm rond haar middel sloeg. 'Een goede knul.'

'Natuurlijk,' antwoordde Jonathan, zijn toon plichtmatig en betekenisloos. De geur van bullshit leek een averechtse uitwerking op zijn vrouw te hebben.

Ze wist zich wankel strompelend uit zijn greep te worstelen en beet hem toe: 'Het kan je niks schelen. Je bent alleen maar met jezelf bezig, met je verkíézing.'

'Tammy...'

'Je wilt dat alles perfect is, en zelfs dat is nog niet goed genoeg voor je!' Haar woorden liepen in elkaar over als te natte waterverfkleuren. 'Hoe meer ik probeer te doen wat jij wilt, hoe minder jij erom maalt. Mijn ellende is een overlast! Mijn bijdragen worden niet gewaardeerd! Kijk eens, liefje,' verkondigde ze nu met een sadistisch kakellachje, 'ik heb je keuken voor je gefixt!'

'Dat zag ik, ja.' Meneer Walkers toon was nog gereserveerder dan een skybox bij een belangrijke wedstrijd.

'Waar was je toen ik je nodig had?' vroeg ze verwijtend.

Zijn gezicht liep knalrood aan. 'Dit hebben we al minstens een keer of tien besproken: ik had een belangrijke bijeenkomst met een paar mensen van het Political Action Committee, ik had te veel gedronken, ik nam een hotelkamer...'

'Ik heb het over vanávond!' riep Tammy. Haar woorden liepen steeds meer in elkaar over. 'Waar was je vanávond?'

Er gleed iets over het gezicht van haar man dat ook zo weer verdwenen was, en hij bleef verstijfd en ijzig staan. 'Je bent in de war, en het is tijd dat je naar bed gaat.' Hij greep haar weer vast, nu een stuk ruwer, en sleurde haar vastberaden mee naar de trap. Tammy leek er niet gelukkig mee, maar ze had geen kracht om zich te verzetten. Over zijn schouder riep hij op zeer onvriendelijke toon: 'Ga jij maar weer naar huis, Flynn. En ik vertrouw erop dat je zo slim bent dit vervelende voorval niet naar buiten te brengen.'

Ze waren halverwege de trap en ik al halverwege de voordeur toen

Tammy's gebroken gefluister door de ruime hal echode. 'Ik had het over vanávond...'

De volgende dag was het zaterdag en ik stond laat op – niet alleen omdat een tiener daar in het weekend nu eenmaal moreel toe verplicht is, maar ook omdat ik de hele nacht had liggen draaien en woelen en piekeren over Jonathan Walker. Ik begon in te zien dat hij niet uit liefde met Tammy McConville was getrouwd, maar uit strategische noodzaak. Ze was jong en aantrekkelijk – 'een typische MILF', had Micah haar ooit genoemd – dus ze zag er goed uit aan zijn arm en met haar aan zijn zijde had hij zich weten op te werken van Gescheiden Alleenstaande Ouder naar Huisvader, waarmee hij zijn politieke allure had vergroot.

Als hij echt om Tammy had gegeven, had hij niet het ex-vriendje van zijn vijftienjarige stiefdochter hoeven bellen toen zijn vrouw geestelijk instortte en de keuken met een klauwhamer begon te renoveren. Ook dat had hij strategisch benaderd door mij als onbelangrijke figuur te gebruiken om deze crisis te bezweren, en me vervolgens onverschillig weer weg te sturen zodra ik had gedaan waarvoor hij me had laten komen. Hij zag de mensen om zich heen als hulpmiddelen of problemen, en gedroeg zich daar ook naar.

Ik wist al dat hij January als een 'probleem' had gezien, en dat hij geen slinkse middelen schuwde om die lastige McConville-vrouwen onder de duim te houden. Ik wist ook dat hij ten minste één fout had gemaakt.

Op dinsdag, tijdens de eerste ruzie die ik tussen hem en Tammy had meegemaakt, had hij gezegd dat hij de avond waarop January stierf 'iets had gedronken met een stel boosters', maar gisteravond, toen Tammy overschakelde van zelfvernietigende naar aanvalsmodus, had hij 'een belangrijke bijeenkomst met een paar mensen van het Political Action Committee' opgelepeld als alibi. Ik wist niet veel van politiek, maar ik wist van mijn lessen Amerikaanse staatsinrichting dat een PAC geld inzamelde via donaties en dat dan doorsluisde naar een kandidaat, terwijl boosters meer een soort goodwillambassadeurs waren die zich inzetten om die kandidaat te promoten. Tenzij Jonathan Walker 'boosters' had gezegd terwijl hij 'sponsors' bedoelde, wist ik vrij zeker dat ik hem had betrapt op een tegenstrijdigheid. Niet dat ik er veel mee kon. Het was indirect bewijs, een verspreking, en nauwelijks genoeg om de verdenking te werpen op een man met meneer Walkers macht en invloed.

Nog steeds half slaperig kwam ik uit bed en liep de trap af, verrast toen ik de begane grond bereikte en het onduidelijke gemekker van de televisie hoorde. Mijn ouders zijn gewoonlijk niet eens thuis op zaterdag, omdat ze liever op een onchristelijk uur opstaan en trainen, boodschappen halen en weet ik wat allemaal niet doen voordat ze net op tijd terug zijn voor het avondeten. Als ze al eens thuis waren, dan was dat eigenlijk altijd zodat ze zich konden bezighouden met iets opvallend constructiefs, en me dan onder druk zetten om mee te doen. De enige keer dat zij ooit in de middag naar de tv keken was op zondag, dankzij de speciale vrijstelling die ze zich hadden toegekend voor het college football.

Zodra mijn voetstappen in de gang te horen waren, werd de tv uitgeschakeld. Toen ik de woonkamer binnenkwam, trof ik mijn moeder aan op de bank, waar ze me met een bezorgde, schuldige uitdrukking aanstaarde, een beetje als een kind dat net betrapt was bij tekenen op het behang.

'Je bent wakker,' liet ze me weten in een pijnlijk valse poging opgewekt te klinken.

'Ja.' Ik krabde op mijn hoofd, waar mijn haar nog steeds alle kanten op stond, de typische toestand van mijn kapsel na het opstaan. 'Jij ook.' We staarden elkaar nog wat langer aan. 'Wat is er?'

'Niets,' antwoordde mijn moeder automatisch, en vervolgens kneep ze haar ogen dicht uit schaamte dat de leugen er zo dik bovenop lag. 'Er is...' Ze wachtte even en schudde haar hoofd. 'Er is iets vreselijks gebeurd.'

'O, shit, wat nu weer?' Dat het om iets ernstigs ging, bleek al uit het feit dat ze niet eens terloops met haar tong klakte bij het horen van het vierletterige scheldwoord.

'Lieverd, ze hebben vandaag een lichaam gevonden,' begon ze, en ik voelde de kamer om me heen compleet om zijn as wentelen. Mijn maag werd zo koud als de bodem van de oceaan. Mijn blikveld vertroebelde en mijn moeders stem klonk hol toen ze er snel aan toevoegde: 'Het is niet January.' Ik stond er nog steeds als verstijfd bij en probeerde dit te verwerken toen ze met het volgende deel van het nieuws kwam, dat zo mogelijk nog schokkender was. 'Het was een andere leerling van Dumas. Een meisje met de naam Reiko Matsuda.'

21

Mijn moeder bleef nog een tijdje doorpraten, maar alles werd overstemd door het hevige lawaai in mijn hoofd, en daarna zette ze de televisie weer aan zodat ik het nieuwsprogramma kon zien dat ze net nog had uitgezet.

In het kort is dit wat er was gebeurd: eerder die ochtend hadden twee kajakkers het lichaam van de zestienjarige Reiko Matsudo in de Huron zien drijven. De getalenteerde studente en begenadigde kunstenares, een derdejaars op Dumas Academy, 'had steekwonden en verminkingen' opgelopen voordat ze in het water was gedumpt. Ze was voor het laatst gezien toen ze haar school verliet, waar ze als lid van de toneelclub wel vaker tot laat verbleef in verband met repetities. De politie was nog op zoek naar haar auto, en naar iedereen die mogelijk meer wist.

Tegen de tijd dat het bericht was geëindigd, zat ik er als versuft bij, en vervolgens liet ik verslagen mijn moeders voorzichtige vragen over me heen komen over of ik deze Reiko Matsuda misschien had gekend, aangezien er werd gezegd dat ze 'bevriend was met January McConville'. Het was onmogelijk om wat er met beide meisjes gebeurd was niet met elkaar in verband te brengen, en het zou stom zijn om te doen alsof het niets met elkaar van doen had. Twee leerlingen van Dumas, met hetzelfde geheim, die binnen twee weken na elkaar tragisch om het leven waren gekomen? De kans dat dit slechts op toeval berustte was zo klein dat het geen berekening waard was. Maar terwijl mijn moeders meelevend verder vroeg, kon ik alleen maar denken: is dát dan ook wat er met mijn vriendin is gebeurd? Had zij ook 'steekwonden en verminkingen', waarna ze in de rivier was gegooid? Hadden ze haar daarom nog steeds niet kunnen vinden? En wat hield dat eigenlijk in, 'verminkingen'? Of misschien wilde ik dat helemaal niet weten, want als ik erover doordacht begon de kamer om me heen te draaien.

En door het rumoer van mijn morbide gedachten heen, bleef ik Tammy's stem horen die bleef aandringen: *Ik heb het over vanávond! Waar was je vanávond?*

Ik was er nog steeds zeker van dat meneer Walker de schuldige was, maar dit nieuws deed me toch twijfelen. Als hij zich aan January had opgedrongen, waardoor ze zwanger was geraakt, dan had hij een sterker motief dan wie ook om haar uit de weg te willen ruimen; een machtige man die op het punt stond een functie van nationale betekenis te vervullen – wat zou er met hem gebeuren als dit verhaal naar buiten kwam? Reiko had de waarheid geweten, en had beloofd erover na te denken om ermee naar de politie te stappen. Dat zou haar tot een ernstige bedreiging hebben gemaakt. Het paste precies. De enige strikvraag was hoe de man in hemelsnaam op de hoogte had kunnen zijn van een gesprek dat we de vorige middag in de gang van het theatergebouw van Dumas hadden gevoerd.

Ik probeerde de groep verdachten wat groter te maken. Eddie? Anson? Maar ja, voor hen gold dezelfde strikvraag. *Tammy?* Dat leek me vergezocht, maar... ze was nooit echt de meest stabiele boot in de jachthaven geweest, en haar aanval op de keukenvloer had niet alleen een manie in haar onthuld waarvan ik het bestaan niet kende, maar had ook bewezen dat ze in staat was schade toe te brengen wanneer ze dat wilde. Anson had de indruk gewekt dat January Jonathan had willen verleiden... de precieze feiten even daargelaten – als Tammy dit voor waar had aangenomen, zou ze dan in staat geweest zijn haar eigen dochter te vermoorden in een manische razernij? Ik wreef over mijn slapen. Het klonk als het script van een soapserie, en dan nóg bleef de vraag staan hoe Tammy had kunnen weten dat Reiko mogelijk een probleem vormde.

Misschien had Jonathan geweten of vermoed dat January Reiko had verteld wat er gebeurd was, of misschien was hij al die tijd al van plan geweest haar te vermoorden. Of misschien had Reiko, met de gedachte dat ze hem onder druk kon zetten om een bekentenis af te leggen, de man geconfronteerd en had hij die kans aangegrepen om haar de mond te snoeren.

Hóé het was gebeurd deed er bijna niet toe; ik kon duidelijk niet bewijzen dat meneer Walker Reiko had vermoord, net zomin als ik kon bewijzen dat hij January had gedood, maar ik moest de politie vertellen over het gesprek dat ik met het rozeharige meisje had gevoerd. Ik was met haar gezien op Dumas, op de middag van de dag waarop ze was vermoord, en daar zouden ze geheid achter komen. Dus moest ik zorgen dat ik dat eerst meldde en er maar op vertrouwen dat zij de man uiteindelijk konden pakken, ook al kon ik dat niet.

Ik nam het initiatief en belde het politiebureau. Nadat ik had uitgelegd wie ik was, werd ik doorverbonden met rechercheur Garcia. Ik liet mijn speculaties rondom Jonathan Walker achterwege, zelfs dat gedoe over het veranderende alibi – de politie zou de gangen van de familie Walker toch al nagaan, en ik was ervan overtuigd dat als ze dit verhaal hoorden van een ratelende tiener, ze niet snel geneigd zouden zijn het serieus te nemen – maar ik legde wel uit dat ik Reiko had gesproken op de dag dat ze was vermoord, ik vertelde wat ze me had onthuld en dat ik had geprobeerd haar over te halen ermee naar de politie te gaan.

'Ze zei dat ze erover na zou denken, en toen is ze vermoord!'

'En volgens jou heeft het met elkaar te maken.' Het was een bevestigende zin, kort en bondig, maar door de manier waarop Garcia het zei, kon ik onmogelijk ja zeggen zonder een gestoorde indruk te maken.

'Ik wil niet beweren dat het per se met elkaar te maken heeft, ik zeg alleen maar dat het zo is gebeurd,' legde ik met enige moeite uit, geërgerd dat ik nu moest uitleggen wat mij zo overduidelijk had geleken. 'Maar heeft ze dan aangifte gedaan? Heeft ze verteld over de verkrachting?'

Garcia zuchtte. 'Luister, Flynn, ik kan geen mededelingen doen over...'

'Luister, ik wil gewoon dat jullie dit serieus nemen, oké?' Meteen was ik me ervan bewust dat deze uitbarsting me een deel van mijn geloofwaardigheid had gekost. 'Ik denk dat degene die January verkrachtte, haar ook heeft vermoord. Misschien heeft ze hem verteld dat ze zwanger was, of dat ze aangifte ging doen. Ik bedoel, het kan toch geen toeval zijn dat de enige andere persoon die daarvan op de hoogte was nu ook ineens is vermoord?'

'Ik beloof je dat we alle tips serieus nemen en we weten hoe we ons werk moeten doen. Laat het speculeren maar aan ons over. Áls er al een verband tussen beide slachtoffers bestaat, zullen wij dat vinden.' Aan deze geruststelling voegde Garcia nog toe: 'En laat niemand je wijsmaken dat toeval niet bestaat. Toevalligheden gebeuren aan de lopende band.'

En hij hing op. Een minuut lang bleef ik zitten en staarde ik uit mijn raam naar de bomen rondom onze achtertuin. Ik voelde me hulpeloos en gefrustreerd. Hiermee was het nog niet klaar. Ik bleef Reiko's gezicht maar voor me zien, opgezwollen en vochtig van de tranen, vlak voordat ze weer terug het theater in glipte. *Ik zal nadenken over wat je gezegd hebt.* Hoe kon haar dood nou toeval zijn?

Mijn telefoon zoemde weer op mijn bureau, en ik zag dat het een oproep van Kaz was. Ik verlangde er zo wanhopig naar dat iemand het met me eens zou zijn, dat ik besloot – in elk geval tijdelijk – te negeren hoe gekwetst ik me nog steeds voelde na zijn afwijzing. Ik nam meteen op. 'Heb je gehoord wat er is gebeurd?'

'Natuurlijk!' Hij klonk gedempt, alsof hij niet wilde dat anderen hem hoorden. 'Ik kon het gewoon niet geloven. Het ís toch hetzelfde meisje? Geen andere Reiko, misschien?'

'Het is hetzelfde meisje,' zei ik. 'Moet je horen, ik heb de politie verteld van de verkrachting, en het leek die vent nauwelijks iets te kunnen schelen! Ik heb geen namen genoemd, maar ik begin te geloven dat ik ze toch maar over meneer Walker moet vertellen.' Kaz probeerde me te onderbreken, maar ik praatte geïrriteerd door hem heen. 'Ik ga het opschrijven, zodat ze de samenhang kunnen zien, dan kunnen ze het verhaal niet uit zijn verband rukken terwijl ik het aan het vertellen ben en mij afschilderen als een of andere paranoïde gek.'

'Flynn!' riep Kaz uiteindelijk uit. 'Je moet naar me luisteren, gozer! Ik heb wat research gedaan, en ik ben iets te weten gekomen… Je moet dit echt even horen.'

Ik fronste. 'Wat dan?'

'Luister, op basis van wat jij bedacht nadat je die inkepingen in het hout had gezien, gaan we ervan uit dat de verkrachting ongeveer in de laatste week van september moet hebben plaatsgevonden, toch?' vroeg hij retorisch. 'Toen begon January's vreemde gedrag pas echt: ze nam ontslag, ze stopte met het toneelstuk, ze zei afspraken met haar vrienden af. Maar nu komt het: ik kwam ineens op het idee om de evenementenkalender op Jonathan Walkers website te checken en… Flynn, hij was eind september niet eens in Michigan.'

'Huh?'

'Hij was in D.C., bijna twee weken lang, op een of andere campagnetour om steun van politieke kopstukken te krijgen en op de foto te gaan bij allerlei belangrijk klinkende benefietdingen.' Even bleef het stil. 'Hij kan het niet gedaan hebben.'

Ik was helemaal van mijn stuk gebracht. 'Maar… dat zo'n reisje op zijn kalender staat wil toch niet zeggen dat hij ook echt is gegaan, Kaz?'

'Er staan foto's online die bevestigen dat hij op elk van de genoemde gelegenheden aanwezig was.'

'D.C. is maar een paar uur hiervandaan als je per vliegtuig gaat,' bracht ik er koppig tegenin, 'en hij heeft geld zat om een privéjet te charteren. Hij had op elk gewenst moment kunnen terugkeren naar Ann Arbor en weer naar Washington kunnen vliegen zonder dat iemand hem miste!'

'Denk je echt dat hij een supergeheime noodvlucht naar huis heeft gemaakt alleen maar zodat hij zijn stiefdochter kon verkrachten?' Kaz leek het nog onwaarschijnlijker te vinden dan rechercheur Garcia.

'Misschien klopt de tijdlijn dan niet! Misschien is het eerder al gebeurd… een paar weken eerder, en is het trauma pas later doorgedrongen…'

'Flynn?' Hij viel me nu vastberaden in de rede. 'Zie het onder ogen. Het ziet er niet naar uit dat Jonathan Walker degene was die January verkracht heeft, wat betekent dat hij geen reden had om haar te vermoorden.' Hij blies zijn adem uit. 'Ik denk niet dat hij het gedaan heeft, Flynn. Ik denk dat Jonathan Walker onschuldig is.'

22

Het was onlogisch, en lange tijd kon ik niet verwerken wat me werd gezegd. Ik begon ertegen in te gaan, ik vertelde over de vergissing rondom het alibi, ik herhaalde alle punten die ik zou opsommen in de theorie die ik aan de politie wilde overhandigen, maar mijn zaak tegen meneer Walker maakte sneller water dan ik kon hozen. Heel bedaard merkte Kaz op dat zelfs áls Jonathan had gelogen over waar hij was op de avond van January's verdwijning, het weinig om het lijf had zonder motief erbij. Hij had ook een affaire kunnen hebben of een stuk in zijn kraag kunnen zuipen in een stripclub of zoiets, en niet hebben gewild dat zijn vrouw – of de media – dat zou ontdekken. Het bewijs dat ik tegen hem had verzameld was een kaartenhuis, en het leek met de minuut zwakker.

Nadat ik had opgehangen, bleef ik nog een tijdje lang lusteloos in mijn kamer zitten. Ik voelde me opgefokt en niet in staat om me ergens op te concentreren. Om te ontkomen aan mijn moeder die constant kwam kijken of ik wel 'in orde' was, pakte ik mijn skateboard en ging ik naar het park, waar ik in mijn eentje aan mijn ollie kon werken, terwijl ik hoopte dat Micah misschien zou komen opdagen zodat we konden praten. Maar hij kwam niet, en ik had alleen de verwarring van mijn gefrustreerde gedachten om me gezelschap te houden terwijl ik dezelfde stunt keer op keer opnieuw probeerde en een andere uitkomst verwachtte. De zon liet zich af en toe zien door het wolkendek heen en een koude wind blies door de onvoldoende dikke isolatielaag van mijn sweatshirt, al lette ik er nauwelijks op.

Ik wilde nog steeds geloven dat meneer Walker schuldig kon zijn, dat de inkepingen dan toch betekenisloos waren, dat de verkrachting plaatsgevonden kon hebben vlak voor of na zijn reis naar D.C.; maar als het daarna was geweest, dan klopte het niet meer met January's plotselinge gedragsverandering, en voor die tijd spraken January en ik elkaar nog regelmatig. Als ze zoiets traumatisch had meegemaakt, dan zou ik dat wel hebben gemerkt, daar was ik vrij zeker van. Zelfs nu had ze het alleen maar voor me verborgen weten te houden door me buiten te sluiten.

Maar als het niet Jonathan Walker was geweest, wie dan wel? De meest voor de hand liggende nummer twee op de lijst was, in mijn ogen, Anson; een perverseling met een woedeprobleem, en ik vond het niet moeilijk om voor me te zien dat hij zich aan een meisje opdrong. Tel daarbij zijn gewoonte op om stiekem op de loer te liggen en te spioneren, plus het feit dat January niet met hem alleen in huis wilde zijn, en je had een volgende overtuigende verdachte die een verkrachter/moordenaar kon zijn – ook al was het bewijs slechts indirect.

De mogelijke details stolden als opdrogend bloed in mijn gedachten terwijl ik steeds sneller reed op mijn skateboard en de wieltjes luid over de oneffen bestrating ratelden. Mijn verslapte concentratie kwam me duur te staan toen ik me afzette de lucht in. De take-off was onhandig, en ik kwam op mijn handen en knieën terecht toen mijn skateboard en ik een meningsverschil hadden over de juiste plek om te landen. Ik klopte mijn kleren af, genoot van de pijn van mijn geschaafde elleboog en piekerde verder.

Anson. Hij was gewelddadig en impulsief, en hij zou January hebben vermoord zonder erover na te denken en pas achteraf in paniek zijn geraakt toen hij alles moest opruimen. Er kwam wel een idee in me op dat verklaarde waarom January's lichaam was ontdaan van alle kleding, en het maakte me kotsmisselijk terwijl ik mijn skateboard omhoog trapte om het in mijn hand te vangen: wat als Anson had besloten haar in stukken te hakken om het stoffelijk overschot eenvoudiger te verbergen? Ook dat zag ik maar al te eenvoudig gebeuren, en dat zou ook kunnen verklaren waarom ze nog steeds niet was gevonden. En misschien was dat ook wel wat die 'verminkingen' betekenden – een onafgemaakte poging van Anson om hetzelfde bij Reiko te doen. Aan de andere kant, áls hij January had vermoord, waarom had hij dan gewacht tot iedereen geloofde dat ze dood was voor hij haar kamer overhoophaalde, op zoek naar waardevolle bezittingen? Waarom was hij dan nog steeds op zoek naar haar telefoon, die ze altijd, maar dan ook áltijd bij zich had? En de vraag hoe hij überhaupt iets van Reiko had kunnen afweten, bleef ook onbeantwoord; tenzij zij naar hém toe was gegaan. Maar als ze ook maar iets van Anson had geweten, de verhalen had gehoord die January over hem te vertellen had, dan zou ze dat nooit in haar eentje hebben durven doen.

Ik zette me opnieuw af en vloog over een kleine trap heen, dit keer zowaar met mijn skateboard onder me, maar mijn hoofd was nog niet helder genoeg; het board schoot opzij toen het de grond raakte, en ik moest een paar stappen struikelend proberen om mijn evenwicht en mijn ademhaling weer onder controle te krijgen. Vloekend herpakte ik me, en ik liep het trapje op, terwijl ik de hele tijd bleef worstelen met diezelfde lastige vraag: *Als het Anson niét was geweest, wie had het dan nog meer kunnen zijn?*

Eddie Sward? Hij was ook al zo'n schuimbekkend monster met woedeaanvallen, en ik geloofde meteen dat hij heel ver zou gaan om zichzelf en zijn cliënt te beschermen, maar niet dat hij daadwerkelijk de stiefdochter van zijn baas zou hebben verkracht. Hij was niet zoals Jonathan, die machtig genoeg was om de gevolgen van zijn daden te kunnen afkopen, en hij was ook niet zoals Anson, die regelmatig kon doen wat hij maar wilde en er nog mee wegkwam ook, omdat de regels gewoon letterlijk niet voor hem golden. Eddie zou te veel te verliezen hebben gehad. En daarbij kon ik ook hier niet bedenken hoe hij te weten was gekomen wat Reiko allemaal wist, of wat ze misschien van plan geweest was om met die informatie te doen. En als zij een confrontatie met Eddie had willen aangaan, zou ze hem eerst hebben moeten opsporen, wat inhield dat ze mensen van het campagneteam gebeld moest hebben, wat een officieel spoor zou hebben achtergelaten dat de politie met zo veel gemak had kunnen achterhalen, dat Eddie knap stom moest zijn om te geloven dat hij Reiko kon doden en ermee weg kon komen.

Een claxon toeterde luid toen ik weer veel te hard neerkwam en mijn skateboard onder me vandaan schoot en de weg op rolde. Het wist een wisse vernieling onder de wielen van een veel te snel rijdende SUV te vermijden, met slechts enkele centimeters speling. De bestuurder stak zijn middelvinger naar me op en riep iets hatelijks en overstaanbaars door zijn gesloten raampje, en ik wist nog net op tijd weer overeind te springen om zijn reactie op gelijke wijze te beantwoorden terwijl hij weg racete. Mijn knieën waren allebei rauw geschaafd van het contact met het asfalt, en ik wist bijna zeker dat ik onder mijn kleren bloedde, maar ik negeerde de pijn en liep de straat op om mijn skateboard te halen, te zeer opgaand in mijn duistere gedachten over January's verdwijning om me daar druk om te maken.

Wie bleven er dan over? Tammy? Zij had January sowieso niet verkracht, en nu Jonathan zo goed als zeker vrijgepleit was als verdachte, had ik al helemaal de grootste moeite om een overtuigend motief voor haar te bedenken. Om meneer Walkers campagne te beschermen? Dat leek me niet. Een zwangere, ongetrouwde tienerdochter was tegenwoordig geen politiek kryptoniet meer, zoals Sarah Palin zo behendig had bewezen, en bovendien was het nieuws over de zwangerschap toch aan het licht gekomen. Ik had dinsdag bij wijze van grapje het syndroom van Münchhausen aangehaald, maar ik zag het niet als een serieuze optie; Tammy's verdriet mocht zich dan uiten met een onaantrekkelijke dosis *waarom overkomt mij dit allemaal?* maar als echtgenote van een veelbelovende senaatskandidaat kreeg ze genoeg aandacht, al lang voordat haar dochter vermist werd.

Na nog zes belabberde pogingen tot een ollie – de ene een nog net iets gênantere flater dan de andere – gaf ik eindelijk toe dat mijn hoofd en mijn voeten niet zouden gaan samenwerken, en gaf ik het op. In een sombere bui ging ik op de rand van een laag stenen muurtje zitten om naar een paar voetballende kinderen te kijken terwijl ik mijn best deed om na te denken.

Meer dan ooit wilde ik geloven dat January nog ergens was, dat haar lichaam niet was gevonden om de simpele reden dat er geen lichaam te vinden víél. Misschien was haar verkrachter een of andere zakkenwasser van Dumas geweest, een willekeurige, gluiperige klootzak wiens naam ik nooit had gehoord. Misschien had January, in paniek na alle trauma en gebukt onder haar vreselijke leven thuis, gewoon besloten alles – en ook deze stad – achter zich te laten. Ze zou haar dood in scène hebben kunnen zetten, zodat niemand haar zou gaan zoeken, en zijn gevlucht naar een plek waar ze geloofde helemaal opnieuw te kunnen beginnen.

Maar in die verleidelijke fantasie zaten meer gaten dan in een doelwit op de schietbaan. Het bloed dat haar hele hoody besmeurde, en waarvan was bevestigd dat het zonder enige twijfel van haar afkomstig was, was niet zomaar een 'spoor' dat ze hadden gevonden. Om die hoeveelheid bloed te verkrijgen, zou ze zich zeer ernstig hebben moeten verwonden. Ze zou zwak en duizelig zijn geweest, uitgedroogd en mogelijk in de war tegen de tijd dat ze genoeg bloed had verloren om in scène te zetten wat we op dat grasveld hadden aangetroffen – en dan zou ze ook nog het bloeden hebben moeten stelpen en de wond hebben moeten hechten voor het te laat was, en vervolgens urenlang hebben moeten rusten om de kracht te verzamelen die ze nodig had voor het volgende deel van haar plan. Ze was te slim om zulke extreme risico's te nemen alleen maar om het geheel wat aan te kleden.

En dan was Reiko er ook nog. Die had haar 'steekwonden en verminkingen' absoluut niet in scène gezet nadat ze erover had nagedacht om January's geheim naar buiten te brengen. Elke dagdroom over hoe mijn ex-vriendin het overleefd kon hebben, knalde tegen een betonnen muur kapot zodra ik die om de afgrijselijke moord van haar enige vriendin en vertrouwenspersoon op Dumas heen probeerde te sturen. Ik kon, zelfs tegenover mezelf, niet doen alsof de dood van het meisje met het felroze haar niet de meest voor de hand liggende en overduidelijke blauwdruk was voor wat er met January was gebeurd.

Na urenlang nadenken was ik geen steek wijzer, was ik nog steeds in de war en zat ik diep in de put. Het was heus niet zo dat ik een of ander heldencomplex had ontwikkeld en vastberaden was het raadsel zelf maar op te lossen, maar nu alles in mijn leven tegelijkertijd aan het instorten was, voelde het als net die ene druppel nu het antwoord op January's verdwijning ook in duigen dreigde te vallen. Ik had me al een week lang bemoeid met het leven van mijn ex-vriendin, en nu had ik nog steeds niets anders in handen dan een stel losse eindjes. Misschien was het tijd om opnieuw te beginnen.

Micah ontweek me op maandag nog steeds, en hetzelfde gold voor Tiana, waarschijnlijk omdat ze het niet zag zitten om tussen ons in te moeten staan, en ik voelde de stille, pijnlijke erosie van mijn humeur toen ik onder ogen begon te zien dat de dingen misschien nooit meer zouden zijn zoals vroeger. Met enige moeite besloot ik mijn recherche-inspanningen te verdubbelen, in de hoop dat dat me misschien zou afleiden van mijn zwaarmoedigheid.

Mijn plan behelsde echter wel dat ik na school weer een lift naar Dumas moest zien te regelen. Alleen werd dat plan in de war geschopt door Ashley Sobol, een populair meisje uit zo'n kliekje, die onverwachts naast me kwam zitten bij de studietijd tijdens het vierde lesuur, om me met een gretige, nieuwsgierige blik aan te staren. 'Flynn, is het waar dat je gay bent?'

'Ja,' zei ik nogal kortaf. Ik werd er moe van steeds maar die vraag te moeten beantwoorden, vooral van mensen die me tot nu toe eigenlijk nauwelijks hadden zien staan.

'Ik wist het!' riep ze blij, alsof mijn voorkeur voor het zoenen met jongens op een of andere manier een persoonlijke prestatie van haar was. 'Luister, even tussen ons tweetjes – je kunt echt veel beter krijgen dan Mason Collier.'

Ik hield mijn hoofd schuin. 'Sorry, wát?'

'Nou,' zei ze, en ze rekte de klank wel vijf seconden uit, 'hij heeft heel toevallig verteld dat je hem laatst probeerde te versieren en hij dat moest afkappen. Hij doet er eerlijk gezegd echt nogal hufterig over. Ik weet wel dat hij knap is, maar, Flynn? Die jongen is zowel hetero als on-datebaar.' Ze gooide haar vuurrode haar over haar schouder en leunde naar me toe, op een roddelachtige, maar ook intieme manier. 'Maar luister, ik heb al drie verschillende jongens horen zeggen dat ze je leuk vinden, en die zijn alle drie een dikke tien plus. Dus als je niet te zeer gehecht bent aan Mason, dan hoef je het maar te zeggen, oké?'

De rest van dat vierde lesuur brandde ik zo van schaamte dat ik dacht dat mijn stoel onder me vandaan zou smelten. Hoe gevleid ik ook was dat Ashley me wilde koppelen – en dat er drie mysterieuze jongens waren die me misschien wel echt zouden willen zoenen –, de hele situatie voelde raar. Ik was dergelijke aandacht niet gewend, en ik vond het vreselijk het onderwerp van roddelpraat te zijn.

Al stond er één ding als een paal boven water: ik moest ophouden Mason te vragen om gunsten die hij verkeerd kon opvatten. Wat betekende dat er nog maar één andere persoon over was die ik kende, die een auto had, en die me waarschijnlijk wel wilde helpen bij deze taak, en weer was het de laatste persoon die ik wílde bellen.

Kaz stond me echter al op te wachten toen de laatste bel was gegaan, geleund tegen de Lexus op de bochtige oprit aan de kant van de school waar de rivier liep. Ik had geprobeerd hem een excuus te geven door te vragen of hij wel tijd had, maar hij verzekerde me dat hij die middag geen les had en me graag wilde helpen. Tussen de minibusjes, voetbalmoeder-SUV's en derdehands rammelbakken viel hij op als een man in een smoking tijdens een carnavalsfeest, en een stuk of honderd nieuwsgierige ogen volgden me toen ik zijn kant op liep. Ik raakte er al aan gewend in de gang nagestaard te worden als een of andere exotische trekvogel, en ik vroeg me af hoe Ashley en haar vrienden op dit nieuwtje zouden reageren.

Ik liep rechtstreeks naar de passagierskant toe in de hoop dat we 'm meteen konden smeren, maar Kaz kwam me halverwege tegemoet en trok me tegen zich aan in een 'vriendelijke' omhelzing – totaal zonder waarschuwing. 'Hoi! Zo, dus dit is jouw school?'

'Eh, ja,' bevestigde ik, terwijl ik me loswurmde uit zijn greep en rond de voorkant van het voertuig wilde lopen.

'Best groot.' Op zijn gemak bekeek hij het hele gebouw terwijl een paar leerlingen die verder niets te doen hadden op hun gemak naar óns keken en ik maar nutteloos aan de deurgreep trok. Die zat op slot. 'Nu besef ik pas hoezeer ik mijn eigen highschool mis. Totaal niet, dus.'

'Geweldig verhaal. Kunnen we nu gaan?'

Hij opende de sloten met een piepje, en net toen ik wilde instappen zag ik een bekend gezicht naar me staren vanuit een groepje op de stoep. Micah. Hij fronste, en toen ik mijn hand optilde om te zwaaien, keerde hij me nadrukkelijk de rug toe en deed hij alsof hij een gesprek aanknoopte met Tessa Horton, een meisje van wie ik wist dat hij haar niet kon uitstaan. Met een diepe zucht stapte ik in Kaz' luxe auto met het chique interieur en de airconditioning, en ik voelde weer een klein stukje van mijn ziel meegevoerd worden met het terugtrekkende tij.

'Gordels vast,' raadde Kaz me opgewekt aan terwijl hij schakelde, 'dit wordt een lange rit!'

'Zeg dat.'

De rit bleek precies lang genoeg om Kaz mijn plan te kunnen uitleggen – namelijk: een paar van Reiko's vrienden vinden en vragen of zij iets wisten – en voor hem om een mislukte poging te doen dit uit mijn hoofd te praten. Ik maakte mezelf heus niet wijs dat ik iets kon uitvinden wat de politie niet zou weten te achterhalen, maar ik moest mijn eigen nieuwsgierige aard tevredenstellen, en je wist maar nooit. Misschien kwam ik wel iets belangrijks op het spoor dat zij over het hoofd hadden gezien. Ik kende de spelers beter, én ik geloofde dat Reiko's dood en January's verdwijning iets met elkaar te maken hadden, dus had ik misschien toch nog een soort voorsprong.

Ik liet Kaz achter in de foyer van het theater, waar een nieuwe poster de leerlingen opriep om zich de volgende dag na school op deze plek te verzamelen voor een bijeenkomst ter nagedachtenis aan hun twee ontbrekende klasgenoten, en liep door de zijgang naar de deur die achter het toneel uitkwam. Ik wilde niet via de zaal naar binnen gaan met het risico weer expres voor schut gezet te worden voor het verstoren van een repetitie, en ik bedacht dat ik misschien wat mensen zou aantreffen op die afgeleefde bank waar ik Reiko voor het eerst had gezien.

Zo ver bleek ik niet eens te hoeven doorlopen. Zodra ik de hoek om kwam, struikelde ik al bijna over een trio meisjes dat op de grond zat en met fluisterstemmen sprak. Twee van hen had ik in Reiko's gezelschap gezien toen ik de eerste keer naar Dumas kwam, en ook al kende ik de derde niet, ik begreep wel meteen dat ze alle drie een nauwe band met het dode meisje hadden gehad; elk van hen had een felroze pluk in haar haar aangebracht, waarschijnlijk bij wijze van eerbetoon aan hun vriendin.

'Het spijt me dat ik jullie stoor,' begon ik voorzichtig, 'maar jullie waren toch bevriend met Reiko?'

Door die vraag barstte een van de meisjes in tranen uit, haar snikken bijna idioot hard en expressief, en een tweede meisje – met veren aan haar oorringen in dezelfde roze kleur als de pluk in haar haar – kroop tegen haar aan en wreef over haar rug. Het derde meisje stond op en bekeek me van top tot teen. Ze was lang en slank, met zwart haar dat een sterk contrast vormde met haar bleke gezicht, en haar blauwe ogen zaten weliswaar niet vol tranen, maar waren wel roodomrand. 'Dat zijn we inderdaad. Wacht eens, ik ken jou… jij was hier vorige week ook, of niet?'

Haar verdriet was nog in haar stem te horen, en toch klonk ze alsof ze Hermione Granger nadeed, en wel zo vreselijk slecht dat het me de grootste moeite kostte om niet te gaan lachen. Blijkbaar had ik hierbij het meisje ontmoet dat January GBA – Gemaakt Brits Accent – had genoemd. 'Eh, ja. Ik kwam toen langs om met Reiko te praten.'

'Juist, ja. En ze zat er behoorlijk doorheen toen je weer vertrok,' antwoordde GBA hooghartig. 'Wat heb je eigenlijk tegen haar gezegd?'

'Ik heb haar wat vragen gesteld over January McConville,' onthulde ik, en het gesnik stierf bijna meteen weg toen de twee meisjes op de grond hun hoofd naar me toe draaiden. Ik keek van het ene achterdochtige gezicht naar het andere. 'Jullie kenden haar toch ook?'

'Ja,' antwoordde GBA argwanend. 'Al waren we niet *bevriend* met haar.'

'Waarom niet?'

Het meisje dat had gehuild antwoordde met een snotterig gesnuif: 'Omdat ze een bitch was.'

'Melanie!' berispte haar troostende vriendin haar. En iets zachter, maar nog steeds expres verstaanbaar: 'Wat nou als die jongen haar broer is of zo?'

'Kan me niet schelen,' zei Melanie bits. 'Als hij dat is, dan weet hij waarschijnlijk al wat een arrogante bitch ze was, ik verpest heus de verrassing niet.'

'Jullie vonden *January* arrogant,' herhaalde ik, en ik voelde me kwaad worden namens mijn ex-vriendin. Ik had van niemand minder dan Reiko gehoord dat January hier op Dumas werd buitengesloten, en haar vastberaden hekel aan Jonathan Walkers rijkdom maakte Melanies bewering op z'n minst lachwekkend.

'Ja, echt wel,' zei GBA defensief terwijl ze haar armen over elkaar sloeg. 'Ze gedroeg zich alsof ze beter was dan wij, of zoiets, alleen maar omdat zij op een gesubsidieerde school heeft gezeten.' Ze sprak de woorden ‘gesubsidieerde school’ uit alsof het om een of andere sekte ging. ‘Alsof ze daardoor echter was dan wij. We hebben in het begin allemaal ons best gedaan aardig te zijn, maar ze was heel onbeschoft. Ze maakte ons belachelijk om hoe we ons kleedden voor school, om de dingen die we deden en gewoon… hoe we ons leven leiden! Het was beledigend en om eerlijk te zijn had niemand daar zin in.’

Ik keek naar GBA’s kleding – een zwart jurkje, hoge hakken en druppelvormige diamanten oorbellen – en ik kon January’s stem al in mijn hoofd hóren: *Wie draagt er nou diamanten naar school? Wie denkt ze dat ze is, fucking Beyoncé?* Mijn ex-vriendin was dan misschien geen snob zoals deze meisjes dat waren, maar dat betekende niet dat ze zich nooit beter voelde of achtte dan anderen.

Maar wat ik zei was: ‘Reiko leek haar wel te mogen. Ze vertelde me dat zij en January beste vriendinnen waren.’

‘Ja, maar die situatie was ook gewoon heel bizar,’ zei Melanie minachtend vanaf de grond, en ze snufte en veegde haar neus af met de muis van haar hand.

‘Hoe bedoel je dat?’ vroeg ik. ‘Waarom was dat bizar?’

‘Voordat we nog meer vragen over Reiko beantwoorden,’ wierp Veren Oorbel sluw tegen, ‘moet je ons misschien eerst maar ’s vertellen wie je bent.’

Beleefd stelde ik me voor. ‘Ik wil gewoon weten wat er gebeurd is – met January én met Reiko.’

GBA’s mond vertrok. ‘Luister, January zal op Riverfront, of hoe het daar ook heet, vast de ster aan de hemel zijn geweest, maar… hier hoorde ze gewoon niet thuis. Ze wílde hier ook helemaal niet thuishoren, en dat liet ze goed merken ook.’

‘Het was onmogelijk om haar niet uit te lachen,’ viel Melanie haar nogal bot bij. ‘Dat wilde ze ook. Ze kwam op school aan in een Mercedes of Porsche of Rolls of Lambo – elke dag weer een andere auto – en dan stapte ze uit met een of ander versleten sweatshirt en afgetrapte oude schoenen aan! Als je beleefd tegen haar wilde doen, keek ze je alleen maar áán tot je je mond hield en weer wegging.’ Met een bijdehante glimlach voegde ze eraan toe: ‘We hebben haar allemaal belachelijk gemaakt. *Inclusief* Reiko.’

'En ineens, op een dag, kwamen die twee samen naar de repetities, arm in arm alsof ze net hadden ontdekt dat ze elkaars verloren gewaande zus waren of zo.' GBA pakte de draad van het verhaal op en ging vol verbijstering verder. 'We dachten eerst dat het een of ander grapje was of zo...'

'Maar toen we ernaar vroegen, liet Reiko ineens haar innerlijke Hulk los,' besloot Melanie. 'Ze zei dat January "eigenlijk heel cool" was, en dat we "gewoon niet begrepen hoe ze in elkaar zat". Wat dat ook mocht betekenen.'

Het betekende dat January en Reiko iets vreselijks gemeen hadden, maar als deze meisjes de details niet kenden, ging ik ze die niet vertellen. Zo neutraal mogelijk vroeg ik: 'En hoe zat het met jongens? Waren er jongens die January wel zagen zitten? Iemand die, eh... die Reiko misschien echt niet kon uitstaan, om wat voor reden dan ook?'

Melanie liet een wrang lachje horen. 'Nee, tenzij je het hebt over...'

'Daar heeft hij het niet over,' viel Veren Oorbel haar in de rede.

'Waarover?' vroeg ik meteen. 'Wie?'

De gretigheid in mijn toon maakte hen direct voorzichtig, en de stilte in de gang bereikte een oorverdovend crescendo toen ze leken af te wegen hoe ze moesten reageren. Het drietal probeerde wanhopig met elkaar te communiceren via gedachtegolven, hun ogen schoten heen en weer en ze deden hun best hun gezicht zo uitdrukkingsloos mogelijk te houden, tot Melanie uiteindelijk luid haar adem uitblies. 'OMG, meiden, toe nou, zeg! Dit is dezelfde shit waar we het hier op school al twee maanden breeduit over hebben, en opeens doen jullie alsof we de zwarte lijst van de CIA bewaken of zo!'

'Melanie...' waarschuwde Veren Oorbel haar, maar haar vriendin liet zich niet ontmoedigen.

'De enige "jongen" op Dumas die January wel zag zitten was *Cedric*,' flapte Melanie er met een kwaadaardig giecheltje uit.

'Mélanie.'

'Hou toch op.' Melanie rolde met haar ogen. 'Ik zeg niet dat ze in het geheim iets met elkaar hadden, of zo, maar hij schonk haar veel te veel aandacht. Ik bedoel, hij zei min of meer tegen haar dat als zij besloot mee te doen aan de audities voor het stuk, hij haar de rol van Angelique zou géven! Dat was zo'n bullshit. Sylvie is een laatstejaars en zij verdiende die rol, en omdat Cedric toevallig een stijve kreeg van een of andere tweedejaars die niet eens kon acteren, bood hij haar die rol aan op een zilveren presenteerblaadje! Dat zeg ik, bullshit.'

'Cedric?' herhaalde ik als met stomheid geslagen.

'Hij had het de hele tijd over haar.' Melanie had de smaak nu echt te pakken. '"Misschien kunnen we Angeliques haar precies zo stylen als dat van January" en "January had onlangs nog een briljant idee" en "Sylvie, probeer eens zo te glimlachen als January"! Ik bedoel... ieuw.'

'Cédric?'

'Hij wilde altijd maar met haar praten tijdens de pauze, vertelde haar welke kleren ze zou moeten aantrekken, bood haar een lift aan vanuit school naar huis... ik bedoel, Cedric is altijd wel een beetje zo'n schimmig figuur geweest – zo'n familielid bij wie je vooral niet op schoot moet gaan zitten – maar met haar in de buurt werd dat echt erger.'

'Een lift vanuit school naar huis...' herhaalde ik, al voelde ik mijn lippen nauwelijks nog. Ik had Kaz pas nog uitdagend gevraagd om te verklaren hoe January's kleren van Dumas bij het landhuis terecht konden zijn gekomen, waarop hij had geantwoord dat het misschien bedoeld was als dwaalspoor. Had hij gelijk? Het kwam nu pas in me op dat Cedric degene was die January's spullen in het grasveld had aangetroffen. Ik kon me die eerste keer dat ik hem ontmoet had nog zo voor de geest halen, op de veranda voor het landhuis van de Walkers. *Ze was een knap meisje. Ik hoop maar dat je haar op waarde wist te schatten, knul.* Herinnerde ik me dat goed? Had hij echt al de verleden tijd gebruikt voordat iemand anders geloofde dat ze dood was? 'Denk je echt dat Cedric... dat hij iets wilde... met January?'

'Als je bedenkt waardoor hij zijn vorige school moest verlaten, zou het me niets verbazen,' antwoordde Melanie met een boosaardige vriendelijkheid.

'Dat is niet eerlijk, Mel,' zei Veren Oorbel met een peinzende frons.

Mijn hoofd tolde. 'Waarom dan? Wat is er op zijn oude school gebeurd?'

'Dat weet niemand, dat is het hele punt.' Veren Oorbel was duidelijk nerveus aan het worden. Ze keek constant om zich heen alsof ze bang was dat iemand ons afluisterde. 'Mensen verzinnen maar wat.'

'Wat het ook was, het was erg genoeg dat hij geen leraar meer mag zijn,' onthulde Melanie triomfantelijk. 'Dát is het hele punt.' Tegen mij legde ze uit: 'Het nichtje van een vriend van mijn zus zat op Hazelton, en blijkbaar gaf Cedric daar Engels. Maar opeens vertrok hij en kwam hij hiernaartoe. Hij had een echte baan bij een van de meest prestigieuze particuliere scholen in de hele staat, en nu coacht hij de toneelclub? Die heeft óf een zware zenuwinzinking gehad, óf iets heel vreselijks gedaan.'

'Dus hij is hier geen docent?' De informatie kwam veel te snel op me af om alles in me op te nemen.

Melanie schudde haar hoofd. 'Nope. Ik heb hem er een keer naar gevraagd, maar hij deed alsof hij de hele vraag niet begreep. Het is een fucking vreemde situatie.'

Daar was ik het mee eens. Ik had Cedric Hoffman pas twee keer ontmoet, en beide keren had hij me een heel onbehaaglijk gevoel gegeven. Hij straalde iets raars uit met die zachte, ingetogen stem en priemende ogen, en nu ik hoorde over zijn obsessie voor January kreeg ik er kippenvel van; alsof er een hele troep duizendpoten over mijn huid kroop. Maar het hoefde niets te betekenen. Meneer Walker had me ook altijd een onaangenaam gevoel gegeven, maar mijn verdenkingen over hem bleken ongefundeerd. Ik moest meer te weten komen.

'Weten jullie heel toevallig hoe laat Reiko vrijdag van school weggegaan is?'

'Na ons,' kondigde GBA aan. 'Ze had een beetje een raar humeur, en ze had een tekening bij zich waar ze aan werkte voor January's gedenkplek bij haar huis. Ze zei dat ze wilde blijven tot ze die af had.'

Aan het einde van die zin zat de keel van het meisje dicht, en de woorden kwamen eruit als een hees, onregelmatig gefluister. Ze veegde in haar ogen en ik wachtte tot ze zich herpakt had voor ik vroeg: 'Is er verder nog iemand langer gebleven?'

Ze keken elkaar weer allemaal aan, en toen was het Veren Oorbel die antwoord gaf. 'Een paar techjongens blijven nog wel eens tot vrij laat als er veel spullen opgeruimd moeten worden na de repetitie, maar volgens mij was er die avond niet veel te doen. En het was vrijdag, dus wilde iedereen gewoon zo snel mogelijk naar huis.'

'En Cedric?'

'O. Ja, nou, ik bedoel, die bleef natuurlijk ook langer hier. Hij moet afsluiten zodra iedereen weg is.' Ze haalde haar schouders op. 'Volgens mij heeft hij de politie verteld dat Reiko vertrok terwijl hij nog wat rondslingerend gereedschap opruimde, en dat hij haar aanbood met haar mee te lopen naar haar auto en ze hem bedankte, maar het aanbod afsloeg.' Het was haar beurt om tranen in haar ogen te krijgen, en Melanie pakte de hand van het meisje vast en gaf er een bemoedigend kneepje in terwijl ze huilde.

'En de avond waarop January is verdwenen?' vroeg ik. 'Weten jullie wie haar als laatste gezien heeft?'

'Misschien ik wel,' verraste GBA me. 'Terwijl ze nog een van de scènes doornamen, liep ik naar buiten om een sigaretje te roken, en ik zag January bij de fontein zitten. Dat verbaasde me, want ze was gestopt met de toneelclub, en ik begreep dan ook niet wat ze daar uitvoerde. Ik bedoel, de school was een uur daarvoor al uit gegaan. Ik zou het haar wel hebben gevraagd, maar dan had ze me toch alleen maar toegesnauwd.'

Ze trok er een nukkig gezicht bij, alsof ze enige troost of misschien zelfs een verontschuldiging verwachtte, maar ik weigerde haar dat genoegen te doen. 'Wat was ze aan het doen? Welke indruk maakte ze?'

'Weet ik veel.' GBA leek verbluft door de vraag. 'Ze dééd helemaal niks. Ze zat daar gewoon. En ik weet niet welke indruk ze maakte. Peinzend? Depressief? Ik heb tegen de *constables* die ons kwamen ondervragen gezegd dat ze er nogal ongelukkig uitzag.'

Ik moest me echt inhouden om niet met mijn ogen te rollen bij de manier waarop zij 'constables' gebruikte in plaats van agenten. 'En ze zat er niet meer toen de repetities voorbij waren?'

'Nee. Ik heb geen idee waar ze toen naartoe is gegaan.'

Afwezig gaf ik de meisjes mijn telefoonnummer en vroeg hun te bellen als ze nog iets anders zouden bedenken. Daarna draaide ik me stuntelig om. Toen ik terugliep naar de foyer tolden mijn hersens als een molentje en draaiden mijn gedachten door in een oneindige lus. *Cedric?* Kon dat kloppen? Ik had me zo gefocust op January's ellende thuis dat haar toneelleraar helemaal nooit op mijn radar was verschenen als mogelijke verdachte, maar als deze meisjes me de waarheid vertelden, dan had ik het misschien al die tijd mis gehad. Misschien was January's verkrachter dan toch al die tijd al iemand van Dumas. Opeens bezorgden de steriele, akoestische gangen van het theatergebouw me de kriebels, en ik wilde hier zo snel mogelijk vandaan.

Toen ik de foyer in stormde, bleef ik abrupt staan. De grote ruimte die van vloer tot plafond was bedekt met brede vierkanten smetteloze travertijn was verlaten. Door de rij glazen deuren aan de voorzijde van het gebouw zag ik de Harmon en Eugenia Davenport-fontein – de plek waar GBA January voor het laatst zag voordat ze verdween – nog steeds stralen ijskoud water de vroege novemberlucht in spuwen. Het pleintje eromheen was echter leeg, en ik zag geen enkel teken van leven in de vallende schemer die over het keurig verzorgde schoolterrein erachter neerdaalde. Waar was Kaz?

Met tegenzin dook ik door de deur naar het auditorium, waar ik om me heen keek voor het geval hij misschien had besloten een beetje te gaan rondwandelen. Een groep leerlingen in een hoekje achter in de ruimte keek ernstig en ingetogen, en drie anderen zaten in een grote cirkel van licht op het podium, waar ze onverstaanbaar met elkaar spraken. De toneelclub had blijkbaar even pauze, maar nergens zag ik een spoor van Kaz. Ik was al gespannen omdat ik graag weg wilde, en ik keerde weer om naar de foyer, om dan maar naar buiten te gaan om te kijken of hij daar ergens rondwandelde, maar ik botste regelrecht tegen een muur van vlees op.

'Meneer Doherty. Daar bent u weer.' Met een koele, verwijtende stem versperde niemand minder dan Cedric Hoffman me de weg, en hij keek kwaad op me neer met een geïrriteerde frons op zijn grauwe gezicht. Het was de uitdrukking van een man die zojuist een zakkenroller had betrapt op het stelen van zijn portemonnee. 'Voor iemand die niet op dit verheven instituut zit, breng je hier wel een hele hoop tijd door.'

'Ik kwam alleen maar langs om… wat vrienden op te zoeken,' antwoordde ik, een beetje van mijn stuk gebracht toen ik niets beters wist te bedenken. Zijn uitdrukkingsloze zwarte ogen, vertekend door bifocale brillenglazen, boorden door me heen alsof hij de waarheid in mijn hersens wilde lezen, en zijn hatelijke uitdrukking was zo vastgeroest als die van een mannequin. Ik kreeg er kippenvel van.

'Ik geloof niet dat je hier vrienden hébt, meneer Doherty,' sprak Cedric op die zachte, vormeloze manier van hem. 'Ik heb je al eens eerder gezegd dat je niet geschikt bent voor Dumas. Je hoort hier niet thuis, en ik durf te stellen dat de leerlingen het net zomin als ik op prijs stellen dat je hun repetities constant komt verstoren.'

'Ik ben hier maar drie keer geweest!' bracht ik ertegen in voor ik mezelf kon inhouden, gekwetst door de kleinzielige aard van zijn opmerking. Ik was wel eerder door leraren op mijn nummer gezet, en neerbuigend toegesproken door smalende volwassenen, maar deze man leek een persoonlijke hekel aan me te hebben, en dat maakte me nerveus.

'Dat is drie keer te veel,' zei hij kortaf. 'Ik zou je niet hoeven helpen herinneren dat dit geen openbare bibliotheek is, noch een parkeerterrein of wijkgebouw waar je mag binnenwandelen wanneer je maar wilt. Deze leerlingen werken hard voor een bepaald doel, en hun ouders betalen grif geld om ervoor te zorgen dat ze niet worden afgeleid. Als ik je hier nogmaals aantref, zal ik de campusbeveiliging erbij halen.'

'Ik was eerlijk gezegd al op weg naar buiten toen u me tegenhield,' zei ik nadat ik mijn waardigheid bijeengeschraapt had. En toen, trots op het feit dat mijn stem niet eens trilde, vroeg ik hem met een strijdlustig vertoon van moed: 'Vind u het erg als ik dan nu ga?'

Het kwam in me op dat beide meisjes tot laat op school waren gebleven de avond waarop ze verdwenen, en niemand, zo was mij verteld, bleef hier later dan Cedric. Was January die dag blijven hangen, in afwachting van een goed moment om de confrontatie met haar verkrachter aan te gaan? Was Reiko gebleven met dezelfde reden? Had ik genoeg lef – of domheid, afhankelijk van hoe je het wilde zien – om hem er botweg naar te vragen?

In Reiko's geval was een confrontatie misschien niet eens nodig geweest om hem te laten weten wat ze van plan was. We hadden niet bepaald geheimzinnig gefluisterd tijdens ons gesprek vrijdag. Het was heel goed mogelijk dat de toneelleraar van Dumas Academy de repetities had stilgelegd op het moment dat hij ons naar de foyer stuurde, om vervolgens achter de deur te blijven staan en te luisteren naar elk woord dat we met elkaar wisselden. Cedric zou het al hebben zien aankomen en had zijn volgende zet misschien zelfs al gepland toen Reiko het hem gemakkelijk maakte met haar besluit langer te blijven. Nu ik opkeek naar zijn strenge gelaat, besefte ik opeens dat ik me vergist had in wat ik rechercheur Garcia had doorgegeven. Reiko was níét de enige andere persoon die wist wat er met January was gebeurd. Ik wist het ook.

Zonder een woord te zeggen stapte Cedric Hoffman met zijn brede lijf uit de deuropening vandaan, zodat ik langs hem kon wegglippen. Ik deed mijn best niet meteen een sprintje te trekken zodra ik door de glazen deuren heen was, ook al voelde ik zijn zwarte ogen nog als een paar handen op mijn rug.

23

De volgende dag – dezelfde dag als meneer Walkers verkiezing, waar ze al zo lang naar uitkeken – deed ik iets wat ik nog nooit eerder had gedaan: ik spijbelde. Niet dat ik in het verleden nooit in de verleiding was gekomen om weg te blijven, maar ik was altijd veel te paranoïde geweest voor de gevolgen en had er altijd hardnekkig in geloofd dat ik betrapt zou worden. Mijn ouders waren geen puriteinen of zo – niet in de strikte, moralistische zin, en gelukkig ook niet in de zin dat ze geloofden dat je sterker werd van een publiekelijke afstraffing – maar ze waren even effectief met hun overweldigende teleurstelling als Torquemada tijdens de Spaanse Inquisitie met duimschroeven was geweest, en dat vermeed ik waar ik kon. Maar de vragen bleven als een bijtend zuur aan me knagen en eisten om antwoorden, en ik moest het risico nemen. Als ik betrapt zou worden, moest ik het maar over de emotionele/psychische traumaboeg gooien, en hopen dat dat nog zou werken.

Het was Kaz geweest die de spontane vrije dag had voorgesteld, nadat hij de details van mijn bezoek aan het theatergebouw van Dumas had aangehoord. Hij had zelfs aangeboden zelf ook een paar lessen over te slaan om me te helpen. Ik geloof niet dat hij helemaal achter mijn amateuristische onderzoek stond, maar ik denk dat hij wél graag wilde bewijzen dat ik op hem kon rekenen in deze Tumultueuze Tijden, en ik was nogal schaamteloos van plan alles uit die impuls te halen wat erin zat.

Ik ging dinsdagochtend naar de eerste paar lessen, maar zodra de lunchpauze zich aandiende, stond ik buiten school te wachten. Ik keek net zo nerveus om me heen als een junkie die iets probeert te scoren onder het toeziend oog van undercoveragenten. Toen de Lexus de rotonde op kwam rijden, rende ik al naar het passagiersportier toe voordat hij goed en wel stilstond, dankbaar dat ik dit keer nauwelijks publiek had. De leiding van Riverside moedigde studenten niet aan om buiten het schoolterrein te gaan lunchen, al was het ook weer niet helemaal tegen de regels, dus hield niemand ons tegen toen we de oprit weer af reden naar de straat toe.

De Hazelton School stond in Birmingham, een stad die verscholen lag in een groepje dure voorsteden van Detroit, op ongeveer 75 kilometer ten noordoosten van Ann Arbor. Het verkeer leek me midden op de dag redelijk rustig en we konden goed doorrijden, onder de grijze wolken en langs de billboards die iedereen boven de achttien opriepen om op Walker te stemmen. Met een mengeling van opwinding en paniek zo erg dat mijn mond helemaal droog was keek ik naar het klokje en de snelheidsmeter op het dashboard – mijn kans om deze gestoorde missie af te blazen en zonder problemen terug te keren naar school slonk met de minuut. Toen mijn lunchpauze dan echt officieel voorbij was en Kaz op dat moment het huiveringwekkende knooppunt van de I-696 wist te navigeren – waarbij automobilisten in razende vaart langs ons zoefden met de woeste, onwrikbare vastberadenheid van wagenmenners op het Circus Maximus – accepteerde ik dat er echt geen weg terug meer was.

Hazelton was geen grote school, maar had wel een enorm goede reputatie – zo viel althans op de website te lezen. De lijst van beroemde leden van het docentenkorps en alumni hield maar niet op, ook al had ik van de meesten van deze zogenaamde uitblinkers nog nooit gehoord. Er waren artsen, rechters, schrijvers van boeken die ik waarschijnlijk toch nooit zou willen lezen, en een hele groep personen wier namen werden gevolgd door afkortingen als CEO, COO, EVP en dergelijke. Maar van één persoon kon ik nergens ook maar enige vermelding ontdekken, en dat was Cedric Hoffman. Als er aan zijn vertrek van het hooggeachte instituut Hazelton enig spoortje van schandaal kleefde, dan had het internet dat blijkbaar niet meegekregen.

De architectuur van de school getuigde van hetzelfde opgeblazen gevoel van eigenwaarde als de promotiematerialen. We kwamen binnenrijden door een torenhoog smeedijzeren hek dat bij Downton Abbey niet misstaan zou hebben, en kregen daar een gotische opeenstapeling van stenen torentjes, puntige ramen en schuine daken te zien, allemaal gewikkeld in oneindige strengen klimop. In de warmere maanden gaven de dicht bebladerde stengels de plek vast een nobeler uitstraling en riep het visioenen op van Harvard en Dartmouth en Yale, maar nu, zo kaal en in een mesthoopbruine kleur, leken ze meer de uitgedroogde aderen van een gevild slachtoffer.

Hardhouten vloeren – versleten, in de was gezet, versleten, in de was gezet, en ga zo maar door – lieten onze voetstappen echoën terwijl we naar de administratie liepen. Het kantoor was eenvoudig te vinden, Hazelton koesterde expres een soort intieme sfeer: de donkere muren met houten panelen leken op je af te komen, vol bezorgdheid over je academische welzijn. We hadden slechts een enkel bordje met een eenvoudige pijl nodig om ons naar onze bestemming te wijzen, zo'n zes meter na onze eerste afslag naar rechts.

Geloof het of niet, maar pas toen we recht tegenover het hoofd Secretariaat stonden – een slagschip van een vrouw met houtskoolbruin haar, een bril met schildpadmontuur en een auberginekleurige sweater – begon ik me af te vragen of hiernaartoe gaan nou zo'n goed idee was geweest. Achter het bureau dat veel weghad van een balie, even stevig en indrukwekkend als de vrouw die eraan zat, stond een hele rij archiefkasten. Er was een hele doolhof van aan de muur bevestigde postvakjes, er stond een kopieerapparaat en er waren nog wat kastjes. Een meisje van ongeveer mijn leeftijd, met lang zandblond haar en een eenvoudig schooluniform aan, stond bij het kopieerapparaat, maar ze keek niet eens op toen Kaz en ik ongemakkelijk de bedompte kamer binnenschuifelden.

'Kan ik de heren helpen?' vroeg de vrouw, ook al suggereerde haar stijve toon dat ze het betwijfelde.

'Ik, eh... we hadden een paar vragen,' zei ik, en ik deed mijn best om zelfvertrouwen uit te stralen. Het begon tot me door te dringen dat deze nuchtere vrouw – op het naamplaatje op het tafelblad stond V. BAGLEY – de vraag die ik haar wilde stellen waarschijnlijk schandelijk zou vinden, en ik wilde uitstralen dat ik geloofde dat we recht hadden op die informatie.

'Over een inschrijving?' Eén wenkbrauw, bijna helemaal kaalgeplukt, kroop omhoog tot een sceptische boog.

'Nee, over een van de docenten.' Ik verbeterde mezelf meteen: 'Een van de voormalige docenten.'

'Dat klinkt nogal onconventioneel,' antwoordde ze op een manier die wilde suggereren dat we ons moesten schamen voor de vraag alleen al, en ze fronste. 'Om wat voor vragen gaat het?'

'We wilden voornamelijk weten,' begon ik, tevreden met de volwassen klank van de zin, 'waarom deze docent niet langer bij Hazelton werkzaam is.'

De vrouw fronste nu nog harder, en rimpels zo onheilspellend als breuklijnen verspreidden zich aan weerskanten van haar naar beneden gekeerde mondhoeken. 'Ik vrees dat het niet ons beleid is om dergelijke informatie zomaar te verstrekken. Waarom vraag je het? Over welke docent gaat het?'

Ik vond het nogal oneerlijk van haar om antwoorden te verlangen zonder zelf eerst ook maar een klein beetje informatie te verstrekken, maar ik besloot haar dat genoegen te doen, in de hoop dat haar reactie me meer zou kunnen vertellen. 'Cedric Hoffman?'

De naam had inderdaad een duidelijk effect, en niet alleen op haar. Het meisje bij het kopieerapparaat keek met een geschrokken blik op, haar bruine ogen groot en gefixeerd op mij en Kaz, voor het eerst sinds we er waren. De uitdrukking van het hoofd Secretariaat was in een oogwenk omgeslagen van behoedzaam naar ernstig, en bij de reactie van haar jonge assistente wierp ze meteen een blik over haar schouder. 'Klara, neem anders nu maar even pauze. Kom over vijftien minuten terug.'

Het was geen suggestie, en na de kortst mogelijke aarzeling gaf het meisje een vlug, vogelachtig knikje met haar hoofd, legde ze de papieren neer die ze had vastgehouden en liep snel weg. Ze haastte zich om de balie heen, schoot met haar kin bijna tegen haar borst gedrukt langs Kaz en mij, en trok de deur naar de gang geluidloos achter zich dicht. Zodra Klara was verdwenen, wachtte de vrouw nog even, tot ze er zeker van was dat het meisje zich niet langer binnen gehoorsafstand bevond, voor ze weer iets zei: 'Waarom vragen jullie naar Cedric Hoffman?'

Ik zou niet willen zeggen dat haar houding vriendelijker was geworden, maar er was opeens een mengeling van oprechte bezorgdheid en nieuwsgierigheid te zien door het vernislaagje van beheerste geslotenheid heen. Haar handen lagen ineengeslagen op het bureaublad, en ik zag de huid rond haar kortgeknipte nagels wit worden van de druk. Voorzichtig kwam ik over de brug met: 'Hij werkt tegenwoordig in Ann Arbor.'

'Voor de klas?' Haar toon was zenuwachtig, verward.

Ik schudde mijn hoofd. 'Nee. Hij is toneelleraar op een particuliere school.'

Mevrouw Bagleys bezorgde blik schoot naar het bureaublad, toen opzij naar links en rechts en weer omhoog naar Kaz en mij. Een hand greep in een reflex naar een weggelegd stressballetje dat ze vervolgens probeerde te wurgen. 'Waarom zijn jullie hiernaartoe gekomen?' vroeg ze uiteindelijk. 'Heeft hij... Is er iets... gebeurd?'

'Zoals...?' haakte ik daar meteen op in, niet in staat mijn geestdrift te kalmeren, en ik zag haar meteen weer in haar harnas terug kruipen. 'Wat denkt u dat er gebeurd kan zijn?'

'Dat zou ik echt niet kunnen zeggen,' antwoordde ze kortaf.

'En wat als ik u zeg dat er inderdaad iets gebeurd is?' probeerde ik smekend. 'Iets ernstigs. Iets waar meneer Hoffman bij betrokken kan zijn, zelfs al kan ik dat niet bewijzen?'

Ze keek me een ogenblik lang aan en ik keek terug. Ik zag schaduwen rond haar ogen verschijnen en een ontzettend vermoeide, gekwelde uitdrukking vertekende haar gelaat. Uiteindelijk blies ze een diepe zucht uit en zei ze zacht: 'Het spijt me echt heel erg, maar ik kan je werkelijk niets vertellen. Alleen... als er iets... als je echt gelooft dat meneer Hoffman misschien iets... gedáán heeft, dan wil ik erop aandringen dat je ermee naar de politie stapt.'

'Alstublieft,' probeerde ik nogmaals, wanhopig, wensend dat ik iets kon doen om haar de ernst van de situatie te laten inzien. Ik was bang om hardop te zeggen wat hij misschien gedaan zou kunnen hebben, met het risico dat ze ons en de wettelijke implicaties van onze vragen zo van het Hazelton-terrein zou laten verwijderen. 'We willen niet naar de politie stappen tot we vrij zeker weten dat we gelijk hebben, maar...'

Mijn geweldige argument zakte in elkaar als een soufflé die uit de oven komt, en mevrouw Bagleys gezicht was meteen weer gesloten, even zakelijk en ondoordringbaar als daarvoor. 'Het spijt me echt heel erg,' herhaalde ze, 'maar om juridische redenen vrees ik dat ik niet meer kan doen dan bevestigen dat Cedric Hoffman hier als docent gewerkt heeft, maar dat zijn loopbaan hier op Hazelton School nog voor het begin van het herfstsemester afgelopen jaar is geëindigd.' Ze tuitte haar lippen en herhaalde nogmaals, op een betekenisvolle manier: 'Het spijt me.'

Het nutteloze gesprek was nu duidelijk voorbij en Kaz en ik liepen terug de benauwde gang in om naar de hal te gaan. 'En nu?' vroeg ik somber. 'Wachten tot het donker is, inbreken en het kantoor doorzoeken?'

'Misschien is een van de leraren wel bereid te roddelen.' Kaz bleef hardnekkig optimistisch. 'Als Cedric met ruzie is vertrokken, dan weet ik zeker dat iedereen die hier werkt wel een mening over hem zal hebben. We moeten gewoon iemand vinden die minder discreet is.'

Erg lang hoefden we niet te zoeken, zo bleek algauw, want zodra we de hoek om sloegen en de hal in liepen, botsten we bijna tegen Klara op, het meisje dat in het kantoor bezig was geweest met het kopieerapparaat. Het was meteen duidelijk dat ze op ons had gewacht. 'Ik hoorde toevallig dat jullie mevrouw Bagley vroegen naar... naar professor Hoffman?'

Ze sprak op een stiekeme fluistertoon, met een apart accent in haar stem – Duits, meende ik, of misschien Oostenrijks – en ik bedacht dat geluid waarschijnlijk vrij lang door de gangen van Hazelton nagalmde, met al die hardhouten vloeren, de houten lambrisering en de glad geboende trappen.

'Dat klopt. Kende je hem?' Kaz keek haar vragend aan.

Ze knikte snel, haar mond vertrokken tot een dun streepje, en ik vroeg: 'Waarom heeft hij zijn baan opgezegd?'

'Niet hier,' antwoordde ze sissend, en ze keek naar links en rechts alsof we in een kinderfilm over spionnen zaten. 'Volg mij maar.'

Ze liep voor ons uit door een doolhof aan gangen en sloop nerveus voorbij de in gebruik zijnde klaslokalen. Haar rubberen zolen maakten geen enkel geluid op de vloer. Uiteindelijk bracht ze ons via een trappenhuis naar buiten. We stonden in een nis van wat een zijingang van het schoolgebouw moest zijn, en keken uit over een weids landschap van grasvelden die vol bladeren lagen en die zich uitstrekten van Hazelton tot aan een soort kleine beboste driehoek. Het deed me onbehaaglijk veel denken aan de achtertuin van de Walkers. De bewolkte lucht was nu donkerder en rook onmiskenbaar naar een naderende regenbui. Een koude wind richtte zijn pijlen op ons en schraapte af en toe langs onze gezichten met opgedroogde bladeren als wapens.

Klara staarde met een peinzende, bezorgde blik naar de toppen van de bomen verderop, haar armen stevig om zich heen geslagen, terwijl wij wachtten tot ze iets zou zeggen. Uiteindelijk spoorde Kaz haar aan door te vragen: 'Wat kun je ons over professor Hoffman vertellen?'

'Waarom vragen jullie naar hem? Wat heeft hij gedaan?' wierp ze tegen, en haar blik gleed vragend tussen ons heen en weer. Daarna schudde ze haar hoofd en hield ze haar handen in de lucht. 'Nee, laat ook maar. Ik denk... ik denk dat ik het liever niet wil weten.' Haar gezicht was bleek en hartvormig, haar ogen groot en met die gekwelde blik in haar ogen was ze net een tot leven gewekt Emily Brontë-personage. 'Om te beginnen heeft hij zijn baan hier niet bepaald *opgezegd*. Dat schetst een verkeerd beeld.'

'Is hij ontslagen?'

Gefrustreerd schudde Klara haar hoofd opnieuw. 'Nee, dat is het ook niet precies.' Met een nerveuze zucht ging ze verder: 'Ik kan je maar beter vertellen hoe het zat. Wat er gebeurde. Professor Hoffman gaf hier Engels – Britse literatuur aan de onderbouw, en toneelgeschiedenis aan de oudere leerlingen. Hij was aardig, maar vreemd. Hij bleef altijd maar zeggen hoe "knap" de meisjes van Hazelton eruitzagen in hun uniformen. En elke dag, aan het begin van de les, gaf hij specifieke meisjes – altijd dezelfde – een compliment over hoe mooi ze waren.' Haar stem klonk zacht, maar haar toon was somber, alsof ze een grafrede uitsprak. 'Drie jaar geleden was er... een incident. Een van de meisjes was bezig in het depot, een soort overloopruimte van de bibliotheek, waar ze research deed voor een werkstuk. Ze had haar werkplek ingericht met haar boeken en aantekeningen en een glas ijsthee en ze luisterde naar muziek... op haar iPod. Ze was alleen. En op een bepaald moment raakte ze ineens bewusteloos. Ze zei dat ze het ene ogenblik nog aan het schrijven was in haar notitieboek, en voor ze wist wat er gebeurde, lag ze op de grond, was professor Hoffman er ook en had hij zijn handen op haar… op haar rokje liggen. Hij zei dat hij haar zo had aangetroffen, zo… *bloot*, en dat hij haar probeerde te bedekken, maar ze geloofde hem niet. Ze had pijn en stond op een medisch onderzoek, maar de dokter heeft niets gevonden. Er waren wel wat blauwe plekken, maar geen… DNA, als je begrijpt wat ik bedoel?' Ze bloosde bij de verwijzing, en we knikten. 'Ze was ervan overtuigd dat professor Hoffman zich aan haar had *vergrepen*, maar ze kon niets bewijzen. Er waren geen getuigen.'

'Was ze gedrogeerd?' vroeg Kaz, en Klara knikte.

'Ze vermoedde dat het de thee was, maar tegen de tijd dat ze daaraan dacht, was het al te laat.' Ze zag onze volgde vraag al aankomen, want ze vervolgde: 'Ze had hem bij een café in de stad gehaald, maar ze liep vrij vaak weg van haar werkplek om boeken te halen, dus iedereen had de bibliotheek in en weer uit kunnen gaan zonder dat ze daar iets van merkte.'

Kaz en ik wisselden een sombere blik en ik dacht terug aan mijn gesprek met Reiko. *Die vent heeft haar iets toegediend zodat ze bewusteloos was toen het gebeurde.* Ik werd misselijk bij het idee dat Cedric misschien wel een serieverkrachter was, die van de ene school naar de andere trok. 'Maar dit was drie jaar geleden… Wat is er voor het begin van het afgelopen schooljaar dan gebeurd?'

'Min of meer hetzelfde. Een andere leerling van hem, dit keer in een van de klaslokalen. Ze was na schooltijd bezig met het inhalen van een toets. Professor Hoffman bracht haar een kop koffie en ging toen weer het lokaal uit. Ze werd wakker op de grond, weer met hem over haar heen gebogen. Ze was… nou ja, dit keer bestond er geen twijfel dat ze was… aangevallen, maar weer was er geen DNA, geen getuige en geen echt belastend bewijs.'

'En de koffie?' vroeg ik. 'Hij brengt haar koffie en oeps, opeens is ze op mysterieuze wijze buiten bewustzijn geraakt? Is dat geen bewijs?'

'Het was haar woord tegen het zijne,' zei Klara, en er glinsterde een sprankje woede in haar bruine ogen. 'Hij goot de beker leeg in de gootsteen voordat ze hem kon tegenhouden, dus er was geen manier om het te laten testen.'

'Fucking klootzak!' ontplofte Kaz.

'De meisjes hebben geprobeerd om hem aan te klagen, maar ze hadden alleen maar in... in...'

'Indirect bewijsmateriaal.'

'Ja. Dus toen ze bij de politie niet meer verder konden, hebben de ouders van de meisjes gedreigd Hazelton voor de rechter te slepen. Het bestuur probeerde professor Hoffman weg te sturen, maar omdat de beschuldigingen tegen hem niet bewezen konden worden, heeft híj de school aangeklaagd. Voor onrechtmatig ontslag. Uiteindelijk heeft Hazelton hem betááld om te vertrekken, en hebben ze de families van de meisjes ook betaald om ervoor te zorgen dat ze zich niet tot de media zouden wenden.'

Dat verklaarde waarom ik nergens iets had gevonden over een schandaal dat met Cedric of de school te maken had, waarom de man zijn prestigieuze baan en titel aan de wilgen had gehangen, en waarom hij nog steeds geen verbod had gekregen op een baan die ook maar iets met tienermeisjes te maken had. Ik had er echter weinig aan voor het bepalen van mijn volgende stap. Als er iets waar was van wat me verteld was, dan was Cedric een roofdier dat al minstens twee keer eerder had weten te ontkomen na dezelfde misdaad, zonder iets achter te laten waardoor hij veroordeeld kon worden.

Hij was uiterst zorgvuldig geweest bij de verkrachting van zijn slachtoffers op Hazelton – misschien had hij zelfs condooms gebruikt – maar als hij ook January had verkracht, dan was ik vastberaden dat zij zijn ondergang zou vormen. Ik hoefde alleen maar onomstotelijk bewijs te vinden van een misdaad waarvan ik alleen op de hoogte was omdat een dood meisje me erover had verteld. Appeltje-eitje, toch?

'Hij heeft het opnieuw gedaan, of niet soms?' Klara's toon klonk hol en gelaten, en toen ik bevestigend knikte, keek ze weg en vloekte ze zachtjes voor zich uit. '*Scheißkerl.*' Toen ze me weer aankeek, glinsterden haar ogen van het vocht. 'Een van die meisjes was een vriendin van me. Een goede vriendin. Zelfs nadat ze dat *arschloch* hadden afgekocht, was ze niet in staat terug te keren naar school. Ze had er nachtmerries en paniekaanvallen van…' Klara ademde trillend in. 'Wie hij dit ook heeft aangedaan, zeg tegen haar dat ze hem ervoor moet laten boeten.'

'Hij zal boeten,' beloofde ik haar. 'Daar kun je op rekenen.'

24

'Ik dacht dat de leden van de toneelclub van Dumas leuker zouden zijn, en... gewoon... relaxter – net zoals op Riverside,' merkte January op een middag in de vroege herfst chagrijnig op. De hitte van de zomer nam er alle tijd voor om te verdwijnen, en slierten vochtige lucht hielden de stad in een onaangename intieme greep. We aten een ijsje bij een lokaal tentje niet ver van het centrum. January had gekozen voor citroencrème – een aardige keuze, als je houdt van dingen zonder chocolade – en ik had een hoorntje met Mackinac Island Fudge, een specialiteit uit Michigan. 'Ik dacht dat ze daar onconventioneler zouden zijn, weet je? Cooler dan de rest van de kneuzen die daar zitten. Maar in plaats daarvan zijn ze gewoon... veel dramatischer.'

'Zo te horen pas je er goed bij.'

'Krijg wat,' was haar goedgehumeurde reactie. 'Maar ik meen het. Ik heb het idee dat ik nooit meer vrienden ga krijgen. Je zou eens moeten horen waar ze het zoal over hebben, Flynn! Modebladen, vakanties in het Caribisch gebied, dressuurpaarden... ik bedoel, wat is een dressuurpaard in godsnaam voor iets?'

Ik trok een gezicht. 'Het klinkt als een paard dat onder de slasaus zit.'

Ze lachte kakelend. 'Ik heb precies diezelfde grap gemaakt, en het meisje keek me zo woedend aan, alsof ik op het lijk van haar oma had gespuugd! Dus nu snap je een beetje waar ik mee te maken heb.'

'Is er dan nooit iemand aardig tegen je? Ook niet een beetje?'

'O, ze zijn allemaal juist súperaardig!' Ze gaf me een enorme nepglimlach, zo'n grijns uit een tandpastareclame, terwijl ze het zei. 'Dat bitchy

soort van aardig, waarbij ze iets zeggen wat vriendelijk zou moeten zijn, en toch weten zij het te laten klinken als een "hou je muil en sterf". Denk aan iets als: wauw, January, ik wou dat ik het lef had om zoiets aan te trekken naar school!'

'Yikes.'

'En de vent die de toneelclub leidt is al helemaal een freak.'

'Hoezo?'

'Ik weet het niet. Ten eerste wil hij de scènes altijd maar uitleggen in hun "oorspronkelijke historische context", wat hij met geen mogelijkheid nog oninteressanter kan laten klinken, en hij is een perverseling. Laatst sprak hij wel twintig minuten over Lodewijk XIV en de hertog van Orléans, en de hele tijd staarde hij naar mijn tieten.'

'Gadver. Je zei toch dat hij ook al best oud was?'

'Ja! Iets van zestig! Het is net alsof… alsof de Kerstman een klopje op zijn knie geeft en dan zijn lippen likt voordat je komt zitten.' Daar maakte ze meteen een parodie op, met haar lippen naar binnen gekruld voor een tandeloze mond. Ze bewoog haar tong uitgebreid langs haar lippen, als een golden retriever, en wreef met haar vrije hand over haar dijbeen. Ik kon niet anders dan in lachen uitbarsten. 'Ja, dat is reuzegrappig, zolang jij niet degene bent met wie de Kerstman graag een ho-ho-ho'tje wil!'

Maar zij moest er ook om lachen. Ik gaf haar een por. 'Zeg maar tegen hem dat je vriendje hem in elkaar komt slaan als hij naar je jetsers blijft staren.'

'Oké, ten eerste: ik zal het woord "jetsers" nevernooit gebruiken, en als jij gehecht bent aan je ballen, dan hou jij er ook mee op. Ten tweede: als je tegen een vent zegt dat je al een vriendje hebt, dan gaat hij alleen nog maar meer naar je staren, want dan ben je ineens een "uitdaging". En ten derde hoef je je nergens zorgen om te maken.' Ze deed alsof ze mijn neus met haar ijshoorntje wilde aanraken, maar trok hem op het allerlaatste moment weg. 'Bovendien is hij onschuldig. Maar wel raar.'

'Als jij het zegt.' Ik haalde mijn schouders op. 'Ik wil gewoon niet dat je mij dumpt om de volgende Kerstvrouw te worden.'

Weer deed ze haar imitatie van een vieze oude man, dit keer met een dikke knipoog erbij. 'Je moet dit jaar wel een beetje stout zijn als je nog cadeautjes van me wilt hebben, kerstvrouwtje!'

Ik lachte zo hard dat ik mijn ijsje bijna liet vallen. 'Ho, ho, ho!'

De sfeer in de Lexus was bedrukt, en dat was nog zacht uitgedrukt, toen we terugreden naar Ann Arbor. Ik kon het maar niet uit mijn hoofd zetten: Klara's verhaal, de implicaties ervan, en hoe ronduit hulpeloos ik me daardoor voelde. De beelden die zich in mijn hoofd verzamelden waren nog donkerder en onheilspellender dan de stormachtige wolken die zich eindelijk boven de I-96 ontlaadden, net toen we voorbij de afslag naar Northville reden.

'Die fucking smeerlap,' siste Kaz uiteindelijk, zijn kaken zo stevig op elkaar geklemd dat ik een spier onder zijn oor zag trillen. Hij zette de ruitenwissers krachtiger aan dan nodig, en ze zwiepten wild heen en weer en veegden de regen in draderige strepen opzij. 'Hij heeft zelfs meegedaan met de zoektocht! Wat voor een... monster...' Hij wachtte even en zoog zijn longen vol, met zijn armen gestrekt voor zich uit en zijn handen stevig rond het stuur geklemd. 'We moeten hiermee naar de politie gaan. Nu meteen.'

'Waarmee?' vroeg ik met een pessimistisch snuivend geluid. 'Ze weten dit allemaal allang, weet je nog? En er valt helemaal niets van te bewijzen.'

'Maar het is een patróón.' Kaz weigerde zich erbij neer te leggen. 'Ik bedoel, dat moet toch in elk geval voldoende zijn om hem voor een ondervraging naar het bureau te halen?'

'Waar hij vervolgens alles ontkent en dreigt met een volgende rechtszaak, wegens laster.' Mijn frustratie deed me neerbuigend klinken. 'Kaz, ik geloof niet eens dat ze me serieus namen toen ik hun vertelde dát ze was verkracht!' riep ik uit. 'Ze gaan echt niemand ondervragen over een misdaad waarvan zij niet geloven dat die ooit heeft plaatsgevonden. En alles wat ik hun vertel over wat Reiko tegen mij zei over wat January haar heeft toevertrouwd is informatie uit tweede, derde hand, en dat haalt al helemaal niks uit!'

'En nu? Wat doen we nu? Laten we het erbij zitten?' vroeg Kaz kwaad en vol ongeloof. 'Gaan we gewoon zitten wachten in de hoop dat de politie uiteindelijk ook Cedric zal natrekken als mogelijke verdachte? Fuck op, zeg!'

'Ik wil het ook niet opgeven, maar tenzij je hem wilt bedreigen – iets wat January en Reiko overigens misschien wel met de dood hebben moeten bekopen – zou ik niet weten welke andere opties we nog hebben.' Ik wilde niet per se tegen hem ingaan; door het noemen van al deze punten voelde ik me alleen maar nog nuttelozer en ellendiger.

'We kunnen... we kunnen...' Kaz zocht naar een idee en viel vervolgens stil. De regen kwam nu met bakken naar beneden, auto's raceten ons voorbij met een vaart die veel te hard was voor de gladde wegen en het verminderde zicht, en wij compenseerden door gas te minderen. Ik had ergens gehoopt dat we nog op tijd terug in de stad zouden zijn zodat ik nog naar mijn laatste les zou kunnen gaan en het spijbelen tot een minimum kon beperken, maar daar was het al veel te laat voor. Uiteindelijk nam Kaz het woord weer. 'Alles klopt, Flynn. Alles. We weten dat ze die dag langer op school is gebleven; hij had haar meteen na de repetities kunnen vermoorden en haar kleren in haar eigen achtertuin kunnen dumpen om de verdenking bij school vandaan te houden, wetende dat Dumas de laatste plek was waar iemand haar nog in leven had gezien. Daarna legde hij haar lichaam ergens in de rivier, of begroef hij haar in het bos, of... wie weet, maar in elk geval op een plek waar niemand het ooit zou kunnen vinden en niemand het DNA van de foetus zou kunnen testen. Hij had het juiste motief, de middelen en de gelegenheid, en verdomme, we moeten bedenken hoe we ervoor kunnen zorgen dat de politie oplet!'

'Wacht,' zei ik, terwijl de eerste zaadjes van een vreselijk plan ontkiemden in mijn gedachten. Kaz had helemaal gelijk dat we niet konden blijven afwachten en hopen dat de politie uiteindelijk dezelfde roddels zou opvangen als wij en er waarde aan zou hechten; dat voelde verkeerd en druiste in tegen elk gevoel van rechtvaardigheid dat ik bezat, maar ik zat er ook niet op te wachten om allerlei tips door te bellen die zij niet konden of wilden natrekken, zowel vanwege gebrek aan bewijs als vanwege het feit dat ik waarschijnlijk technisch gezien nog een verdachte was. Garcia en Becker leken alles wat er uit mijn mond kwam automatisch in twijfel te trekken, en een stelletje ongefundeerde geruchten die heel toevallig naar iemand anders wezen, zouden waarschijnlijk op dezelfde mate van goedgelovigheid kunnen rekenen als het laatste onbewezen nieuwtje dat ik hun had doorgegeven. Maar als het me lukte om iets tastbaars in handen te krijgen...

Ik pakte mijn telefoon erbij, maakte verbinding met het internet en tikte snel een zoekterm in. 'De plannen zijn veranderd. We gaan niet terug naar Riverside. Ik wil graag dat je me ergens anders naartoe brengt.'

Ik had een adres gevonden dat ik invoerde in Kaz' navigatiesysteem, en we volgden de aanwijzingen tot we bij een appartementencomplex in het noorden van Ann Arbor uitkwamen, niet ver uit de buurt waar Tiana's familie woonde. Het was een nietszeggend, rechthoekig bouwwerk dat waarschijnlijk in de jaren zestig of zeventig was neergezet: drie verdiepingen steen en pleisterkalk, met ongeveer twaalf units per etage. Elke wooneenheid had een eigen balkonnetje. Het was bepaald geen krot, maar ik durfde toch te wedden dat dit een enorme stap terug was geweest voor de man die hier woonde.

'Gaan we bij iemand op bezoek?' vroeg Kaz aarzelend, toen hij door de regen opkeek naar het nette rijtje balkons met hun donkere, houten balustrades.

'Het tegendeel, hopelijk,' antwoordde ik terwijl ik uitstapte en naar de ingang toe holde. Het was een sprintje van een meter of twintig, maar ik was toch doorweekt toen ik de deur bereikte. Al merkte ik de kou van mijn doorweekte hoody die tegen mijn armen en rug plakte nauwelijks op; voor dit onderdeel van mijn ondoordachte plan moest ik het helemaal van mijn intuïtie hebben, en tenzij January's geest inderdaad ergens rondwaarde en vanaf gene zijde aan de touwtjes trok, zou het heel goed kunnen dat deze omweg totaal geen zin had gehad.

Maar ik had geluk. Iemand had een klein houten wigje tussen de veiligheidsdeur en het frame geklemd om hem open te houden, zodat de huurders niet elke keer als ze kwamen of vertrokken hun sleutels hoefden te pakken. De rijen brievenbussen aan de muur in de hal leverden de volgende belangrijke informatie op: op de brievenbus voor appartement 2D prijkte een handgeschreven etiket met daarop de naam *C. Hoffman.*

'Wat doen we in het appartementencomplex waar Cedric woont?' vroeg Kaz zenuwachtig. Ik had nauwelijks gemerkt dat hij me naar binnen was gevolgd.

'We hebben toch bewijs nodig? Kun jij een betere plek bedenken om dat te vinden?' Ik liet de logica ervan zo eenvoudig mogelijk klinken, ook al wist ik dat wat ik van plan was allesbehalve simpel zou zijn. Het was even gevaarlijk als stompzinnig, en er waren een stuk of tien manieren, zo niet meer, waarop het helemaal verkeerd kon lopen – of al kon mislukken voor ik goed en wel bezig was – maar daar stond tegenover dat we eigenlijk niets te verliezen hadden.

'Gaan we inbreken in Cedrics flat?' Zelfs in zijn ontzetting was Kaz zo slim om deze verschrikte vraag te fluisteren terwijl hij achter me aan de trap op liep naar de volgende verdieping. De vloerbedekking was versleten en rook naar mottenballen en natte hond, het behang zag er vreemd en dik uit met zijn reliëfstructuur, maar de lelijke isolatie dempte het geluid van onze voetstappen en stemmen. 'Flynn, dat is gestoord!'

'Technisch gezien zal alleen ik inbreken,' verbeterde ik hem, nog steeds vrij optimistisch, alles in aanmerking genomen. 'Een van ons moet op de uitkijk staan.'

Een enkele gang liep over de hele lengte van de eerste verdieping, met een beetje extra ruimte links en rechts voor steunpilaren, een stortkoker voor het afval en wat architectonische oprispingen en eigenaardigheden. Nummer 2D was gemakkelijk te vinden; een stevige houten deur met een kijkgaatje, een klopper en een klein belletje. Ik had mijn hand nog maar net op de deurkruk gelegd toen Kaz mijn pols vastgreep en hem terugtrok. 'Ik meen het echt, Flynn. Ben je nou helemaal gek geworden? Wat als hij thuis is?'

'Dat is hij niet,' stelde ik hem zelfverzekerd gerust. 'Ze hebben elke dag na school repetities tot zes uur. Hij zal de komende paar uur niet thuiskomen.' Kaz keek me nog steeds aan alsof ik me als vrijwilliger had aangemeld voor het explosievenopruimingsteam toen ik zijn hand voorzichtig van mijn pols tilde. Ik kon de verleiding niet weerstaan en liet mijn vingers langzaam over de rug van zijn hand glijden toen ik hem losliet; het gevoel van zijn huid tegen de mijne zorgde er al voor dat er vonkjes langs mijn ruggengraat knetterden en sisten, en ik ervoer de schuldbewuste roes van een verslaafde die stiekem één slok wijn had genomen. 'Het is onze enige kans, Kaz.'

Zijn mond vormde een ontevreden streepje, maar hij ging niet tegen me in, dus probeerde ik de deurkruk nogmaals. Het was niet echt een verrassing dat hij op slot zat. Het leek me al onwaarschijnlijk, maar als ik het niet had geprobeerd, zou ik me nog stommer hebben gevoeld. Kaz blies zijn adem uit en vroeg: 'En nu?'

Er lag geen welkomstmat waar een extra sleutel onder was verstopt en er lag geen reservesleutel op de bovenste rand van de deurpost. Het was teleurstellend, maar niet geheel onverwacht, en ik bedacht ter plekke een nog idioter plan B. Ik keek de gang in, links en rechts, tekende in mijn geheugen op waar 2D zich bevond in de indeling van het gebouw en zo snel als we de trap op waren gekomen, holde ik weer terug naar beneden, sprintte ik door de hal, het parkeerterrein op en door naar de achterkant van het gebouw.

De balkons zaten allemaal precies boven elkaar, en dat van Cedric keek uit over de parkeerplekken aan de achterzijde. Gelukkig waren we hier buiten het zicht van voorbijrijdend verkeer, en dankzij het slechte weer waren er ook geen mensen in de buurt. Weer keek ik op naar het gebouw, en ik nam het nette raster van appartementen met daarin zo veel mensenlevens goed in me op, en telde omhoog en opzij tot ik het appartement had gevonden dat ik zocht.

Ik had mezelf net het balkon onder dat van Cedric op gehesen, een paar meter boven de grond – en gelukkig hingen hier verticale jaloezieen achter de schuifdeuren die netjes waren dichtgetrokken – toen Kaz me weer wist te vinden. 'Waar ben je mee bézig?'

Weer pakte hij mijn arm vast en hij trok me terug op het asfalt van het parkeerterrein, nu met een kwade blik alsof ik hem zo langzamerhand nijdig maakte. Ik kreeg regendruppels in mijn ogen en moest ze toeknijpen, maar toch probeerde ik hem zo vastberaden mogelijk aan te kijken toen ik zei: 'Ik kan de deur niet intrappen, dus ga ik via het balkon.'

'En wat als de balkondeur ook op slot zit? Ga je dan de glazen deur inslaan? Wil je het risico lopen je hand te breken of je hele arm open te halen?' Zijn toon was neerbuigend, en ik voelde woede in me naar boven borrelen.

'Nou, misschien wel,' was mijn reactie. In werkelijkheid was ik helemaal niet van plan om ook maar iets in te slaan; als de schuifdeur op slot zat, dan zou ik mijn lot vervloeken en weer via de zijkant van het gebouw naar beneden klimmen, maar ik gokte erop dat dat niet nodig was. De meeste mensen maken zich niet erg druk om de veiligheid van hun balkon, zolang ze niet op de begane grond wonen. Gewone inbrekers nemen het risico niet om via de buitenmuren van appartementencomplexen naar boven te klauteren en willekeurig balkondeuren te proberen. De kans is te groot dat ze worden gezien, dat ze een flat kiezen waarvan de eigenaar thuis is, of dat ze inbreken in een studentenflat waar niet veel meer te halen valt dan een stel Ikea-meubels en lege bierblikjes. Alleen iemand met zeer veel vastberadenheid en een specifiek doel zou de moeite nemen die ik wilde nemen, en ik ging er niet van uit dat Cedric me verwachtte.

Kaz had me nog steeds bij een elleboog vast, en nu kwam zijn andere hand, schijnbaar uit eigen beweging, ook naar me toe. Hij legde hem tegen mijn nek. Zijn vingers waren gespannen en zijn duim veegde over mijn wang. Het was een liefhebbend gebaar, bijna bezitterig, en zijn geïrriteerde uitdrukking maakte meteen plaats voor een bezorgde blik. ‘Flynn, iemand kan je zien. Je kunt worden betrapt of gearresteerd, of… je zou van het balkon kunnen vallen en dóódgaan! Dit is fucking gevaarlijk, snap je dat dan niet?’

Zijn overduidelijke bezorgdheid en zijn aanraking deden mijn maag verkrampen en stuiteren als een opgewonden terriër. Ik wilde dat hij dichter bij me kwam staan, ik wilde mijn gezicht naar zijn handpalm toe draaien en die kussen, al was het maar om zijn huid tegen mijn lippen te voelen. *Fuck*, ik wilde zo graag dat hij hetzelfde voor mij zou voelen, maar dat deed hij niet, en dat moest ik accepteren, of ik dat nou leuk vond of niet. ‘Ik weet dat het gevaarlijk is,’ antwoordde ik zo kalm als ik maar kon, ‘maar het is ook onze beste kans om bewijs te vinden, bruikbaar bewijsmateriaal. Als ik kan bewijzen dat hij rohypnol heeft liggen, of griezelige aandenkens, of… weet ik veel, een dagboek vol van zijn misdaden of zoiets, dan moet de politie het wel serieus nemen!’

‘Ik… ik wil gewoon niet dat jou iets overkomt,’ antwoordde Kaz met moeite.

‘Ik ook niet.’ Ik forceerde een scheve grijns. Het idee dat ik betrapt zou kunnen worden – of de kans liep mijn schedel te verbrijzelen – was ook heus wel in mij opgekomen. 'Daarom moet jij dus op de uitkijk staan. Als Cedric onverwachts terugkeert, of de politie eraan komt, bel me dan op mijn mobiel en zeg dat ik moet maken dat ik wegkom.'

Hij liet me uiteindelijk los. Zijn gezicht stond er niet gelukkiger op, maar hij leek in elk geval te berusten in het feit dat ik dit idiote plan nu eenmaal wilde uitvoeren en hij me dat niet uit het hoofd kon praten. Ik keek om me heen om er zeker van te zijn dat de buren me niet zagen en pakte het onderste balkon opnieuw vast om me omhoog te hijsen.

Op mijn tenen balancerend op de reling lukte het me nog net om de onderkant van Cedrics balkon te pakken te krijgen. Ik haakte mijn vingers over de rand van de rechthoekige vloer. Regen plensde in mijn ogen en mijn vingers maakten dikke, vieze druppels los die in mijn gezicht spetterden en langs mijn armen omlaag stroomden. Het was walgelijk, maar ik hees me verder op tot mijn schouders even hoog hingen als mijn handen.

Ik heb weliswaar niet erg veel spiermassa, maar ook niet zo veel gewicht dat gedragen moet worden. Mijn armen brandden, maar ik was ervan overtuigd dat ik dit aankon. Maar toch ook weer niet helemaal. Minstens negentig procent zeker. En tegelijkertijd hing mijn doorweekte sweatshirt als een zak aardappels aan mijn schouders en nek en bungelden mijn benen onhandig ergens in de lucht. Mentaal stelde ik het percentage bij tot tachtig. Instinctief probeerde ik mijn voeten ergens tegen af te zetten, maar ze maaiden alleen maar stuntelig door de lucht, wat de spanning op mijn schouders er niet beter op maakte. Ik wilde met mijn rechterhand omhoog reiken en voelde de vingers van mijn linkerhand al vervaarlijk dicht naar de rand van Cedrics gladde, geverfde balkonrand glijden. Ik zette mijn rechterhand met een natte klap terug en zoog angstig mijn longen vol lucht. Mijn zelfvertrouwen zakte in tot een procent of zestig. Goddank woonde de man niet nog een verdieping hoger.

Mijn vingers werden stijf, het brandende gevoel in mijn armen werd een permanente zeurende pijn en ik paste mijn greep aan en maakte me op voor een nieuwe poging. Nu zwaaide ik mijn linkerhand omhoog en wist een van de dikke, houten spijlen vast te grijpen. Het ruwe oppervlak gaf me genoeg wrijving om me er ondanks de regen goed aan vast te kunnen houden, maar toen ik mijn been omhoog zwaaide, verloor ik toch een beetje grip. Ik zakte een paar centimeter omlaag en voelde een scherpe splinter door de zachte huid van mijn handpalm heen prikken. Het deed evenveel pijn als een wespensteek, maar ik verzette me tegen de neiging om het uit te schreeuwen en los te laten. In plaats daarvan kneep ik mijn trillende vingers steviger rond de spijl en dwong ik de neus van mijn schoen het balkon op, zodat ik mijn gewicht kon herverdelen.

Hand voor hand wist ik me met pure wilskracht langs de houten spijlen omhoog te hijsen, met mijn kiezen stevig op elkaar geklemd en mijn gedachten bewust helemaal leeg. Ik wist mijn andere been onder me te krijgen, kwam overeind, en zwaaide mijn benen over de balustrade en liet me toen in een onelegante, natte hoop op de vloer van het balkon vallen, tussen een graslelie in pot en een kleine barbecue in. Ik hijgde, mijn armen trilden en mijn hand klopte van de pijn, maar het was me gelukt. Of, althans, ik hoopte dat het gelukt was: er bestond nog steeds een kans dat de deur op slot zou zitten, of dat mijn oriëntatievermogen me in de steek had gelaten en dit het verkeerde appartement was.

Ik krabbelde overeind, pakte de deurgreep van de glazen schuifdeur vast en trok eraan. Eerst gaf hij niet mee, maar bij een tweede poging klonk er een klikje en een schrapend geluid, waarna hij stilletjes openschoof langs de metalen rail. Ik keek nog snel over mijn schouder naar de zwarte, lege ramen van de gebouwen tegenover me en glipte toen naar binnen.

25

Een paar jaar geleden heeft Micah zich op een of andere manier een keertje weten buiten te sluiten. Toen hebben we twintig minuten lang in een cirkel rond het huis gelopen en elke steen in de tuin omgekeerd om te kijken of er misschien een reservesleutel onder lag, en herhaaldelijk geprobeerd de garagedeur open te breken, tot ik uiteindelijk ontdekte dat de hor voor een van de kleine kelderramen loszat. Met een beetje brute kracht lukte het ons het ding open te krijgen en naar binnen te kruipen, zodat we in de waskamer terechtkwamen met slechts een handvol schaafwonden en blauwe plekken als gevolg. Nadat het idee dat we een of andere sociale basisregel hadden overtreden was weggezakt, kregen we een enorme kick van hoe slim we waren geweest met deze vernuftige infiltratie, een extra vlaag van opwinding. We waren *bijna* net echte inbrekers!

Dat avontuur was alle ervaring die ik met inbraak had, tot op het moment dat ik Cedric Hoffmans appartement betrad. De kick die ik destijds kreeg verbleekte bij het gevoel dat me nu overspoelde zodra ik uit de regen op een donkere, rechthoekige vloermat stapte die aan de binnenkant vlak voor de balkondeur was neergelegd.

Mijn hart klopte als een bezetene, het bloed pompte zo hard door mijn aderen dat ik er duizelig van werd en ik slikte een paar keer, alsof er iets in mijn keel vastzat. Er hing een zware stilte in de lucht, van het onheilspellende en zenuwslopende soort, maar ik hoorde het nauwelijks boven het bonzen van mijn hartslag in mijn oren. Iets te laat bedacht ik dat Cedric misschien niet alleen woonde, of dat hij zich misschien had ziek gemeld, en mijn benen verslapten en werden ijskoud onder me terwijl ik roerloos bleef staan en mijn oren spitste om tekenen van leven te bespeuren. Wat zou ik doen, vroeg ik me af, als ik nu voetstappen op me af hoorde komen? Afgezien van in mijn broek zeiken, dan.

Maar ik hoorde niets. De zware, beklemmende stilte duurde voort – de lucht tintelde er bijna van – en uiteindelijk duwde ik de schuifdeur achter me dicht. Pas toen ik pijn in mijn borst voelde, besefte ik dat ik mijn adem had ingehouden, en ik hapte een paar keer trillend naar lucht voor ik me omdraaide om rond te kijken. Het volgende moment leek mijn hart bijna in mijn borstkas te exploderen toen ik merkte dat ik recht in een versmald paar felgroene ogen staarde die mij kwaad aankeken en haast van binnenuit leken op te lichten van pure haat.

Ik voelde een stoot adrenaline door me heen gaan alsof iemand me tegen mijn borstbeen had geschopt, en de paniek schoot in onverdunde vorm door mijn aderen voordat ik een tel later begreep dat mijn vijandige tegenstander een kat was, die ineengedoken op een van de planken van Cedrics boekenkast zat. Het soepele zwarte dier zwiepte stilletjes met zijn staart terwijl ik regen en zweetdruppels uit mijn ogen knipperde en er alles aan deed om mijn hyperactieve bloedsomloop weer rustiger te krijgen.

Ik stond in de woonkamer. Recht voor me stond een halve muur die deze ruimte scheidde van een kleine, kombuisachtige keuken, en links daarnaast zat de voordeur. Er liep ook een gang naar links, en ik vermoedde dat die naar de slaapkamer en badkamer leidde. De graslelie op het balkon bleek slechts een klein voorproefje van Cedrics schijnbaar groene vingers; overal waar ik keek zag ik wel bloemen of bladeren: een enorme ficus die in de hoek stond en boven de televisie uittorende, varens die uit potten staken die aan haken aan het plafond waren gehangen, Kaapse viooltjes die vlak bij mijn voeten tegen elkaar aan waren geschoven om dat beetje licht dat door de schuifdeuren naar binnen viel op te nemen.

Snel trok ik mijn schoenen en doorweekte sokken uit. Ik liet alles op de mat staan. Ik wist nog niet zo goed wat ik van plan was te doen met enig bewijsmateriaal dat ik zou vinden – meenemen voordat Cedric de kans kreeg het te vernietigen, of achterlaten waar ik het had gevonden, zodat de politie er meer aan had – maar hoe dan ook, ik wist dat ik de man niet wilde laten merken dat er iemand in zijn huis was geweest. Ik was doorweekt van de regen, en ook al verwachtte ik hem zeker de komende drie uur niet thuis, ik kon het risico niet nemen om drijfnatte voetafdrukken in de flat achter te laten. Gelukkig was de mat donker genoeg dat er niets te zien zou zijn zodra het vocht was opgenomen; Cedric zou er met blote voeten op moeten gaan staan om te merken hoe nat hij was. En als hij dat al deed, zou hij misschien wel geloven dat de kat een zwakke blaas had.

Ik zou graag doen alsof ik vervolgens zeer methodisch en netjes de flat doorzocht, maar ik had geen idee waar ik moest beginnen. Afgezien van drugs die mogelijk gebruikt konden worden om iemand het bewustzijn te laten verliezen – en die klein genoeg waren om bijna overal verstopt te kunnen worden – wist ik niet eens echt waarnaar ik op zoek was. January's verdwenen telefoon? Een bebloede hakbijl? Ik moest maar hopen dat ik het zou herkennen zodra ik het zag, wat het dan ook zou zijn.

Het enige laatje in de salontafel leverde de volgende schatten op: kartonnen onderzetters, een kurkentrekker, twee doosjes met speelkaarten, maar verder nauwelijks iets. De kastjes van het entertainmentsysteem zaten propvol met alleen maar dvd's en een paar stoffige, oeroude videobanden; de helft ervan waren pornofilms en de helft daar weer van had titels als 'stoute schoolmeisjes' en 'ondeugende tieners'. Dat was nog eens voorspelbaar. Ik moest er niet aan denken wat Cedrics browser voor zoekgeschiedenis zou vertonen.

Ik kamde de keuken een keer grondig uit en trok messen een voor een uit een blok naast het fornuis om ze te controleren op belastende bloedvlekken. Mijn maag was zo strak samengebald als een vuist. In de rommella onder een wirwar van verlengsnoeren, losse stukjes touw en elastiekjes vond ik een dikke rol ducttape. Ik kon niet beslissen of dit een belangrijke vondst was of niet; in mijn ogen was het precies hetzelfde spul als er aan January's kleren in het grasveld vast had gezeten, maar ducttape was ducttape. Hoe anders kon het zijn? En bijna iedereen had wel een rol van dit spul ergens in huis liggen. Bovendien kon ik me niet voorstellen dat January vrijwillig met de man meegegaan zou zijn op de avond van haar dood; noch kon ik bedenken waarom hij haar helemaal naar zijn flat zou brengen als hij haar ook gewoon op Dumas kon vermoorden. Hoe dan ook, ik pakte mijn iPhone erbij en fotografeerde de verdachte rol plakband zoals hij daar lag, voor het geval dat.

In het halletje bij de voordeur was een kleine kast, en ik inspecteerde de inhoud van Cedrics jaszakken, rommelde rond in de neuzen van zijn laarzen en schoenen en schudde zelfs de twee paraplu's uit voor het geval daar iets in weggestopt zat. Niets.

Toen ik op het scherm van mijn telefoon keek, zag ik tot mijn grote schrik dat de zoektocht veel langer duurde dan ik had verwacht, en dat er al twintig minuten verstreken waren. Ik wist wel dat ik waarschijnlijk veilig was, maar toch kon ik me niet ontspannen; ik bevond me ergens waar ik niet hoorde te zijn, zonder enige garantie dat mijn klungelige inbraakpoging onopgemerkt was gebleven, en ik kon niet wachten om weer te vertrekken. Kaz had me al twee ongeruste tekstberichtjes gestuurd om te informeren hoe het ging, en ik stuurde een vlug antwoord terug voor ik de gang in liep die naar de rest van het appartement leidde.

Het was een korte, brede gang met drie deuren. De eerste bleek nog een kleine kast te zijn waar ook het beddengoed in werd bewaard. De kast bestond voor de helft uit smalle planken met daarop lakens, kussenslopen en handdoeken, terwijl in de andere helft – een open ruimte – een bezem, een stofzuiger en een opgeklapte strijkplank te vinden waren. Recht tegenover die kast was de tweede deur, die toegang bood tot Cedrics slaapkamer, en de derde deur recht voor me was die van de badkamer.

Ik liep meteen naar het medicijnkastje toe, trok het spiegeldeurtje open en keek naar de rijen en rijen plastic pillenpotjes op de vieze, glazen plankjes. Ik voelde mijn moed verdampen. Het waren er tientallen, allemaal verschillende kleuren, vormen en grootten en ik zag nu al dat ik nauwelijks zou begrijpen wat het voor pillen waren. Een stuk of zes potjes waren vrij verkrijgbare middeltjes voor allergieën en verkoudheid en pijnstillers, maar als Cedric de echte pilletjes eruit had gekieperd en vervangen voor rohypnol, zou ik het verschil niet kunnen zien – en dat gold al helemaal voor de medicijnen die alleen op recept verkrijgbaar waren, met hun onduidelijke namen en dubbelzinnige gebruiksaanwijzingen. Sterker nog, moest ik mezelf blijven inpeperen, zelfs al zóú ik een potje vinden waar duidelijk ROHYPNOL op stond, dan nog bewees dat niet dat Cedric zich schuldig had gemaakt aan verkrachting, laat staan aan een dubbele moord.

Met toenemende frustratie begon ik aan de klus om elk potje te fotograferen en weer terug te zetten zoals ik het had aangetroffen. Ik rommelde snel door de laatjes en andere kastjes, maar daar werd ik niet veel wijzer van; ik kreeg hooguit een inzicht in Cedrics mondhygiëne en zijn voorkeur voor dubbellaags toiletpapier. Ik wierp een vlugge blik in de badkuip en schraapte zelfs met het kleine plastic harkje door de weeïg geparfumeerde kattenbak, maar in beide gevallen leverde dat niets op.

Ik verliet de badkamer en haastte me naar de slaapkamer, een bedompte plek die er nog somberder uitzag met de donkere, zware wolken die door de brede ramen boven het bed te zien waren. De rest van het appartement was netjes en schoon, bijna militaristisch geordend, maar Cedrics privédomein was een nachtmerrie van verkreukte lakens, rondslingerend ondergoed en uitpuilende afvalbakken. Met enige tegenzin begon ik zijn bureau te doorzoeken, en ik deed mijn best niets aan te raken dat ooit in de buurt van zijn 'edele delen' geweest zou kunnen zijn, maar er viel weinig te ontdekken. Weggestopt achter een hele verzameling sokken zag ik echter een usb-stick liggen, en de overduidelijke moeite die was genomen om hem verborgen te houden – voor wie? – deed me watertanden.

Op een klein bureau in de hoek van de kamer stond een geopende laptop, waar ik meteen naartoe liep. Ik stak de usb-stick in de poort en zette het apparaat aan. Toen het met knipperende lampjes tot leven kwam, kreeg ik meteen een loginscherm te zien, dat een wachtwoord verlangde in ruil voor toegang. Er vervloog nog meer moed. Ik dacht aan wat Klara ons had verteld over 'professor' Hoffmans specialisme: Britse literatuur en toneel, en probeerde namen die te maken hadden met Shakespeare: Hamlet, Elsinore, Romeo, Juliet, Desdemona, Dunsinane. Na twintig pogingen en evenveel missers gaf ik het met een flinke krachtterm op.

Ik trok de usb-drive weer uit de poort en keek opnieuw op mijn telefoon. We waren weer drie kwartier verder en ik had nóg drie berichtjes van Kaz ontvangen. Ik negeerde ze en stopte de usb-stick terug op de plek waar ik hem had gevonden. Daarna doorzocht ik de rest van het bureau. Ik had meer moeite moeten doen om zorgvuldig te werk te gaan, maar ik was inmiddels al meer dan een uur in Cedrics woning, en ik werd steeds zenuwachtiger. Het hielp ook niet dat ik tegen die tijd ervan overtuigd was dat alles wat ik zocht ongetwijfeld weggestopt zat op zijn ontoegankelijke harde schijf.

Ineens kwam mijn telefoon in mijn zak tot leven. Hij trilde dringend tegen mijn dijbeen aan, en ik maakte een sprongetje alsof ik een elektrische schok had gekregen. Ik werd steeds nerveuzer, voelde een druk op mijn borst, en terwijl ik het ding tevoorschijn wurmde zag ik dat het Kaz was die me belde. Een vlaag van angst trok mijn zenuwen strak, en ik draafde al terug naar de woonkamer naar de plek waar mijn schoenen stonden terwijl ik hem vroeg: 'Wat is er? Is hij nu al thuis?'

'Waarom doe je er in godsnaam zo lang over?' vroeg Kaz, met een dun, hoog stemmetje van bezorgdheid. 'Flynn, je bent al een uur weg!'

Tegen die tijd stond ik bij de glazen schuifdeur, en ik bleef fronsend staan om door de regen heen naar dat deel van het parkeerterrein te kijken dat door de reling van Cedrics balkon zichtbaar was. Ik zag niets. Nerveus herhaalde ik de vraag. 'Is hij terug of niet? Wat is er aan de hand?'

'Nou, nee, hij is er nú nog niet,' antwoordde Kaz schel, alsof dat detail er niet toe deed, 'maar wie weet wanneer hij thuiskomt? Ik krijg er al een halve hartverzakking van om hier op je te zitten wachten!'

Ik blies trillend mijn adem uit en leunde tegen het glas aan. Met dichtgeknepen ogen voelde ik hoe mijn overdreven hoge hartslag langzaam begon te kalmeren. 'En je dacht: dat meld ik even, of zoiets? Ik schrok me gek toen ik zag dat jij belde – ik dacht dat ik op heterdaad betrapt zou worden!'

'Ik belde omdat je niet op mijn berichtjes reageert, en ik begon me zorgen te maken,' gaf Kaz toe, en hij klonk schuldbewust. 'Het gebouw heeft blijkbaar twee ingangen, en ik heb geen idee welke van de twee hij neemt. Ik probeer ze allebei in de gaten te houden, maar hij kan ook naar binnen glippen zonder dat ik het zie, en dan zit je pas goed in de shit.'

'De repetitie voor het toneelstuk zou nog wel een paar uur moeten duren,' zei ik tegen hem, 'en ik heb nog maar een paar plekken die ik moet controleren voor ik klaar ben, dus houd het nog even vol, ja? Ik ben hier zo weer weg.'

Ik zei het net zo goed voor mezelf als voor Kaz, aangezien zijn onthulling me een nog net iets minder veilig gevoel had gegeven. Na een korte aarzeling liet hij een hijgerig geluid horen dat evengoed een nerveus lachje had kunnen zijn. 'Sorry. Ik denk niet dat ik erg geschikt ben om op de uitkijk te staan bij zoiets.'

'Het is al goed. Maar... nou ja, bel me niet meer tenzij je hem echt zíét. Anders ben ik degene met de hartverzakking, en ik denk niet dat Cedric een ambulance wil bellen als hij me op de vloer in zijn woonkamer ziet liggen.'

Ik hing op en liep terug naar de slaapkamer, vastberaden om me te houden aan mijn belofte dit snel af te maken en dit hele nutteloze avontuur af te sluiten. Er waren waarschijnlijk een handvol plekken waar Cedric dingen zou kunnen verbergen en waar ik niet eens zou kunnen zoeken – in zijn auto, een opslagunit, een kluisje bij de bank – en dan ook nog eens een stuk of honderd hier in de flat waar ik nog niet eens bij stilgestaan had. Ik kon geen uren bezig blijven om de hele boel te doorzoeken, en ik had niet genoeg moed om me een tweede keer op deze illegale wijze toegang te verschaffen, dus het begon ernaar uit te zien dat mijn fotografische verslag van Cedrics keuken en badkamer de enige slag waren die ik had kunnen slaan.

Naast het bed stond een klein nachtkastje met twee laatjes, een kleine en een grote, en ik besloot dat dit een prima plek zou zijn om iets te bewaren wat mogelijke gasten niet mochten zien. Daar bleek ik gelijk in te hebben, maar op een iets andere manier dan ik had verwacht. In de grote la zat een hele schat aan hersluitbare plastic zakjes in allerlei maten, en toen ik er een paar uit tilde om te kijken wat erin zat, schoot er een koude rilling langs mijn ruggengraat omhoog. In elk zakje zat één enkel voorwerp, en op het zakje zat een handgeschreven etiket met daarop een meisjesnaam. Het waren steeds weer dezelfde paar namen, besefte ik toen ik de vreemde verzameling doorkeek: Erica, Alexis, Grace… en January.

Mijn adem stokte in mijn keel terwijl ik de hele voorraad bekeek en alles tevoorschijn trok waar de naam van mijn ex-vriendin op prijkte; maar toen ik de zakjes uitgespreid voor me had neergelegd, was ik even teleurgesteld als geschokt. Wat ik had gevonden was het bewijs van een obsessie, maar niet van verkrachting of moord: in een zakje zaten een paar blonde haren vast aan een elastiekje, in een ander zat een oorbel die ik herkende en waarover January begin september nog had geklaagd dat ze hem was kwijtgeraakt, en in een derde zakje zat een deksel van een koffiebekertje. Het was een schat aan achtergelaten spullen, dingen die Cedric uit afvalbakken en van de vieze vloer had geraapt, en ook al vormde dat geen positief plaatje van zijn geestelijke gezondheid, het was ook geen belastend bewijs.

Desalniettemin maakte ik foto's van de stapel zakjes, ervan overtuigd dat elke naam overeenkwam met een van Cedrics eerdere – of toekomstige – slachtoffers, en ging weer verder. Toen ik het kleinere laatje opentrok, sloeg mijn hart van schrik een slag over. Ik keek naar een groot en belachelijk levensecht uitziend pistool.

Ik wist niet veel van vuurwapens, maar het zag er groot genoeg uit voor de dodelijke taak waarvoor hij was ontworpen – en ik wilde ineens zo snel mogelijk weg uit Cedrics appartement, zelfs als dat betekende dat ik moest wegsluipen zonder veel meer resultaat dan een handvol mogelijk nutteloze foto's. Het toenemende risico betrapt te worden maakte deze zoektocht ineens een stuk minder de moeite waard.

Ik had de la net dichtgeduwd toen mijn telefoon opnieuw trilde in mijn zak, en mijn hele lijf verstrakte. Het was Kaz. Met een droge mond nam ik heel zachtjes op. 'Zeg me alsjeblieft dat je weer last hebt van een paniekaanval.'

'Ik zag net een man naar binnen gaan!' gilde Kaz bijna in mijn oor. 'Ik kwam net om de hoek van het gebouw, en ik zag hem door de deur naar binnen verdwijnen. Ik kon zijn gezicht niet zien, maar hij was breed en min of meer kalend en hij ging de trap op en… Flynn, maak gewoon dat je daar wegkomt! Nú!'

'Ik ga al,' mompelde ik, en meteen voelde ik energie om me heen knetteren alsof ik midden in een vuurrad zat. Ik stopte de telefoon terug in mijn zak en draaide me om, klaar om naar de woonkamer te sprinten. Op dat moment zag ik echter precies waar ik al die tijd naar had gezocht.

Mijn mond zakte open, en een fractie van een seconde lang was ik zo verbijsterd dat ik me niet meer kon bewegen. Ik had me zo gericht op het vinden van alle kleine hoekjes en plekjes en gaatjes waar Cedric mogelijk iets had kunnen verstoppen dat ik totaal had genegeerd wat zich al die tijd al recht voor mijn neus bevond. En nu begreep ik niet hoe ik dát over het hoofd had kunnen zien, want het ding trok me naar zich toe als een soort tornado, tot ik helemaal niets anders meer in de kamer zag.

Ik wist dat ik geen tijd te verspillen had, dat als Cedric inderdaad de man was geweest die Kaz het gebouw in had zien lopen, mijn voorsprong op hem nu nog minder dan een minuut was en snel slonk, maar ik keek naar het bewijs dat de man een moordenaar was, en ik kon het niet achterlaten. Als hij besefte dat er iemand in zijn flat was geweest, zou hij het meteen vernietigen.

Ik sprong naar de plek waar het ding recht tegenover Cedrics bed aan de muur hing, trok de mouwen van mijn hoody over mijn vingers heen en probeerde het los te halen van de bevestigingshaken. Ik wilde geen vingerafdrukken achterlaten, wilde Cedric niet de kans geven om te beweren dat het expres was achtergelaten om hem verdacht te maken, maar de dikke, natte stof van mijn sweatshirt maakte mijn grip zwak en mijn toenemende angst deed mijn handen trillen.

Ik bleef me voorhouden dat Kaz overdreven had gereageerd, dat de repetitie op Dumas nog lang niet voorbij kon zijn, maar net op dat moment kwam er – met een golf van misselijkmakende afschuw – een angstaanjagend beeld in mijn herinnering naar boven: een poster in de foyer van Dumas, op de plek waar ik Kaz had gevraagd op me te blijven wachten terwijl ik op zoek ging naar Reiko's vrienden. De waarheid was zo onvoorstelbaar vreselijk dat ik mezelf probeerde wijs te maken dat het niet echt was, ook al besefte ik op hetzelfde moment dat ik echt diep in de problemen zat.

Er was die dag geen repetitie van de toneelclub geweest: de theaterzaal was gebruikt voor een herdenkingsdienst voor January en Reiko.

Ik rukte mijn vondst van de muur, en mijn borstkas voelde alsof er van binnenuit allemaal gaten in werden gestoken terwijl ik naar de woonkamer stormde. Ik probeerde te verzinnen hoe ik zo snel mogelijk langs het balkon naar beneden kon klimmen zonder iets te breken, maar ik had nog geen drie stappen in de kleine gang gezet of er rammelde een sleutel in het slot, dat met een oorverdovende *klik* werd geopend.

Cedric was thuis.

26

Een warm briesje blies vanuit de achtertuin door het huis en bracht de geuren van de zomer door de hor van onze schuifdeuren heen mee naar binnen: aarde, warmte en de verrukkelijke geur van een barbecue in de buurt. Het was het weekend voor de Dag van de Arbeid, en onze vrijheid eindigde officieel weer op dinsdagochtend, met het aanbreken van de eerste schooldag, dus ging elke tik van de klok gepaard met een gevoel van een naderend verlies. January en ik lagen languit op de bank in onze woonkamer, waar we tv keken en niet wilden nadenken over hoe weinig tijd er nog over was.

'Heb je genoten van jullie knusse buurtfeestje?' vroeg ze uiteindelijk, haar toon speels toen ze opkeek van de plek waar ze haar hoofd op mijn borst had neergelegd. We deden ons best om er niet over te praten dat we binnenkort in feite een langeafstandsrelatie binnen onze eigen stad zouden hebben, gescheiden door aparte onderwijsinstituten en een extra rijtje nullen vóór het decimaalteken van het vermogen van haar nieuwe familie.

'Ja, Micah en ik hebben ons helemaal laten vollopen,' antwoordde ik licht sarcastisch, en ik rolde een beetje met mijn ogen. Al vanaf het begin van die kleuterspeelgroep waar ik mijn beste vriend had leren kennen, gaf onze wijk buurtfeesten die rechtstreeks uit de jaren vijftig leken te komen, en dat bij alle grote, zomerse feestdagen. De bijeenkomsten verliepen eigenlijk altijd hetzelfde: iedereen bracht wat te eten mee voor de tafel, kinderen renden rond met sterretjes, er werden biertjes en frisdranken uit koelers met ijs gevist en er blèrde muziek uit het blikkerige entertainmentsysteem van de Harrisons. Eigenlijk waren die feesten best leuk, maar dat kon je onmo-

gelijk hardop toegeven zonder te klinken als dat kind uit de kleuterklas dat altijd maar lijm opat. 'En hoe was jouw superchique banket of wat het ook was?'

'Ugh, daar wil ik echt niet meer aan hoeven denken. Ik heb iets van vier uur lang moeten grijnzen als een gestoorde gek en de Perfecte Gehoorzame Stiefdochter moeten uithangen voor de camera's. En ik heb nauwelijks iets kunnen eten, want elke keer dat ik een hap wilde nemen dook er een fotograaf op uit het niets die hoopte op een of andere schandalige foto van mij met mijn lippen rond een dikke, vette braadworst of zo.'

'Mijn moeder heeft genoeg aardappelsalade gemaakt om er een nucleaire koeltoren mee te vullen, dus als je nog honger hebt…' bood ik haar aan. Mijn ouders waren naar een film gegaan, en January hoefde de rest van de avond niet meer aanwezig te zijn voor de familiekiekjes-fotosessie, dus we hadden het hele huis voor onszelf. 'En meneer Culbertson heeft haar overgehaald om iets van veertig kilo van een of andere vreemde auberginestoofschotel met asperges en kappertjes mee naar huis te nemen.'

'Hmm, hoe kan ik daar nou ooit nee tegen zeggen?' vroeg ze droogjes, terwijl ze haar haar over een schouder naar achteren gooide. Eventjes keek ze zwijgend naar me op. 'Ik zal je missen, Flynn. Dit hele gedoe is zo vreselijk balen.'

'Ik weet het. En ik ga jou ook missen.'

Voorzichtig duwde ze zich omhoog langs mijn lichaam tot we naast elkaar lagen en elkaar aankeken, en ze boog naar me toe voor een kus. Die begon heel zacht en teder, maar werd algauw dwingender en agressiever. Dat gebeurde de laatste tijd steeds vaker, en ik werd er nerveus van. Ik wilde mijn hand op haar arm leggen, met het idee dat ik misschien een niet-kwetsende manier kon bedenken om haar een beetje af te remmen, maar ze bewoog onverwacht opzij en mijn vingers lagen ineens om haar linkerborst geklemd.

Meteen trok ik mijn hand met een ruk weg, mijn gezicht werd knalrood en heet, en January beëindigde de kus. Ze leunde op een elleboog en keek met een vreemde frons op me neer. 'Het zijn maar tieten, Flynn. Ze bijten niet.'

'D-dat weet ik,' stamelde ik opgelaten. 'Maar ik… ik wil gewoon niet dat je denkt dat ik… je aanrand of weet ik wat.' Ze fronste nog steeds, dus

probeerde ik er een grapje van te maken. 'We hebben iets van een miljoen bijeenkomsten op school gehad waar ze erop hameren dat ik je nergens mag aanraken zonder eerst toestemming te vragen. Ik probeer gewoon een gentleman te zijn!'

'Bij dezen geef ik je toestemming om niet in paniek te raken als je hand per ongeluk langs mijn tiet glijdt,' antwoordde January, iets te theatraal om het echt serieus te menen, en ik slaakte een stiekeme zucht van opluchting. Door de manier waarop ze naar me keek, was ik al bang dat mijn dwangmatige schichtigheid haar argwaan had bezorgd, dat ze misschien had gemerkt dat ik soms naar Matt Bianco keek tijdens de zwembadfeestjes die ze op het landhuis gaf en dat ik eigenlijk misschien nooit zo naar haar had gekeken.

'Nou, bedankt,' zei ik, en ik forceerde een glimlach die er hopelijk een stuk welgemeender uitzag dan hij voelde. 'Ik denk gewoon dat als het gaat om seks en... je weet wel, seksuele dingen, dat ik... dat ik liever wil wachten. Ik wil dat het het juiste moment is. Dat het speciaal is.'

January staarde me zo lang uitdrukkingsloos aan dat het zweet me uitbrak. Ik wist totaal niet hoe ik haar reactie moest opvatten, en toen kropen haar mondhoeken opeens omhoog. 'Flynn, ik zweer, zo af en toe snap ik helemaal niks van hoe het in jouw hoofd werkt. Ik probeer je heus niet te betoveren met mijn verleidelijke tieten om seks met me te hebben of zo! En voor de duidelijkheid: ik ben het helemaal eens met het plan om te wachten. Ik ben er écht nog niet aan toe om mijn maagdelijkheid te verliezen, en als ik dat wel ben, wil ik ook dat het speciaal is en het juiste moment, met al die soft-focus en sfeerverlichting en Hollywoodmagie-onzin die wij meiden zo graag schijnen te willen. Ik zet je echt niet onder druk, hoor. Maar als je mijn tieten zo af en toe eens aanraakt, dan ga ik heus geen aangifte doen.'

Ze ging weer liggen, met haar hoofd op mijn borst, en een tijdje bleven we zo liggen luisteren naar de windgong die in de achtertuin tingelde. Toen sprak ze weer, haar stem zo gedempt dat ik bijna niet verstond wat ze zei.

'Maar als het juiste moment daar is, als het goed voelt... dan hoop ik dat het met jou is.'

Zweetdruppels jeukten als uitslag op mijn hoofdhuid, de lucht om me heen was verstikkend en mijn hart pompte als de motor van een oceaanlijnschip. Een of ander plastic opzetstuk van Cedrics stofzuiger prikte pijnlijk in mijn heup en het kostte moeite om roerloos te blijven staan.

Zodra ik me realiseerde dat hij elk moment door de voordeur naar binnen kon komen, had mijn automatische piloot het van me overgenomen. Ik was achteruitgedeinsd en had de kleine kastdeur in de gang opengetrokken. Het geluid van Cedrics afwezige, onbehouwen manier van binnenkomen had het geschraap van de dubbele metalen deurtjes van de linnenkast maar net overstemd toen ik ze achter me dichtschoof in hun aluminium geleiderail. Althans, dat hoopte ik. Ik werd meteen in een bijna absolute duisternis gehuld, het enige licht dat nog naar binnen sijpelde door een stel smalle, horizontale latjes bood me geen al te best zicht op wat er vlak buiten mijn verstopplaats allemaal gebeurde.

Ik hoorde Cedric in het kleine halletje van de flat heen en weer bewegen, zijn schoenen uit schoppen, zijn jas van zijn schouders schudden en ophangen, gevolgd door zijn zware voetstappen toen hij de keuken in liep. Wat moest ik nu doen? *What the fuck moest ik nu doen?!* Ik kon hier niet blijven staan en mijn adem inhouden tot de man een keer naar bed ging. Ik zat echt flink in de shit, tenzij hij nog een keer wegging. Kon ik een manier bedenken om ervoor te zórgen dat hij nog zou weggaan? Als ik Kaz nou kon laten weten dat hij hem naar buiten moest lokken…

Alsof het afgesproken was, zoemde precies op dat moment mijn telefoon weer, en mijn hart schoot omhoog mijn keel in en bleef daar steken. Ik was nog nooit zo blij geweest dat ik het geluid altijd uit had staan, maar het geluid van de trilling klonk nagenoeg oorverdovend in mijn paniekerige oren, zo luid dat ik net zo goed een complete kettingzaag in mijn zak had kunnen hebben. Ik kon het ook niet laten ophouden; ik durfde het risico niet te nemen nóg meer herrie te maken door te gaan bewegen om hem uit te zetten.

Er klonken geluiden vanuit de keuken: keukenkastjes die werden dichtgeslagen, een verpakking die werd opengescheurd met het ruwe gekraak van extra dik papier, iets wat kletterend in een aardewerken schaaltje werd gegoten. Het was ongelooflijk, maar het verhulde het donderende gezoem van mijn mobiele telefoon, die goddank net ophield vlak voordat Cedric stopte met alle kabaal in de keuken. Na een stel vreemde klakgeluidjes gemaakt te hebben met zijn tong, riep de man: 'Etenstijd, Hippolyta, jij kleine kattenkop!'

Hippolyta, de koningin van de Amazones uit *A Midsummer Night's Dream*. De toneelclub van Riverside had dit toneelstuk vorig jaar nog opgevoerd, en de jongen die Theseus speelde had zijn aanstaande bruid constant 'hippo-liter' genoemd, wat Micah, January en ik natuurlijk stiekem heel grappig vonden. Ik had er alles om verwed dat de naam van de kat het wachtwoord was dat ik nodig had om in Cedrics computer te komen, en ik nam het mezelf kwalijk dat ik niet had gekeken of het dier misschien een naamplaatje droeg.

En toen, op het moment dat Cedric de keuken uit liep en zijn voeten over het linoleum naar de vloerbedekking in de woonkamer stapten, bedacht ik nóg een slordige fout die ik had gemaakt – eentje die zo ernstig was dat mijn bloed onmiddellijk ijskoud en keihard werd in mijn aderen. *Mijn schoenen stonden nog steeds op de mat bij de balkondeur.*

Voordat ik de tijd kreeg om met het belachelijk optimistische idee te spelen dat Cedric ze niet zou zien staan, hoorde ik dat hij abrupt bleef staan. Hij kon niet meer dan drie of vier meter verwijderd zijn van de plek waar ik onhandig ineengedoken in die donkere kast stond met het veelzeggende voorwerp dat ik van zijn slaapkamermuur had gehaald stevig in mijn armen, en in gedachten zag ik hem staren naar de hoge gympen die pontificaal in het midden stonden, nog net niet in het licht van een schijnwerper. Zijn voeten schuifelden opnieuw over het tapijt – draaide hij zich om? – en toen klonk zijn stem, heel zwak en zenuwachtig: 'Is er iemand…? W-wie is daar? Kom tevoorschijn!'

Ik hield me stil, met mijn ogen dichtgeknepen en een pijnscheut die dwars door me heen ging bij elke gewelddadige hartklopping, alsof er heel misschien nog steeds een sprookjesachtige kans bestond dat hij zou besluiten dat er toch niemand anders in de flat aanwezig was, dat de inbreker misschien alweer was vertrokken en uit beleefdheid een paar schoenen had achtergelaten. Het was een klein appartement, en ook al waren er genoeg plekjes om drugs en dagboeken vol criminele bekentenissen te verstoppen, er waren maar weinig ruimtes groot genoeg om een mens met schoenmaat tweeënveertig te verbergen, en die zou hij nu zeer snel allemaal nagaan. Ik wist alleen niet of hij al daarvoor of pas daarna de politie zou bellen.

Zodra zijn voetstappen vastberaden mijn kant op kwamen, dezelfde kant als zijn slaapkamer, herinnerde ik me het pistool in zijn nachtkastje weer. Ik kon hem daar niet naartoe laten gaan, anders zou ik het er nooit levend van afbrengen.

Er was geen tijd om na te denken, om te plannen, om dingen af te wegen. Ik kon alleen maar dóén. Hij was net voorbij de kast gelopen en had zich omgedraaid om zijn slaapkamer binnen te gaan, toen ik de deur openduwde en riep: '*Stop!*'

Cedric draaide zich met een ruk om, zijn ogen groot van schrik. Toen hij me zag moest hij twee keer kijken. Zijn angst vermengde zich al snel met verwarring, verrassing en een duidelijke ondertoon van woede. 'Jíj! Hoe heb jij hier weten binnen te komen? Wat doe je in godsnaam... Hoe dúrf je in te breken in mijn huis!'

'Het is voorbij, Cedric,' verklaarde ik, een letterlijk citaat uit elke detectivefilm die ik ooit had gezien. Het klonk als een grap, maar ik was te bang om helder na te kunnen denken, te zeer van slag om mijn eigen woorden te formuleren. Mijn tanden klapperden zelfs toen ik hem toesiste: 'Ik weet wat je gedaan hebt. Ik weet alles!'

'Dit is... ik pik het niet dat je me zo blijft lastigvallen,' tierde Cedric, ook al kwam hij niet van zijn plek. 'Mijn repetities verstoren is één ding, maar dít... Ik ga de politie bellen!'

'Prima, doe maar! Dat scheelt mij weer,' reageerde ik, terwijl ik me op hetzelfde moment realiseerde dat het dreigement niet als bluf bedoeld was. Hij had me op heterdaad betrapt nadat ik in zijn huis had ingebroken, en ik zou hem normaal gesproken juist moeten smeken om de politie níét te bellen. Maar door het tegenovergestelde te doen, had ik laten merken dat ik wel degelijk iets wist, dat ik dus misschien echt gevaarlijk was. De behoedzaamheid die in zijn ogen verscheen toen hij me opnieuw opnam, deed me beseffen dat ik alweer een fout had gemaakt. Zenuwachtig ging ik verder: 'Sterker nog, waarom bel je ze niet nu meteen?'

'Je wordt steeds onverdraaglijker, meneer Doherty,' liet hij me na een korte stilte weten, zijn stem opeens kil en monotoon. 'En nu ben je een inbreker, een jeugddelinquent, niets minder dan een gewone crimineel.'

'Altijd nog beter dan een *verkrachter*,' beet ik hem venijnig toe, 'en een *moordenaar*.'

Er trok een spiertje in zijn gezicht, maar hij wist de reactie snel te onderdrukken. 'Dat is een schandelijke aantijging, en die kun je maar beter niet herhalen als je...'

'Het is geen aantijging, het is de waarheid! Je hebt January verkracht en haar vervolgens vermoord toen ze dreigde het bekend te maken – en toen Reiko je ermee confronteerde, heb je haar ook vermoord!' Ik was naar voren gestapt, de woede raasde door me heen als een vlaag hete woestijnwind. 'Ik heb de tijd gehad om een beetje rond te kijken voor je thuiskwam, jij geestelijk gestoorde psychopaat. En ik weet alles.'

'Ik... ik hoef dit soort laster niet aan te horen,' stamelde Cedric met een rood aangelopen gezicht en trillende onderkin. Hij schuifelde naar achteren. 'Ik ga nu meteen de politie bellen, dus blijf waar je bent!'

Hij draaide zich snel om en kwam in beweging, maar niet in de richting van de telefoon die op het bureau stond. In plaats daarvan liep hij regelrecht naar zijn nachtkastje toe. Mijn zenuwen werden zo strak aangetrokken als een leren riem, en uit pure wanhoop speelde ik mijn troef uit door te schreeuwen: '*Hoe kom je hieraan?*'

De klank van mijn stem deed hem stilstaan en omdraaien om te zien wat ik in mijn handen hield, wat ik van zijn muur had gestolen. Het was een portret van January, zo schrikbarend precies in de zekere, sierlijke lijnen dat ik ontzag had gehad voor Reiko's enorme talent toen ik haar ermee bezig had gezien. Dit was de tekening waarover GBA me had verteld, de tekening die Reiko af wilde maken voor January's herdenkingsdienst toen ze die middag tot laat in het theater was achtergebleven – op de avond waarop ze was vermoord. En ik had hem in Cedrics slaapkamer gevonden.

Zijn ogen waren groot en angstig, zijn gezicht had een ongezonde, vermiljoenrode kleur aangenomen. 'Die is van mij! Leg... leg dat onmiddellijk neer!'

'Dit heb je van Reiko afgepakt,' beschuldigde ik hem woedend. 'Je hebt haar vermoord, en dit gestolen, en aan je muur gehangen...'

'Je hebt geen idee waar je over praat,' sputterde hij tegen terwijl hij het portret probeerde af te pakken.

Ik trok het weg, buiten zijn bereik en schreeuwde: 'Je hebt er een lijst voor gekocht! Wat mankeert jou in godsnaam?'

Een dik vierkant van glanzend zwart hout, ingelegd met stukjes mat ivoor, zat nu rondom het zorgvuldig met potlood getekende gezicht van mijn ex-vriendin. Het portret was zwaar in mijn met mouwen omhulde handen, en bleef omlaag glijden terwijl ik het probeerde vast te houden zonder het met mijn vingers aan te raken. Uiteindelijk flitste de paniek over Cedrics gezicht, en happend naar lucht zei hij: 'Wees voorzichtig! Dat is breekbaar!'

'Vertel me hoe je eraan komt!' beval ik. 'Geef het toe!'

'Ze… ze heeft het aan me gegeven. Reiko. Ze wist hoeveel January voor me betekende, welke speciale band we hadden…'

'*Leugenaar!*' brulde ik. 'Smerige, vuile *leugenaar*! Je had helemaal geen "band" met haar – ze heeft me zelf verteld dat je een vieze oude perverseling bent! Ze had medelijden met je.'

'Dat is niet waar. Dat is domweg niet waar! We hadden… een speciale…'

'Je hebt je aan haar opgedrongen. Je hebt haar aangevallen, en daarna heb je haar vermoord om te zorgen dat niemand het te weten zou komen, want je wilde er zeker van zijn dat niets je in de weg zou staan om het nog een keer te doen, walgelijke, gestoorde…'

'DAT IS NIET WAAR!' brieste hij met opzwellende borstkas, en ik deinsde achteruit, geschrokken door de heftige uitbarsting. 'Ze was speciaal – ze was anders. Al vanaf het begin wás er iets tussen ons, iets echts. Ik verwacht niet dat jij dat begrijpt. Je bent nog te jong, te onvolwassen om te begrijpen wat…'

'Ze was víjftien, jij zieke klootzak!'

'Ze had een oude ziel,' zei hij vroom, en ik moest bijna overgeven op zijn vloer.

'Het was anders niet haar zíél die je rohypnol toediende…'

'Ik hoef jou helemaal niets uit te leggen!' onderbrak hij me, ziedend van woede. 'Jij weet niets, je kunt niets bewijzen, en ik ga niet langer luisteren naar…'

'Ik weet wat er op Hazelton gebeurd is,' blafte ik hem bijtend toe, 'en als de politie dat hoort, zullen ze je heel erg interessant vinden. Jou en dit portret en je zieke verzameling souvenirs.'

Hij verstijfde, zijn mond zakte open en alle kleur verdween uit zijn gezicht. Hij bewoog zijn mond een paar keer, maar er kwam geen geluid uit. Opeens, zonder enige waarschuwing, draaide hij zich rond op zijn hiel en sprintte hij naar het nachtkastje toe. De plotselinge beweging verraste me, en de afstand die hij moest overbruggen was zo kort dat het al veel te laat was om hem nog in te halen tegen de tijd dat mijn reflexen eindelijk reageerden. Het was ook veel te laat om door de voordeur naar buiten te rennen, de gang in, en helemaal de trap af naar beneden voordat hij een kogel in mijn ruggengraat kon jagen. Dus deed ik het enige wat ik kon; ik tilde het portret van January met de zware lijst op en smeet het naar Cedrics hoofd met elk greintje kracht, vastberadenheid en woede dat ik nog overhad.

Het draaide rond in de lucht en tot mijn opperste verbijstering raakte het de man met een bevredigend krakend geluid vlak achter zijn linkeroor. Het portret ketste af, viel op de grond en het glas versplinterde bij de klap, terwijl Cedric op een knie zakte en door zijn enorme omvang vooroverviel tegen zijn nachtkastje. Alles wat er boven op dat kleine kastje stond kletterde op de grond, en de man smakte hard tussen alle rommel neer en viel met een luide kreet languit op zijn zij op het tapijt.

Ik zat al boven op hem voor hij de kans kreeg zich om te draaien. Ik was verblind en verdoofd van woede, en ik heb ook geen idee welke woorden er uit mijn mond rolden, en slechts een vaag idee van hoe vaak ik hem geslagen moet hebben. Toen ik me weer van mezelf bewust was, waren mijn armen pijnlijk, mijn knokkels rauw en gevoelig en mijn keel deed zeer van alle krachttermen die ik had uitgeschreeuwd. Bloed zat in vegen over Cedrics brede, gezwollen gezicht, droop uit zijn neus en een schram vlak boven een van zijn wenkbrauwen, zijn bril was kapot en zijn vlezige onderarmen hield hij in een verdedigende houding boven zijn hoofd.

'Waar is ze?' schreeuwde ik schor, terwijl alles voor mijn ogen draaide en mijn handen zijn kraag vastgrepen en ik hem zo hard als ik kon door elkaar schudde. 'Wat heb je met haar gedaan?'

Tot mijn grote verbazing begon hij te lachen; een bitter, minachtend lachje dat achter in zijn keel ratelde alsof je kiezelstenen door een metalen stortkoker goot. 'Je bent een zielig kind. Denk je soms een held te zijn, een of andere Galahad die de eer van zijn schone maagd verdedigt? Je hebt geen idee wat ze was!' Zijn ogen flitsten fel en keken met een soort manisch plezier naar me op vanuit het met bloed besmeurde, hatelijke gezicht. 'Ze was een verleidster, een succubus, en ik heb haar slechts gegeven wat ze wilde!' Ik stompte hem nog een keer en zijn lip barstte open als een rotte perzik. Het bloed gutste over zijn vergeelde tanden en maakte zijn kwaadaardige grijns dubbel zo angstaanjagend. 'Wat ben je toch sneu. Een jengelende snotneus van een jongen. Jij zou nooit goed genoeg voor haar zijn geweest, jij...'

Weer stompte ik hem, nu tegen de zijkant van zijn hoofd, maar de klap kwam niet goed aan en na een plotselinge, scherpe steek werd mijn hand gevoelloos. Ik wist meteen dat ik die ernstig verwond had. Woedend greep ik met mijn andere hand zijn keel vast, en er droop speeksel van mijn ontblote tanden toen ik hem toesnauwde: 'Ze was gewoon een méísje.'

'Ze was een mannenverslindster,' reageerde hij, niet van zijn stuk gebracht door mijn gewelddadigheid. 'Ze was een sirene die vastberaden was me naar mijn ondergang te lokken. Ik wist het. Ik wist het vanaf het moment dat ik haar zag, maar ik was machteloos en kon me niet verzetten. Ik wist precies wat ze was, wat er in haar zat, en toch hield ik van haar. Eerlijk, ik hield echt van haar. Zij dwong me al die dingen te doen! Ik had geen keus. Ik had geen enkele keus.'

'Ze zou wetenschapper worden.' Ik huilde, ik was uitgeput, en als ik hem nog een keer had kunnen slaan, dan had ik dat gedaan, maar ik kon mijn rechterhand niet meer bewegen en ik voelde langzaam een ritmisch kloppende pijn ontstaan. 'Ze zou verhuizen naar Californië en astronomie studeren en belangrijk worden, iets belangrijks doen, maar dat heb je haar allemaal ontnomen! Haar, en Reiko!'

Op dat moment bloeide hij weer op. Zijn gezicht liep donker aan van woede en hij gromde: 'Waag het niet om January te vergelijken met die kleine Japanse bitch!' Hij duwde me met zo veel kracht van zich af dat ik bijna door de kamer vloog. Ik landde op mijn achterste en mijn hoofd raakte de deurpost zo hard dat ik lichtflitsen achter mijn oogleden zag. Cedric worstelde om overeind te komen en keek me kwaad aan door een masker van bloed, zijn ogen vonkend als kooltjes. 'Er was níéts speciaals aan die meid, niets betoverends! Ze was een ellendige, vuilgebekte feeks die January en mij net zomin begreep als jij!' Hijgend spuugde hij een klodder roze, schuimend slijm uit op het tapijt. 'Ze chanteerde me! Ze kwam naar me toe met haar obscene woorden, beschuldigde me van allerlei dingen met de meest vunzige taal... van die weerzinwekkende, onbetamelijke nonsens... en ze verwachtte dat ik door het stof zou gaan, dat ik haar respéct zou tonen!'

'Heb je haar daarom vermoord?' vroeg ik versuft. De kamer kantelde vervaarlijk en mijn hand zwol heel snel op en kreeg een paarse kleur. 'Vanwege die "onbetamelijke nonsens"?'

'Ze beweerde dat ze me kapot zou maken, dat ze de politie op de hoogte zou brengen van een aantal vreselijke dingen die January haar over mij verteld zou hebben. Dat kon ik haar natuurlijk niet laten doen. Dan was mijn carrière voorbij geweest. Dan was mijn léven voorbij geweest.' Hij grijnsde opnieuw, kwaadaardig, en zijn hele lichaam trilde toen hij zelfingenomen en trots grinnikte. 'Dus zorgde ik ervoor dat ze dat niet kon doen. Ik smeekte haar om te zwijgen – geloof het of niet, ik sméékte haar – en zodra ze dacht gewonnen te hebben, stak ik een schroevendraaier in haar keel en ik sneed haar vulgaire, hatelijke tong eruit!' Zijn grijns werd breder, op het gestoorde af, en hij begon achterwaarts weg te schuifelen, met zijn ogen op mij gericht terwijl een hand door de lucht maaide, op zoek naar de laatjes van het nachtkastje. 'En nu is het denk ik tijd dat ik ook iets aan jou doe.'

Ik probeerde op te staan – om weg te rennen of opnieuw aan te vallen, dat wist ik zelf ook niet – maar de vloer onder mijn voeten wilde niet stilstaan. Ik viel met een klap terug op de grond en de hele kamer danste en kantelde om me heen in een misselijkmakende quadrille. Op hetzelfde moment dat Cedric zijn ogen van me afwendde en zich omdraaide naar het nachtkastje, hoorde ik in de verte een druk en onophoudelijk gebonk op de voordeur. Gevolgd door mijn naam, uitgeschreeuwd in paniekerige klanken: 'Flynn! Flynn!!'

De deur brak met een klap open, voeten stampten door de hal en

Cedric haalde het pistool tevoorschijn dat hij met wanhopige vingers begon vol te laden met kogels, waarna hij de haan spande. Het was hem net gelukt om te richten toen Kaz naast me in de deuropening verscheen, abrupt bleef staan en vanaf de kraag van zijn jas tot aan de wortels van zijn natgeregende haar grijs kleurde zodra hij het schouwspel in de slaapkamer in zich opnam.

'O, g-goddank dat er iemand is gekomen!' stamelde Cedric niet overtuigend, met het pistool op mijn borst gericht. Als hij ook maar een spier vertrok, was ik dood. 'Deze jongen, deze... deze dief... heeft ingebroken in mijn appartement en me aangevallen! Ik was bijna dood geweest! Bel alsjeblieft de politie – er staat een telefoon in de woonkamer.'

'Ik heb al gebeld,' antwoordde Kaz op een robotachtige manier, half fluisterend met trillende stem. Hij stond in de deuropening als een zoutpilaar, verstijfd van angst.

'O.' Cedric keek opzij toen hij een nieuwe afweging maakte en zijn mond verdraaide tot een gespeelde dankbare glimlach. 'Goed zo, dank je wel! Dan kun je maar beter in de gang op hen wachten. Deze jongeman is nogal gevaarlijk en ik zou niet willen dat jou iets overkomt.'

'Ik heb gezegd...' Kaz' stem begaf het en hij viel stil. Een gespannen moment lang staarde hij emotieloos naar Cedrics wapen, met grote ogen en een glazige blik. Daarna keek hij naar mij. Ik zag op dat moment iets in zijn uitdrukking veranderen en hij slikte, waarna hij met onvaste stem verderging. 'Ik heb gezegd dat je Flynn hebt gevraagd om langs te komen. Ik heb gezegd dat hij heeft ontdekt wat je op Hazelton hebt uitgespookt, dat hij je belde om je een kans te geven alles uit te leggen en dat jij hem hebt uitgenodigd om naar je woning te komen. Ik heb gezegd dat ik bang was, dat... dat ik geloofde dat je hem iets wilde aandoen.'

Cedrics blik schoot tussen ons heen en weer, hij perste zijn lippen op elkaar en zijn rechteroog begon te trillen. Op grimmige toon zei hij: 'Dat had je niet moeten doen.'

'Het doet er niet meer toe, Cedric,' zei ik tegen hem. Ik zou willen dat ik kon beweren dat ik de dood onverstoorbaar en dapper in de ogen keek, dat mijn innerlijke existentialistische herrieschopper werd bevrijd toen ik in de loop van een pistool staarde, maar in werkelijkheid was ik domweg doodsbang. Mijn benen voelden als pudding, nog een paar hartslagen en ik zou de controle over mijn darmen verliezen, en mijn enige hoop om dit te overleven was door een geschifte vent ervan te overtuigen dat het geen zin had om me te doden. 'Zelfs als je hun vertelt dat hij heeft gelogen, is het toch al te laat. Wat je nu ook met ons doet, de politie zal het moeten onderzoeken. Je zult nooit al je griezelige souvenirs kunnen wegwerken voor ze er zijn, en zelfs als dat zou lukken, dan nog heb ik er foto's van in de cloud opgeslagen, en die zal de politie vroeg of laat vanzelf vinden. Ze zullen de hele Hazelton-geschiedenis ontdekken, de leerlingen van Dumas vinden met wie ik heb gesproken en die me vertelden over je obsessie met January… en ze weten al dat je de laatste was die Reiko nog in leven heeft gezien, én dat Reiko afwist van January's verkrachting. Zodra ze dat weten, zal niemand nog geloven dat je ons uit noodweer hebt vermoord. Wat er ook gebeurt, voor jou is het nu echt voorbij.'

Na een tergend lang moment liet Cedric eindelijk weer van zich horen. 'Nou,' zei hij kortaf en schrikbarend emotieloos, 'dan heb ik geloof ik werkelijk niets meer te verliezen, nietwaar?'

En hij haalde de trekker over.

27

Het uur dat volgde duurde een jaar of tien. Het meeste ervan was één waas, een serie onsamenhangende beelden die ik na afloop nauwelijks in een begrijpelijke chronologie kon plaatsen. Ik herinnerde me dat het pistool afging, de afschrikwekkende knal – veel luider dan hij op tv ooit lijkt – de bovenkant van Cedrics hoofd die explodeerde, zijn lijf dat voorovërviel terwijl de nog rokende loop van het pistool tussen zijn tanden vandaan gleed en de afgrijselijke rode krater in zijn schedel. Hij had er uiteindelijk voor gekozen niet mij te doden, maar het wapen op zichzelf te richten. En om heel eerlijk te zijn, was ik er, ondanks alles wat ik aan het einde tegen hem had gezegd, niet eens helemaal van overtuigd dat hij zich niet alsnog uit de problemen had kunnen bluffen als Kaz en ik dood waren geweest.

Ik herinnerde me dat ik met de politie had gesproken, de ene agent na de andere, gezichten die elkaar afwisselden als een diashow. Mijn stem klonk als een opname, een monotoon geluid in de verte, terwijl ik keer op keer vertelde wat er die dag was gebeurd. Ik sprak ook met een paar ambulancebroeders, die vaststelden dat ik een lichte hersenschudding had opgelopen, en me meedeelden dat mijn hand waarschijnlijk gebroken was. Mijn ouders werden gebeld en ik heb een hele tijd achter in een geopende ambulance gezeten met hen naast me, terwijl mannen en vrouwen in uniform constant langsliepen om vragen te stellen, adviezen te geven en verkapte beschuldigingen te uiten. Het was nacht geworden, het regende niet meer en de felle, schitterende synthese van de lichten van lantaarnpalen, de wagens van de hulpdiensten en de verzamelde nieuwsteams vormde een merkwaardig prachtige, abstracte veeg van kleur over het natgeregende asfalt van het parkeerterrein.

Pas toen me verteld werd dat ik eindelijk kon gaan en ik mijn ouders volgde naar de plek waar ze hun auto hadden geparkeerd – niet ver van de felgele cirkel van tape die de plaats delict afzette en een groeiende massa toeschouwers en vertegenwoordigers van diverse media op een afstand hield – zag ik Kaz eindelijk weer, voor het eerst sinds de politie ter plaatse was gearriveerd.

Hij maakte zich los van een groepje mensen dat voor het gebouw stond en sprintte over het parkeerterrein op me af. Zijn voeten plensden in de plassen die strepen vormden op de grond. 'Flynn!'

Ik draaide me net om toen hij me inhaalde, en terwijl mijn ouders naast de auto stonden en toekeken – nog in de war, bang en vermoeid na hun korte rol in de beproeving van die avond – trok hij me tegen zich aan voor een omhelzing, stevig en bezitterig. Pijn sneed omhoog tot aan mijn rechterelleboog en ik deinsde kreunend achteruit. 'Au, voorzichtig.' Met een ongemakkelijke blik omlaag naar mijn arm, die in de beschermende hangmat van een mitella tegen mijn borst gebonden hing, legde ik uit: 'Ik moet naar het ziekenhuis voor een röntgenfoto. Ze denken dat ik hem heb gebroken op Cedrics gezicht.'

Met zijn handen op mijn schouders en zijn hoofd gebogen mompelde Kaz iets wat klonk als *stom van je*. Ik zei dat ik hem niet kon verstaan, en toen hij naar me opkeek schrok ik van de tranen die over zijn wangen rolden. 'Dat was zo *ongelooflijk stom van je, Flynn!* Wat je hebt gedaan... je was er bijna geweest!'

Zijn mond trilde, in zijn bruine ogen was de angst af te lezen, en ik wurmde ongemakkelijk heen en weer alsof ik iets zag wat ik niet mocht zien. 'Maar dat is niet gebeurd. Dankzij jou. Je hebt... je hebt dus mijn leven gered.' Ik probeerde een scheve grijns. 'Denk niet dat ik daardoor nu je bitch ben of zo, hoor, want ik...'

'Hou op met hier ook weer een grapje van te maken!' Hij was echt van streek, zijn stem klonk te luid. Mijn ouders luisterden nu ook mee en ze keken elkaar aan alsof ze niet goed wisten of ze zich ermee moesten bemoeien of niet, en ik had het gevoel dat meer van de toeschouwers aan de andere kant van het tape naar ons tweepersoonsdrama stonden te kijken. 'Als ik niet precies op dat moment boven was geweest, als ik ook maar een minuut later was geweest...'

'Maar dat was je niet,' zei ik, alsof het echt zo eenvoudig was – alsof ik niet zelf ook al obsessief had gepiekerd over precies dit punt. Want in alle eerlijkheid zou ik geen minuut langer geleefd hebben als Kaz niet precies op dat moment bij de deur was aangekomen.

'Verdomme, Flynn, ik dacht dat je dood was.' Hij huilde en zijn adamsappel bewoog op en neer als een kurk op het water en scheurde zijn stem aan flarden. 'Toen je je telefoon niet opnam... toen ik de worsteling hoorde, en het geschreeuw...'

'Alles is nu weer oké. Het is voorbij en ik ben er nog.'

'Hij had een pistool, Flynn. Een pistóól, dat hij op jóú richtte, en ik dacht echt dat je zou sterven en het enige wat ik kon denken, het enige wat er door mijn hoofd bleef gaan was dat je me had geprobeerd te kussen en ik me had weggedraaid! Ik dacht dat we nog genoeg tijd zouden hebben, maar nu was er ineens dat pistool, *op jou gericht*, en ik kon niet anders dan denken dat ik je nooit meer zou kunnen zoenen, nóóit meer, dat ik mijn laatste kans had gekregen en had verpest, omdat ik dacht... ik dacht...'

Mijn hart voelde alsof het door iets werd samengeknepen en mijn adem verdween in één keer uit mijn longen toen ik hem aankeek. 'Kaz...'

'Ik had het mis, Flynn.' Hij begon te lachen door zijn tranen heen. 'Ik wil niet gewoon een vriend zijn.'

Ik lachte ook, en mijn ogen begonnen te prikken en mijn blikveld vertroebelde. 'Ik wil ook niet dat je gewoon maar een vriend bent.'

Hij trok me weer tegen zich aan en kuste me. Het gaf niet dat mijn ouders toekeken, dat zelfs de halve buurt toekeek, samen met een paar lokale nieuwsmedia. Ik verloor mezelf in hem en we waren even helemaal alleen. Zijn mond was zacht en warm en perfect, als gesmolten chocolade, en ik voelde het door mijn hele lichaam heen. Mijn lijf kwam gonzend tot leven, en misschien kwam het doordat ik de dood in de ogen had gekeken, maar het gevoel was vele malen intenser, veel echter, dan wat ik ooit had meegemaakt – zelfs toen het die eerste keer gebeurde. Mijn pijntjes en zere plekken, de vrieskou die zich tot in mijn botten had genesteld toen ik een uur lang buiten in de kille, vochtige avondlucht moest blijven zitten... alles verdween in een oogwenk. Ik was me van niets anders bewust dan Kaz en de kus die ons met elkaar deed versmelten.

Toen hij zich – veel te snel – weer losmaakte, drukte hij zijn voorhoofd tegen het mijne en hapte hij naar lucht. Met een raspend lachje zei hij: 'Je moet... je moet maar naar het ziekenhuis gaan. Maar bel me zodra je kunt, oké? Beloof het.'

Ik glimlachte, breder dan ik in dagen had gedaan. 'Ik beloof het.'

Hij nam afscheid en na een laatste, lange blik op mij draaide hij zich om en liep naar zijn auto. Meteen voelde ik de aanwezigheid van mijn ouders weer, die nadrukkelijk overal naar keken behalve naar mij, en ik hield mijn eigen blik afgewend en mijn uitdrukking zo neutraal mogelijk toen ik naar het achterportier van mijn vaders sedan liep en wachtte tot hij de sloten ontgrendelde. Ik had er niet echt spijt van dat ik al mijn remmingen overboord had gegooid voor die kus, maar nu die voorbij was en Kaz was vertrokken, begon mijn gezicht al te gloeien van de hitte terwijl ik me voorstelde welke vragen mijn ouders me onderweg naar de spoedeisende hulp zouden stellen.

Eindelijk gingen de sloten met een klikje open, en ik wilde net in de auto stappen toen mijn blik bleef hangen op twee wel heel bekende gezichten aan de rand van de menigte die naar me keken. Zo recht onder een lantaarnpaal, zes meter van me vandaan, werden hun verblufte gezichten en opengezakte monden verlicht alsof ze in een museumvitrine stonden. Het waren Micah en Tiana.

Op de röntgenfoto's was te zien dat ik een van mijn middelhandsbeentjes had gebroken, en ik kreeg een enorm dik, tijdelijk gips waar mijn vader, ondanks mijn hevige protesten, meteen zijn naam op schreef, en daarna kreeg ik een stel fenomenale pijnstillers en mocht ik eindelijk naar huis. Ik sliep zo goed dat het zelfs mij verbaasde, ondanks het feit dat mijn ouders me die nacht herhaaldelijk wekten om me mijn naam, adres en leeftijd te vragen. Dat deden ze, in mijn vaders woorden, om te controleren dat er geen bloed uit mijn kleine hersenen gutste, 'zoals bij die liften in *The Shining*'.

De vragen die ze me over Kaz stelden waren verontrustend respectvol en beleefd, allemaal in het straatje van *hoe heet hij, hoe oud is hij, is hij je vriendje* en *wanneer mogen we hem ontmoeten*. Ze hielden me de volgende dag thuis uit school, dus kwam Kaz die middag zelf even langs – gekleed als een Jonge Republikein op weg naar een sollicitatiegesprek – en kon hij de meeste van hun vragen mooi zelf beantwoorden. Het grootste deel van de dag keken we naar het nieuws, dat zich enerzijds vooral bezighield met Cedric Hoffmans dood, en anderzijds berichtte over de verkiezingswinst van de nieuwgekozen senator Jonathan Walker. Daardoor zag ik Micah pas donderdag weer.

Mijn naam was niet vrijgegeven aan de media, maar de geruchten hadden zich onvermijdelijk door de wandelgangen van Riverside verspreid, en toen ik die ochtend naar binnen liep met een ongelooflijk opvallend gips dat de helft van mijn rechterarm opslokte, bleek ik meteen een soort van beroemdheid. Madison Reinbeck kwam direct op me af en vroeg of het waar was dat ik ook was neergeschoten toen ik met de man worstelde om het pistool, Lucas Navarro vertelde me dat hij had gehoord dat ik voor de politie werkte en al die tijd dat ik in Cedrics flat was een zendertje bij me had gedragen, en Ashley Sobol liet me weten dat ze van Mason Collier had vernomen dat als hij een keertje echt heel erg dronken was, hij me misschíén wel een bepaalde seksuele gunst zou laten verlenen. Ik vroeg Ashley om aan Mason door te geven dat ik me gevleid voelde, maar dat zijn kans was verkeken.

En toen kwam tot mijn grote verbazing Micah naar me toe. Nadat de eerste bel was gegaan verscheen hij ineens uit het niets bij mijn locker. Ik was zo overrompeld dat ik niet wist wat ik moest zeggen. Ik stond daar maar, bang om te bewegen; een beetje zoals wanneer er een bij op je arm gaat zitten. Nadat hij even naar zijn schoenen had gestaard, bromde hij uiteindelijk: ‘Hoi.’

‘Hoi. Ik dacht...’ Ik had willen zeggen: ik dacht dat je niet meer met me wilde praten, maar dat leek me een onbeleefde manier om te beginnen aan wat ik hoopte dat een detente zou zijn, dus hield ik mijn mond.

Micah zuchtte. ‘Luister. Gast. Ik wilde even zeggen dat het me spijt hoe ik me heb gedragen. Ik denk...’

‘Het is al goed,’ flapte ik eruit, zo opgelucht dat hij dit eindelijk achter zich wilde laten dat ik niet eens een excuus hoefde te horen.

'Nee, je moet me even laten uitpraten,' ging hij somber tegen me in, waarna hij vervolgde: 'Ti maakt me af als ik mijn gevoelens niet uit.' Hij zuchtte opnieuw. 'Toen je me vertelde dat... je weet wel, dat je gay bent, flipte ik. Dat was stom, en ik heb een hele hoop domme dingen gezegd omdat ik me rot was geschrokken, en dat had ik niet moeten doen. Je weet dat ik geen enkel probleem heb met gays, gast, ik bedoel, mijn eigen tante is lesbisch.'

'O, ja.' Dat was ik zowaar nog vergeten ook.

'Maar het was gewoon zo dat... Ik vertel jou min of meer álles, en ik denk...' Hij rolde met zijn ogen alsof Tiana erbij stond, klemde zijn kiezen even op elkaar en ging door: 'Ik denk dat ik me gewoon *gekwetst voelde* dat je dit zo lang voor me verborgen hebt gehouden.'

'Maar dat was niet omdat ik je niet vertrouwde, of zo,' zei ik, wat grotendeels, maar niet helemaal, waar was. Ik had de waarheid zo lang voor mezelf gehouden omdat ik die niémand toevertrouwde. Ik was doodsbang voor wat er zou gebeuren als ik het hardop zou zeggen.

'Dat weet ik. Dat snap ik. Heel eerlijk gezegd zat ik er enorm mee dat... we kennen elkaar eigenlijk al eeuwig, weet je? Ik herinner me nog dat jij bang was voor water en we samen bij de Guppy's zaten en ik moest zweren dat ik je niet zou laten verdrinken.' Hij had het over de zwemlessen waar onze ouders ons toe dwongen toen we op de kleuterschool zaten – een nachtmerrie van buitenproportionele omvang voor mij, waarbij elke les leek op de laatste dertig minuten van *Titanic*. Micah glimlachte uiteraard bij de herinnering. 'We hebben altijd dezelfde leraren gehad, dezelfde pestkoppen, dezelfde kleren... we deden alles hetzelfde. Ik weet alles van jou, want we hebben alles samen meegemaakt. Je bent echt net een broer voor me, snap je? En vijftien jaar lang was je het enige wat er gewoon altijd was, het enige wat ik echt door en door kende, soms beter dan mezelf.' Hij trok een scheve mond en zuchtte trillerig en ik deed een pijlsnel schietgebedje dat Micah Feldman niet in huilen zou uitbarsten. 'Wat ik probeer te zeggen is dat dit het eerste is over jou... ooit... waarbij ik... nou ja, waarmee ik me niet kan identificeren. Ik kan dit niet doormaken, ik kan er geen deel van uitmaken, en het voelt... het voelt alsof er opeens een enorme kloof tussen ons is ontstaan waar ik niets aan kan doen.'

Daarna bleef hij stil, en er hing zo'n sfeer van schaamte en verdriet om hem heen dat ik hem bijna wilde omhelzen. Ik had het zelfs bijna gedaan, al was het maar om hem een opgelaten gevoel te bezorgen. 'Gozer, je kent me nog steeds beter dan wie ook. En hoe denk je dat ik me voelde al die jaren waarin jij naar het Joodse zomerkamp ging en terugkeerde vol verhalen van dingen waar ik niet aan mee had gedaan? Ik ga nergens heen, Micah. En ik wil nog steeds graag dat je mijn beste vriend bent.'

'Ik ook,' gaf hij toe, en eindelijk keek hij met een steelse blik naar me op. Vervolgens deed hij heel erg zijn best om te doen alsof het hem nauwelijks interesseerde toen hij vroeg: 'Dus... die gozer met die auto, die jongen die laatst je hele gezicht aflebberde... is hij... je vriendje, of zo?'

Onschuldig antwoordde ik: 'Welke gozer? Bedoel je Kaz?'

'*Kaz?*' herhaalde Micah met een hoog stemmetje, happend naar lucht. 'Bedoel je Kaz in de zin van *Fucking Kaz*? Kaz van de speelgoedwinkel, die altijd maar probeerde om January in te palmen?'

'Ja, nou, het blijkt dat er sprake was van een vergissing.'

'Fuck, zeg dat wel.' Micah schudde vol ongeloof zijn hoofd. 'Ik kan gewoon niet geloven dat Fucking Kaz jouw vriendje is.'

'Het wordt denk ik wel tijd om hem niet langer "Fucking Kaz" te noemen.'

'Het verbaast me dat je hem überhaupt nog iets kunt noemen als hij elke keer je halve gezicht opeet,' merkte Micah terloops op. 'Moesten ze zijn maag niet leegpompen in het ziekenhuis om je lippen terug te krijgen?'

'Rot op,' zei ik, maar ik lachte, want ik besefte dat ik eindelijk mijn beste vriend weer terug had.

Ondanks mijn opgewekte stemming die ochtend werd ik tegen het einde van de dag overvallen door een vreemd gevoel van onbehagen. Ik kon maar niet ophouden met denken aan dat gat in de bovenkant van Cedrics hoofd, als een gapende, rozerode mond met botsplinters in plaats van tanden. Er zat me nog iets anders dwars, maar pas na het avondeten, toen mijn ouders het nieuws aanzetten, drong het tot me door wat dat was.

Cedric en Jonathan deelden nog steeds de spotlights, want hun verhalen waren onlosmakelijk met elkaar verbonden, en ik zag de beelden heen en weer schakelen tussen de twee mannen in een onbeschaamde poging het schrijnende lot van January en Reiko nog eens extra te onderstrepen door meneer Walkers veelbelovende toekomst te benadrukken. Zodra de verkiezingsuitslag duidelijk was volgden beelden van de aanvaardingsspeech van de nieuw verkozen senator, waarin de man zijn kiezers nog eens hielp herinneren aan zijn plannen voor January's Law, terwijl zowel zijn zoon als zijn campagneleider als een geducht duo zeer tevreden vlak achter hem stond en Tammy meer opviel dan ooit door haar afwezigheid; en er waren herhaalde shots waarin hij samen met Anson wegreed in een gestroomlijnde open cabriolet, zwaaiend naar de camera's met die stomme, zelfingenomen grijns van ze.

Al die feestelijke onzin maakte plaats voor beelden van zwaailichten die tegen de voorzijde van Cedrics appartementencomplex reflecteerden, schokkerige, ingezoomde opnamen van het balkon van de man bij daglicht en een verslag over 'twee niet nader genoemde jonge mannen' die van de zelfmoord getuige waren geweest. Er werden hijgerige onthullingen gedaan over het eerloze vertrek van de voormalige docent van Hazelton School, en er werden enkele details naar buiten gebracht over het onderzoek naar de rol die hij mogelijk had gespeeld bij de verdwijning van January McConville en de dood van Reiko Matsuda.

Een georganiseerde zoektocht op de gemeentelijke vuilnisbelt had geresulteerd in de triomfantelijke vondst van January's rugzak, waar nog meer bloed op zat, en die blijkbaar tussen andere voorwerpen had gelegen die de gemeentelijke reinigingsdienst had meegenomen vanuit de afvalcontainers achter Cedrics appartementencomplex in de week na haar verdwijning. Het werd niet meteen duidelijk waarom hij haar tas niet ook gewoon in het grasveld bij haar andere spullen had achtergelaten, maar men speculeerde dat hij waarschijnlijk gedwongen was snel te handelen die avond, dat de kleren bedoeld waren als dwaalspoor, zoals Kaz ook had gesuggereerd, en hij haar rugzak had meegenomen naar huis omdat hij die dan in alle rust kon doorkijken en dingen eruit kon halen of kon vernietigen die naar hem zouden wijzen, mocht de tas ooit worden gevonden. Haar mobiele telefoon was bijvoorbeeld nog altijd niet opgedoken.

January's bebloede kleding vormde het stilzwijgende bewijs dat ze eenzelfde gewelddadig en afgrijselijk lot had ondergaan als haar enige vriendin op Dumas, en uitgaande van de plek waar Cedric Reiko's lichaam had gedumpt, hervatte de politie het dreggen van de rivier, in de hoop dat het nog altijd vermiste meisje alsnog gevonden zou worden. De Huron was niet heel erg diep, noch kende de rivier een stevige stroming die haar overblijfselen heel ver uit de buurt van de stad had kunnen meevoeren, en de meeste mensen die werden geïnterviewd leken te geloven dat ze binnen de kortste keren gevonden zou worden. Ik wist niet goed wat ik daarvan vond, of ik wel verlangde naar die afronding of de wetenschap die een dergelijke vondst met zich meebracht. Alleen al de simpele feiten over wat Reiko was aangedaan bezorgden me nachtmerries, en ik zat er dan ook niet echt op te wachten om bevestigd te krijgen dat mijn ex-vriendin dezelfde ellende had moeten ondergaan.

En als ik heel eerlijk was kon ik gewoon blijven doen alsof, zolang January zich nog steeds 'daar ergens' bevond en haar lot technisch gezien nog onbekend was en niet te achterhalen viel. Ik kon me blijven vasthouden aan iets diep vanbinnen dat wanhopig graag wilde blijven geloven dat January nog in leven was, dat ze alles wat ze had moeten meemaken had overleefd, dat ze niet ook een tragisch figuur was geworden. Het was een dierbare en kwetsbare droom, en die wilde ik niet zien versplinteren – nu niet, en misschien nooit.

Maar de politie was meedogenloos. Ze hadden bloed gevonden op de vloer van de werkplaats bij het theater van Dumas Academy, waar het onprofessioneel was weggewerkt onder een dikke laag gemorste verf. Een inspectie van het gereedschap van de toneelclub leverde nog meer bloedsporen op, zowel op een schroevendraaier als op het handvat van een stanleymes. Vertegenwoordigers van zowel politie als justitie konden met zekerheid zeggen dat beide wapens een rol hadden gespeeld bij de dood van Reiko Matsuda. Er was rohypnol aangetroffen in het handschoenenkastje van Cedrics auto, en ducttape van het soort dat ook was gevonden op de kleding van January McConville was in zijn appartement aanwezig geweest. Het merk was te veel voorkomend om als beslissend bewijs te dienen, maar een serie 'verontrustende foto's' op de harde schijf van zijn computer bevestigden dat hij zonder enige twijfel de stiefdochter van de senator had verkracht.

Toen ik dat hoorde was ik achteraf waarschijnlijk nog dankbaarder dat ik het wachtwoord van de man die dag niet had weten te achterhalen.

Ik voelde me steeds somberder worden naarmate de nieuwsberichten voorbij bleven komen. Steeds weer herkauwden ze dezelfde groteske punten, en eindelijk drong het tot me door dat het precies twee weken geleden was sinds de dag dat ik uit school kwam en een politiewagen op de oprit van ons huis had zien staan. Twee weken sinds ik gehoord had dat January was vermist. Het was gestoord als je bedacht hoeveel er in die korte tijd was gebeurd, hoe dramatisch mijn hele leven was veranderd, hoe weinig er nu nog hetzelfde zou zijn als het toen was.

'Ik ga even naar buiten,' deelde ik mijn ouders mee, die diep verwikkeld waren in een gemompeld gesprek over niets bijzonders. Ze keken me allebei niet-begrijpend aan. 'Als dat goed is, bedoel ik.'

Ze zeiden niets, maar wisselden in plaats daarvan een woordeloze blik die betekende dat ze wel nee wilden zeggen, maar niet goed wisten hoe ze dat moesten verantwoorden. Uiteindelijk deed mijn moeder een poging: 'Weet je, je moet morgen weer naar school, en na alles wat er gebeurd is...'

'Ik blijf niet lang weg, dat beloof ik. Er is gewoon iets wat ik wil doen.'

'En dat is?' Mijn vader klonk argwanend, maar toen ik uitlegde wat ik van plan was, veranderde zijn stemming meteen. 'Zal ik je een lift geven?'

'Ik wilde eigenlijk gewoon mijn fiets pakken. Ik... ik wil liever alleen zijn.'

Mijn vader knikte begripvol. 'Als je om negen uur maar thuis bent, oké? Ik weet dat het aan de vroege kant is, maar... doe ons dat plezier? We zijn een paar dagen geleden bijna ons kind kwijtgeraakt...'

'Ik zal me gedeisd houden,' beloofde ik. En dit keer meende ik het ook.

28

De lucht was koel en verkwikkend en blies als een vroege aankondiging van de winter tegen mijn gezicht en beet dwars door de dikke stof van mijn beanie, maar ik trapte harder door en zoog hem diep mijn longen in. De hemel was helder en de maan scheen fel genoeg om bij te kunnen zien, wat maar goed was ook – ik reed op een plattelandsweggetje zonder straatverlichting, stoep of berm, en links en rechts van me groeiden zweepachtige struiken en bomen met puntige takken die me gegarandeerd een oog konden uitsteken of door mijn vel konden priemen. Ik werd ingehaald door drie auto's; de bestuurders zagen mijn reflectoren nog net op tijd om aan hun stuur te draaien en met een absurd wijde boog om me heen te rijden, en ik schonk het universum een stil dankgebed voor het gebrek aan zicht belemmerende heuvels op dit deel van de route.

De afstand die ik moest afleggen was technisch gezien nog geen zesenhalve kilometer, maar toch voelde het alsof ik de planeet Aarde had verlaten zodra ik op de nagenoeg verlaten weg reed, in absolute stilte, met slechts wat sterren uitgestrooid over de hemel. Het was het soort rust waarna er in films meteen een weerwolvenaanval plaatsvindt, en ik trapte nog wat harder en maakte vaart tot ik het idee had met raketaandrijving te rijden. Ik was onoverwinnelijk, ongrijpbaar. Ik voelde me vrij. Ik had een heel goed vriendje aan de haak weten te slaan, ik had mijn beste vriend weer terug, en ik was niet alleen ternauwernood aan de dood ontsnapt, maar had ook de vreemde, zuiverende vuurproef van mijn coming-out doorstaan, en nu was ik eindelijk zover dat ik afscheid kon nemen.

Het altaar ter nagedachtenis aan January was enorm uitgebreid sinds ik er voor het laatst was geweest. De stapel teddyberen, verwelkende bloemen, kaarsen, snuisterijen, foto's en andere prullaria liep bijna over in de bocht van de oprijlaan naar het huis van de Walkers. Het leken wel heidense offergaven bij een dolmen van een Keltische prinses. De foto van 20 bij 25 centimeter van mijn ex-vriendin torende boven alles uit, neergezet op een kleine standaard en nu bevestigd op een wit aanplakbord met de belofte WE ZULLEN DE HOOP NOOIT OPGEVEN! Ik vroeg me meteen af wat January hiervan had gevonden. Ik kon haar stem al bijna horen: *Teddyberen? Hoe oud ben ik, acht of zo?*

Ik sprong van mijn fiets en rommelde nogal onbeholpen met mijn vrije linkerhand in mijn jaszak tot ik er een kleine foto uit had gehaald. Op die foto zaten January en ik aan de rand van hun zwembad, in het licht van een lantaarn, onze hoofden dicht bij elkaar en onze lachende gezichten knap genoeg om zo in een tijdschrift te kunnen. Tiana had de foto vorige zomer genomen tijdens een van de vele feestjes in het landhuis, en het was meteen January's favoriete foto van ons samen geworden. Ze had erop gestaan dat Tiana hem afdrukte, zodat ik hem aan mijn muur kon hangen, net zoals de foto's van de nachtelijke hemel aan haar slaapkamermuren prijkten. Ze vond het belangrijk om het van digitaal om te toveren tot iets tastbaars, een ceremonieel teken van respect voor wat de foto vertegenwoordigde. Destijds had ik het gedaan om haar een plezier te doen, maar nu begreep ik het eindelijk.

Ik stopte de foto onder een kaarsje in een glas, waarvan het vlammetje cirkelvormige schaduwen wierp op de troep eromheen, en ik vroeg me even af wie er die avond langs was gekomen om het aan te steken. Hoeveel mensen hadden mijn ex-vriendin de laatste eer bewezen? Hoeveel van hen had ze echt gekend of tot haar vrienden gerekend?

Mijn ervaring met afscheid nemen van overleden dierbaren was zeer beperkt, en dus wist ik niet wat ik eigenlijk moest doen of hoorde te zeggen om bij dit moment stil te staan. Wat zou zij van me hebben willen horen? Hoe neem je afscheid van iemand wanneer je je nog steeds vastklampt aan een zielig restje hoop dat ze misschien toch niet echt weg is? Op een vreemde, gedempte toon begon ik hardop tegen haar te praten, verontschuldigingen voor de geheimen die ik had gehad, voor het feit dat ik niet had ingezien wat ze doormaakte. Ik vertelde haar ook dat ik de confrontatie met Cedric was aangegaan, dat hij nooit meer iemand kwaad kon doen. Het was te laat geweest voor January en Reiko, maar nu zou er niet nog iemand hoeven lijden door hem. Ik wist zeker dat ze blij zou zijn om dat te horen.

Toen ik klaar was met praten legde ik mijn vinger een paar plechtige ogenblikken lang op het randje van de foto, waarna ik tot slot fluisterde: 'Vaarwel, Jan.'

Opeens trilde mijn telefoon in mijn zak, een zo onverwachte verstoring van het stille moment dat ik opsprong van schrik en January's herdenkingsaltaar bijna reduceerde tot een hoop smeulende as door het kaarsje om te gooien. Ik wurmde mijn telefoon uit mijn zak, zag dat ik een tekstberichtje had ontvangen van een telefoonnummer dat ik niet herkende, en terwijl ik de boodschap van drie woorden in me opnam, voelde ik kippenvel over mijn huid kruipen en mijn hart van schrik tot stilstand komen.

Achter de schuur.

29

Slierten laaghangende mist, zo dik als strengen suikerspin, hingen vlak boven het hoge gras achter het landhuis van de Walkers. De nevel glom bijna, golvend met een bleke, bovenaardse gloed van het maanlicht, en het leek net het effect van goedkoop droog ijs uit een of andere lachwekkende zwart-witte monsterfilm. Ik bleef minstens een keer of tien staan terwijl mijn hart doorvocht als een bokser die in de laatste wedstrijdronde in de touwen terecht was gekomen, en ik vroeg me af welke waanzin me er eigenlijk toe had overgehaald om dit te doen, wat me bezielde om zo laat 's avonds naar een verlaten schuur te gaan, alleen maar omdat een mysterieus en onheilspellend berichtje dat zei.

Ik had vier berichten naar de onbekende afzender teruggestuurd, allemaal dezelfde vraag – *wie is dit???* – en elke keer met het dreigement de impliciete opdracht niet op te volgen als ik geen antwoord kreeg en er niet werd gezegd wat ik 'achter de schuur' dan wel zou aantreffen. Al was het duidelijk dat die uitleg niet zou komen. Mijn woorden stonden in een rijtje onder elkaar op het lege, witte scherm van mijn telefoon, en het gebrek aan een reactie kreeg algauw iets griezeligs en veelzeggends, net als het letterplankje van een ouijabord dat ineens ophield met bewegen zodra de geest de sessie weer had verlaten.

Alleen had deze geest een telefoonnummer met een netnummer dat niet lokaal was. Deze geest kende January's geheime schuilplaats. En deze geest kende mij goed genoeg om te weten dat ik de onuitgesproken instructie uiteraard wel zou uitvoeren – waar zou ik anders naartoe gaan?

Mijn hartslag bonsde steeds sneller van de spanning, en toch probeerde ik me te verzetten tegen het idee dat zich in mijn gedachten wilde vormen. Ik probeerde een zielige wens te smoren die me zou verteren als ik zijn vlammetje ook maar een beetje zuurstof gaf. De politie had me talloze keren gevraagd of Cedric de verantwoordelijkheid voor de moord op beide meisjes had genomen, en ook al had ik ons gesprek vele malen woord voor woord herhaald en was ik gedwongen toe te geven dat de man technisch gezien alleen in duidelijke taal bekend had Reiko te hebben neergestoken… wat deed dat ertoe? Cedric Hoffman was een verkrachter en naar eigen zeggen ook een moordenaar, een gestoorde gek met het motief, de middelen en de gelegenheid om beide meisjes om te brengen. De conclusie sprak voor zich.

Ik zou met gemak rechtstreeks een valstrik in gelokt kunnen worden door een onbekende partner van Cedric die uit was op wraak. De overleden toneelleraar had afgeweten van January's grasveld, dus waarom niet ook van haar schuilplaats? En misschien was dit wel de aanwijzing die zou leiden naar de ontdekking van haar lichaam, dat al die tijd al verborgen lag achter dezelfde schuur die Kaz en ik hadden doorzocht op de dag dat haar kleren werden gevonden. Was ik bereid om die ontdekking te doen?

Of zou het een bericht kunnen zijn van niemand minder dan January, die op een of andere manier het traumatische bloedverlies had overleefd – zo veel bloed dat haar sweatshirt een bloederig hoopje was geworden –, die ergens was ondergedoken terwijl ze herstelde en weer op krachten kwam, en die pas nu iets van zich liet horen omdat ze wist dat het veilig zou zijn – nu Cedric dood was en nooit meer terugkwam?

De theorie was zo optimistisch dat ik haar niet hardop zou hebben durven uitspreken, maar toch kon ik het niet helpen dat mijn zenuwen tintelden van spanning toen ik over het beekje sprong en door de rij dennenbomen drong. Pas toen de schuur voor me opdoemde als de Flying Dutchman, een grijs, spookachtig gevaarte dat nog net niet dreigend kronkelde, bleef ik staan om nog een keer op mijn telefoon te kijken naar een antwoord dat nog steeds niet was gekomen. Het was net alsof de buitentemperatuur met vijftien- of twintigduizend graden was gedaald, de huid van mijn rug en schouders werd hard en mijn adem vormde wolkjes in de lucht. De absolute stilte die op me neerdrukte – zo zwaar als eindeloze vadems oceaanwater – maakte me onzeker of ik nog wel de moed had om door te gaan.

Het bericht had ook gewoon absolute bullshit kunnen zijn, dat wist ik. Ik had mijn nummer aan GBA en haar valse vriendinnen gegeven, die geen van allen een zier om January gaven, en elk van hen zou met me kunnen sollen bij wijze van wraakzuchtige lol. Het zou ook Anson kunnen zijn, die weer een manier had gevonden om zichzelf bezig te houden ten koste van het onbekende lot van zijn stiefzus.

Het had van alles kunnen zijn – maar daar kwam ik maar op één manier achter.

Mijn hart sloeg met het ritme van de rotorbladen van een helikopter toen ik langs de zijkant van de schuur sloop. Elke stap was een demonstratie van een meesterlijke zelfbeheersing. Het woekerende onkruid was nu allemaal nagenoeg dood, uitgedroogd met de winter voor de deur, en het bleef rond mijn enkels steken en greep me vast als handen die uit de aarde omhoogstaken toen ik erdoorheen stapte. Ik bleef staan, ging weer verder, bleef staan en ging weer verder – ik was buiten adem en voelde me stom – ik begon me af te vragen of ik genoeg vastberadenheid had om dit door te zetten, of genoeg hersens om er, zolang ik nog veilig was, mee te stoppen nu het nog kon. Maar toen had ik het punt bereikt waarop ik niet meer terug kon. Mijn nek was klam van het zweet en elektriciteit zoemde en vonkte op in mijn aderen. *Het was nu of nooit.*

Ik ademde diep in, stapte achter de schuur vandaan, gespannen en klaar voor wat het dan ook was – een lijk, een aanval, een spervuur van spot afkomstig van Anson, de wonderbaarlijke aanblik van een meisje dat dood zou moeten zijn – maar er was helemaal niets te zien in het donker.

De maan hing aan de andere kant van de schuur en het verlaten buitengebouw wierp een inktzwarte schaduw over het strookje aarde erachter, waardoor het net een zwarte kloof leek. Ik bleef als aan de grond genageld en met grote ogen staan, wachtend tot ze zich aan het licht hadden aangepast, in afwachting van iets, van wat er ook zou gebeuren. Ik hoorde geen bewegingen, geen ademhaling – ik voelde me volstrekt alleen en tegelijkertijd helemaal omsingeld, elke vierkante centimeter van mijn huid prikkelde van alertheid.

Na wat voelde als een eeuwigheid kon ik eindelijk bekende vormen onderscheiden in de sombere duisternis vlak voor me: onkruid en zwaar voorover hangende lange grashalmen, een sliertje mist dat in de richting van de bomenrij wegdreef... en toen iets kleins, iets ronds, zo bleek als ivoor dat tegen de achterwand van de schuur aan stond. Mijn hart maakte een duikvlucht en trok op het laatste moment weer op, het klopte zo pijnlijk dat ik bang was flauw te vallen, mijn gezichtsvermogen zwom en schitterde voordat het zich weer focuste, en ik maakte een geluidje dat het midden hield tussen een zucht en een gejammer toen ik eindelijk begreep waar ik naar keek.

Ik slikte en mijn hart zakte terug naar zijn rechtmatige plek terwijl ik mijn ademhaling weer onder controle probeerde te krijgen. Het was geen schedel die ik had gevonden, maar een steen. Hij zag eruit als een half gesmolten bowlingbal en lag op een hoopje onkruid tegen de onderrand van de schuurwand, en afgezien van mij was dit het enige in de buurt dat geen vrij woekerend gewas was. Er lagen geen verdachte bergen vers omgewoelde aarde, geen met zeil bedekte hopen of tonnen vol loog of grinnikende grappenmakers – alleen een strook wilde planten en een ronde grijze kei die tegen de wand leunde.

Twijfelend keek ik nogmaals op mijn telefoon en ik vroeg me af of er nog een tweede instructie zou volgen. Er was echter geen nieuw bericht binnengekomen en het leek me duidelijk dat ik dit alleen moest doen. Toch keek ik eerst om me heen, want ik voelde ogen op me gericht, over mijn hele lichaam. Weer vroeg ik me af wat ik hier in godsnaam aan het uitspoken was. Was het berichtje betekenisloos geweest? Een of andere grap?

Ik schonk de kei een sceptische en bijna geïrriteerde bik; ik voelde me in de maling genomen door zijn raadselachtige aanwezigheid. En terwijl ik ernaar staarde, borrelde er een herinnering in me naar boven en trok de huid van mijn schouders samen van kippenvel toen er een beeld heel helder in mijn gedachten verscheen: Micah en ik die stenen in zijn tuin omkeerden, op zoek naar een verborgen sleutel. *Was het mogelijk?*

Ik waadde door de zee van vochtig onkruid dichter naar de wand toe en probeerde niet al te hoopvol te zijn. Wat verwachtte ik nou echt als ik dit ding optilde? Een briefje met daarop de tekst *En nu moet je naar het theater van Dumas, waar je onder stoel 121 moet kijken*, alsof ik verzeild geraakt was in 's werelds slechtste aflevering van *The Amazing Race*? Maar wat ik wél de hele tijd dacht was dat als ik die dag waarop we deze velden uitkamden eraan gedacht zou hebben om áchter de schuur te kijken, ik die kei over het hoofd gezien zou hebben – en dat gold evengoed voor de politie. We waren op zoek geweest naar een lichaam… niet naar een geheime boodschap.

De kei was niet zwaar, maar wel log, en met maar één goede hand kostte het aardig wat kracht om hem van zijn plek te krijgen. Toen het me eindelijk lukte om hem opzij te duwen en de spieren in mijn linkerschouder zeer deden van de inspanning, schoot mijn hartslag opnieuw omhoog toen ik zag wat ik had ontdekt: een vreemde holte in de aarde, iets meer dan vijftien centimeter lang en vijf centimeter breed, die langs de fundering van het gebouw was aangebracht. Het leek op de ingang naar een of ander hol dat een dier onder de vloer van de oude schuur had gegraven, maar tot mijn onbeschrijflijke opluchting was het duidelijk te klein om een lichaam te herbergen.

Ik hurkte neer, pakte mijn telefoon erbij en tikte op de zaklantaarn-app, waarna ik de stralen in de opening richtte en me afvroeg wat ik zou aantreffen. Eerst zag ik niets anders dan de uitgegraven, ongelijke aardewanden van het hol, met schaduwen die over elkaar heen vielen en in het pikkedonker verdwenen waar de holte breder en dieper werd, maar toen ik mijn telefoon kantelde, ving ik een glimp op van iets wits en glanzends. Voorzichtig stak ik een hand in het gat, en ik bad stilletjes dat eventuele slangen en stekende insecten die hier alvast hun intrek hadden genomen voor de komende koude maanden al lang en breed lagen te slapen. Bij mijn derde poging wist ik een vinger door iets heen te haken dat voelde als een heel dunne plastic lus.

Het kostte weinig moeite om het voorwerp los te trekken en ik zag dat mijn vermoeden werd bevestigd: ik had een simpel plastic zakje in mijn hand waarvan de handvatten stevig dichtgeknoopt waren. Zoals het aan mijn pink bungelde voelde het bijna teleurstellend licht aan. Mijn verbijstering nam alleen maar toe terwijl ik mijn vondst meenam naar een plek in het maanlicht, waar mijn nieuwsgierige vingers het zakje betastten en iets rubberachtigs terugsprong onder de druk terwijl een groter voorwerp het herkenbare geknisper van hard plastic maakte en bewoog en reageerde onder mijn aanraking. Voorzichtig trok ik de knoop uit het zakje, vechtend tegen mijn instinct om het plastic open te scheuren. Ik keek erin.

Een ogenblik later stond mijn hele wereld op zijn kop. Een plotselinge golf van bloed donderde mijn hoofd in en deed de nacht om me heen draaien. Ik viel op mijn achterste. Het zakje landde in het gras bij mijn voeten en ik staarde in een versufte roes voor me uit terwijl de mist turbulent om me heen kolkte en uiteindelijk een koud en klam laagje vormde op mijn ontblote huid. Ik zoog de koude damp mijn longen in, verdoofd en tegelijkertijd helemaal opgeladen.

Ineens zag ik het even helder voor me alsof ik er zelf bij was geweest toen het gebeurde, alsof January me vanaf het begin al alles had toevertrouwd. Ineens zag ik voor me hoe het gebeurd moest zijn. Alles viel op zijn plek.

Tammy's overdreven verdriet en de wens dat de baby van mij zou zijn. Eddies verklaring dat January een 'schandaal in wording' was geweest. Ansons wellustige hoongelach – *Ze deed het achter je rug om met een ander.* Hadden zij al die tijd al geweten dat January zwanger was? Zouden ze zelfs hebben geweten dat dit het resultaat was van een verkrachting? Het leek me bijna onmogelijk, en toch…

Als minderjarige kon January geen abortus laten plegen zonder toestemming van haar ouders, en Jonathan – met de senaatszetel binnen handbereik – had het zich nooit kunnen veroorloven om zoiets goed te keuren. Een vijftienjarig meisje dat toevallig ook de stiefdochter was van een senaatskandidaat en dat een zwangerschap wilde beëindigen was precies het soort onderwerp dat op allerlei blogs, in kranten, tijdschriften en talkshows terug te vinden zou zijn. Belangengroepen zouden van haar een voorbeeld maken, haar trauma zou in ieder huishouden in het hele land zijn uitgezonden. Maar als de Walkers nee hadden gezegd, dan zou January's situatie vroeg of laat zichtbaar zijn geworden, en dan zou Jonathan op precies diezelfde publieke platforms hebben moeten uitleggen waarom hij zijn minderjarige stiefdochter had gedwongen de baby van haar verkrachter op de wereld te zetten. Wat de beslissing ook was geweest, Jonathan zou genoeg kiezers zijn kwijtgeraakt om de verkiezingen te verliezen die belangrijker voor hem waren dan zijn eigen gezin. En om zoiets achter gesloten deuren af te handelen zou een te grote gok zijn geweest; het verhaal was te explosief – elke betrokkene zou te zeer in de verleiding komen die informatie uiteindelijk aan de media te verkopen.

Linksom of rechtsom, er was geen goede oplossing voorhanden geweest. De Walkers zouden maar één keus hebben gehad: het schandaal in de doofpot stoppen voordat het bekend werd en hun de das om zou doen. Ze zouden alsnog naar Eddie hebben moeten luisteren en January hebben moeten wegsturen naar een plek waar ze 'de boel niet kon verkloten'. Ze zouden haar, waarschijnlijk nog voordat er iets zichtbaar werd, hebben weggestuurd, een of ander stom excuus hebben bedacht en haar naar een of ander ver familielid buiten deze staat hebben gestuurd, zo niet het land uit. Ze zou gedwongen zijn Cedrics kind in het geheim geboren te laten worden, het op te geven voor adoptie en daarna tegen al haar kennissen te liegen over waar ze was geweest en waarom, en ze zou hebben moeten zweren de waarheid nooit, maar dan ook nooit, aan het licht te brengen. En dat allemaal voor Jonathans senaatszetel.

Dat zou ze niet hebben kunnen verkroppen – dat zou haar persoonlijke hel zijn geweest.

Opeens realiseerde ik me dat die avond in de schuur meer was geweest dan een wanhopige poging de oorzaak van haar zwangerschap te verhullen, meer nog dan alleen het verlangen om de controle over haar lichaam terug te krijgen door zelf ervoor te kiezen seks te hebben met iemand om wie ze gaf, al speelden allebei die dingen misschien ook wel een rol. Door mij te overtuigen dat ik de vader van haar ongeboren kind was, zou ze mij en mijn ouders met zich mee hebben getrokken en Jonathans invloedssfeer tot het maximale hebben belast. Tammy kon hij wel onder de duim houden, en daardoor tot op zekere hoogte ook haar dochter wel, maar niet de Doherty's. Mijn ouders zouden waarschijnlijk hebben ingestemd met elk scenario waarbij ik bevrijd werd van de last van het tienerouderschap, maar mijn moeder zou elke poging om January hierbij van haar zeggenschap te beroven niet over haar kant hebben laten gaan, en zou dat meneer Walker maar al te graag recht in zijn gezicht hebben gezegd. Hoe het ook zou zijn gelopen, het probleem zou onherroepelijk buiten de persoonlijke invloedssfeer van Jonathan Walker terecht zijn gekomen. Zijn woord zou niet langer wet zijn geweest, en January's kans om haar zin te krijgen zou groter zijn geweest, al was het maar een beetje.

Een strategische zet dus, en eentje die mijn briljante vriendin, January McConville, waardig was. Ze was nooit ergens bang voor geweest. Ik keek nogmaals naar de inhoud van het zakje dat ik uit het gat onder de schuur vandaan had gevist: naar de gescheurde plastic zak met een smal rubberen slangetje dat uit een klepje aan de ene kant stak, de binnenkant hier en daar donker gekleurd door de aanwezigheid van een aangekoekte, zwarte substantie. Zelfs als ik niet meteen had herkend wat ik had gevonden, dan had de donkere substantie in de hoekjes en plooien me dat vanzelf duidelijk gemaakt.

Het was een afnamezak voor bloeddonaties.

January, die de hele zomer een dag per week als vrijwilliger bij het Rode Kruis had gewerkt – op Jonathans aandringen –, zou precies hebben geweten hoe ze haar eigen bloed moest afnemen, hoeveel ze met een dagelijkse regelmaat kon afstaan, en waar ze de benodigde spullen vandaan moest halen. Gezien de koude herfsttemperaturen had ze haar reservoir misschien zelfs gewoon hier onder de schuur kunnen bewaren, waar ze er steeds een beetje aan toevoegde. Ze nam alleen het risico dat het zou stollen of bederven voordat ze het nodig had. Ze had haar ontsnapping een week of zelfs nog langer kunnen plannen, de vreselijke keuze kunnen maken om haar vrienden en haar toekomst als astronoom op te geven in ruil voor de zeggenschap over haar eigen lotsbestemming. Onze ruzie in de schuur zou wel eens haar allerlaatste poging geweest kunnen zijn om een situatie te creëren waardoor ze had kunnen blijven.

Alleen was dat anders gelopen. En toen ik keek naar de nette incisie onder in de zak die ooit vol bloed had gezeten, kon ik me met gemak voorstellen dat January hem had leeggegoten over haar kleren heen – ze had haar hoody en spijkerbroek ermee doordrenkt en ze vervolgens achtergelaten op een plek waarvan ze wist dat ze uiteindelijk gevonden zouden worden. Misschien had ze haar ouders willen laten boeten voor het gebrek aan steun toen ze hen nodig had. Misschien had ze er zelfs bij stilgestaan dat haar zwangerschap vanzelf aan het licht zou komen in de tests van de forensisch onderzoeker, en had ze gehoopt dat die ontdekking uiteindelijk zou leiden tot de ontmaskering van Cedric als een serieverkrachter, had ze gehoopt dat hij als verdachte aangemerkt zou worden voor haar ogenschijnlijke dood. Het zou bovendien verklaren waarom haar rugzak in de afvalcontainer achter zijn appartementencomplex was gegooid.

De ontdekking van haar rugzak had me al dwarsgezeten vanaf het moment dat het nieuws naar buiten werd gebracht; waarom zou een geobsedeerde man die January's haren en het deksel van haar koffiebeker bewaarde in luchtdichte en vochtbestendige plastic zakjes, die haar afval letterlijk bewaarde als een soort schat, haar hele rugzak inclusief inhoud zomaar weggooien? Dat portret dat hij van Reiko had gestolen en had laten inlijsten bewees dat hij niet over genoeg wilskracht of gezond verstand beschikte om belastende trofeeën weg te gooien. Als haar tas met bloedvlekken ergens in de buurt van Cedrics flat was gevonden, zou dat er niet goed hebben uitgezien. Maar aangetroffen op de vuilnisbelt, tussen al het andere afval van de man, alsof hij heel onbeholpen geprobeerd had het ding te lozen, was die tas absoluut vernietigend geweest, een elegante en diabolische nagel in zijn doodskist in de ogen van het publiek.

Opeens wist ik zeker, zonder enige twijfel, dat ik het raadsel van January's nog altijd vermiste lichaam had opgelost – net zo zeker als ik wist dat het netnummer van de afzender van het bericht met de instructie om achter de schuur te gaan kijken hoorde bij de omgeving van Los Angeles.

Met trillende vingers haalde ik mijn telefoon tevoorschijn en tikte ik een nieuw bericht, knipperend tegen de tranen die de letters van het toetsenbord vervormden. Het was maar één woord, maar meer kreeg ik niet voor elkaar: *January?*

Er ging een eeuwigheid voorbij, de nacht werd kouder en de sterren straalden feller terwijl de ijzige mist mijn tanden deed klapperen. Maar uiteindelijk ontving ik een antwoord. Het was ook maar één woord, maar het was alles waarop ik had gehoopt.

Vaarwel.

Epiloog

Ik hield mijn glas omhoog tegen het licht, met nog een laatste slok sprankelend druivensap op de bodem, en zag een regenboog in fragmenten versplinteren door de luchtbellen en afgeronde randen van het glas. Mijn ouders hadden er niets op tegen om me bij bepaalde speciale gelegenheden een slokje echte champagne te laten drinken, maar voor semi-speciale momenten kreeg ik het kinderspul. Om eerlijk te zijn vond ik, ondanks het chique gevoel, geen van beide versies echt lekker; ze waren scherp en zuur, een beetje als een veel te dunne jas waardoor je het alsnog koud had en je ellendig voelde, maar je zag er wel goed uit. Van het echte spul kreeg je tenminste nog een beetje een roes.

'Kan ik u helpen met de afwas, mevrouw Doherty?' vroeg Kaz respectvol terwijl hij half overeind kwam van zijn stoel, zijn handen al uitgestoken naar zijn eigen bord en het mijne. Mijn moeder – en dat moet ik haar nageven – rolde met haar ogen naar hem.

'Rustig maar, ik vind je toch al aardig,' zei ze met een wegwuivend gebaar. 'Bovendien kunnen jullie maar beter gaan, anders mis je de film nog.' Hij keek haar stralend aan, zo trots op het compliment dat ik een beetje smolt vanbinnen, en ik zette mijn glas terug op tafel zodat ik hem voor kon gaan naar mijn kamer. Terwijl we de kleine gang naar de voorzijde van het huis in liepen, riep mijn moeder nog: 'En hou maar op met dat "mevrouw Doherty"-gedoe, ik heet Kate!'

Er waren twee weken voorbij sinds de avond van mijn ontdekking achter de schuur, en ook al was mijn leven niet helemaal meer 'normaal' geworden, het leek nu eindelijk zijn balans terug te vinden. Een nieuw soort 'normaal', denk ik, en het voelde goed. Het was de eerste avond dat Kaz met ons gezin had meegegeten, bijvoorbeeld, en in plaats van met een bevroren glimlach naar ons te staren alsof ze bang waren iets verkeerd te zeggen en ons allebei te beledigen, hadden mijn ouders ons zowaar geplaagd over onze steelse blikken en flirterige duwtjes onder de tafel. Ik vond het wel leuk.

Daarbij was ik ook nog eens een soort van levende legende geworden op Riverside. Mijn coming-out, mijn relatie met een student, verwikkeld raken in een moordzaak en het opnemen tegen een gewapende moordenaar had me in twee weken tijd van een onbeduidend iemand verheven tot een opmerkelijk persoon, en opeens was ik een van de populaire leerlingen. De enige die wel enige wrok tegen me leek te koesteren was Mason Collier, die me mijn plotselinge beroemdheid kwalijk nam en tegen iedereen die maar wilde luisteren liep te mopperen en te vitten dat ik eigenlijk de jongenskleedkamer niet meer zou mogen gebruiken, omdat ik 'niet te vertrouwen' was.

'Denk je echt dat ze me aardig vinden?' vroeg Kaz met een onzekere ondertoon zodra we mijn slaapkamer hadden bereikt. 'Zoiets zegt je moeder niet zomaar?'

'Geloof me, mijn moeder zegt nooit iets wat ze niet meent,' verzekerde ik hem, terwijl ik me – met enige moeite – in een trui wist te wurmen. Het dikke gips dat van mijn rechterhand een klomp maakte zorgde er nog steeds voor dat omkleden een soort magische truc was. 'En ze is heel beleefd tegen mensen die ze niet mag. Zo kwam mijn vaders baas een keertje langs voor een drankje, en hij maakte allerlei irritante, seksistische grapjes, en de hele avond zei mijn moeder dingen als: "Goh, wat interessant" en "Kan ik iemand nog wat koffie inschenken?" terwijl ze hem als een velociraptor toelachte met een brede grijns vol tanden.'

'Ik snap het. Een dinosaurusglimlach is dus negatief.'

Hij was nog steeds nerveus, merkte ik, en daar had hij alle reden voor: we hadden afgesproken met Micah en Tiana voor onze allereerste dubbeldate. We hadden al eens eerder samen koffie gehaald, zodat iedereen elkaar kon leren kennen, maar ik had het gesprek nogal naar me toe getrokken met mijn navertelling van De Grote Confrontatie met Cedric – al was dat volgens mij tot ieders grote opluchting. Dus vanavond zou nogal een gewichtig moment zijn. Micah had zich al een stuk meer weten te ontspannen, maar hij vond het nog steeds moeilijk om met mij over Kaz te praten zonder eruit te zien als iemand die tijdens een rijles op een drukke snelweg probeert in te voegen.

Maar zelfs al waren er af en toe ongemakkelijke of gênante momenten terwijl mijn vrienden en familie zich aanpasten aan het idee dat ik met een jongen uitging, het betekende heel veel voor me dat ze allemaal de moeite namen om Kaz beter te leren kennen, dat ze hem allemaal een welkom gevoel wilden geven. Hij had op zijn beurt zijn zenuwen in bedwang gekregen en zijn ouders over mij verteld. Ik zou ze niet binnenkort al ontmoeten, maar hij had me dolgelukkig laten weten dat ze in ieder geval mijn bestaan erkenden. Zelfs al verwees zijn moeder blijkbaar uitsluitend naar me door me Kaz' 'goede vriend' te noemen.

Bij de voordeur controleerde mijn vader haastig of we wel goed waren voorbereid. Nadat hij zich ervan had verzekerd dat we allebei een functionerende mobiele telefoon bij ons hadden en contant geld in geval van nood zei hij: 'Oké, nou, veel plezier. Stuur een berichtje als je daar bent. En zodra de film voorbij is. En... kom je daarna meteen naar huis?'

Ik knikte en onderdrukte de neiging om mijn ogen op te slaan naar het plafond. De avond dat ik was vertrokken om de foto bij January's altaar achter te laten, was ik pas heel laat weer thuisgekomen – ver na de afgesproken tijd – omdat ik de tijd helemaal uit het oog was verloren terwijl ik op haar favoriete grasveld had zitten nadenken. Het had elk paranoïde instinct aangewakkerd dat mijn ouders normaal gesproken wisten te onderdrukken, en het mocht dan ook een wonder heten dat ze me het huis uit lieten zonder politiebegeleiding. Ik wist vrij zeker dat ze uiteindelijk wel weer zouden kalmeren; de slechterik was er niet meer, de plot was afgewikkeld en ik was zeker van plan om mijn onopvallende status weer terug te krijgen.

In de afgelopen twee weken had ik geen verdere berichten meer ontvangen van het mysterieuze nummer in Californië, en tegen de tijd dat ik genoeg moed bijeengeraapt had om het te bellen om te kijken wat er zou gebeuren, was het al niet meer in gebruik. Een wegwerptelefoon, waarschijnlijk, eentje die nu al onderweg was naar een vuilnisbelt ergens.

Ik had een uur, zo niet meer, op January's grasveld gezeten die avond, piekerend over wat ik nu moest doen. Ik vroeg me af of ik verplicht was iemand te vertellen over wat ik had gevonden, of ik dat recht eigenlijk wel had. Als January zich inderdaad nog ergens bevond en nog leefde, dan zou ze het al moeilijk genoeg krijgen. Ze was slim, dat wist ik... maar was ze echt slim genoeg om een manier te vinden om haar school af te maken en te gaan studeren? Om haar dromen te verwezenlijken, om de doelen te bereiken die haar al onze hele vriendschap lang hadden gedreven? Of was ze misschien een van de vele minimumloners in L.A. die al bezig was aan de loopbaan die de rest van haar leven zou meegaan en was haar lot al voor haar bepaald? En dan was er nog die hele zwangerschap, een probleem waar geen eenvoudige oplossing voor bestond. Tenzij ze een wel zeer overtuigende valse identiteitskaart had weten te bemachtigen, of haar leven op het spel durfde te zetten in een of ander steegje ergens, zou ze Cedrics kind dus daadwerkelijk het leven schenken. En dan?

Het was niet eerlijk, en ik voelde veel verontwaardiging als ik dacht aan Jonathan die op weg was naar Capitol Hill, ten koste van alles wat zijn stiefdochter was ontnomen – en mij en Tiana en Micah en alle anderen die van January hielden. Mijn zucht naar rechtvaardigheid wilde dat het verhaal in al zijn details naar buiten zou komen, dat de Walkers publiekelijk ter verantwoording geroepen zouden worden omdat ze haar hadden laten stikken, zodat zij weer kon terugkeren naar haar vrienden en al haar kansen op een veelbelovende toekomst.

Maar die beslissing was niet aan mij. Er was een cruciaal vertrouwen in me gesteld, en dat kon ik niet beschamen, hoe moeilijk het ook was om te blijven zwijgen. Ze had zelf met haar verhaal naar de media kunnen gaan en Jonathans strak georganiseerde leventje in één klap onderuit kunnen halen, alles tot de grond toe kunnen laten affikken en van de ene op de andere dag een landelijk nieuwsitem kunnen worden... maar dat had ze niet gedaan. Ze had spoorloos kunnen verdwijnen en pas na de verkiezingen kunnen terugkeren, wanneer er minder op het spel stond en ze het erop kon wagen dat haar ouders coulanter zouden zijn. En ook dat had ze niet gedaan. Ze kon nog stééds terugkeren, hield ik mezelf voor, als ze inderdaad nog leefde. De deur bleef openstaan, en ze kon wanneer ze maar wilde teruggaan naar Ann Arbor. Dat ze dat nog niet had gedaan betekende dat het haar keus was om weg te blijven. Als ze er op een dag voor koos om terug te komen, dan wilde ik liever een onderdeel zijn van de reden dan van de oorzaak.

Uiteindelijk had ik de lange tocht ondernomen, terug naar de plek waar ik mijn fiets op de oprijlaan van de Walkers had laten staan, met de plastic tas en de lege bloedzak erin in mijn hand. Onderweg naar huis was ik bij de eerste openbare afvalbak blijven staan om het bewijs helemaal naar onderen te duwen. Als de politie de zoektocht in de rivier opgaf, zouden ze misschien terugkeren naar het grasveld – en dan met speurhonden. Ik wist niet of die beesten alleen lijken konden opsporen of ook bloed, maar ik besloot dat ik het niet aan het toeval wilde overlaten.

Kaz en ik liepen over het pad van de voordeur naar de plek waar de Lexus geparkeerd stond. Een beschimmelde uitgeholde pompoen loerde naar me vanaf de oprit van de buren, het laatste overblijfsel van een Halloween die ik nooit meer zou vergeten. Over een week was het al Thanksgiving, en ik keek er zowaar naar uit. Ondanks alles, of misschien dankzij alles, had ik het gevoel dat ik een hoop had om dankbaar voor te zijn: mijn familie, mijn vrienden, Kaz, mijn goede herinneringen aan January, mijn gammele fiets, mijn vaders om-te-kreunen-zo-leuke grapjes en mijn moeders velociraptorgrijns. Het feit dat ik nog in leven was en kon genieten van de rokerige geur van dorre bladeren in de avondlucht, kon klagen over de kleverige zure smaak van de nepchampagne, kon blozen zodra Kaz me een spontaan compliment gaf of me aan een van zijn vrienden voorstelde als 'mijn vriendje, Flynn'.

Voordat ik instapte in de Lexus keek ik op naar de lucht, naar de uitgestrekte sterrenhemel die boven de kale takken en tussen de wolken door zichtbaar was. Ik zag mijn adem een wolkje vormen en verdwijnen in de nacht.

Zodra ik mijn gordel had vastgegespt en Kaz de auto in zijn versnelling had gezet, pakte ik zijn hand vast en ik liet hem pas bij de bioscoop weer los.

Dankwoord

It takes a village, zeggen ze, en mijn dorp heeft een paar van de geweldigste inwoners. Mijn naam staat weliswaar op het omslag van *Voor het laatst gezien* maar je zou dit boek nu niet in handen houden zonder het harde werk, de toewijding en steun van heel veel mensen, die allemaal mijn oneindige dank verdienen.

Mijn geweldige agent, Rosemary Stimola (ook bekend als Obi-Wan): ik kan dank je wel zeggen in twaalf talen, en nog lukt het me niet een manier te bedenken om uit te drukken hoe dankbaar ik je ben voor al je vertrouwen, steun en wijze raad. Toen ik nog aan de andere kant van de Atlantische Oceaan zat, helemaal schor na het schreeuwen van 'ik heb een agent!' had jij al een aanbod voor publicatie voor me, en mijn stem is nooit meer helemaal de oude geworden. Je geloofde in mijn werk, en in mij, en daarvoor wil ik je bedanken. *Thank you! Merci! Tack så mycket! Kiitos! Gracias! Grazie! Danke! Dziękuję! Paldies! Ačiū! Äitah! Спасибо!* Dat is nog steeds niet genoeg, maar ik doe mijn best.

Mijn buitengewoon goede redacteur, Liz Szabla: het was subliem om met je samen te werken. Jouw liefde voor dit boek en je vertrouwen in mijn schrijfkunst heeft van elke stap van dit proces een waar genot gemaakt. Dank je wel voor je advies; het verhaal is krachtiger en beter geworden dan ik me ooit had kunnen voorstellen en mijn leven is opvallend stressvrij geweest. Al vanaf het begin heeft elk gesprek dat we hebben gevoerd mijn overtuiging gesterkt dat Flynn en January zich in de juiste handen bevonden, en daarom wil ik je uit de grond van mijn hart bedanken voor alles wat je hebt gedaan.

Dit boek zou niet eens een boek zijn zonder mijn uitgever, Jean Feiwel: je hebt mijn grootste droom laten uitkomen, en als ik een geest in een fles was geweest, dan had ik je honderd wensen gegeven om in vervulling te laten gaan. Maar tot me dat gaat lukken bied ik je mijn oprechtste dankbaarheid voor het feit dat ik 'gepubliceerd auteur' aan mijn biografie mag toevoegen.

Mijn bewondering voor Rich Deas, de creative director van de Macmillan Children's Publishing Group en het genie dat het schitterende omslag voor dit boek heeft ontworpen, is eindeloos. Dank je voor je prachtige werk, en dat je hebt bewezen dat niets ooit zo geweldig is dat het niet nog verbeterd kan worden. Ik ben zwaar onder de indruk.

Mijn uitgebreidere Macmillan-familie was fenomenaal, en ik ben hun elke dag nog dankbaarder voor al hun werk om *Voor het laatst gezien* te promoten. Molly Brouillette en Caitlin Sweeney: jullie enthousiasme voor dit boek betekent alles voor me, en ik ben jullie ongelooflijk dankbaar voor alles wat jullie hebben gedaan om het met de wereld te delen. Jullie zijn fantastisch. Duizendmaal dank ook aan Morgan Dubin, Brittany Pearlman en de rest van het Fierce Reads-team voor de steun van dit boek en de opname van mijn naam in het lijstje met enkele van mijn meest favoriete auteurs allertijden. Het is een ware eer.

De eerste die een complete kladversie van dit boek las was mijn moeder, Amy Roehrig, en allemachtig wat verdient zij een hoop lof. Mam, je hebt mijn manuscript gelezen in de allereerste kladversie en toch zei je: 'Dit is 'm.' En weet je wat? Zoals altijd had je gelijk. Ik heb het al ver geschopt sinds dat donkere, donkere huis in het donkere, donkere bos, vind je niet? Bedankt voor alles. De tweede die de bladzijdes heeft gelezen die uiteindelijk *Voor het laatst gezien* zouden vormen was Mary Pomerantz, en daarvoor sta ik enorm bij haar in het krijt. Mary, je hebt me ooit met de kracht van Impliciete Vrijdag gered uit een ernstige puinhoop, en ik weet het niet zeker, maar ik geloof dat je toch over een heel klein beetje magie beschikt. Bedankt voor je feedback en voor een jarenlange, geweldige vriendschap.

Mijn moeder, Kay Nichols, is waarschijnlijk hoofdverantwoordelijk voor mijn voorliefde voor thrillers en spannende fictie. Mam, onze tweepersoonsboekenclub – waarbij we boeken ruilden en enthousiast alle gestoorde seriemoordenaars en afgrijselijke moorden nabespraken – is de reden dat ik het schrijven een kans wilde geven. Dank je wel dat je altijd in me hebt geloofd. Mijn vader, Charlie Roehrig, is de coolste man die ik ken en ook mijn allergrootste fan. (Dat is geheel wederzijds!) Pap, ik ben blij dat ik jouw vreemde gevoel voor humor heb geërfd, en ik ben je heel dankbaar voor al die lessen die je me hebt willen geven over discipline en hard werken. Ik had er een paar decennia voor nodig, maar nu snap ik het eindelijk. Mijn schoonmoeder, Māra Trapans, is een ongelooflijk lief iemand, het voelde al vanaf de eerste ontmoeting alsof we familie waren. Dank je wel voor je *joie de vivre*, je warmte en voor het verkondigen van het evangelie der vriendelijkheid. Je bent een ware inspiratiebron, en weet dat ik besef dat ik een waar lot uit de schoonfamilieloterij heb. *Paldies!*

De rest van mijn directe familie zal ik op een grote hoop gooien, want, *Jebus*, jongens. Todd, Debie, Andy, David, Jennifer, Alexis, Olivia, Ann, Gina, Jordan, Pat, Kiersten, Cayden, Liam, Jaime, Nick, Brendan, Dylan, Drew, Dan, Marz, Evie, Maija, Christian, Emma, Amanda, Indra, Daina, Austris, Gunta en Ieva: IK HOU VAN JULLIE ALLEMAAL.

En ook heel, heel veel dank voor mijn tweede familie, die ik zelf heb uitgekozen. Dankzij jullie allemaal heb ik mijn gezonde verstand nog net niet helemaal verloren. Jenn: We zijn allebei niet oud genoeg om al *vierentwintig jaar lang* bevriend te zijn, en toch… zo is het nu eenmaal. Je bent de beste. Altijd. Angela: Waar moet ik beginnen? Formosa! Jones! Kamergenootjesavond! Stinkers! *Passions*! Snorrenkaraoke! Je hart is zo groot als de wijde wereld en ik hou zielsveel van je. Kasey: Van Londen tot Los Angeles, we hebben samen al een hele hoop terrein bedwongen, maar onthoud alsjeblieft *dat ik de beste klimmer ben.* Natalie: Onze prestaties zijn legendarisch (en staan mogelijk ergens bij de FBI in een dossier), maar *Tamara* zal altijd ons meest memorabele moment zijn. WAAR IS JE PEPERMOLEN NU? Tara (alias T-Boz): Je zult altijd een van mijn favorieten zijn en niet in de laatste plaats omdat je mijn ongezonde obsessie met horrorfilms maar al te graag hebt gevoed. Leslie: Moet je nu toch eens kijken! Het is een boek. *Míjn* boek! Ongelooflijk! Je was de eerste die me aanspoorde om een boek te schrijven, en je zult nooit weten hoeveel dat voor me betekend heeft. Dank je wel.

En natuurlijk heb ik de beste voor het laatste bewaard. Uldis, wanneer dit boek in de winkels ligt, zullen we net ons elfjarig samenzijn hebben gevierd, de beste jaren van mijn hele leven. Maar ik durf te wedden dat de jaren die voor ons liggen nog veel beter zullen zijn (*no pressure!*). Dank je dat je bent wie je bent, dat het dankzij jou overal voelt alsof ik thuis ben, en dat je van elke dag weer een schitterend avontuur maakt. Ik kan niet wachten om de rest van de wereld samen met jou te gaan verkennen. *Es tevi mīlu, Ulditi.*